新时代
山乡巨变
创作计划

极顶

王宗坤／著

作家出版社

图书在版编目（CIP）数据

极顶 / 王宗坤著 . -- 北京：作家出版社，2024.6
（新时代山乡巨变创作计划）
ISBN 978-7-5212-2906-6

Ⅰ.①极… Ⅱ.①王… Ⅲ.①长篇小说 – 中国 – 当代 Ⅳ.① I247.5

中国国家版本馆 CIP 数据核字（2024）第 105772 号

极顶

作　　者：	王宗坤
责任编辑：	杨新月　苏红雨
装帧设计：	意匠文化・丁奔亮
出版发行：	作家出版社有限公司
社　　址：	北京农展馆南里 10 号　邮　　编：100125
电话传真：	86-10-65067186（发行中心及邮购部）
	86-10-65004079（总编室）

E-mail:zuojia @ zuojia.net.cn
http://www.zuojiachubanshe.com

印　　刷：	北京盛通印刷股份有限公司
成品尺寸：	152×230
字　　数：	336 千
印　　张：	23.5
版　　次：	2024 年 6 月第 1 版
印　　次：	2024 年 6 月第 1 次印刷
ISBN 978-7-5212-2906-6
定　　价：	62.00 元

作家版图书，版权所有，侵权必究。
作家版图书，印装错误可随时退换。

泰山何其雄，万象都包容。

泰山何其大，万物都归纳。

泰山何尊严，万有都包含。

一切宇宙事，皆作如是观。

——冯玉祥泰山纪念馆内石刻，邱山宁撰书

目 录

第 一 章 ... 001
第 二 章 ... 018
第 三 章 ... 034
第 四 章 ... 055
第 五 章 ... 074
第 六 章 ... 084
第 七 章 ... 101
第 八 章 ... 110
第 九 章 ... 121
第 十 章 ... 137
第十一章 ... 155
第十二章 ... 168
第十三章 ... 180
第十四章 ... 192
第十五章 ... 204
第十六章 ... 222
第十七章 ... 234

第 十 八 章	... 253
第 十 九 章	... 275
第 二 十 章	... 289
第二十一章	... 295
第二十二章	... 305
第二十三章	... 313
第二十四章	... 329
第二十五章	... 342
第二十六章	... 357
后 记	... 364

第一章

禹奕泽没想到自己会在舒云谷迷失。

脚下的石脊微微翘起，淹没于黛青杂糅之中。抬头仰望，挂在半空的老鹰已如箭镞般飞升，随着"嘎——"的一声浑响，很快就幻化成一个圆圆的黑点，终至烟花般消散。天空湛蓝，刚刚还盘旋着的爬山云也似乎被老鹰拖拽走了，也或许是被那尖峭的山峰梳没了踪影。原本的"梳云"该是多么贴切，可后来却被硬生生改成了"舒云"，这是那位老领导在碧峰当政时的执意之举，当时的禹奕泽也是极力附庸者之一。此时，禹奕泽怅然遥望着老鹰远去的方向，心中塞满失落，还伴有某种不易察觉的隐痛，他开始痛恨之前那个自己了。

不断闪回的心灵纠葛让周围变得更加陌生。身处的位置应该是舒云谷最上端，历经亿万年孕育的沟谷以及野蛮生长的乱石，构成泰山东麓最为复杂的地貌。眼前的山梁毫不起眼，往下是一条浅浅的U形山沟，沟底不规则地斜缀着灰白相间的碎石。打眼望去，如同年长老妇胡乱拥缠着的发辫。背后壁立着高低不一的山峰，刀刃山直挺挺地竖着，一副要把天空戳破的样子，从脚到顶，全是苍茫青翠的岩石，有些地方，非常突出，好像随时会倒下，有些地方，又凹了进去，有着悠远的空旷。岩石上下的缝隙里，到处生长着枝丫弯曲的野生杂木，像极了巨人身上乱蓬蓬的粗毛。泰山极顶被隐在了刀刃山后面，这是导致禹奕泽丧失方向感的主要原因。当然，还有他与这里的隔膜，他已整整五年没回来过了。

这次重新回来，有人开玩笑说他是"二进宫"，禹奕泽只好苦涩地笑笑，他从心里排斥这个说法，不是因为其喻指之不祥，而是因为这座大山与他的血脉相连，早已成了他的宿命，没有进出之说了。

但起因还是有的，只不过是源于正式场合的一次非正式谈话。

去年秋天，农业大学与悦城市政府搞了一次联谊活动，禹奕泽与碧峰管理区区长兼书记吴荣明坐在了一张桌子旁。他们同时被作为优秀校友请回了农大，可禹奕泽却有些心虚。本世纪初，林业学校被合并到了农大，作为林业学校的毕业生，他从不敢高攀，对外妄称自己是农大校友，更遑论再冠以"优秀"二字。唯一可以解释的是，他在林业学校就学期间表现尚佳，再加上，他在悦西区政府办公室工作，而农大校区在悦西区地面上，主办方不招呼一下他这个"赝品"，有种面子上磨不开的意思。他本不想以这种不明不白的身份参加，刚拿到邀请函的时候想借故辞掉，但又担心给人造成妄自尊大、不识抬举的不良印象，也只好硬着头皮来了。

跟禹奕泽的名不正言不顺不同，吴荣明区长是正儿八经的农大毕业生，一出校门就进了泰山风景名胜区管理委员会旅游规划处，2011年年底下派到碧峰管理区干一把手，年轻有为，前途无量，是实打实的优秀校友。

禹奕泽跟吴荣明工作上并没有交集，可两人都曾是泰山管委着力培养的年轻干部，共同参加过培训，共同上过颁奖台领奖，虽说不上知根知底，但也并不陌生。也因此，吴荣明一见禹奕泽就说，自己是鸠占鹊巢，抢了禹奕泽的位置，假如禹奕泽想再回来，他立马就卷铺盖走人给禹奕泽腾出空来。禹奕泽当时表面上应付着，心里只当是个玩笑。谁知，吴荣明随即却一本正经地说："相比于你来说，我们都是碧峰的外人，你生长在这里，又在这里工作了接近二十年，难道真舍得下？"

这话犹如靶向治疗的高效药物，一下子击中了禹奕泽内心的病灶。

他跟随老领导来悦西区政府办公室做秘书，写了四年多材料，整天在文山会海中转磨磨，从来也没收获过任何成就感，内心早已萌生了厌倦，当然，还有某种难以言说的焦虑。

在这样的部门，游走在身边的人没有不想追求进步的，几乎每个人都把对方当成竞争对象。表面上是一团和气，背后却恨不得把你时时踩在脚下，在那些潜在对手犹如聚光灯般的视野之内，以及无风也起浪的口舌之下生存，禹奕泽的安全感越来越差。尤其是这两年，眼见一拨又一拨比自己年轻、比自己能力差的人都被提拔起来，内心的失落也就不言而喻了，他早已对自己当初的选择产生了怀疑，碧峰那一大片山林也时常梦入怀中。

吴荣明见禹奕泽不语，接着说："到了我们这个年龄，应该知道自己真正需要什么和不需要什么了，这首先来自一种本能，在取舍之间，也能体现一个人的智慧。"顿了一下，吴荣明又说，"我个人认为，你回到碧峰更有用武之地，那边也特别需要像你这样能干事的干部。"

与吴荣明的这次见面后来就衍变为一粒种子，深深埋进了禹奕泽心中，正如所有飞鸟不会都能找到适合栖落的枝头一样，禹奕泽本也没指望心中的种子能有破土之日，那些枯燥的日子已让他缺失了某些锐气，想法与行为之间的距离越来越遥远，尤其是像工作变动这样的大跨度行为，想想都觉得不可思议。倦鸟思归不对，安于现状也不对，所有的解释都源于懒惰，尽管这非常可怕，却也无可奈何。可偏偏是，这粒种子在今年刚开春就破了土发了芽。编制办的调令来到悦西区政府办公室的时候，几乎所有人都感到了意外，包括禹奕泽自己。因为，从那以后他再也没跟吴荣明见过面，也没通过任何电话，传递过任何消息。

得知禹奕泽要重回管委，已成为悦西区常务副区长的老领导自然不愿让他走，把他叫到办公室臭骂了一顿，埋怨他糊涂，这么大的事情，提前也不跟他打招呼，悦西区毕竟是正儿八经的政府部门，在这边的发展前景肯定跟管委不一样，而且组织部早已把他列入了重点提拔对象，说不定年底就能上常委会，他居然在这个节骨眼儿上离开，这不是傻了吗？并说如果改变主意还来得及，他可以出面找一下市里的相关领导，让编办把调令收回去。

此时的禹奕泽去意已决，面对老领导的挽留，他想敞开心扉讲讲自己的想法，但又一想，知我者谓我心忧，不知我者谓我何求。在这个世界上，离得最近的是人心，离得最远的也是人心，由于价值观和个人追求的不一致，他和老领导之间已隔着千条河万重山，怎么会有融合沟通的可能？

可当真正走上那条重回碧峰之路的时候，禹奕泽还是感到了伤感。之前，他曾设想过一万次返回碧峰管理区的情景，不必衣锦还乡，可也不应是这种状态。离开碧峰的时候他原本就是待提拔的后备干部，在一个最容易提拔的政府部门混了这么多年都没能混上件"马甲"，往好里说是质本洁来还洁去，但在常人看来，他等于是混了个两头不靠，这是不正常的，原因肯定是出在他个人身上，说不定是犯了某些不便言明的错误被发配了回来。对此，他不能不在意，因为没有人是活在真空中的，尽管他内心是笃定的，清楚地知道这是属于他禹奕泽一个人的选择，他跟过去的那个自己已然有了很大不同。

吴荣明已在办公室等候禹奕泽多时了，他是禹奕泽这次重回碧峰的策划者，也是幕后推手。可是，现在的结果又没有他当初设想得完美，所以，在等待的过程中，吴荣明心里一直惴惴不安。

说起来，那次农大联谊会上他对禹奕泽的试探不是临时起意，而是酝酿已久了。由于一毕业就来到了管委机关，吴荣明获取信息的渠道要比禹奕泽广泛一些，相比于禹奕泽对他吴荣明的了解，他自信自己更了解禹奕泽，尤其是来碧峰工作之后，这里是禹奕泽的老根据地，由禹奕泽留下了的那些故事，他就更进一步加深了对禹奕泽的了解。久而久之，再加上原本的良好印象，吴荣明逐渐对禹奕泽产生了一种惺惺相惜的感觉，很早就萌发了那个想法，但他也知道，禹奕泽在政府部门工作，相比于泰山管委，那是一条更正统的仕途通道，禹奕泽如果只想当官，他就不会轻言放弃那条路。这才有了他们在联谊会上刚见面时那半真半假的试探。

开始的那些话一抛出来，吴荣明很快就察觉到了禹奕泽情绪上的变化，他戳到了痛处，禹奕泽心动了。他内心一阵欣喜，果然没看走眼，眼前的禹奕泽跟自己心目中的那个形象有了一个完美的吻合。接下来，他想等待时机，向管委主要领导汇报，让禹奕泽以副区长的身份敞敞亮亮地回来。

泰山管委下属的管理区跟国家正式编制的区划不同，按照行政级别来套，碧峰管理区属于正科级单位，禹奕泽在悦西区政府办公室还是一般干部，如果能来碧峰任副科级的副区长显然就算提拔重用了。

可除夕夜的那把火，以及随之而来的那个刚性任务给吴荣明来了个措手不及，他已顾不得禹奕泽个人的荣辱了，要先把眼前的难关渡过去。为此，他直接找了泰山管委党工委书记田子申，当然，他也没放弃努力，向田书记提出，能不能以提拔的方式把禹奕泽要回来。对禹奕泽的回归，田书记答应得非常痛快，毕竟碧峰这边确实缺人手，禹奕泽年富力强，有工作经验又有专业背景，听吴荣明介绍，个人又有这样的诉求，管委需要这样的人才，理应大力支持，但说到提拔，田书记却一口回绝了，说这明显违反组织程序，以前即使干得再好也只能代表过去，考察干部还要看现时表现。

田书记是个雷厉风行的人，跟吴荣明谈完，就给悦西区委书记打了电话，又安排专人去跟悦城市人事部门协调，这才有了那个看起来突兀的调令。

两人见面多少有些尴尬，吴荣明感到内疚，想把整个过程跟禹奕泽说一下，也想说出自己为此所做的努力，但又觉得好像多此一举，禹奕泽既然能痛痛快快地回来，说明他确实想回来干点实事，对个人荣辱并没有太过在意，如果把一切都说清楚了，反而让禹奕泽感觉自己有些把他看轻了，不如还是不说透为好。

也因此，两人简单地寒暄之后，吴荣明很快就调整了心态，高兴地握着禹奕泽的手说："太好了！你回来得可真是时候！舒云谷那一个大摊子正等着有人去理顺。你也应该知道，自单涛任副区长后，那里就一直荒着，幸亏还有个老炮台在支撑，可他毕竟年龄大了，几乎每天晚上我都要跟他通过电话才放心。"

禹奕泽能明显感到吴区长那种发自内心的真诚，不是一种虚与委蛇的客套，这让他心里踏实了不少。禹奕泽自然知道吴荣明是他此次回来的幕后推手，但他不能确定的是，吴荣明会对他如何使用，假如像过去老领导那样，因为倚重而安排在身边干办公室主任，禹奕泽显然不情愿，但又不好，也不忍拂了领导的好意。而现在，吴荣明一见面就提到了舒云谷，正遂了禹奕泽的心愿。

实际上，一拿到回碧峰管理区的派令，禹奕泽首先就想到了舒云谷。碧峰管理区管理着泰山东麓最大一片山林，多达三万多亩，治下有六个检查站，其中以舒云谷面积最大，有九千余亩，又靠近市区和环山路，情况也更为复杂，是其中的重中之重。

吴区长见禹奕泽松了一口气，也就减轻了内心的负担，直接把一个红头文件摆在了禹奕泽面前，指着上面的标题说："目前这事已迫在眉睫，田书记和曲主任这次下了死命令，让各个管理区负责人都签了军令状，限期完不成就地免职。咱们这边前两天刚开过会，老炮台已把你们舒云谷的任务领了回去。但我心里却一直没底，甚至已开始真的打算卷铺盖走人了，你现在回来就好了，我也用不着做此打算了。你回来得可真是时候，简直就是及时雨，比宋江还及时。"

在悦西区政府办公室做了五年秘书，禹奕泽对文件已有一种天然敏感，他一眼就发现了红头里面"迁坟"这个关键词。这两个字有些刺眼，禹奕泽的脑袋一下子就大了，他也意识到自己"回来得可真是时候"了，正赶上这件让人望而生畏的棘手事件。之前那个"突兀"的调令也就有了更为合理的解释。

心中的疑惑解开了。吴区长刚才的话看似轻松，后面甚至还有些半戏谑性质，但却也内含了一种泰山压顶的感觉。对泰山景区来说，迁坟已是老话题了，在过去的十多年里，曾屡次要兴师动众地实施，却遭到了来自各方面的压力，最终因为难度太大，出现了太多始料未及的纠纷，结果都是不了了之。

禹奕泽翻看着吴区长递过来的文件，见上面的措辞果然有着前所未有的严厉，不但规定了严格的时间进度、奖惩措施，还出台了相应的补偿和保障政策，看这样子，管委领导这次是下了很大的决心。

"看来这次是要动真格的了。"禹奕泽小心翼翼地说。

吴区长说："这还不都是去年大年三十晚上那场火给闹的，虽然没真正烧起来，却炒得非常热闹，燎到了市里某位大领导的敏感神经，大领导一生气，我们管委的领导又怎敢怠慢？把防火那根弦绷得更紧了。"

去年大年三十晚上的那场火在悦城已成爆炸性新闻。

一位之前住在红门附近的原住民老人，除夕之夜去给位于虎山公园前怀的先人们上坟，烧完纸上完香，老人又想坐下来吸支烟。用未燃尽的火纸燃着香烟之后，顺手就把带有火苗的火纸扔到了脚边，一下就把周围的枯草点燃了，幸亏值班人员及时赶了过来扑救，火势才没蔓延起来，只涉及了周围五十多平方米的草坪，没酿成大的事故。本以为不会有事，谁知火光出现的瞬间恰好被一位路过的游客拍了照片，这还不是一般游客，而是一位在微博上近似于大V级的人物，他当天晚上就把照片发到了自己的账号上，一下子引来几十万粉丝的围观，有的还进行了转发。不良影响很快不可控制地滋长，像瘟疫一样在网络上席卷。这让悦城市的主要领导非常恼火，大年初一就把管委的田书记和曲主任招了过去，责令抓紧采取有效措施，堵住漏洞，坚决杜绝此类事件再次发生。

这便是管委领导此次下决心迁坟的背景，为了使这次迁坟能够迅速有效地得到落实，管委领导改变之前一刀切的战略，采取了灵活机动的措施。像碧峰管理区这种情况，老坟数量不是太大，又相对比较分散，管委不再统筹安排，而是给予一定补偿政策把任务压下来，圈定责任人。这正是吴荣明区长的忧心所在，责任下放也意味着风险更大。在民间，迁坟是最有讲究的，是当事者看得比天还要大的事件，往往跟整个家族的运势和荣枯联系在一起，操作起来需要照顾到方方面面，稍有不慎就会酿出大乱子来。

吴区长见禹奕泽翻着文件闷声不语，知道他也在为这事犯思量，就说:"这确实是个难题,但据老炮台说,你们这边在我们国有林地上的老坟几乎都属于东洼村,这里是你的老家,再加上老炮台也是这个村子的,做起工作来就有优势了。都是乡里乡亲的,只要安置到位,办法得当,想必也不会太过困难。放手干吧,这里是你的老根据地,工作自然也能更快上手。舒云谷可是咱们碧峰的脸面,以后我可就指望你给长脸了。"

吴区长可能不会意识到,此时坐在他面前的禹奕泽表面上竭力镇定着,心里却在滴血,不断交织着刀绞般的疼痛。一拿到文件的瞬间,他就想到了自己生命中最为重要的两位亲人。按照文件上的规定,所有位于泰山国有林地范围内的坟茔都要迁走,这其中就有父亲禹士民和儿子健健,他的过去和他的未来,都已长眠于此。这是人间至痛,时过境未迁,音容仍宛在。本来只想把痛楚缠绕于自己一个人的心头,现在却又将不得不再次面对。悲伤已不能形容他此时的心情,只感到心突然被一阵凛冽的寒风所席卷,只剩下无边无际的寂寥和空旷了。

从吴区长办公室出来,走廊静悄悄的,下午这个时间,去山上采样和巡查的还没回来,办公区最为安静。这正是禹奕泽特意选定的时间,不想碰到重新成为同事的那些熟人。虽要学会面对,但最好还是不面对。现在他已想象不到自己在他们眼中的形象,过去在这幢三层建筑里他也应该算个人物,离开的时候本想柳暗花明更进一步,而现在却仍然是"白脖儿"之身。他承认自己有些神经过敏,也许没有人会关注这些,也许这只是他自己内心生就的自卑,他也明白,每个人的生活都只属于个人的感受,而不属于别人的看法,可他总是无法摆脱,总有一种无颜面对江东父老的感觉。

经过食堂的时候,一个干瘦的身影突然冒了出来,如抢劫般一下子把他拽了进去,拉他到身边,贴着耳朵说:"大外甥,我给你冲了浸鸡蛋,抓紧趁热喝了。"禹奕泽有些发蒙,定了定神,才看清是韩冬瓜韩大舅。此时韩大舅正咧着嘴笑眯眯地看着他,旁边的灶台上正放着一碗热腾腾的浸鸡蛋,上面还漂着一层黄澄澄的香油花。他心头一热,赶紧叫了声"表舅"。韩冬瓜是东洼村有名的厨子,跟禹奕泽多少沾点亲戚，原来的老领导爱吃虎头鸡，这恰好是韩冬瓜的拿手菜，他干办公室主任的时候就把韩冬瓜招进食堂，韩冬瓜一直对他很感念。

禹奕泽干碧峰管理区办公室主任的头两年，正是健健治疗的关键时期，鹿小希带着健健一直住在石家庄脑瘫儿康复中心，他除了定期过去探望，剩下的就是把每月工资全额打到妻子鹿小希户头上。单身汉的日子大都过得潦草，禹奕泽经常不吃早饭来上班，韩冬瓜就悄悄给他冲浸鸡蛋，然后滴上几滴香喷喷的香油，久而久之，这似乎形成了惯例。没想到，在时隔这么多年之后，韩冬瓜会依然记得。这碗下午的浸鸡蛋让禹奕泽有了一种莫名感动，尤其是对此时面前的韩冬瓜。禹奕泽早已不在村里住了，调离碧峰后几乎没再见过韩冬瓜，零星的信息却时有传来。面前的食堂大师傅比五年前又苍老了很多，头顶周围不多的头发楂几乎全白了，本来的长脸往里塌陷得更加严重，皱纹贴着脸架子堆积起来，像极了某种剧毒农药上醒目的标识。

韩冬瓜的人生很值得一书，他很早就没了父亲，寡母一个人把他拉扯长大，并给他成了家立了业，可好日子并没有持续多久。那年小儿子韩义还不满两岁，村里来了个东北的粮食贩子，韩冬瓜看他晚上没地方去，就把他领到家里，哪承想，粮食贩子是个包藏祸心的主儿。到了天亮，韩冬瓜一摸身边的被窝儿空了，才知道大事不妙，媳妇当夜就被粮食贩子拐走了。韩冬瓜的前半生几乎都挣扎在艰难而屈辱的生活中。本指望孩子大了能轻松一些，谁知大儿子在前几年因肝癌去世，没过几年，儿媳妇就带着八岁的孙子改了嫁。小儿子韩义跟禹奕泽同过学，早年顽劣无比，初中没毕业就在社会上游荡，没少给韩冬瓜惹麻烦。最近几年听说做生意发了财，还回东洼村干了村主任，韩冬瓜这才算松了一口气。

看禹奕泽大口大口地往下咽浸鸡蛋，韩冬瓜笑得很慈祥，一边还柔声细气地说："不急，慢慢喝，慢慢喝，想喝咱们还有。"禹奕泽似乎要有意回避韩冬瓜那枯瘦的容貌，闷着头把碗端起来，几乎要把整个碗都卡在了脸上，快速把碗底的浸鸡蛋吞进肚子里，匆匆跟韩冬瓜道了谢，逃也似的跑了出来。

碧峰通往舒云谷的这条山路承载了禹奕泽太多的记忆。

一迈上高处的山坡就能看到斜卧于下面的东洼村，狭长而局促。一排排石头房子沿高低起伏的山势散布着，四周环绕着由低矮天然石砌成的短围墙。围墙内外的各色树木，枝条摇曳，随意曲折，烟火人家掩映其中，聚拢成一整片不规则的云朵，飘然于这广袤的山隅，又好像是游移在这山中的巨大怪物。这便是禹奕泽的出生地，他生长于兹，周围这景致就是他童年时的乐园，少年时的天地，林校一毕业又回到这里成了一名护林员。这里有着他太多太多的过去。可此时，重新踏上这条山路，那些勃发着青春和热望的记忆，却犹如搁置已久的图片，失却了固有的神采与鲜亮。

道路比惯常那种山间小路宽阔一些，随着山体盘旋上升，若蚯蚓般蜿蜒在陡峭的山壁上。起初，这里根本没有路，只是一条若有若无的痕迹，像老树逐水而生的根脉，曲里拐弯，高高低低，随势而为。真正形成道路也不仅仅是因为"走的人多了"，在很大程度上，还得力于碧峰管理区几任领导的努力，尤其是在老领导当政的那几年，提出的口号就是要打造泰山东大门，使之形成与西路桃花源景区、中路红门景区并驾齐驱的三驾马车。路修起来了，却并没有把这驾马车带动起来，反而招惹了不少麻烦。其中最为头疼的就是莫名其妙冒出来的驴友，他们不择地势，不分早晚，只想抢做第一个吃螃蟹的人，这就给各个检查站带来了很大的工作压力。尤其是舒云谷检查站，处于泰山东大门的核心位置，是泰山东麓地貌最为奇崛、风景最为幽深的地带，更成了那些无孔不入的驴友的首选。

春天的翅膀随着微微的山风伸展过来，长在沟坎里的迎春花开出了嫩黄的花朵，周围山坡上也铺满了一层浅绿。随着道路升高，春的气息也越发浓烈，视野也更加开阔，远处那些大大小小的山峰似乎瞬间就来到了眼前。

禹奕泽嗅到了湿润而青涩的味道，这是泰山的味道，他已经好久没闻过了。此时，这种味道钻入鼻孔，渗透进心田，他忽然感到自己通透了许多，压在心头的沉重和悲伤已烟消云散，一种久违的充实溢满全身，那蓬勃着的生机迅速在身体里发酵，让整个身心也随着这已经到来的春天鼓胀起来。

他庆幸刚才离开碧峰的时候谢绝了吴荣明区长的好意，这条盘旋上升的山路足有十多华里，吴区长要派人送他，他表示了拒绝，说自己想走一走，也顺便查看一下沿途的山林。吴区长没再坚持，还笑着说："这么快就进入了角色，真不愧是老林业啊！"

他心里明白自己为什么会拒绝，真正的原因还是自卑心理在作祟。他不是凯旋的勇士，不需要前呼后拥。现在，他一个人行走在这山路上，独享着那份难得的宁静与温馨，心里涌动着的却是一种歪打正着的满足。

沿途有两个工队，所谓工队是区别于检查站的一种叫法。

大水帘工队是老何夫妇两人，原本两栖生活，家在山下扫帚峪村，还承包着几亩山地，却长年驻扎在大水帘沟这个山垭口，去自家地里摘个桃子都要跑十几里的山路。现在老两口都已接近七十岁了，山地种不动了，下山也有些困难，过年过节都是孩子们带着吃食上来跟他们团聚。

长岭这边原先也是一个夫妻工队，余大姐比老炮台晚几年顶班进的泰山林场，却偏偏嫁给了山下律家庄的农民律安，正式工嫁给农民，这在当时可是一桩奇闻，为此余大姐跟家里闹翻了，干脆带着律安住到了山上。不幸的是，结婚不到三年，余大姐就在下山采购的时候遭遇了车祸，当时肚子里的孩子已经有五个多月了。遭此打击的律安又在山上住了多半年，之后就踪影全无了，像烈日蒸腾下的水滴，消失得无影无痕。

可后来，连同这种失踪却有了种种传说。有人说曾经在深山某处看到过律安的身影，也有人说律安在山上找了个僻静的地方，种树苗子发了大财，现在已经成了千万富翁，光小老婆就娶了三个。还有一种说法更为离奇，说他离开长岭是为了专门修炼，现在早已得道成仙，整日价手持拂尘、脚踏祥云，在泰山上空俯视人间。甭管怎么说，律

011

安人虽然不见了，但他应该跟这个世界没有完全了断，还有着说不清道不明的联系。

律安消失之后，长岭这个垭口就一直荒着，直到十多年前老炮台回来。

当时，谁也没想到老炮台会重新在泰山上扎根，包括禹奕泽的父亲禹士民。一个年收入过百万的千万富翁，早已习惯了人间的声色犬马，怎么会耐得住山上的寂寞？说是向往山林回归自然洗涤身心，那都是富人特有的矫情，最多三五个月就得打道回府。可后来的事实严重背离了人们当初的臆测。

老炮台刚要求回来的时候，禹士民建议他直接去碧峰管理区上班，那时碧峰管理区那幢三层办公小楼刚盖起来，通往碧峰的大马路也修通了，汽车能直接开到办公区的院子里，反正是属于飞鸽牌的，这样飞回去也方便。老炮台不同意，生气地质问禹士民："老哥哥，你是不是不想要我了？"可能是从小养成的习惯，禹士民虽然是老炮台的亲表姐夫，但老炮台从来也没喊过这个正式称呼，一直叫禹士民"大哥"。

禹士民看着老炮台那张肥嘟嘟的脸说："再像过去那样翻山，你能行？"老炮台心里更加不快，翻着眼皮，挑衅般地说："你比我大十多岁都能行，我怎么就不行？不信？咱就试试。"

没想到，这一试就试住了，老炮台再也没有回去，安安心心地留在了舒云谷。半年后，他把生意全部交给了儿子韩今生，两年后，他主动要求来到更为偏僻的长岭，重新成为一名彻头彻尾的林业工人。

长岭是这一片山麓的制高点，像一块巨大的巉岩横卧在山路北面，老炮台住的石头房子耸立在巉岩上，要攀过去还要有一大段距离。禹奕泽远远看到工房上面的山腰处有个身影，应该就是老炮台，正佝偻着背劳作，像是在挖树疙瘩。

老炮台回到山上不久就爱上了根雕，他觉得树根是个很奇妙的东西，很有咂摸头，有着无穷无尽的意味。尤其是长在这大山里的根，在给予树木生命的同时，自己还顽强地往深处扎，越是贫瘠的地方扎得越深。即使枯死了，那些残存的根脉也是挖不尽的，还依然在延续着生命。

事实上，根雕也是一种生命的延续，应该算是掺杂了人文情怀的延续，等于用生命来还原生命。这么多年来，老炮台沉迷其中，用岁月沉寂下来的枯树根，不知又创造了多少新的生命。

去山上巡查的时候，老炮台肩膀上总是扛着一把钢口好的镢头，腰里还别着钎子，枯树根一般都散落在石头缝隙里，要先用镢头把周围的土挖出来，再把碍事的石头用钎子撬起来，才能得到完整的树根。把树根取出来，老炮台一般不忙着加工，总是要晾晒一段时间，这段时间他也不闲着，会把一棵新树苗栽在原先那个树坑里。树苗栽得也讲究，如果原先枯死的是松树，他就再栽一棵刺槐，如果是刺槐，他就栽槲树，如果是槲树，他就栽麻栎……总之，树种要变换着来，不会在树坑里再栽原来的品种。

树苗也是自己培育的。他从山上采集种子，一来长岭就在工房前面朝阳的地方开辟了菜地，留出一块来专门培育树苗。可能是生命历程比蔬菜更为长久的原因，树种子要娇贵得多，对土质以及湿度都有不同的要求，老炮台自小跟它们打交道，自然知道它们的习性，他总是从它们的原发地把泥土运过来，再借助现在的一些辅助手段给它们弄好温床。一方水土养育一方人，树也应该是这样，本原的一致性对后天的成长显然有着无可替代的作用，能使有效的生命更加纯粹，也更有活力。

老炮台认为，每棵树都有自己的天命，落在哪里都是有定数的，在这其中，人为的过程几乎微乎其微，大多数都是物竞天择的结果，所以有些树即使死掉了，但这里的生命力仍在。更何况，孕育过生命的土壤已经变成了熟土，枯树上遗留下来的那些残余根脉历经时光的沉淀，早已变成了有机养分，新鲜的树苗重新放进去，就等于老鼠掉进了米缸里，有着吃不尽的粮食。另外，正像动物有植食和肉食的习性一样，每个品种的树所需要的营养也不一样，换一个树种能有效地避免重蹈覆辙，达到营养互补的效果。

实践证明，老炮台的理论非常有效，枯树坑里补栽的树种大都长势良好。重新回到山上,老炮台不但感到自己的身体好了很多,记忆力也变好了,每个挖过的树坑,根本不用做记号,打眼一看就能认识。有时候他也会巡查那些被他补栽上去的树木,看着那些郁郁葱葱的枝条,老炮台会感到无比兴奋,涌动在心头的不仅是一种成就感,更是一种对生命力勃发的感叹,生生不息大概就是这个样子吧。

  老炮台喜欢"生生不息"这个成语,最喜欢的一件根雕作品就以此命名。这是一段粗壮的刺槐根,刚挖出来的时候下面密布着长短不匀的根脉,一般根雕作品都是"七分天成,三分人工"。老炮台剔除了那些多余的根脉之后,意外地发现用来支撑的三根主根长短一致,分布均匀,恰如一个点线完美的等边三角形。根体也很有感觉,呈一个扁平的椭圆形仰卧在上面。台面中间凹下去,就像一个悬在半空的月牙儿。

  儿子韩今生上山来看他,看到了这根雕,说很像古时贵族宴宾时用的酒爵,拿下山准能卖个好价钱。老炮台听了很生气,训斥今生说,你就知道钱,还像酒爵?哪里像了?今生不敢吭声了,过了一会儿才小心翼翼地问那像什么。

  老炮台一直端详着根雕,脑子里在不停地寻找自己心仪的意象,至于怎么来表述自己一时也说不上来。直到有一天早上,他从工房出来,迎头看到一道火红的霞光,放在屋东头条石上的根雕笼罩在霞光里,通体发亮,随着光线慢慢往上拉升,红彤彤的太阳显露了出来,再看那根雕,此时恰巧托举着那大大的太阳,黏稠的阳光浓烈而凶猛,蛮横地照耀下来,根雕台面上,璀璨的光影里,似有千万个生命在跳跃。老炮台被这幅景象惊呆了,"生生不息"这四个字猛然就从脑子里迸发出来。

  禹奕泽远远看着老炮台的身影,犹豫着要不要跑上去,心里很是矛盾。老炮台显然已不仅仅限于他的长辈了,他从心里非常渴望能像过去那样亲昵,但此时又害怕见他。这种感觉与刚才在碧峰时的那种自卑无关,更多的应该源于内心的愧疚。那种沉重而悲伤的情绪再次泛滥上来,他觉得自己是这个世界上最失败的男人,对不起已去了另外一个世界的父亲和儿子，对不起妻子，对不起自己的母亲和姐姐，对不起这个世界上所有的人。

禹奕泽想悄无声息地溜走，没想到老炮台已经直起腰来向他招手了。禹奕泽只好迟疑着转向老炮台的方位前行，可走了几步他还是又停了下来。今天是他重新回到舒云谷的第一天，这给了他暂时逃避的理由。他想先到检查站看看再说。他担心老炮台听不到自己的声音，便往前凑了凑，找了个高耸的地方，把两只手掌展开呈喇叭状放在嘴巴上，大声朝上面喊道："大舅，您先忙着，我先去检查站那边看看，过后再上去看您。"皱起的山风裹挟着喊声撞了过去，老炮台先是呆愣了一下，紧接着就朝禹奕泽使劲摆了摆手，随即又把腰弯了下去，继续对付身下的树疙瘩。

再次回归山路，禹奕泽心里有些懊恼，为自己仍然走不出命运为他播撒下来的阴影而懊恼，同时也感到自己刚才的行为有些多余。老炮台能隔这么远看到自己，说明这位接近六十岁的准老人身体很好，仍然耳聪目明，根本不需要那些特意动作。

来到长岭后，老炮台真正过上了自给自足的田园生活，长岭下面就是有名的天烛泉，泉水清冽甘甜，趴下身子就能直接饮用。房前的菜地，除了培育树苗子，剩下的就种上粮食和蔬菜。把屋后的空地圈起来，养上一笼鸡，几乎所有的吃食都来自大自然的馈赠，整天还面对着满目的苍松翠木，没有一丁点污染，想不心明眼亮都难。

长岭跟舒云谷检查站直线距离很近，越过长岭就能看到检查站那三间石头房子。前面的道路呈一个倒置的巨大抛物线状，先是一个往下缓冲的下坡，紧接着又是一段长长的上坡。坡有些陡，禹奕泽攀上去费了些力气，蹲了五年机关，他感到自己的体力已大不如以前了。

禹奕泽站在峡口往前瞭望，那三间石头房子似乎就在脚下，它正面对着大直沟水库，西去的阳光在水面上形成一层镀金状的波澜，像草原上成队的马群放牧归来。矗立在岸边的那三间房子倒成了障碍，好在是处于凸起的角落，看上去还算协调。

天忽然黑了一下，接着就听到"嘎——"的一声炸响，禹奕泽遽然昂头，看到天空中正有一只庞大的鸟盘旋着飞过来。

禹奕泽心中一凛，空气中也似乎有了某种让人惊悚的味道。那只大鸟越飞越近，状态放纵而随意，似乎把整个天空都当成了它自己的游乐场，先是俯冲着向下，然后又盘旋着上升，之后又像一个抛在空中的物体，骤然下落回旋，冲上长岭。在老炮台的工房上空，大鸟停了下来，矫健的双翼平伸着，浮在空中，一动也不动地俯视着浩然的水面与黛色的山麓。猛然，它把翅膀一侧，如流矢般骤降下来，直接扎进了房子的背面。

禹奕泽呆住了，心中已有了某种预感。

俄而，大鸟重新抖动着翅膀腾空而起，弯曲的利爪上坠着一个徒劳挣扎的生灵。大鸟横着身子，打着旋儿从禹奕泽头顶上掠过，那双琥珀色的眼睛眨动着，放射出令人凛然的光芒。

正是这种光芒让禹奕泽把它认了出来，这应该就是那只与老炮台有着很深渊源的老鹰，利爪下的生灵看起来像是老炮台养的鸡。这只老鹰在泰山上盘踞已久，过去的那些日子，禹奕泽尽量做到跟它和谐相处，可是今天它却贸然来犯，还叼走了老炮台的鸡，这不是强盗行径吗？盯着那只游动的、不可一世的大鸟，禹奕泽心里突然冒出来一股邪火，直冲脑门子。他顾不得许多了，弯腰捡起路边的一块石头，直起身子就朝那只老鹰飞翔的方向奔了过去。

那只大鸟很快就发现了下面这个被怒火冲撞的男人，但它应该不明白禹奕泽的火气是朝向它的，继续以强者的姿态趾高气扬地游走在空中，许是感到禹奕泽那种忘我的奔命状态非常好玩，许是获得了猎物之后想抒发一下快感，它好奇地逗留于禹奕泽的正上方，不停地打着旋儿，恣意扇动着那两个硕大的翅膀，忽高忽低地随意盘旋缠绕着，看起来像是有意逗弄这个在下面狂奔着的不自量力的男人。

老鹰那嬉戏般的状态让禹奕泽更加感到怒不可遏，他喘着粗气驻足抬头，圆睁着双目仰望向空中，一边还掂量着手中的石块，对着遮蔽在头顶的那片阴影目测了一下，那种遥不可及的感觉让他产生了一种深深的沮丧，也让他心中的愤懑达到了极致，他已不想做目标的考量，身子努力前倾，高高地扬起手臂，用尽全身力气把手中的石块向那只大鸟投去，那飞离着的黑点在阳光中画出一道优美的弧线，最终沉寂在了下面山坡的某个角落里，连一丝一毫的声响都没传过来，禹奕泽恨得牙齿直痒，只恨自己肋下没有生出双翅，又想手中若是有杆猎枪就好了，那爆裂的炸响肯定会比这苍白的线条来得痛快。

　　老鹰很快就厌倦了这种兀自制造的游戏，使劲呼扇了两下翅翼，调整了飞行姿态，往上拉升着攀飞向大山深处。禹奕泽没有犹豫，继续朝向那片阴影逐去，结果怎样对他已不再重要，重要的是他不想放过这个恣意妄为的入侵者。

第二章

　　老炮台与那只老鹰的缘分，应该有三十多年了。这事说起来有些离奇，但却真实地发生在了老炮台身上。

　　那一年，老炮台只有二十三岁，已顶替父亲韩尚信进入泰山林场六年了，来到植树队也已三年。那应该算是一场意外，正是这次意外让老炮台与那只老鹰结下了不解之缘。

　　那年春天，由于植树队人手紧张，又正值植树的黄金季节，大部分成员都要沿着不同线路单独作业。因为宰牛沟一带比较险，在所有植树队的队员中，当时的老炮台又比较年轻，他就主动要求走这一路。禹奕泽的父亲禹士民是植树队队长，想老炮台已经跟了自己几年，对山上又熟悉，应该不会有什么危险，毕竟植树不是采石，不用惊天动地去打眼放炮，就答应了老炮台的这个要求。

　　泰山上的很多地名大都很有来头，这与历代帝王热衷于封禅泰山有很大关系，也与众多文人墨客驻足垂青密不可分。这些有来头的地名基本都集中在几条登山路线上，以最初的登山路线红门路为最多。比如孔子登临处、柏洞、五大夫松、经石峪这些名号。可在泰山深处还有无数条无名沟谷，它们延续着过去的传统，按照当地山民自己的方式来给它命名，宰牛沟就是其中之一。

　　泰山还没禁牧的时候，周围山民都是把自家的牛羊带到山上来放养，青草茂盛的夏秋季节，牛羊一般都得在山上待好几个月。不过，其间牛羊的主人也要时不时来山上看看，他们把这种放牧方式叫作"宿山"，意思就是住在了山上。有经验的放牧人大都会避开宰牛沟这片地界，因为这条山沟比较突兀，也比较险要，用周围山民的话说就是"没有借脚儿"，牛羊只要掉下去必死无疑，很多牛羊就这样被大自然给屠宰了。

那天上午，老炮台走了好长时间的山路才绕到宰牛沟的崖顶上。顶上海拔高，背阴的地方积雪还没有融化，潮湿的泥土很适合树苗生长，老炮台用随身带着的钎子往下插了一下，发现土层还很厚，长出来的树苗完全能扎根。老炮台很兴奋，要在这崖顶上长出一片绿荫来那就太好了。

老炮台先是用钩子把沉潜到泥土里的石块钩出来，清理完了就开始挖坑，担心在这顶上树苗存活率不高，树坑就挖得有些密，想到秋天再上来一次，如果都能长起来就间一下苗。本来已经快到崖顶边缘了，也怪老炮台自己有些贪功，想多种一棵是一棵，就又踩上了边上的岩石，想在最边上再挖个树坑。不想这完全是个假象，他被岩石上面浮着的那层泥土搅乱了视线，这块岩石跟崖顶根本就不是一个整体，脚一踩上去，岩石就开始倾斜着往下掉落，老炮台收脚已来不及了，随即也被带了下去。

往下坠落的那一瞬间，老炮台脑子里一片空白，耳边只传来呼呼风声，眼睛被晃得什么都看不清楚，没有了任何意识，骤然袭来的毁灭感支配了所有。猛然又传来了某种钝响，尖锐的刺痛随即由背部传来，接着又是扑簌簌的声音，如同站在树杈上的大鸟，扇动着翅膀在繁茂枝蔓中寻觅制高点。身体继续下坠，只不过这次更像是一次很不顺畅的滑落，持续时间也短，仅仅几秒钟的样子，世界很快就归于了寂静。

极度的惊惧仍然统摄着老炮台，他以为自己已然来到了地狱，是身下加重的刺痛把他唤醒了，让他有了某种意识。

一束强烈的阳光骤然照临，生生刺穿了眼睑，老炮台用力眨巴了一下眼睛，看到上面是一个光彩斑斓的世界，枝干峭立，叶脉闪烁，游弋飘摇。他落在了一棵长在峭壁上的松树中间。

这是一棵长相奇特的松树，硬从岩石缝隙里挤出来，就像一个大写的J字，最为奇特的是松树本来长得好好的，却生生被底部长出来的一棵灌木冲开，树干从中间一分为二，形成一个树的峭壁。灌木不但在这峭壁下面心安理得地安营扎寨，还往前延伸出来又一个粗短的J字，这个弯曲的树干发着黑黄的颜色，干硬如铁，满是凹凸不平的疤痕，犹如一张张鬼脸。如果单纯摔在这灌木的枝干上，老炮台恐怕也早就变成肉饼了。庆幸的是，他从松树上面的枝干上滑落下来，那种迎合的力量抵消了大部分向下的冲力，才能使他安全降落在这树的峭壁中间，灌木的底部。

看到那黑黄的树干和粗短的枝条，老炮台认了出来，这灌木叫护山棘。此时老炮台还不知道它的学名是小叶鼠李，被称为北方檀木，又叫雀檀，更不知道几十年后他的命运会被它改变。他只是有几次远远望见过，它们婆娑在峭壁上，很另类的样子。当年父亲曾告诉过他，这种灌木在泰山上比较少见，它还有个名字叫降龙木，在《穆桂英挂帅》这出戏中，是个关键物件，女中豪杰穆桂英正是借助了它才大破了辽兵的天门阵。

护山棘是一种长得很缓慢的灌木，几十年也长不了几厘米，像身下这种一掐多粗的，应该长有上百年了。所以，说护山棘侵入了松树的领地也许是不恰当的，很有可能松树是后来的，多年前被飞鸟叼来的一粒松树种子，在这护山棘旁生根发芽，根脉慢慢生发出来，跟护山棘的根脉缠绕在一起，长出来的树干也搅和在了一起。至于松树为什么会被护山棘整齐地分开，形成怀抱树的格局就不得而知了，神奇的大自然应该自有她独特的演化方式。

这里已经处于峭壁偏下的地方，宰牛沟的底部清晰可见，但也应该有二十几米的样子，掉下去同样会粉身碎骨。老炮台动了一下，背部没有了刚才的刺痛感，应该没伤着骨头，他小心翼翼地攀着护山棘的树干站起来，抬头往上看了看，顶上的天空被峡谷两边的崖顶割裂开来，就像一个歪歪斜斜的等号。太阳已经偏斜，此时只能感受到它的光芒，却捕捉不到它的影子。挂在这峭壁上，是很难被发现的，老炮台很快就意识到，他仍前途未卜，生命处于生死之间，但甭管怎样毕竟现在还活着，这就是一大庆幸。

饥饿很快袭来，装煎饼的袋子留在了崖顶，本来准备挖完这最后的树坑就开始打尖，谁知会遭到这样的劫难。

老炮台成了住在这树中树上的人，活动范围只有有限的几个树杈，还要万分小心，担心脚下的枝干会随时折断。树枝上的尖芽芽刚刚冒出来，根本就采不到，如果是夏天就好了，不但树叶都长好了，果实也有了。护山棘的果实不但能入药还能食用，开的花还特别好闻，他就又在心里嗔怪自己，命都不保了，还在琢磨花的香气。再说了，失足落崖是千年不遇的意外，意外是没法选定日子的。况且，开在深山里的果实是大自然的馈赠，它同样要回馈大自然，这种法则是任何人都不能破坏的。所以无论护山棘的果实对人类多么有益，但开在这绝壁之下就无人识了，只能自生自灭。越往下联想，肚子越咕噜咕噜地叫。他攀上最靠近崖壁的那条树枝，绕着周围的崖壁仔细打量，看有没有可以食用的苔藓类的东西，他曾听父亲说过，早年间他们村有个进山砍柴的人迷路了，找到一处山洞，在洞里依靠吃苔藓维持生命，直到一个多月后被救起。这样盘算着，就又开始骂自己是猪脑子，苔藓一般都生长在潮湿阴暗的地方，这峭壁上怎么会有？

但也不是一无所获，边上有一个较宽的岩石缝隙，缝隙里面错落着的岩石上，还簇拥着一堆堆没融化掉的积雪，可能是常年湿润的缘故，积雪边上的土层还探头探脑地生长着一簇荆条棵，细长柔韧的枝条上，鲜嫩的叶子已经冒了出来。老炮台如获至宝，先伸出胳膊就近抓了一大把积雪塞进口中，然后又把手伸向了那些嫩叶，可他的手刚够到那些叶子，又蓦然停住了。自己还不知道要在这树上待多久，现在就把这些嫩叶吞进肚子里，解决了一时之饥，剩下的那些不确定的日子该怎么办？不如自己现在先忍忍，让那些叶子再长大一些。意识到这一点，伸出去的手变得柔软起来，爱抚般地从那些枝条上滑过，这时他就发现了那个位于荆条侧面的鸟窝。

鸟窝攀附在一块凸起的岩石上，外面用碎树枝堆垛起来，如水平放置的彩虹卡在苍黑的石壁上，比一般鸟窝要大许多，直径大约有一米左右，老炮台还从来没见过这么大的鸟窝。伸头往里一看，里面正有两只雏鸟在阔大的窠臼里争相啄食对方，雏鸟应该刚破壳不久，身上粉嘟嘟的皱褶还没荡开，嘴巴喙部还没完全硬挺起来，发着嫩黄的颜色。那摇动着的荆条显然惊动了它们，它们瞬间呆在了那里，睁大了圆溜溜的小眼睛，有些惊恐地看着老炮台。

起初老炮台并不能确定这是什么鸟，只是感到这两个小东西非常可爱，看着它们那憨态可掬的样子，心里暖暖的，似乎猛然就生出了某种力量。

上空传来一阵异响，好像是翅膀扇动的声音，老炮台抬头，见天空暗了半边，有一只大鸟正在头顶上盘旋，大鸟的爪子上还挂着一只血淋淋的野兔。随着大鸟不断在眼前打转儿，老炮台逐渐看清楚了，这是一只老鹰，应该是那两个可爱小东西的妈妈，这是外出给孩子觅食回来了。

老鹰显然以为老炮台是入侵者，在空中逡巡了半天，俄而，睁大了琥珀色的眼睛，使劲扇动了一下巨大的翅翼，尾巴呈扇面状翘起，把身体倾斜起来，对着老炮台俯冲了下来。老炮台赶紧抓住靠近自己的那根枝干，使劲往下撅，这是一个下意识行为，出于本能地想取树枝来自卫，殊不知，护山棘的枝条不但粗短还极为柔韧，根本就不能拿来当武器。

眼看老鹰已呈排山倒海之势压了过来，弯曲而尖利的喙部直直向下朝向了头顶，老炮台的双手还缠绕在那根枝条上，站在树干上的身体又不能腾挪，无计可施的老炮台再次陷入巨大恐惧之中，他已无路可走，无处可逃，干脆绝望地闭上了眼睛，泪水从紧闭的眼睛中奔涌而下，一种从未有过的悲怆瞬间袭来，充斥着这个年轻男人的每一个毛孔。

可灾难并没有降临，空气似乎凝结了，周围出现了不应有的安静。

老炮台睁开眼睛，抬头仰望，见那老鹰并没有真正冲下来，还在靠近松树顶部的空中盘旋，似乎是在寻找落脚的地方，一边还转动着右边的眼珠儿往下俯视着自己的巢穴，那两只雏鸟也看到了自己的妈妈，张着嘴欢呼着，争相往外探头，可老鹰仍然张着翅翼停在空中，警惕地在老炮台周围观望。过了一会儿，老鹰确认自己的孩子完好无损，才小心地斜着身子往下坠落，把爪子试探着伸下来，对着一根横生着的松枝一松，那只血淋淋的野兔呈括号状，不偏不倚地搭在松枝上，然后老鹰睁大圆溜溜的眼睛往下看了一下，琥珀色的光泽一闪，就使劲扇动着翅膀向前掠过，朝着更深远的高空攀升着飞去。

那只搭在树枝上的兔子离老炮台头顶不远，挺身抬手就能够到，死去的兔子软得像一根柔韧的枝条，胸前的皮毛已被老鹰的利爪撕掉，肚腹被咬开了一个不规则的洞窟，鲜红的血肉往外翻卷着，还有零星的血滴在往下坠落。老炮台起初有些蒙，并不知道老鹰的用意，把兔子搭在松枝上，巢穴中的雏鸟显然是够不到的。

两只雏鸟无奈地看着妈妈离开，又见那搭在松枝上的兔子遥不可及，就又重新把还未长成的喙部对准了对方，这次它们的交锋很是激烈，拼命把嘴巴伸向对方的要害部位，有一种你死我活的劲头。老炮台看着着急，从松树树干上掰下一根细松枝探进里面劝架，春天的松针鲜绿而柔软，根本压不住两个小家伙的火气，即使暂时把它们分开，稍缓一下它们就又如同仇人一样冲向对方。后来老炮台灵机一动，干脆把那只血淋淋的兔子递进了鸟窝，没想到这一招特管用，两只雏鸟瞬间就和谐了起来，停止攻击对方，齐心协力地来对付眼前的食物。

傍晚时分，老鹰再次飞回来，老炮台以为这次它会归巢，就尽量把自己的身子往边上趔了趔，以便腾出更大空间，让老鹰能顺利回家。可老鹰仍然像下午那样在空中盘旋逡巡着，过了一会儿，才在一条粗壮的松枝上降落下来，探头见巢穴里两个小宝宝正玩得欢实，驻足了好久，似乎是在犹豫要不要进去。其间，左面的眼珠儿还不断对着老炮台转动。后来老鹰最终还是又飞回了天空，可能是肚子里有食的缘故，小宝宝们对自己妈妈的离开比较麻木，继续沉浸在嬉戏的快乐之中。

夜很快就降临了，周围渐渐黑了下来，头顶只剩下那如同等号般的天空还发着灰白颜色，深黛色的峭壁让夜色变得更加黏稠，饥饿和寒冷一阵阵袭来，老炮台被冻得瑟瑟发抖，不得不把身子尽量贴近树干，他还是有些先见之明的，担心自己会越来越没有精力攀附在树干上，害怕自己会失足掉下悬崖，之前就把护山棘那几根稍长的枝条捆在了身上。又想着能睡着就好了，他曾听父亲痛说过自己的历史，说他小时候家里穷，晚上没饭吃，从外面疯跑回来就喝一肚子凉水睡觉，睡着就不觉得饿了。现在，寄居在这峭壁的树上，别说没有凉水可喝，即使有，喝饱了凉水也没地可躺呀。

远处传来一阵狼嚎的声音，这没有在老炮台心中引起更大恐慌，儿时那次与狼的交锋并没有留下多少记忆，只是在人们后来的渲染中增加了某种惨烈，这反而激起了他心中的不平之气，其中不仅仅包含着仇恨，更多的是一种不服输的情绪。还有上唇那两个伤疤，无时无刻不在提醒着他，他甚至希望在某一天再次遇到那只狼，让命运给他一次为自己肃正的机会。他相信，他长大了，应该完全有能力来战胜狼了。尤其是现在，这种愿望更强烈了一些，如果那只狼在眼前，他一定不会退缩（也没地可退），会不顾一切地跟它做殊死搏斗。在目前这种极端的生命考验下，他渴望破釜沉舟，不是为了复仇，只是想让自己感受到生命的痛彻与离去的快感。可在这峭壁上，老天怎么会给他这种机会呢？

实际上，那个想法早已萌发，在把兔子伸进鹰窝里的那一刹那，他就想到了"茹毛饮血"这个成语，这在小学课本中曾经出现过，他难得地记住了。这么小的幼鸟都可以茹毛饮血，他怎么不可以？我们的祖先原始人不就是通过茹毛饮血，一路进化过来的吗？已经不需要这么多借口了，即使没有这些借口，那也只剩下这一条路可以走了。要活下去的欲望似乎战胜了一切，夜色给了他力量，也遮蔽了心里的阴影，他不再犹豫，果断地把手伸进了鹰窝，抓起已被两只幼鸟啄得七零八落的兔子，然后把头昂起来，有意识地避开手上的东西，发狠般地往自己嘴巴里猛塞。

第二天下午，几乎又是那个时辰，老鹰带着食物又飞回来了，这次同样是在外围观察了一下自己的小宝宝，然后又把利爪上的野鸡搭在了那根松枝上，不过，它这次没做停留，立刻就飞走了。

让老炮台感到意外的是，不大一会儿，老鹰又飞回来了，利爪上抓着他装干粮的袋子，盘旋在他的正上空，一边还嘎嘎地叫了两声，似乎在调整方位，也似乎是想引起老炮台的注意。老炮台昂起头，看到自己的干粮袋子直直地垂在上方，忽然有些明白了，于是就把胳膊伸了出来。老鹰低头看了看老炮台，很快就对着他松开了利爪。老炮台跟老鹰之间产生了难得的默契，袋子稳稳地被老炮台抓在了手上。袋子里的煎饼有八张，里面还有两大块咸鱼，是他两顿的干粮。老鹰把干粮袋子交给老炮台，似乎放心了，又嘎地叫了一声，还炫耀般地呼扇了一下翅膀，然后猛然向上振翅攀升，重新飞回了天空。

怀里抱着自己的干粮袋子，老炮台心里暖融融的。看来大自然中的一切真的是相通的，我们在夸赞某种动物的灵性时，总是说它通人性，这种说法应该是不准确的，它们通的不仅仅是人性，而是一种向善向暖的共性。就像这老鹰，昨天还对老炮台虎视眈眈的，但看到他照顾了那两个鹰宝宝，感受到了他的善意，今天就想办法把他的干粮送了过来。

在感慨的同时，老炮台心里又多了一重忧虑，随身带着的挠钩和钎子已经随着他跌落下了山崖，只有留在上面的这个袋子还能成为寻找的痕迹，现在这痕迹被老鹰给抹平了，再加上现在所处的这个位置在峭壁下半部，凹在里面，上面有倾斜着的岩壁遮挡，这棵树中树又长得隐蔽而任性，即使禹士民他们能找到崖顶上，也未必能发现他在下面。

第三天老鹰带来的是一条死蛇，老炮台没敢动，直接就用树枝挑进了鸟窝。

第四天又是一只野兔。

……

老炮台在这棵奇特的树中树上待到第七天,那八张煎饼早就吃完了。其间,他又跟鹰宝宝分享了几次食物,咸鱼没敢动,他已两天没得到任何水分了,嗓子干得像要冒烟,从昨天到现在连一滴尿都挤不出来了。岩壁中的积雪早就被他搜寻殆尽,荆棵条子上的汁水也让他用牙齿反复榨取干净了,缺水已跃居成他目前的第一大困境,上面还没有传来动静。他不知道自己接下来应该怎么办,只是活下去的念头比任何时候都要强烈。

第七天下午,从峡谷垂下来的光线如倾斜的扇面一般,斜斜地映照在老炮台身上,他感到浑身火烧火燎的,都快被点燃了。他盯着那岩壁罅隙,残雪留下的阴影放大了他的欲望,他把胳膊伸过去,张开手掌,把手指贴在那片阴影上来回倒去地使劲摩挲,粗粝的岩石一次次阻击着手指的侵犯,岩石上渐渐出现了一道道血红的痕迹,他已感觉不到疼痛,那种湿重和滑腻反而让他有了某种兴奋,他迫不及待地把涌动着血滴的手指伸进干裂的嘴唇,猛嘬起来。

截至目前,老炮台仍然不相信自己会葬身于此,潜意识里总感到自己一定会获救,这种感觉不是凭空而来,他一直觉得自己是幸运的,当年在狼口下是如此惨烈,他却顽强地活了下来。从宰牛沟的崖顶跌落,多少生命就此完结,而偏偏就只有他能被这棵奇怪的树所接纳,还有他跟老鹰之间的默契,这一切应该都是命运对他的眷顾,也是老天对他的爱护,他要顽强地坚持下去,绝不能浪费了这份幸运、这份爱。

老炮台身上穿着一件敞口秋衣,外面是学生蓝国防服,下身套着秋裤,秋裤外面罩着大缅裆裤改成的制服裤子,裤腿足够长。他先把外面的衣服脱下来,把裤腿跟上衣袖子接起来,往下伸了一下,才将近两米多的样子,远远达不到沟底,即使把秋衣和秋裤都脱下来,也还是长度不够。他有些沮丧,把未做成的救命绳索搭在前面的树杈上,无奈地对着天空仰望。

老鹰又在那个时间飞来了,这次利爪上没有食物,也几乎没在空中逗留，径直落在离老炮台很近的松树枝头，然后把脑袋竖起来，转动着琥珀色眼球观察鹰窝里的动静。那两只鹰宝宝这几天长得很快，头上已有了毛茸茸的感觉，下肢挺了起来，身架已经很像样了。

老炮台猜老鹰是想自己的宝宝了，这次是真的要归巢，他仰望着老鹰那遮天蔽日的身量，眼睛里充满着艳羡与热望，做一只老鹰真好！似乎可以主宰整个世界。老鹰低头向下，张开那两个硕大的翅膀轻轻扑腾着，看来是在寻找最佳切入点。老炮台的眼珠儿一动也不动地盯着老鹰那摇动着的翅膀，心里灵光一闪，骤然产生了一个奇妙想法，他想借助老鹰的力量把自己带下去。他把搭在树杈上的衣服抓在手里抻开，双手抡着旋转成了一个抛物线，又对着上面比画了一下，把身上的秋衣和秋裤也脱下来，身体上只留下了短裤，他已顾不得考虑脸面，快速把所有衣服都尽可能长地接起来，连成一个圆形的套环。

老鹰这时已瞅好了空当，摇动着翅膀准备飞向那个石壁罅隙。老炮台有些紧张地盯视着那老鹰，暗暗积攒着力量，把那个大的衣服套索牢牢抓在手上。见老鹰已经开始扇动翅膀，及时把准机会，尽量避开那些缠绕在上面的树杈，用尽全身力气朝向老鹰抛去。时机刚刚好，欲要振翅起飞的老鹰无意中配合了老炮台的企图，迎头钻进了套环中，先是脑袋被套住，想本能地甩脱，没想到那套索反而滑向了身子中间，被那两只翅膀的根部挡住了。长长的套环恰如其分地套在了老鹰身体最有力量的部位，往下伸出来一个长长的椭圆，椭圆的下端就搭在老炮台头顶上。

老炮台感到兴奋，心里仍然紧张得不行，他的身体已极度虚弱，担心手上的力气持续不了多久，但他还是迅速伸手抓住了那椭圆下端的衣服条。老鹰此时似乎已发现了老炮台的意图，不再飞往旁边的石壁罅隙，反而挣扎着往上飞，试图挣脱开老炮台套在它身上的绳索。

老炮台哪能容它挣脱，双手紧紧抓住椭圆下端，身子尽量抻开，伸出两条臂膀，拼尽了最后力气往下拉拽那绳索，老鹰仍然往上飞升，还幸亏是旁边那个树杈帮了老炮台的大忙，他抬脚踩在树杈上，整个身体也随着攀附进了套环里。老鹰本已飞离了树干，被老炮台的身子一挣，猛地一下就沉了下去。老炮台眼睛紧紧闭着，横着身子一动也不动地伏在绳索上，双手死死抓着衣服条，这已是他最后的机会，心里已无所畏惧了，反而有了一种豁出去的感觉。大不了就是一死，摔死和饿死既然归处一致，路径也就不重要了。

老鹰很快就认清了眼前的现实，要摆脱依附在下面的这个累赘已不可能，只能挣歪着身子往下飞，好在它的翅膀还足够坚韧。老鹰极力想摆脱眼前的困局，疾速俯冲着往下，很快就接近了地面。

闭着眼睛的老炮台只听到耳边传来呼呼风声，身体随着这风声，像暴风雨中的帆船在剧烈地摇摆，骤然，他感到老鹰的速度慢了下来。老炮台睁开眼睛，沟底的石头已清晰可见，连那枯干如枝叶的青苔都能分辨得清清楚楚，与此同时，他的身体开始往下倾斜，脚尖还没触到下面的石块，就一下子被老鹰掼在了沟底的碎石上。老炮台先是蒙着，随即就感到了钻心的疼痛，浑身上下好像都被身下的乱石戳穿了，整个身子也似乎已不属于自己。

老鹰甩掉了老炮台，先是在一块凸起的巉岩上顿了顿，翅膀往里一缩，身子抖动了一下，套在根部的绳索完整地被甩了出来，然后就使劲扇动着翅膀重新往高处攀升。

瘫软在沟底的老炮台感到浑身酸痛，从身上流下来的鲜血把下面的石头都浸染红了。斜卧在这大地上，看着已被鲜血涂抹成殷红色的石块，一种从未有过的踏实感在老炮台心中升腾，他知道自己得救了，顾不得身上的伤痛，抬头仰望，老鹰已带着啸声翱翔在了天空。老炮台望着那苍劲的英姿，内心突然涌动出了一种难以言说的暖流，泪水也随之奔流而下。他调整着蜷曲的腿部，让膝盖尽可能地在岩石上立起来，双手艰难地强撑住身子，低下头，额头触碰着大地，深深地拜了下去。

一重新回到山上，老炮台就开始寻找那只老鹰。他早就听一位有经验的老猎人说过，鹰是世界上寿命最长的鸟类，最高可活到七十岁。要活那么长的寿命，它在三十五岁的时候必须做出困难却重要的决定。

这时，它的喙变得又长又弯，几乎能碰到胸脯。它的爪子开始老化，无法有效地捕捉猎物。它的羽毛长得又浓又厚，翅膀变得十分沉重，使得飞翔十分吃力。此时的鹰只有两种选择，要么等死，要么经过一个十分痛苦的更新过程，一百五十天漫长的蜕变。它必须很努力地飞到山顶，在悬崖上筑巢，并停留在那里，不得飞翔。鹰首先用它的喙击打岩石，直到旧的喙完全脱落，然后静静等待新的喙长出来。再用新长出的喙把爪子上老化的趾甲一截截剔除掉，老化的趾甲带着血肉从身体里剥离，鲜血也一滴滴洒落，但为了重生，鹰只能以顽强的毅力坚持着。当新的趾甲长出来，鹰便用新趾甲再把身上的羽毛一根一根拔掉。历经锥心蚀骨的五个月历程，新的羽毛长出来了，鹰重新开始飞翔，重新拥有力量，再开始以后三十年的岁月。角色转变之后的老鹰，才能有力翱翔，奔跑也不困倦，行走也不疲乏。所以，老鹰更换羽毛的过程虽然痛苦，就如同炼狱一般，但是，一旦更换了羽毛，老鹰就像涅槃后的凤凰，继续遨游于万丈苍穹，展示它的王者之姿。

尽管这种说法没得到过证实，但老炮台却一直确信是真实的，作为空中霸主的鹰就应该有这样的生命历程。鹰一般在五岁左右就成年了，就具备了孕育生命的能力。老炮台据此推断，他跟那只老鹰最初相遇的时候，老鹰也许是第一次做母亲，也许不是，反正应该正处于第一次生命的盛年，最多也就是七八岁，现在二十多年过去了，老鹰应该像他一样才刚刚开始第二次生命。他们在那个极端环境下相遇，它当年搭救了他，尽管在过往的人生中，他感到自己沾染了许多世间的污秽，被许多世俗的缠累所牵挂，觉得灰心、绝望，飞行变得笨重、缓慢，觉得自己需要更新、改变，需要脱胎换骨、有着对重生的热烈渴望……可他并没有刻意模仿老鹰的这种历程，他之所以选择重新回到山上，完全是一种自然生发的过程，完全来自内心深处的召唤。他跟老鹰的命运殊途同归，对生命的感受不谋而合，这应该是一种天定的缘分，既然天定，就不应该这样轻易完结，所以，他坚信那只当年的老鹰应该还在。

在那个秋天的下午，老炮台带着攀岩装备来到宰牛沟沟底。同样是下午时光，只不过是二十多年前，只不过那是个春天，他就是从这里逃离险境的。当时，他在极度感激中目送着那只老鹰离去，那口气就塌了下来，晕倒在了那个被鲜血浸染的石头窝里，也不知在沟底躺了多久，他才醒来，才感到自己已彻底回到了人间，强忍着疼痛动了一下，身上的伤应该没什么大碍，他放下心来，慢慢坐起来，极其艰难地，几乎是一步一挪地攀上宰牛沟上面的一个山坡，恰巧遇到了在这周围搜寻他的植树队同事，他们一看到蓬头垢面浑身布满鲜血的老炮台，像害怕他再次消失一般，不顾一切地扑上来把他紧紧抱住。那个瞬间，他的情绪也早已崩溃，任激越而幸福的感觉放肆地飞扬，瘫软在同事肩头难以抑制地放声大哭起来。

　　生命有时候就是这样，过往的每一天也许是平凡的，可在经历过大灾大难之后就有了非同一般的感受。

　　沟谷几乎没什么变化，秋日暖阳的光芒从峡谷中劈下来，把沟底分成泾渭分明的两个世界。凹处零星长着几株低矮的灌木，裸露的岩石挂着没有被时光淘尽的泥浆，那是刚刚过去的那个季节，山洪发泄过后留下的余烬，有些经过干燥山风的抚慰，已如青筋般迸起，一条一绺的，横七竖八地排列成不规则的条纹。老炮台背着阳光抬头仰望，上面岩石突立，高邈晴朗的天空被岩壁硬生生划成狭窄的甬道，岩壁两侧苍黑青芒，几乎什么也看不到，不知道那棵奇怪的树中树怎么样了？不知道那个老鹰的巢穴还在不在？攀岩设备准备得很齐整也非常专业，攀岩绳、膨胀钉、镁粉袋、安全带、岩石塞、扁带、岩钉……应该有的都有，这些都不需要自己费心，现在已有了专门经营野外活动用品的商店，说明用途后会有专人给你配备，只要肯花足够多的钞票。

　　有了这些专业装备，尽管他那时候身体还有些虚胖，但爬上岩壁并没有费太大的力气。刚爬上去五六米老炮台就看到了那棵树，从下面看还是呈J字形往上高扬着，近了，还能看到底下虬龙般盘踞着的老根。爬上老树，还是感到了一些变化，尤其是那棵被劈开的松树，似乎苍老了许多，右边的分杈树头周围的枝杈少了很多，原本苍翠的枝干也变得有些灰白，整个看起来就像人已进入了暮年的状态。中间的护山棘几乎没变，枝条婆娑，心形的小碎叶茂密繁盛，发着绿油油的颜色，依然在焕发着强大的生命力。老炮台松了一口气，这棵树还在，担心的事情没有发生。

这几年，人们手里有俩钱了，开始谋求所谓高质量生活，很多有钱人为了附庸风雅，开始玩文化玩收藏，文玩和盆景市场一下子繁荣了起来，价格也随之水涨船高，而有北方檀木之称的护山棘，是做手串和盆景的最理想最有档次的材料之一，像这种百年以上的老树尤其受欢迎。去年老炮台曾经在省城的一处文化市场上见到过一个雀檀盆景，树龄还不足百年，却标出了三十万的天价。生长在泰山上的护山棘，由于有了神山圣山的光环，在市面上更是受到人们的追捧，所以，老炮台一直担心这棵奇特的树会被那些心怀不轨的人劫掠。

老树还在，岩石罅隙中的老鹰巢穴却不见了，只剩下了一蓬乱纷纷的草絮。想想时间已过去了二十多年，他老炮台已由原来那个不谙世事的林业工人转变为油腻商人，现在正在逐渐老去，又重新回到山上，准备开始新的人生，一个轮回过去，人世已经几经更迭，怎么能要求那老鹰的巢穴不变呢？尽管原本就没有多大指望，但老炮台心里还是充满了失望。巢穴不见了，意味着老鹰回到这里的可能性已经很小了。可他并没有绝望，他想既然泰山根盘齐鲁，是东方最为峻拔的高山，只要那只老鹰还在，它就不会舍泰山而去，因为只有这样雄浑的大山才能给它施展的空间，才能与它飒爽的英姿相匹配。

第二次爬上那棵树中树的时候，老炮台带去了当年那种老样式的秋衣秋裤和学生蓝外套，也像当年一样把它们系在一起，系成了那个救命索的样子。这当然不是原来的那套，就是没有下海经商，一件秋裤也不可能穿二十多年。找到相同样式和颜色的衣服并不容易，老炮台跑了好多商铺，最后才在位于城郊的一家批发市场发现了这种老样式。他实在想不出能找回那只老鹰的其他招数了，只能用这种经过加工的旧物来试一试。它是把他跟老鹰连在一起的实证，这些衣物组成的救命索，无论对飞在天上的老鹰，还是对吊在下面的老炮台，都有着终生难忘的印迹，因其特殊，才有可能成为他们相互指认的密码。为了更显眼一些，他把这种新做成的救命索弄了一模一样的两套，一套搭在树中树的那根松树枝上，另外一套放在了宰牛沟的崖顶上。当年在崖顶上种下的树已经长了起来，崖顶也变得郁郁葱葱了，作为诱饵的救命索置于任何一个树顶都会变得非常抢眼，只要是老鹰飞来就不会忽略过去。

一上一下两条相同样式的救命索，足足在宰牛沟飘了两个多月，中间老炮台上来查看了多次，都没有发现有什么异样。到秋天快结束的时候，老炮台终于在下面有了新发现，那是一根鹰的羽毛，长长的，有着尖细而透亮的根锥，根锥上端两侧像风笛一样排满均匀的绒毛，越往上绒毛越是柔软，颜色是灰褐色。之所以断定那是老鹰的羽毛，是因为在衣服上还存有两个大大的爪印，爪印的形状呈不规则的梅花状，最下面的花瓣印子往下斜伸着，就像一个耷拉在下面的棒槌般粗壮，一般的鸟类不会长有这么大的爪子。

能追寻到老鹰的踪迹，老炮台非常兴奋。当天下午，他重新来到树上蹲守。这次蹲守跟二十多年前的那次遇险不同，之前他就做了充分准备，带了足够的食物和水，还有一个旅行用的特制睡袋，上面可以吊在粗壮的树枝一端，下面是用作吊床的尼龙绳盘起来的一个网状平面，可以悬在半空，躺上去也非常平稳。同时，他还给老鹰备下了一只野兔。国家已出台不允许个人持有猎枪的规定，野兔是晚上在野地里下套套住的，这是年轻的时候跟禹奕泽父亲禹士民学来的手艺，多少年没用过了，不想操作起来竟然还非常熟练。

老炮台把野兔和那个救命索挂在上面的松枝上，松枝应该还是二十年前的那根，他想原汁原味地恢复当年那个状态，可这怎么可能呢？最大的变化还是他自己，二十多年的时光，在历史长河中也许仅仅是一瞬，但放到个人身上就会发生脱胎换骨的变化，那个原本精干青涩的小伙子早已面目全非，柔软的内心已变得无比僵硬，呈现出来的面部表情更多的是一种虚伪和冷漠，两腮的赘肉开始下垂，发际线已如落潮般退守至浅海深处，却把斑白的两鬓不容回避地凸显出来，肚子比原来应该大出来了一圈，圆溜溜儿地顶在身体的最前端，使本来就复杂之至的这棵老树更显得拥挤不堪。人已非昨日，树在今日之人的陪衬下也失却了原来的样子，但愿老鹰的眼睛像过去一样锐利，能够发现他那颗掩藏在油腻外表之下的初心。

原本是准备持久战的，没想到第二天上午老鹰就飞来了。先是在老树上空盘旋着，一边还不停地往下俯瞰，这样缠绕了多个回合才徐徐降落在最上面的松枝上。驻足后的老鹰依然非常警觉，头颅低下来，黄色的喙左右摇摆着，像是在寻找食物，琥珀色的眼珠儿转动着，警惕地朝下面睃巡。

老炮台在下面昂着头，眼睛一眨也不眨地向上盯视着那只老鹰，长长的往下弯曲的喙显现着跟二十多年前一样的颜色，还有那机警的神态，几乎都没有改变。这一定就是它了，至少应该是它生命的承袭者。一股强大的暖流在老炮台心中荡漾。它终于回来了！他终于等到它了！眼泪顺着面颊止不住地往下流。它给他带来的显然不仅仅是一次令人激动的重逢，更是一次生命与生命的碰撞，是两个具有相同命运的非凡生命体的交融和升华。

第三章

怎么会在舒云谷迷路？禹奕泽这样反问着自己，感到这简直就是个笑话，可周围明明是陌生的。泰山山脉虽然绵亘二百余公里，盘桓蜿蜒，基础广大，但主峰及其周围之山体却相对紧凑，比较集中。因此，作为一个生长于兹的泰山人，他是不应该迷路的。唯一可能的解释是，刚才的孟浪行为让他无暇顾及沿途所需要的参照，再加上，眼前的山谷确实偏僻了一些，位于他过去很少涉足的泰山主峰东北面。

面对这暂时的困境，禹奕泽并没有着急，对这片山麓，他仍然有着强大自信，他坚信自己很快就会找到出路。对自己刚才的疯狂行为也没有后悔，内心反而涌动着某种庆幸，他庆幸自己还存有愤怒和激情，庆幸自己还能追着老鹰跑这么远。这种验证此时对他尤为重要，因为他又回到了一个新的起点，开始重启某种生活，他比以往任何时候都需要这份自信。

往下的路有些艰难，脚下除了岩石断面就是厚厚的松针和枯叶，还时不时会有横生的岩壁挡在前面。有些地方也蜿蜒着细微的山路，在山岭中间，或是山谷垭口，但只是一些若有若无的痕迹，大多数情况下他都得自己摸索着往下，几乎找不到任何可以攀附和依仗的路标。

由于山体起伏不定，错落无序，沿途很难看到成片的山林，大多数树木都生长得极为任性，看上去驳杂而繁茂。在这乍暖还寒的季节，树叶都已冒了出来，可长势并不规整，有些尖溜溜的，羞怯而含蓄。有些已发育完整，婆娑在枝头，只是颜色还没完全进入状态，嫩黄嫩黄的，残留有弱不禁风的味道。还不时有被强风刮倒或被山洪冲歪的树干横在眼前。让人称奇的是，它们的生命并没有倒下，只要有少许根脉与大地相连，这些树干依然在旺盛地生长，鲜亮的枝叶匍匐在乱蓬蓬的枯草上面，似乎是在为即将展开的蓬勃打前站。

起初，禹奕泽背对着阳光寻找下山的道路。太阳已经偏西，他追着那只老鹰从东边爬上来，这样往下走应该没有错误，这是一个迷途者的基本判断。

这样走了有将近一个钟头的样子，转过一个山怀往上，没想到又看到了刚才驻足的山脊，还有那条浅沟，他在转了一个大圈之后又走了回来。禹奕泽心中疑惑，再次站在山脊上反复观察自己刚刚经历过的路线，目力所及，纷乱的杂草和树木中留有人行过后的分野，选择应该没有错误，怎么反倒又回来了？难道是自己遭遇到了传说中的鬼打墙？

关于鬼打墙，父亲就曾经亲身经历过。那是多年前一个初秋的早上，晨雾初升，父亲在刀刃山下的一处山涧，明明把前行的路看得很清楚了，却整整迷失了一个上午，直到阳光高照才找到要去的地方。一向言语不多的父亲，对这次奇特遭遇念念不忘，提及过多次，禹奕泽也就对鬼打墙有了初步认识，年少的时候，他对此半信半疑，也曾去学校图书馆查过有关资料，得知科学家也多有研究，有的结论说这是生物运动的本质，如果没有目标，任何事物的本能运动都是圆周。而此时，他心里却在排斥这个看似科学的解释，他相信这个世界一定存在人类永远也看不到的事物，会有人类永不可知的盲区，相信大自然存在某种神秘的力量，相信眼前的大山一直有神灵庇护，甚至于相信自己的父亲和儿子健健并没有真正消失，正在这世界的某处，或者就在他头顶上方，睁着眼睛在默默注视着他。

重新开始往下走，这次他格外留意了一下，发现还是自己出了问题，浅沟在右侧，按照水往低处流的原理，明明沿着浅沟往下更能走出迷途，而自己却反而绕到了左边，无怪乎刚才又折返了回去，是自己把自己绕糊涂了。

老一辈人有上山容易下山难的说法，大概更多的是考虑体力上的原因，上山的时候已经透支了力气，下山自然就会体力匮乏，感到更加困难了。可禹奕泽却一直固执地认为下山相对要容易一些。你想啊，无论是泉水还是山洪最终都会从山上流下来，鸟飞得再高也要栖息在枝头，还有天上的云朵，最终也会变成雨或者雪飘落回地面。这些大自然的物件都已经为人类开辟了往下的通道，下山怎么还会更加艰难呢？

沿浅沟往下，很快就汇入了一条更加阔大的沟谷，站在这条沟谷右侧的山梁上，禹奕泽极目四望，眼前的一切都明朗了。这里果然就是舒云谷的上端，眼前的山谷是大直沟，是泰山东麓最长最深的山谷，往上直通南天门，往下一直到舒云谷检查站和大直沟水库，而刚刚走过的浅沟则是它众多支脉中比较微弱的一条。

禹奕泽小时候总是把大直沟和舒云谷混在一起，直到长大还是有些疑惑，大直沟的上端根本就不存在直的说法了，怎么还叫大直沟？后来参加了工作才知道舒云谷是一个更大的地理概念，是泰山东麓这一片山谷的统称，而大直沟则相对具体一些，是指从极顶往下的这条泄洪主通道，中间虽然多岔而曲折，但命名却是从一而终。

如果记忆无误的话，再往下就能找到牛鼻子泉，而牛鼻子泉旁边就是父亲禹士民当年困守过多日的地窝子。走到这一步，禹奕泽反而不着急回去了，他想去看看牛鼻子泉，更想再找寻一下记忆中的那个地窝子。

牛鼻子泉很好找，就在一片石光梁的边上，像两只巨大的眼睛，跟石光梁下面凸起的岩石连在一起，从远处看就真的如同一只肿胀的牛鼻子。一只鼻孔似乎阻塞了，清冽的泉水只能从另外的鼻孔汩汩地往外流。现在是春天，水流不大，却也连绵不绝，纯净而透亮的泉水溅在下面的岩石上，飞扬起一簇簇细弱的水花，在夕阳的映射下，那些水花就像一颗颗金豆子在随着欢快的舞曲跳跃。

当年的牛鼻子泉可不是这样，泉水从两只鼻孔喷薄而出，幻化成一道道彩虹垂落下来，在脚下形成一条涓涓流淌的小溪。小溪蜿蜒向下，欢唱着最终汇入大直沟。可眼下，小溪的痕迹已无处可寻，水流在下面很快就渗透进了岩石罅隙里，以一种很隐蔽的方式继续滋养着这座大山。

看着眼前这股细流，禹奕泽内心还是多少产生了一些遗憾。岁月不曾饶过泉水，泉水也不曾饶过岁月，虽已形销骨立，但依然在顽强地残喘不已，脑海中突然就闪过一段话：小溪和大河内都流着闪烁的流水，那不是水，那是祖先的血液。

乍听到这段话的时候他还在林校读书，那年刚升入三年级。林业学校的学制为四年，要毕业还有一年多的时间，学校突然拥来一帮子来自中国农业大学的实习教师，男男女女的有七八位。其中有位长相靓丽的叶老师来给他们讲授植物生理学。叶老师不但人长得漂亮，而且课还讲得特别好，植物生理学是一门很枯燥的学科，既抽象又理论性强，之前由一位快退休的老教师来教，每次上课，下面都是一张张昏昏欲睡的脸孔。而叶老师来了之后，居然把这门课讲得非常生动。谈植物生理自然就会涉及自然与生态。叶老师就是在课堂上讲到了这句话，说这是一百多年前，一位印第安人酋长在被迫出卖部落土地时发表的演说，表达了印第安人对土地的眷恋，也表达了他们关于人和自然的观念。禹奕泽记得那位叶老师讲到这里，原本清脆圆润的声音骤然低沉了下来，接着就传来情绪激动的颤音。禹奕泽猛一抬头，见站在讲台上的叶老师那张美丽脸庞上已挂满了泪水。当时，年轻的禹奕泽对叶老师的表现感到很是奇怪，至于吗？不就是一个土著失去自己家园后的感慨吗？！

当年，之所以能记住这段话纯粹因为叶老师本人和她的这个"特别"举动。叶老师那身藕色衣衫，以及那白皙生动的脸庞，还有那闪烁着晶莹的泪滴，连同他懵懵懂懂的困惑从这时起刻进了脑海。

现在，站在这纯净的泉水边，望着远处那连绵不绝的山峰，他的心中忽然滑过一股莫名的震颤，忆起了这段埋藏在心中多年的话语。

此时此刻，他被它所打动。是啊！那闪烁着的流水，至少应该不仅仅是水，它一泻而下，万古长流，跟祖先的血液一脉相承。他不由自主地俯下身子，把两只手掌聚拢起来，掬起一捧泉水放在嘴边，含在口中，沁凉的感觉奔涌而下，浑身上下似乎被一阵强劲的风鼓胀起来，立刻变得剔透而明亮。

禹奕泽在牛鼻子泉旁边转悠了好几圈，费了半天劲儿才找到那个地窝子。之所以难找，是因为这么多年过去了，地窝子周围淤积了很多碎石和树枝，它们填平了凹处，拉平了地窝子原本显眼的拱顶。不仅如此，顶上干打垒的痕迹也被雨季冲刷下来的泥沙所抹平，随泥沙而下的一些植物种子也在此安营扎寨，它们深入石头缝隙，长出来的根须随着有限的土壤游走，并穷尽其所有营养，然后蔓生出来一层高矮不一的灌木。最高的是一棵斜生着的刺槐，刺槐已长到锹把粗细，就像竖在顶上的一个斜杠，斜自然是为了顺应土脉，根须沿土脉的厚薄生长，斜着往下攀附，把整个树干也拉歪了。由于向阳而生，自然得风气之先，刺槐叶子已有了婆娑迹象，槐花小耳朵般的骨朵也拱了出来。禹奕泽使劲耸了一下鼻子，甚至已经嗅到了那微微甘甜的香气。

这个地窝子比一般的要大一些，如果剔除掉旁边那些杂草和乱树枝，很像战争时期的碉堡，更像草原上的蒙古包。关键是南面朝阳的门还很像那么回事，不但敞亮，形状还跟家里的门差不多，人进到里面，几乎不用弯腰。

太阳已经快要落下，里面很暗，但大体轮廓还能看清，正对着门靠后墙的是用石头圈成的一个不规则长方形，凹在里面的空间絮着干草，干草的颜色已变成了枯干的黑黄色，这应该就是看山人睡觉用的床。床前一边是两个呈等号状的矮石墙，石墙面上有被炊烟熏过的痕迹。这应该是一个简易灶台，锅或者铁水壶放在矮石墙上，既能煮饭又能烧水。禹奕泽伸手往里摸了一把，里面还留有残余的灰烬。床前的另外一边是一个石桌，下面立着两个方方正正的石凳子，跟石桌恰好配成了一套桌椅。

这应该是泰山东麓设施最为完备，也是利用率最高的一处地窝子，从规模上看叫它地窝子已经不恰当了，它更像一处石头房子。

禹奕泽曾经听父亲禹士民说过，这里处于泰山半腰处，海拔在六百米左右，上可以直达南天门和泰山极顶，下可以辐射东洼、扫帚峪五六个山村，大规模植树造林的那几年，这里是重要据点。那时候几十号人会集过来，晚上住不下就在外面搭简易帐篷，春夏两季天气暖和的时候连帐篷都不用搭，直接就以天地做房睡在草地上了。

夕阳早已从山峰下隐去，西边的天空呈现出一片金色的余晖，仿佛置身于两个世界，禹奕泽眼前的颜色驳杂而多样，树木在暮色背景下闪闪烁烁，远处有着深色的轮廓，近处却是一种凌乱的银灰色。这些树木是父亲那一辈人汗水和辛劳的结晶。那时候他们应该做过多种尝试，既考虑到了绿化和观赏，也想到了未来可能产生的经济效益，所以栽植了大量的栗子树。由于当时已采用了在山上育苗的技术，再加上管理到位，海拔虽然高，但大部分的栗子树却都活了下来，这在那个年代大概也算是一大奇迹。

最近几年，人工费用上涨得更加厉害，再加上栗子林疏于管理，产量不高，长出来的栗子已少有人问津了。原本，禹奕泽以为这几年从树上落下来的栗子会堆积如山，谁知，认真搜寻下来，散落在眼前的栗子很少，只有零星几个，夹杂在荒草和纷乱的低矮灌木中间，而且它们几乎没有完整的，栗蓬脱落下来，栗子壳大都被磕掉一半，黑黄的栗子仁裸露着，几乎跟外壳颜色泯然在了一起，在黯淡的背景下，就像甩在灰色布幔上的泥点子。

几只灰雀从远处飞来，叽叽喳喳地栖落在枝头，警惕地往下睃巡着。它们应该是出来觅食的，也许就是奔着那些栗子而来，只是禹奕泽的存在让它们产生了某种忌惮。禹奕泽显然已懂得了鸟儿的意图，赶紧把身子往旁边趔了一下。果然，鸟儿很快就追着禹奕泽的背影落在了那片空地上，争相啄食的声音从身后传来，禹奕泽刚才的疑惑也在这鸟噪中骤然解开了。

大自然应该像所有生灵一样，都有很强的自愈能力，这也就是所谓的道法自然，自然之道，道家的无为而治应该就源于此。整个自然界就是一个和谐的大家庭，各种生灵遵循自己的生存法则各尽其责，各取所需，根本不需要自以为是的人类担忧，更不需要过多的参与和干涉。

现在，狼和狐狸这样稍微大一些的动物在泰山上基本绝迹，松鼠、野兔、臭鼬、山鸡、老鸹、灰雀之类的小动物，还有几乎无处不在的老鼠多了起来，它们和风雨一道，都爱这山上的树木，栗子自然成了它们口中的美食。它们是这大山的孩子，雄浑和丰裕的大山养育骄纵着它们，它们在其中自由奔放，恣意妄为，大自然生发出来的这些果实是它们赖以生存的食物，更是它们张扬生命传递幸福的纽带。禹奕泽此时能想象出这些顽皮生灵采撷栗子时的场景，在秋天的丽日下，它们在这乐园里，像猿猴一样在枝叶间跳跃，以果实作为武器相互攻击着，灵动的身影在繁茂的树木间飘摇，纷飞的栗子映照出生之乐趣。这同样是一种生活气息浓郁的烟火，这烟火虽然来自这大山深处，但应该不输于人类，应该带有更强烈的原始欲望和生命热度。

这个原本不平静的下午竟然分外安静，手机明明是有信号的，却没有一个电话打进来。禹奕泽当初对那只老鹰的愤恨早已烟消云散，随之而来的是一种莫名的感激，是它把他带入了这片父辈们开垦出来的山地，尽管这片山地他并不陌生，可从没得到像今天这样的感受。这个安静的下午，他盘桓流连其中，仿佛重新回到了母体，获得了从未有过的静谧和充实。

下山的路是明确的，地窝子往前是一个山梁，沿着山梁往下，不到一个小时就能到达舒云谷检查站，检查站右前方的山包就是老炮台住的长岭。这两个地方他都可以过去栖身，但现在他却恋着那份安宁不想离去，他想如果能在这地窝子里住下就好了。怎么就不能住呢？他就开始反问自己，自己的父亲和老炮台不是都住过多次吗？记得自己刚参加工作的那会儿，还时有林业工人上来值班，虽说每次也就是住个一天两天。这么多老前辈都能住，他为什么就不能？他这样反问着自己，故意把自己逼进了死胡同，他看起来已无处可逃，没有理由不实践自己的想法了。

山中的月夜确实独特，尽管尚是上弦月，并不饱满，但泻下来的月光却有着水银般质地，给眼前的整个世界都罩上了一层银色的轻雾，微微摇曳的树木在这轻雾中制造出了层次不同的花影，空白处的月光越发显得白，枝叶形成的暗影越发显得黑。有虫鸣的声响传来，嘚嘚嘚的——这应该是性急的蝈蝈抢着春天的节奏而来。禹奕泽从小就喜欢听蝈蝈的叫声，小时候没少来大直沟逮蝈蝈，把蝈蝈装在父亲用秫秸篾子编成的笼子里，用带着露水的嫩草尖养着，随时随地都要带着，就连睡觉都把它放在枕头旁边。

在这草木繁茂的山中，在这样的月夜里，只能通过叫声大体判断蝈蝈藏身的方位，至于具体位置是很难找到的。禹奕泽俯下身子，悄无声息地奔着那方位而去，在快要接近的时候打开了手机，摁响了鹿小希的号码，电话很快就通了，禹奕泽忽然又把电话挂了，再起身时已泪流满面。原本他是下意识地想让健健听听这来自大自然的声音，但在倏忽之间，才再次切切实实地感到健健已经永远不可能听到了。

在这无边无际的静寂中，禹奕泽的泪水放纵且痛彻地流淌着，他终于可以无所顾忌地痛哭一场了，他终于可以一个人静静地追念那个曾经如此鲜活的小生命了。健健走的时候不满五周岁，捧着一颗心来，没经受过这个社会的任何污染，这或许是他的幸运，却是禹奕泽这一生最大的灾难。

过了好久，禹奕泽才把自己的情绪平复下来，手机仍然安静如常，他知道鹿小希是不会把电话打回来的，健健走了之后，她对他更冷了。在那套狭窄的老房子里，他们的关系更像一对陌生的租客。

最终，禹奕泽还是再次拨通了鹿小希的电话，响了好一阵才接通。禹奕泽尽量语气平静地说："我想在山上住一晚。"

"那就住呗！"回答跟想象的一样无波无澜。

接下来禹奕泽还想说点什么，鹿小希似乎也少有地怀有了某种期待，可在电话两端，两个人却都沉默着。过了一会儿，禹奕泽首先对自己失望了，对着话筒说："那就挂了吧。"他的话音未落，那边已传来了嘟嘟的忙音。

禹奕泽失神地拿着手机站了会儿，又想应该跟母亲说一下，就打通了姐姐的电话。母亲有哮喘病，每年春天都要发作，也幸亏姐姐姐夫都是医生，再加上长沙相比悦城更温暖湿润一些，母亲才能在这个季节好过一些。

对自己的母亲和姐姐，禹奕泽同样感到亏欠太多。他始终认为，是自己的无能才导致母亲在垂暮之年，远赴千里之外的长沙寄居在姐姐的屋檐下。

母亲跟着姐姐已有近十年了，缘由还是健健的病。健健被确诊为脑瘫之后，集中治疗了两年多，经济上的危机渐渐显露出来，鹿小希已辞掉了工作，单凭禹奕泽的工资收入已远远不能支撑那昂贵的医疗费用，况且，后续应该还有大量投入。鹿小希从网上查到青岛一家专业机构治疗效果不错，可这更是需要一大笔钱。鹿小希难得地坐下来跟禹奕泽商量，要卖掉他们当时住的那套两室一厅的房子，此时的禹奕泽，在这个家庭中正是战战兢兢如履薄冰的时候，哪敢说半个"不"字。

禹奕泽的母亲听说儿子要卖房子给孙子治病，心里很不落忍，坚持要把自己现在住的这套老房子卖掉，自己回东洼村居住。禹奕泽起初不同意，可母亲坚持这样，说在这套房子住还不如回东洼村的老宅呢，毕竟那边靠着打从老祖宗就在那过活的大山，还有个自己的小院，出来进去的也方便，很多一块长起来的老姐妹老街坊都还在。跟你爸在那房子里过了大半辈子，留下了很多念想，至今还常常梦到那些磕磕绊绊的日子。回去守着自己的院子，侍弄侍弄花草，没事的时候到山边转转，跟那些老街坊拉拉呱，就能把一个人的日子过得更圆满一些。禹奕泽听了有些感动，觉得母亲说的是心里话，正所谓衣不如新人不如故，睹物思人的回忆就是一种重逢，失去另外一半的老人会倍感孤独，而这种重逢无疑是排解这种孤独的最好方式。再加上母亲现在住的这套老房子是当初泰山管委分的福利房，建于二十世纪八十年代初期，不但设施落后、户型不合理，还地处乱纷纷的闹市，早已不适于居住，本想等孩子长起来换套大些的房子，把老太太接过去一起居住，谁能料到健健后来会出现这种状况。

禹奕泽把老太太的意思传达给鹿小希，鹿小希把脑袋摇得像拨浪鼓一样不同意，说那房子才能卖几个钱？健健的病就是两万五千里长征，不是拉练和急行军，需要的不是士兵津贴，而是大批军饷。军人出身的鹿小希一贯喜欢用军事术语来解读现实生活，这连珠炮一般的话语一抛出来，由不得禹奕泽反驳。那套结婚用的新房子最终按鹿小希的意思卖了，老太太疼儿孙，还是想把自己的房子倒腾出来，让他们过去住，自己坚持要回东洼村。鹿小希开始不同意，原因是老房子环境太差，不适于健健治疗，后来听说中心医院把附近的一座商业楼买了下来，要把康复中心搬过去，鹿小希考虑到健健以后过去做治疗方便，才勉强答应了下来。

就在把东洼村的旧平房收拾干净，老太太准备搬回去的当口，姐姐禹奕慧回来探亲了。

禹奕泽跟自己的姐姐只差一岁，姐弟两个几乎一起长大。姐姐上学早一年，禹奕泽初中毕业那年姐姐已读高一。禹奕泽成绩不错，未来的路怎么走面临有三种选择。一是像姐姐一样顺理成章地升入高中准备考取大学，二是参加中专考试，三是接替父亲直接进泰山林场成为一名林业工人。当时都在疯传以后不允许接班了，很多林场工人为了让自己的子女接班都在办提前退休，单涛就是在这个时间节点接替的父亲。因为禹奕泽是男孩，无论从约定俗成的观念还是当下父母的意思，他来接班应该是最合适的，这条路被人们认为最牢稳，也最有保障。禹奕泽却不愿意接受这种安排，他那时虽然还不满十六岁却有着自己的想法，他在泰山脚下长大，喜欢山林却不喜欢父亲的工作。另外一个原因就是考虑到姐姐的现实状况，奕慧从小学成绩就很出色，初中毕业更是以总分第二的成绩进入了悦城一中，是公认的北大清华苗子，可是一进入高中却患上了神经性头疼，疼起来几天几夜不能睡觉，这严重影响了她的成绩，很快就由班里的前十跌落到了下游。禹奕泽看到姐姐这样，心里着急，就想把接班的机会留给姐姐，因此他才阴差阳错地走了第二条路，选择了中专。

通过了中专考试填报志愿的时候，禹奕泽只选了两个学校。一个是上海邮政学校，很早他就羡慕邮递员那身绿色工作服，还有那辆涂满绿漆，挂着绿色邮包的自行车，看着就让人舒服。另外一个就是悦城师范学校，当不了邮递员，做个老师也不错，站在三尺讲台，传道授业解惑，看着一批批学生成长起来，会收获满满的成就感。可命运偏偏就跟他开了一个不大不小的玩笑，最终他被调剂到了省林业学校。录取通知书送达的时候，父亲咧着嘴直笑，他却想找个没人的地方偷偷地痛哭一场。

进了林业学校，他并没有甘心，中专学校每年都有一定比例的优等生会被选拔升入大学。为此，他一刻也没放松学习，并积极地参加学校组织的各种活动，在林业学校的四年，他年年被评为"三好学生"，成绩在班里名列前茅。毕业前夕，他毫无悬念地被学校推荐参加了升学考试，他们那一届共有五百多毕业生，只有三十多位获得了这种资格，对口大学录取率却很低，那一年只给了学校两个指标，竞争相当残酷，结果他名列第五，最终无缘大学校门，只能听从学校统一分配。由于品学兼优，他本来可以直接进入政府部门的，只不过要先到乡镇级政府去锻炼，是父亲找了林场领导，把他直接要了回来。

姐姐奕慧最终也没有接班，一升入高二，把高中生活适应下来，神经性头疼竟然不治而愈，成绩也逐渐恢复，后来就顺利考入了南京医科大学，一毕业就被分配到了长沙的湘雅医院。她跟后来的丈夫是大学同级不同系的同学，又同时来到一家医院，走上工作岗位不久，两个人就顺理成章地走到了一起，然后就在长沙安顿了下来。

奕慧学的是心内科，丈夫是外科医生，两个人收入不菲，但一直没要孩子。奕慧认为，正常生养一个小人没问题，但需要为他担一生一世的心，想想就是个天字号的大工程，所以一直没能下定决心。而丈夫在六岁的时候就因车祸失去了双亲，那种惨烈记忆留下的阴影至今挥之不去，他一直缺乏安全感，恐惧于人生的无常，害怕这种命运的不确定性。在对待要不要孩子这件事上，奕慧是因为敬畏生命而害怕，丈夫却是因为害怕而害怕，尽管来处不同，但夫妻两人对此的认识是趋同的。也因此，奕慧的家庭生活尽管不算圆满，但还算是幸福。

看到年迈的母亲要搬回东洼村，奕慧跟禹奕泽一样感到心里难受。当时就提出了一个新方案，让母亲跟着她去长沙。她在长沙住的是一百八十平方米的大平层，有五个卧室，除了夫妻居住的主卧，还专门辟有书房和健身房，剩下的两个房间只能闲着，母亲住过去正好。没想到，这个意见一提出来就得到了母亲和禹奕泽的强烈反对。母亲的理由是，自己不是没儿子，住到闺女家让人家笑话，更何况闺女是自己生的，女婿可不是，万一有个言差语不和的就再也不好相处了。再说了，两个城市离得有一千多公里，自己也会想孙子。禹奕泽的理由除了面子上过不去之外，还有一层考虑就是他虽然没接班，但家里所有东西他几乎都继承了下来，他又是男人，理应由他来赡养老人，不应该把这种责任和义务推出去。

奕慧显然明了他们母子的意思，就劝解道，早就提倡男女平等了，闺女和儿子都有义务养老，你们那些老想法真该改一改了，更何况也没人剥夺你的赡养权，妈还是我们共同的。最主要的，像我们这种情况，妈过去跟我们住，不仅不会成为负担，反而是在帮我们，我们现在事业稳定，衣食无忧，可就是日子过得太冷清了，妈过去我们也就有了依靠，家也会变得温暖起来。这对你姐夫也很重要，你也知道他那边父母早逝，他一直觉得自己的人生不完整，妈过去正好填补了这个缺憾，他感激还来不及呢，怎敢甩脸子给妈看？至于妈想孙子，那就更好办了，现在网络越来越普及，注册个QQ号就能面对面地视频聊天，只要她不觉得烦，可以让健健每天对着她喊奶奶。

奕慧这一番入情入理的话说下来，老太太和禹奕泽似乎再也找不到拒绝的理由了。奕慧又乘胜追击，摁开了自己丈夫的电话，把要接母亲回去的事情进行了通报，丈夫在那边举双手赞成。所有的问题都解决了，奕慧在家里又住了两天，到了第三天就带着母亲飞回了长沙。

健健走了之后，禹奕泽就更不敢接母亲回来了，他一直对母亲封锁着这个悲伤的消息，对年过七旬的母亲来说这还相对容易一些，但要想不让奕慧知道可就难了。健健出事不到半年，奕慧就发现了异常，在奕慧一连串的追问之下，禹奕泽只好把真相说了出来，奕慧在难过之余也赞同禹奕泽的做法，他们都不想让母亲在垂暮之年再经历这样的伤痛。因此，奕慧随之也成了禹奕泽的同谋，他们姐弟两个口径一致地来搪塞母亲显然容易了一些。尤其是母亲要跟健健视频的时候，禹奕泽有时会着慌，会不知道该怎么办，奕慧那边总能找借口应付过去。

不过，奕慧虽然自己坚持丁克，却让禹奕泽与鹿小希尽快再生一个，不是为了所谓传宗接代，而是为了疗治伤口更好地活下去，禹奕泽在心里也认可奕慧的想法，但生孩子是两个人的事情，接下来的这几年，尽管禹奕泽也在做着努力，却并没有收获到任何成果。

禹奕泽害怕给母亲打电话却又不敢不打。母亲还是千篇一律地说自己在这边待得很安生，姐姐姐夫都待她很好，让他和鹿小希放心，然后就像过去一样主要问起了健健。禹奕泽还是像过去那样应付着，说健健长高了，走路也比过去稳当多了，已上了三年级，成绩也很好，让母亲尽可能地放心。说这些的时候，禹奕泽心里没有障碍，只有暗藏着的悲伤。健健的脑瘫症本来就发现得早，经过后来的精心治疗已无大碍，刚刚两岁就能站起来挪步子了，不满三岁就能开口发出一些简单音节来了。禹奕泽跟母亲所说的，正是健健应该具有的正常状态，不过，这都是他想象出来的，如果还活着，他的健健应是这个样子。

有了这种合理的想象，禹奕泽有时会对母亲讲很多健健的情况，中间还掺杂有不少细节，比如他对母亲说，健健刚开始走进学校的时候，就曾含混不清地问他，为什么自己跟其他同学不一样？他就跟健健解释说，爸爸妈妈就是要让自己的宝贝儿跟其他孩子不一样，因为有了这样的期望，才让宝贝儿每天坚持走路，长得高就是这样训练的结果。说话不清楚，是因为你的脑袋太聪明了，嘴巴却在偷懒，嘴巴现在知道自己错了，也很着急，没看都把自己的牙齿急掉了吗？比如前几天他们两口子带健健去超市，在超市门口服务员要求去存一下包。存好包再走进超市，健健疑惑地问道，爸爸，他们为什么要让你把包放在那里？他不想对孩子说那个有些残酷的真相，但又一时找不到更为合理的解释，只是含混地应付着。等买完东西走出来去取包的时候，健健突然说，我明白了，刚才那位门口的叔叔是担心我们买了东西带不了，才让你把包放在这里的。他当时愣住了，想到自己孩子眼中那个美丽的世界，心里瞬间就塞满了感动。

这些细节往往会把母亲逗笑，但在很多的时候，禹奕泽一边在给母亲做着这样的虚构述说，一边却在悄悄地抹眼泪，不是因为欺骗了母亲而内疚，而是因为这些细节虽不是凭空而来，可也只能停留在他这个父亲的想象中了，他满腔的父爱、满心的愧疚只能压抑着憋在心里。

聊完了健健，禹奕泽想告诉母亲，自己现在正在山上，要在父亲住过的地窝子里住一晚，但到底还是忍住了，他害怕会把母亲的思乡之情给勾起来。毕竟在泰山脚下生活了七十多年，离开了这么久，怎么会不想？意识到这一点，强烈的内疚感再次袭上心头。抬头看到月光铺排出来的那个孤独的影子，想想自己已人到中年，虽然一直在努力，但在社会和家庭的角色扮演中，都成了彻头彻尾的失败者，难道这就是他的天命？相比于性格即命运的说法，禹奕泽现在更相信天命，他自信自己不是一个性格有缺陷的人，在道德上也没有出格的事情，却得到了这样一份人生，这不是天命在作祟还能是什么？

这个季节，山上不缺干树枝和枯叶，禹奕泽在栗子林下沿很快就拢起了一个凸起的山包，居然还找到了一顶完整的草帽，不是那种最原始的尖顶帽，而是后来的圆柱帽。禹奕泽对这两种草帽都有着深刻印象，父亲最早是戴那种尖顶的、由秫秸篾子做成的草帽，这种草帽优点是结实耐用，但戴在头上硌得慌。尤其是夏天头发短，就会在额头上卡出印痕来。到老炮台参加工作的时候，就开始时兴那种圆柱形的草帽了，这种草帽的材质是麦秸秆子，麦秸秆子挤扁之后会变得很柔软，做成草帽戴起来就很舒服，帽身还带有麦秸的底色，发着一种透亮的淡黄，看起来格外洁净、洋气。尤其值得说道的是，帽檐一圈一圈编上来，很有层次感，上面的空间也没有浪费，几乎都印有那个时期比较流行的语录，"抓革命，促生产""深挖洞，广积粮"……最多的还是"为人民服务"。字一般是红色的，在帽身上很显眼，辨识度也很高。当时，很多人都喜欢这种草帽，戴在头上不仅能遮阳挡雨，还把它当成一种很时髦的装饰。老炮台很早就弄到了这么一顶，喜欢得不得了，时时处处都戴着，就连阴天不出太阳的时候都舍不得摘下来。

草帽已经很旧了，埋在枯草中这么多年，吊在下面的白色布条子早就碎了，但圆柱形的帽顶和帽檐儿还基本完整，"为人民服务"还能在月光下显现出来。再看帽檐下面，还有一个更加模糊的字，拿到亮处仔细辨认了一下，才勉强认出是一个"陈"字，这应该是帽子主人的姓氏。因为那时候这物件稀罕，很多拥有者往往要在上面打记号，自己的姓氏无疑是最合适的了。

在禹奕泽的印象中，当年的植树队没有姓陈的前辈，这应该是集中会战时，那些从其他景区征召过来的工人遗落在这里的。还有可能，就是它也许像树种子一样是从其他地方吹送过来的。无论何种情况，这肯定是像父亲一样的林业工人戴过的草帽，当时的失主应该非常着急，说不定还上山来找了多次，为丢掉心爱的草帽而懊恼过好几天。

禹奕泽把堆起来的树枝枯叶分两次抱进地窝子，堆进石条圈成的那个凹处，均匀地摊开。这样的床看起来就很像样了，禹奕泽坐在上面，屁股使劲往下蹾了一下，居然非常暄腾，于是又把那顶草帽翻过来，在圆柱体的帽顶里填满了枯叶放在枕下。

躺倒的时候，禹奕泽才意识到自己似乎没吃晚饭，但奇怪的是，竟然一直没产生饥饿感。想想自己也许是吃过了，已喝过了从牛鼻子泉里流出来的泉水，嗅过了弥漫着青葱味道的草木气息，那些古时候的文人志士来这山中辟谷修行，不就是饥食风月、渴饮山泉吗？

那个出现了多次的梦境再次降临了。明明是父亲还没去世的日月，但却怎么也找不见父亲的影子，父亲莫名其妙地从他眼中消失了。他疯了一般地寻找，东洼村、大直沟、宰牛沟、刀刃山……后来还来到了他们现在居住的这所老房子，健健和鹿小希也不在，他已顾不了许多，就像一只无头苍蝇，上天入地般搜寻。终于得到了消息，说父亲在泰山背面的一个山村，他连忙赶了过去，村子很小，那两间房子也不在村子里面，而是在一个山谷的旮旯里，孤零零的。房子很简陋，还不是山上的那种石头到顶的瓦房，而是抹着白墙皮的泥坯房，还是老式的平顶，檩条上面铺上秫秸，再用泥巴糊起来的那种。父亲站在门口，手里拿着个白铁皮舀子，看到是他，似乎吓了一跳，手里的舀子抖了几下。他上去就把父亲抱住了，哭着说，你怎么躲到了这里？父亲先是有些木然，过了一会儿，才把他从怀里推开，像小时候那样抹着他的眼泪说，儿啊，你不要怪爸爸，爸爸不是想舍下你们娘几个，爸爸得病了，医生说活不了几天了，爸爸是不想连累你们才独自跑了出来。听到这话他更加痛哭起来，一边还念叨着，得病了，咱们可以去医院，你这样躲起来，你倒逍遥了，我们可快难受死了……父亲的眼泪也下来了，继续抚摸着他的脸颊，嘴唇哆嗦地说，爸爸不逍遥，从来也没有逍遥过，爸爸也舍不得你们，可爸爸没办法啊……

他流着泪醒来，过了好一会儿才意识到那是梦境，心中充满了无限悲伤。

父亲有着林业工人不应有的爱好，烟瘾极大，到了晚年老是咳嗽，母亲和姐姐都让他戒烟，但戒了多次都没成功。一个人在山上的日子太寂寞了，尤其是在山上值班的时候，父亲又没有其他爱好，抽烟就成了打发时间的唯一手段。待感到不对劲，到医院一检查就是肺癌晚期，癌细胞已全身扩散，再做手术已没有任何意义，只能干熬着。最后的那段时间，禹奕泽亲见了父亲的痛苦，一口气要憋好几分钟才能喘上来，咳嗽的时候浑身哆嗦着，把干瘦的身体都要抖成寒风中的枯叶。一开始他们想隐瞒病情，说是一般性肺炎，谁知父亲早已心知肚明，拒绝用药，甚至拒绝去医院，直到最后几天才去了医院。他们心里清楚，父亲之所以最后同意入医院也还是在为活着的人着想，不想让自己老在家里。

在医院的那几天，父亲时常处于昏迷状态，偶尔清醒过来说得最多的一句话就是："你们不要管我，就让我快一点走吧！"现在想来，一生刚强的父亲当时并不是在赌气。他这一辈子都在为别人活，没想到自己到了最后反而变成了累赘，家里人对他照顾得越好他就越感到不安，那时候的父亲，心中应该是充满歉疚的，他对自己的病体充满了愤恨，不想拖累家人，想找个没人找得到的地方让自己自生自灭。刚才禹奕泽的梦境应该就是父亲的最后愿望。

禹奕泽感到难受，心中涌动着对父亲的无限怀念。他想告诉父亲，人生不是这样的啊！正如花无百日红，再强大的人也不可能永远强大，所谓亲人应该就是你心灵的最终归宿，是暗夜里永远亮在你心头的那盏灯，是寒冷冬日照进心灵的那抹阳光。父亲怎么还能对自己的亲人怀有歉疚呢？

手机显示的时间还不到凌晨两点，空气中弥漫着潮湿的清凉。禹奕泽感到些许的寒意，他把身子蜷缩起来想再睡一会儿，忽然传来一阵嗖嗖的声响，他骤然坐了起来，那声响越来越近，还伴有哈嗒哈嗒的喘息声。他第一个念头就是狼来了，又一想这不可能，自从大面积绿化之后，泰山上的狼几乎已经绝迹，他在泰山上待了这么多年一直没见到过狼的影子，可也曾有人在山上影影绰绰地发现过狼留下的痕迹，说不定在这个春夜，饥饿的狼趁着夜色从山的最深处赶来觅食。意识到这一点，禹奕泽并没有感到害怕，他悄悄地起来，从下面摸起一块石头，攥在手里，躲在暗影里，扒着地窝子门口往外张望。

皎洁的月光下，一只四脚动物正张着舌头哈嗒哈嗒地蹲在地窝子门口。禹奕泽心里一阵紧张，心想狼果然来了，但看到脖子里的皮圈，他的心放了下来，这不是狼，而是一只狼狗。狼狗显然早就看到了禹奕泽，瞪着黄褐色眼睛，对着地窝子门口汪汪了两声，叫声低沉而柔软，不是面对猎物时的那种狂吠，而是透着某种熟识的亲昵。禹奕泽这时也已把它认了出来，它是老炮台的跟班馒头。

老炮台很快也气喘吁吁地赶了上来，看到禹奕泽就往上面指，一边使劲喘息着，一边断断续续地说："快——快——有个驴友从葡萄架那边蹿上去了，应该是奔向——极顶了，你快抄近路上去截住他，他道不熟，那边西马峰下的深沟太危险了……"

禹奕泽一听就明白了，老炮台是带着馒头正在追驴友，看来他跟驴友已正面交过锋了。看老炮台累成这个样子，禹奕泽急忙说："大舅，你先到地窝子里面歇着，我去把他追回来。"说着就扭身往山上奔。馒头似乎也听明白了，不等自己的主人发号施令，就把尾巴往上一甩，跑到了禹奕泽的前面。

从山下的东御道到葡萄架岭过刀刃山、老嬷嬷石、西马峰、猪腰子泉，抵达南天门，最后就能登上极顶。这是过去泰山东部这一带山民自己摸索出来的一条登山线路。前些年，在禹奕泽还在舒云谷当站长的时候就被驴友发现了，因其隐藏在大山深处，加之沿途风光秀丽、山势峻拔，深受驴友们喜爱，这几年没少在这条线路上发现驴友，也采取了多项措施，还是屡禁不止，仅禹奕泽离开的前一年，就跟老炮台一起截住了上千人。所谓近道也颇有风险，在大直沟的另外一边，地窝子上面，越过最险要的抵角石就能直达西马峰，然后再绕过猪腰子泉，最终两条线混成了一条通往极顶的狭窄险路。

根据老炮台刚才的介绍，那位漏网的驴友最多也就是刚刚到达西马峰，因为去往西马峰的山路极陡，几乎呈九十度的直角，有几段还要手脚并用地攀爬，几乎没有现成的台阶，都是根据山势形成的随弯就弯的自然抓手，还隐藏在巨石的罅隙里很不好摸索，初来乍到的驴友须万分小心才能上去，这也正是老炮台和禹奕泽所担心的。

近道禹奕泽熟悉，过去也曾上去截过驴友，更何况还有馒头在前面引路，他很快就爬上了西马峰，饶是月光清晰，往下瞭望也找不见人影，只能看到一层白蒙蒙的淡光浮在上面，下面是由郁郁葱葱的山林形成的黝黑黝黑的阴影。这里离南天门已经很近了，从南天门背面上去就是位于极顶右下侧的大平台。

禹奕泽很快就在西马峰上找到了驴友上山的窄小路口，站在边上往下，看到那近乎直上直下弯弯绕绕的坡度，禹奕泽更加断定那位驴友不可能比他快，刚才的那个担心再次浮上心头。之所以阻止驴友贸然上山，防火当然是第一考虑，还有更为重要的就是担心他们的人身安全，驴友带有一定的探险性质，专走偏僻路线，风险性极大。尤其是在这大山深处，连手机信号都没有，即使能找到信号，他们也往往搞不清自己的具体方位，只会说自己在山里，这就给施救带来很大难度，况且还是在这半夜三更时分。

往下搜寻的时候，馒头继续在前面带路，馒头是一只短毛狼青犬，是老炮台在上次回来的时候带上山来的。刚来的时候还不足三个月，毛茸茸的，跟一只刚刚成年的兔子差不了多少，一晃十多年过去，这条狗也随着老炮台即将迈入老年，在这四千多个日日夜夜里，它陪伴在老炮台左右，成了老炮台最为得力的助手和跟班。

民间有"上山兔子下山狗"的说法，再加上馒头路熟，在山石怪立的罅隙里，能自如地闪转腾挪，很快就把禹奕泽抛在了后面。禹奕泽想喊馒头慢一点，又一想让它走在前面也好，如果正遇到那位驴友，也能提前制止他的疯狂行为。

越过了西马峰下面那条最深的沟谷，山势有了一定的缓冲，往下的路也不再那么陡了，馒头反而在一棵繁茂的大松树下站住了，竖着的耳朵支棱起来，好像在仔细捕捉动静。谛听了一会儿，馒头又反身往后看了看，发现禹奕泽快赶上来了，对着禹奕泽汪汪了两声，就迅疾地向左面的山沟奔去。

连续跟在馒头后面跑了这么长时间，禹奕泽已有些体力不支，看到馒头偏离了路线起初还有些纳闷，很快就明白了过来，馒头应该是有了发现。他顾不得歇息，跟着也奔了过去。下面的沟谷是山洪冲刷下来的泄洪沟，不是太深，但岩壁很陡。走到岩壁顶上，禹奕泽就听到了呻吟声，顺着声音传来的方向往下搜寻，很快就看到了卧在沟谷底部的那个模糊身影。

馒头这时已冲了过去，汪汪地绕着那个身影大声叫，禹奕泽已意识到这应该就是那个漏网的驴友了。看来他已受伤，而且伤得还不轻，只是不知道他是从这边岩壁顶上摔下去的，还是从西马峰上滚落下来的。

禹奕泽费了很大的劲儿才绕到了谷底，靠近了，借着朦胧的月光才看到那张极为年轻的脸，瘦，下巴溜尖，脸色苍白如纸，长长的头发几乎盖住了眼睛，嘴巴半张着，不停地往外哈气。

小伙子误把禹奕泽当成了最初追他的老炮台，看到禹奕泽就说："对不起了，大哥。我不该把您推倒。看来这泰山老奶奶还真是灵验，立刻就让我遭到了报应。求求您了，看在泰山老奶奶的分上，大哥，救救我吧！我都快疼死了。……求求您了……"说着就又哎哟哎哟地喊出了声。

听口音小伙子应该是当地人，禹奕泽有些意外。一般驴友都是远路的，没见识过泰山才前来探秘，听说他们还有自己的网站，有着严格的组织程序，以前截住的驴友都是一批批的，像他这样的单溜又是当地的几乎没遇到过。

禹奕泽问："你是当地的？"

看来还真是伤得不轻，小伙子那张窄脸都疼得变了形，汗水顺着额头往下滚落。见禹奕泽这样问，小伙子强忍着疼痛，徒劳地往上甩了一下汗水粘连在额头上的头发，吸着气说："我家是放城的，现在在农业大学植保学院读大三。大哥，快救救我吧，疼死我了……"

怪不得呢。放城乡在泰山之阳，离泰山有七十多华里的样子，同饮一条汶河水长大，口音自然差不了多少。禹奕泽在林校读书时，下铺就是放城的，整天说自己的家乡才是真正的礼仪之邦，一开始说得同学们都莫名其妙，受孔子的影响，整个齐鲁大地不都是礼仪之邦吗？还有什么真正不真正之说？后来才了解到了这位同学这样说的缘由，而这一切也跟泰山有着莫大关系。

当年鲁国掌权的大夫季孙氏突发奇想要去祭泰山。孔子知道这个消息后深感震惊。他认为，只有天下共主才有资格祭祀泰山，区区一个诸侯的属下，怎敢如此放肆？孔子就让在季孙家当管家的冉有阻止这件事，冉有表示无能为力，季孙氏最后还是去了泰山。孔子只好把心中的一通火发在泰山身上："呜呼！难道泰山神还不如我的学生林放知礼吗？"

林放是孔子的学生，曾向孔子请教过的礼的本质是什么。林放对礼的研究特别精深，孔子很器重他。有一次，师生二人来到放城附近的石崖子，站在此处向南瞭望，见到河水滔滔，奔流不息，孔子不禁喟然长叹："光阴就像这河水一样，日夜不停地流走，一去不复返啊！"这就是穿透万古长空的那声浩叹"逝者如斯夫"的出处。

后来的放城乡就因林放而得名。在这个事件中，泰山蒙受了不白之冤，而林放却因孔子的赞扬而名垂青史，成为泰山人知礼的杰出代表。唐玄宗追封他为清河伯，宋真宗又加封他为常山侯，后人又专门在其故里修建了"先贤林放祠"，供人祭祀瞻仰。这也就是那位下铺说自己来自真正礼仪之邦的缘由。

这就更有疑问了，来自礼仪之邦的青年学生怎么会闯关过卡，当起了不守规矩的驴友？还口口声声的"泰山老奶奶"？禹奕泽看小伙子痛苦成了那样，顾不得多问，想先扶小伙子起来，不想对方的右脚刚一落到下面的石头上，就大呼小叫起来。

禹奕泽重新蹲下，小心地把小伙子的运动鞋脱下来，又在脚踝周围摁捏了几下，小伙子不停地吸气，像是在极力忍着剧痛。看那样子应该是伤着骨头了。禹奕泽起身，借着月色看了看那陡峭而漫长的岩壁，小伙子虽然瘦但要把他背上去也是不容易的，况且，下山还有一段很长的距离。手机还有电，可没有信号，禹奕泽在谷底转悠着往外拨号，可怎么也打不出去。最后，他只好又重新跑回到岩壁顶上，找到一处高耸着的巨石，爬上去，站在上面，把胳膊举起来，才把110的号码拨了出去。

第四章

　　青年学子肖立栓曾不止一次听母亲说起过自己的来历，说自己是从泰山顶上拴回来的，小时候觉得这种说法很好玩，可长大之后，他却对此深恶痛绝。及至来到泰山脚下读大学，母亲还一再叮嘱他，他能考上大学全靠泰山老奶奶的庇护和保佑，让他到了学校一安顿下来就去山上给老奶奶磕头上香。对这些迷信说法，肖立栓心里反感到了极点，但表面上还不能显露出来，只能点着头应付。母亲年龄大了，身体又不好，他不想惹母亲生气。

　　肖立栓从小就感到自己的母亲跟别人的不一样，这让他有时很自卑，别人的母亲看起来是那么年轻，而自己的母亲却显得分外老。那年他在放城乡中心小学读四年级，下午突然刮起了西北风，天气变得寒冷无比，母亲骑着自行车来学校给他送棉鞋。那天母亲围着一条灰色围巾，围巾很旧了，下面又系得不牢靠，白了一半的头发散落下来，搭在肩膀上。他们正在上自习课，母亲从门缝儿里招呼坐在最前面的同学喊他出去。同学看到了母亲那花白的头颅回身对着他喊道：肖立栓，你奶奶来找你了。听了同学的喊声，他知道是母亲来了，脸腾的一下子就红了，恨不得找个地缝钻进去。他坐在自己的座位上蒙着，一时不知道该怎么办。母亲也听到了那话，见他迟迟不出来，就伸手把棉鞋放在了最前面的那排课桌下面。放学铃声响了，前面那位同学催了好几次他都没过去取棉鞋，待同学们都走了，他才有些胆怯地过去。把棉鞋拿在手里，他心里又羞又气，恨不得直接推门扔出去。

那天下午，天都很晚了他还不想回家，在外面踯躅了很久。刚满十岁的他已具有了某种分辨能力，在母亲重复了多次的"来历"中，他已影影绰绰地了解了一些真相。他是一个晚到的孩子，母亲把他带到这个世上来的时候已经四十一岁了。在这之前，母亲有着十五年漫长的求子经历。这十五年中，为了能怀上孩子，母亲尝尽了人世间的辛酸，遭受了数不清的白眼和讥诮。肖家已两代单传，奶奶和爷爷不能忍受在肖立栓父亲身上绝了根，他们一开始积极地给这个贤淑的媳妇请大夫治病，淘换各种偏方。那几年用奶奶的话说，肖立栓母亲喝下的中药都能装满一间屋子了。治了几年还不见动静，爷爷奶奶就有些不耐烦了，开始嫌弃母亲，不但不给好脸色，后来竟然鼓动肖立栓父亲离婚另娶，好在父亲跟母亲感情还好，父亲一边敷衍着自己的父母，一边继续寻求治疗方案，可这样又混等了几年，母亲依然没有显怀迹象。父亲也有些绝望了，越来越沉默。作为当事人的母亲当然更着急，面对父亲的沉默，她活得越来越沉重，甚至有了某种负罪感，对自己也渐渐失去了信心。她变得更加自卑，也更加敏感，她已感到丈夫对自己的失望，也感受到了丈夫的矛盾心理，她想静下心来跟丈夫谈谈，她不想看着自己的丈夫为难，想主动从他们的婚姻中退出来，可毕竟还是有些不甘，也有些不平，同样身为女人，老天为什么偏偏要惩罚她？

去泰山顶上求碧霞元君当初只是抱着试一试的心态，什么办法都用到了，死马权当活马医吧。根据有心人的提示，每年上山都是选在阴历三月十五，传说这天是老奶奶的生日，老奶奶会在这天广布恩德，格外好说话，能做到有求必应。所以，这天登山盘道上非常热闹，大多数香客半夜就要从红门出发，沿途挤满了上山朝拜的人流，里面有很多上了年纪的老人，有的已行动不便，挂着拐杖，上十八盘的时候都是手脚并用地往上爬，十根手指被石头台阶磨得血淋淋的。还有很多人手里拿着"礼元君"灯，从山上到山下，灯火绵延有几十公里，就像天上的星河开了闸，全部灌注到了泰山山谷中，燃山熠谷，十分壮丽。一般香客天还未明就能到达位于极顶的碧霞祠，在里面拜完泰山老奶奶，求子的还要再找个松树枝拴上红布条。拴枝就意味着拴子，有的是找块石子放在树枝上，意味着拾子。肖立栓母亲显然选择了前者。这样连续去了三年，到了第四年，刚过完春节，肖立栓居然就真的住进了母亲的子宫里。这时肖立栓的爷爷刚刚病逝，奶奶也缠绵病榻，奶奶临走之前见到了刚刚落地的肖立栓，满足地咧着掉光了牙齿的嘴巴笑了，一边还念叨着："这下好了，这下我就能放心地走了。到了那边，见到肖家的先祖们我也就有了交代。"

稍微长大一些，肖立栓就开始对母亲所说的来历不以为然。他总以为，所谓老奶奶施恩完全是一种巧合，母亲治了这么多年的病也该结果了，求神拜佛完全是一种心理安慰，因此他才在内心极力排斥母亲的那种说法。母亲却从此对泰山老奶奶的灵验笃信不疑，想想自己为了能生孩子治了这么多年的病，在青壮年生命力最为旺盛的时候都没成功，求了泰山老奶奶后，在生命将要走向枯萎的时候反而怀上了，这不是老奶奶的恩赐还能是什么？

在肖立栓上高中的那一年，父亲一早去悦城卖菜，被一辆大货车撞成了植物人，肇事人逃逸，沉重的医药费把这个家庭拖入了绝境，愁苦无助的母亲又来泰山上求助泰山老奶奶，这次似乎又灵验了。转过年，那辆肇事车辆再次肇事，这次没能逃脱，面对警察的盘问，司机吓得瑟瑟发抖，不但承认了当前的错误，还把上次发生的事故也交代了出来，他们家因此获得了二十多万的赔偿，让这个千疮百孔的家庭再次起死回生了。

父亲没了之后，日子过得更加艰难，为了供养他上学，母亲除了继续种好那几分菜地之外，还要出去打些零工。有时是去帮那些大种植专业户收庄稼，更多的是去建筑工地当壮工，累死累活地去下苦力，但无论多累，每天回到家，要做的第一件事就是给老奶奶上香。老奶奶的塑像是父亲被撞之后那次上山请回来的，摆放在堂屋八仙桌的正中央，塑像前是找木匠精心定做的木条几，上面放着供品和香炉。在家里上香当然不能满足母亲那极度虔诚的心，可她又实在没时间分身去碧霞祠，再说去一趟也不少花钱，就经常对肖立栓念叨，让他有机会一定要多去泰山上拜拜泰山老奶奶。

肖立栓来泰山脚下读大学已有两年多了，一次也没上过泰山，更别说是去碧霞祠朝拜了。刚上一年级的时候，学院组织同学集体爬山，被他找理由推掉了。此时，他已长大，有了自己的主见，对母亲的那个说法产生了逆反心理，甚至从心里滋生了反感。他认为，他们这个家庭能走到今天，他能走到今天，压根儿就不是泰山老奶奶的功劳。他的出生就不说了，父亲的车祸纯属意外，后来能得到补偿也属于意外。要说感谢，倒是应该感谢警察，是在他们的震慑下，那个肇事者才慌了神，把所犯的旧事也招了。而他能考上大学则是完全来自母亲的支持和个人奋斗，如果母亲不是拼死拼活地赚钱供他，如果没有他睡三更起五更的拼搏精神，单凭求泰山老奶奶，能把大学录取通知书求来吗？

每次回家母亲都问去过山上吗，肖立栓都应付说去过了，也给老奶奶磕过头了。母亲就会很高兴，会反复问一些细节，比如大殿前用来燃香的鼎还那样摆放吗？香客磕头时跪着的垫子还是黄缎子的吗？……这也难不倒他，现在网络这么发达，网上这样的图片随手就能找到，编造起来并不困难。有时，他的心里也很内疚，觉得自己不是个孝顺孩子，不该这样欺骗自己的母亲。但他很快就为自己找到了开脱的借口，他已被从书本上学到的知识武装成了一个无神论者，在心里压根就不承认泰山老奶奶的存在，对一个不存在的事物撒谎也就不能称其为撒谎。更为重要的是，他心里还潜藏着一个破除母亲心中迷信的梦想，他在学业上一直很努力，自信将来一定能找到一份好工作。他要通过自己实实在在的努力让母亲过上好日子，等母亲真正感到生活安逸了，他再跟母亲戳破真相，告诉母亲他从来也没去山上拜过泰山老奶奶，眼前的幸福不是泰山老奶奶的恩赐，而是自己奋斗的结果。

可还没等到那一天，母亲却病倒了，病得很重。医生悄悄告诉他情况不是太好，母亲剩下的日子恐怕不多了。他的世界这才开始坍塌，这么多年他眼见母亲为他所受的苦，很可能就没有机会报答了，他觉得自己在瞬间就陷入了一种万劫不复的境地，过去的自信立刻烟消云散，他突然感到自己是个罪人，是这个世界上最狂妄最无知的人。他开始后悔，并痛恨之前的那个自己，后悔不该敷衍母亲，痛恨那个藐视母亲信仰自以为是的浅薄之人。他对母亲充满了从未有过的歉疚，也许正是由于自己的不敬才冒犯了泰山老奶奶，老奶奶才不肯再施恩于自己的母亲。因此，他要上山，他要到达极顶，去碧霞祠朝拜，长跪在老奶奶面前，为母亲祈福，为自己赎罪。

　　肖立栓从山上被营救人员抬下来，送到医院的时候天已破晓。在手术室，医生要给他做接骨手术，肖立栓坚持不用麻药。医生没遇到过这么固执的病人，半开玩笑般地问，怎么回事？想当刮骨疗毒的关公？他闭着眼睛摇头。医生无奈，担心这个看起来有些瘦弱的小男人扛不住，来到手术室门口问守在外面的禹奕泽怎么办。禹奕泽也有些犹豫，不知道这个年轻人哪根筋不合适，又想到他也不是小孩子了，既然想这样肯定是已有了主见，或者是有什么禁忌，就对医生说，那就尊重他的意思吧。

　　做完手术回到病房，肖立栓昏睡了一个上午，醒来之后，就向一直守候在病床前的禹奕泽讲述了上面的经历。

　　禹奕泽知道碧霞元君在民间的影响力，还不仅限于泰山周边一带，尤其是在明洪武三年，皇帝朱元璋在泰山上竖立了去帝王号碑，泰山恢复了山神的本来面目之后，碧霞元君在民间的地位日隆，获得了更加广泛的认可。后来，运河继续向北开通，崇祯皇帝干脆把妈祖也封为碧霞元君，在运河两岸，各县广建碧霞元君行宫。据史料记载，当时全国有两千多个县，几乎每个县都建有元君庙。天子脚下的北京，竟然也建有五座，分别称为金顶、东顶、西顶、南顶、北顶。妙峰山上的元君庙，香火最盛，称为金顶。每年农历四月一日金顶庙会时，人山人海。据说，慈禧太后就曾为染天花的儿子同治皇帝载淳祈求平安，亲自来这里抢烧了头香。

当然，有求于碧霞元君的更多的是像肖立栓母亲这样在现实生活中遇到困扰和遭遇天灾人祸的普通百姓，他们把碧霞元君这位善良、勇敢、聪慧的女神，当成了慰藉他们痛苦心灵的慈母。在民间传说中，这位女神同玉皇斗，同佛爷斗，同龙王斗，同妖魔鬼怪斗，保护人间风调雨顺、农业丰收，惩治强暴，保护弱小，为人送子治病，保护妇女儿童健康……所有这一切都十分切近人类生活，适合群众口味，加之求神的过程相对简化，不需要吃斋诵经，又没有繁文缛节的礼仪，因此，泰山极顶的碧霞祠才成了泰山上香火最为旺盛的所在。

尽管这么多年来，禹奕泽见过许许多多上山朝拜碧霞元君的香客，但肖立栓母亲的经历还是把他给打动了。信仰已经变成了一股强大力量深入了这位母亲的骨髓，正是依靠这种力量，她才涉过了生活中的那些急流险滩，度过了那些艰难的岁月。相比于那位伟大的母亲，她的儿子就显得不那么诚恳了。老人们常说，敬神则神在，信神则神灵。进山拜神关键是一个"诚"字，像肖立栓这样，去山上为母亲禳病还走旁门外道，即使能顺利登上极顶，跪在碧霞元君的金身前，恐怕也很难得到老奶奶的垂怜。

见肖立栓讲完了自己的母亲，禹奕泽就有些意味深长地说："你选的这条路线一般香客都不会走，真正上山朝拜的都是走红门斗母宫那条线路。"

这似乎也正是肖立栓的痛处，瘦削的脸庞骤然变红了，可眼神儿依然笃定地看着禹奕泽，顿了一下，才说："这我知道，之所以选择驴友路线不是为了逃票，也不是为了看奇景，完全是因为自己那点可怜的面子。过去我曾公开宣扬过不上泰山，所以不想让同学们知道我出尔反尔了。线路是从网上找的，是在一个叫驴行千里的微信群，专门指引你怎么登顶。"

肖立栓说的应该是实话。来到医院，护士催叫去办住院手续的时候，禹奕泽本来以为他是穷学生，不会有钱付医疗费，就想自己先垫上，没想到躺在病床上的肖立栓，很快就从口袋里摸出来一张银行卡。禹奕泽跟着护士来到住院处一刷，余额居然有两万多。这大大出乎了禹奕泽的意料，那时他还不知道肖立栓的身世，以为他家里的条件还可以，现在看来，这钱应该是他自己挣的，早就听说有很多大学生在社会上兼职，有的还开了自己的公司，肖立栓应该就在这个行列里，而且还做得比较成功。穷人家的孩子早当家，在苦难中成长起来的这个男孩还是比较有志气的，不可能为了进山而逃票。再说了，他有学生证，可以享受半价优惠，又不以探险为目的，根本用不着为了几个小钱来担惊受怕。

禹奕泽很快就又有了另外一种担心，他早就知道驴友们有自己的网站，但却不知道已发展到了这种程度，针对泰山，还有了专门的指引，于是问肖立栓："那个驴行千里微信群怎么指引登顶？"

肖立栓说："上面有详细的路线图，从哪里上，到哪里转弯，哪个地方有检查站都标注得很详细，看不懂也不要紧，下面还有联系电话，可以派人把你带上去。不过，这个要收费，每位五十。我联系的时候说自己是一个人，他们不肯派人，说为了区区五十块钱冒一次险太不值当了。我只好把地图从电脑上拷下来，然后自己摸索着往上，一开始还算顺利，可爬到下面的一个山怀就听到了狗叫，随后你就撵上来了，我很害怕，回身推了你一把就没命地往树林深处跑，躲在一块大石头后面藏起来，直到听不到动静了才敢出来。大哥，我没伤着你吧？"

禹奕泽知道肖立栓还没转过向来，就说："那不是我，那是我大舅。他应该是在长岭上面的老嬷嬷石发现的你，那里有几个地方很隐蔽，你才能藏起来。不然，以馒头的嗅觉，你是很难逃掉的。"

肖立栓有些意外，说："不是你？还是个长辈？那……那可真是对不起！我真是太莽撞了。晚上看不太清楚，只感到后面恍恍惚惚地立着一个身影。当时一听到狗叫就吓坏了，下手也没个轻重，也不知道把他推倒没有？这山上到处是石头，若摔倒可就麻烦了。"

禹奕泽已跟老炮台照过面了，知道没什么大碍，看着肖立栓那局促的样子，就宽慰道："你放心吧，他虽然都快六十岁的人了，身体很好，对这山上很熟悉，一般不会伤着他的。倒是你下一步该怎么办？

伤筋动骨一百天，你要在床上度过几个月的时间，谁来照顾你？"

肖立栓说："这个大哥倒不用担心，我有几个不错的同学，刚才已经在微信上跟他们说了情况，也跟老师打过招呼了，他们会轮流过来的。"

禹奕泽一听，放下心来，说："那就好。"

下午大概有一两点钟的样子，病房里果然一下子拥进来十多位青年学生，他们是肖立栓的同学。有位女同学手里还抱着一大束鲜花，可能早在微信群里聊过了，他们不像是来探望病人的，倒像是来参加庆祝派对，一进来就嘻嘻哈哈地跟躺在床上的肖立栓开玩笑，半真半假的问候与插科打诨的嬉笑立刻就把整个病房填满了。禹奕泽见自己再留在这里已属多余，便悄悄退了出来。

禹奕泽赶到舒云谷检查站的时候已经下午三点多了，值班室门上着锁，外面用石头垒成的台子上落满了灰尘，还夹杂着山风吹过来的枯枝败叶，房前的山地里长满了杂草，新冒出来的草茬还被遮盖于衰败之下。禹奕泽心里感到凄凉，原本的检查站不是这样的，前面的山地是多年前开出来的，在过去，这个季节早已撒上了蔬菜种子，新芽也已冒了出来，嫩绿嫩绿的芽尖招摇在地垄上，在微风的荡漾下，洋溢着强烈的生命热度。那时候石头台子上常年备有茶壶茶碗，从山上劳作完了下来，用烧开的山泉水冲上一壶新茶，茶汤碧绿，清风徐来，汗水发散，心旷神怡，那种感觉真是赛过了神仙。

这个季节，站里没人值守属于正常。春天是防火旺季，一般在白天，全体人员都要出去巡查，今年的情况更为复杂一些，立春之后几乎还没落雨，天干物燥，防火形势极为严峻，再加上舒云谷检查站除去临时招的季节工，在编人员在禹奕泽来之前只有老炮台和老迟。老迟还常年请病假，基本摸不着人，所以吴荣明区长才说"幸亏还有个老炮台在支撑"。

禹奕泽要来长岭找老炮台，心里也拿不准老炮台是不是在，想先打个电话问问，又一想，打不打的效果一样，老炮台做事一向很有次序，若是在山上正忙着，只要不是火上了房，即使天王老子驾到，他也会先把手头的事情干完再说。

通往长岭的是一条向上的小路，也就十来分钟的路程，禹奕泽运气不错，爬上来的时候，老炮台正以那个经典动作蹲在菜地旁边，迎着将要西沉的阳光，眯着眼睛朝上打量自己制作的那架水车，馒头偎在他身边，不停地用毛茸茸的脑袋往他身上来回地蹭着。

老炮台的绰号就来源于那个经典动作。年轻时候的老炮台很注意自己的仪表，即使在这山林中走累了，也不肯像其他人一样，很随便地找个地方躺下来或坐在石头上歇息。他担心自己的衣服，即使是工作服也非常爱惜，他总是找处稍微宽阔的地方，小心地蹲下，把两条胳臂朝前伸出来搭在膝盖上，有时在山上值班也这样蹲着，一蹲就是老半天。远望过去，那两条长长的胳臂就像炮架前面的挡板，脑袋竖在上面恰好形成支在炮架上的炮筒，再加上那时候的老炮台还抽烟，而且烟瘾还极大，还喜欢这样蹲着抽，身子周围缭绕出来的烟雾就更增加了这种虚幻效果。时间长了，同事们开始叫他老炮台，这绰号随即也就传扬开来，反而把本名韩四妮逼得没有了市场。

馒头率先看到了禹奕泽，摇着尾巴跑过来，老炮台也把自己的炮架拆了，直起了身子，不待禹奕泽发问就说："我在研究这架水车，想在出水口再接上根管子，让水不经过流沟，直接引到地垄上点对点地浇菜。今年天旱，这泉水稀罕，不能浪费了。"

水车是后来老炮台自己设计的，利用泉水上下的落差带动着木制齿轮，慢慢把水引出来一股，其作用就是让一部分泉水改了个道，没改变泉水往下流的大方向。春季的泉水本来就不旺，再加上天旱，水流就更有限了，分过来的这一股现在还能看到水的流动，往下的那一部分已变成若有若无的涓涓细丝，时断时续地往下缠绕。

长岭这边是三间石头到顶的房子，外面还有一个用木板搭建起来的棚子，棚子主要用来放置老炮台的那些根雕作品，边上是一些农具劈柴桦子之类的杂物。房子里面的陈设非常简单，中间隔着厚厚的布幔，里面是卧室，外面算是生活区，分别放置着炉子、炊具和茶台，东西虽多但摆放得并不凌乱。靠北墙的地方是一个用石头垒起来的壁炉，同样是石头垒成的烟道从后窗户里拐出去。

炉子靠着南墙，是那种用泥巴垛起来的老样式，上面坐着一把老式铁皮烧壶。南墙上挂着两口锅，一口是炒锅，另外一口是很小的铝锅。炉子旁边是个小石台，上面放着一个铁盆，铁盆里面是简单的碗筷，边上还有几样蔬菜。茶台位于屋子中央，是一整块石头，石头并不规整，朝上的一面还算平坦，底下的斜角用差不多大小的小石块垫着，下面还有一方一圆两个木制凳子，方凳不是太方，圆凳也不是太圆，都是根据树根的原始形状随弯就弯改造出来的，一看就出自老炮台之手。

禹奕泽刚在凳子上坐下来，老炮台就问："你昨天晚上怎么会住到那个已多年没人住的地窝子里？"

禹奕泽就把自己昨天下午过来的时候，怎么看到那只老鹰叼走了老炮台养的鸡，又怎么因为追老鹰在山中迷路的情况说了。但没说想在地窝子里住一晚上的真正缘由，只说自己在晚上找不到下山的路了，才临时起意住了下来。

老炮台听了，沉吟了半晌，问："你没认出它来？"

禹奕泽知道老炮台说的"它"是指那只老鹰，还是犹豫了一下才说："扑腾着大翅膀掠过头顶的时候觉得应该是它，但也不是太确定。"

老炮台说："那只鸡是我专门给它准备的，今年天旱，出来觅食的小动物也少，我担心它断了顿，隔三岔五就从鸡群里挑那些老弱病残的，拴在上面的石头台子上，等着它来取。它倒挺自觉，不太常来，从过了春节才来了两次，这是第三次，就让你给撞上了。尽管这样，每隔几天我还是给它备上一只，它如果不来，我就把鸡宰了炖好给那些工人吃，他们待遇不高，这也算是一种补贴。"

老炮台一上长岭就开始了自给自足的生活，架上水车把山泉水引过来，把下面向阳的山坡开出来种上粮食，房前的空地上种上蔬菜，旁边建上鸡笼养了一大群鸡。原来韩今生隔三岔五上来的时候总给父亲带些给养，后来老炮台就不让他带了，反而把山上自己种的粮食蔬菜让他带回去，说这个才是纯天然的绿色食品，多吃这种东西，不但身体健康还能使灵魂更加干净。

过去，禹奕泽就知道老炮台几乎很少吃自己养的鸡，他养鸡的主要目的有两个，一个是要用鸡粪给自己所种的粮食和蔬菜提供肥料，另外一个就是为了拢住那些季节工。老炮台平时不但要用自己养的鸡给那些季节工打牙祭，逢年过节还要让他们带上两只回去跟家人团聚。这几年虽然待遇不高，那些季节工之所以没有流失，从某种程度上说与老炮台对他们的这份周到是分不开的。可没想到，老炮台现在还要用自己养的鸡来供养那只老鹰。

聊完了老鹰，老炮台关切地问起了肖立栓的伤情，禹奕泽又把肖立栓的情况说了，也说出了自己的担心。

老炮台对肖立栓的身份一点也没感到意外，说早就看出他不是真正的驴友来了。倒是对怎么阻止驴友偷偷上山有着跟禹奕泽一样的担心。

老炮台说："搁过去，他是不可能漏网的，现在也真有些跑不动了。前一阵子，也是晚上，有几个驴友偷偷从这边上山，我追了一阵就撵不上了，还幸亏馒头跑上去把他们给截住。可我在后面，心里也暗暗捏了一把汗，馒头毕竟是个畜生，万一遇到个愣头青对它施暴，我不在跟前，它也是会翻脸不认人的。如果它真把人给咬了，麻烦就更大了。"

禹奕泽心里感到悲哀，这么多年过去了，似乎一点都没有进步，维持林业秩序还是在依靠看家狗。

老炮台见禹奕泽沉默不语，就又说："你也不要过分担心，馒头从小就跟着我，是轻易不会失控的。暗中做驴友生意的也就是有数的那几个人，现在韩义开公司了，又在村里干上了村主任，不屑于弄这些小营生了，剩下的驴黑子他们几个刺头也好对付，最近我去找他谈谈，让他收敛收敛。"

韩义的情况禹奕泽倒是清楚，驴黑子他也认识，年纪跟自己差不了几岁，是邻村律家庄的。由于长得黑，小名就叫了律黑子，后来跟韩义一样，从小就在悦城地界上漂着混，净弄些乌七八糟的事情，渐渐就成了驴黑子。禹奕泽离开后就再没见过他，没想到仍然在做这种歪门邪道的生意。

禹奕泽知道老炮台在这山上的威信，过去在的时候，那些捣蛋的小孩就非常害怕他，现在他重新回来，都知道他在生意上的成功，威名应该更盛了，他去找驴黑子谈，如果真是驴黑子在暗中做这种不正当的生意，应该会有很大的威慑作用。况且，老炮台跟驴黑子还有着更深的渊源呢！

禹奕泽心里还揣着一个重要的事情，那就是迁坟。昨天下午看吴区长手里的文件是泰山管委一个星期前下发的，规定只有半个月的期限，现在时间已经基本过半，他还不知道进展怎样，因此才急忙火速地来找老炮台。

老炮台倒显得不急不躁，四平八稳地说："咱这边在上边的老坟只有十七座，这几年都是跟踪处理，每到清明中元这些节日，事先了解好亲属什么时候来上坟，到了日子再安排专人盯着，把所有灰烬都处理干净再离开。所以你也不用太过担心。"

禹奕泽急不可耐地插话说："怎么能不担心呢，我刚回来，吴区长又把这事亲自压过来。我觉得吴区长的压力好像也很大。"

老炮台轻轻地笑了，说："压力能不大吗？在正用人的时候摸不到人，好不容易提拔了个副区长，比抹了油的琉璃蛋还滑。吴区长快成光杆司令了。"

刚提拔的副区长显然是指单涛，对于单涛，禹奕泽是再熟悉不过了。单涛跟他是同龄人，只不过生日比他大几个月，也是林二代。禹奕泽考上林校的那年，单涛也刚刚初中毕业，正在为前程发愁，就在这个节骨眼儿上，最后一批接班指标下来了，单涛父亲也正好够退休年龄，单涛就这样适时顶替父亲进了泰山林场。禹奕泽参加工作的时候，单涛已是拥有三年工龄的职工了。那时，他们同在舒云谷检查站，是不分彼此的兄弟，后来禹奕泽成了站长，再后来他调任碧峰管理区办公室主任，单涛就成了他的继任者。而现在，当他折返头往回走的时候，一直跟在后面的单涛反而超越了他，成了他的顶头上司。这也是禹奕泽回来之后的顾忌之一，昨天下午他去报到的时候已在心里做好了准备，事已至此，过去的已属于死神，未来还需要自己来重新把握，他要学会面对，彻底谦卑下来，见了单涛心里一定不要存有什么障碍，要恭恭敬敬地称呼为"单区长"。可惜昨天他白白地下好了决心，根本没跟单涛见上面。

禹奕泽见老炮台对他还说得有些隐晦，就问："昨天下午就没有见单涛，他在忙什么？这么大的事也不见他露头。"

老炮台说："去市里的党校学习了，听说是一个新晋科级干部培训班，要两周的时间，正好卡在这次任务的节点上，党校好像是专门为了配合单涛才搞的这次培训。"

禹奕泽明白了，心说他也要感激党校的这次培训，让他先暂时见不到单涛，心里有了足够的缓冲，等单涛回来，他差不多也就适应了。但这却对当下这个难题不利，毕竟多一个人手就能多分担些任务。

老炮台知道禹奕泽正在为迁坟的事情发愁，就说："咱们这边这十七座老坟只有两座是个难题，这两座都属于一个吕姓家族的，老家是大连的，从一改革开放就在悦城做海鲜生意，他们家老人故去的时候，当时东洼这一片的林地属性还没明确，做生意的人是特别迷信风水的，他们请来风水先生相中了这一片，就人托人脸托脸地买了下来，准备当成他们家族的新林地。操作这个事的已是吕家的第三代，当年这个年轻的商人还非常精明，不但让村里出具了手续，还让经办人写了字据，现在要让他们迁走有些难度。"

禹奕泽没想到老炮台已悄然地把情况摸得这么清楚，内心有些感激，但并未表露出来，只说："那也得让他们迁啊，管委领导这次是下了大决心了，不弄利落是过不了这一关的。"

老炮台说："还不光是因为管委领导的决心，这些老坟也确实应该迁了。原先光寻思杜绝新坟，让老坟自然消亡，现在看这不是个办法，我们有些传统的东西这些年又重拾起来了，想要阻止很难，也有些不合情理，最好的办法还是迁出去。吕家这边我只是有了一个初步了解，今明两天你再去找找他们，咱们先把工作做到前头，弄清楚情况再对症下药。"

禹奕泽从心里认可老炮台的这番话，随即说："你告诉我联系方式，等会儿我就去找他们谈谈。"

老炮台说："好，这事宜早不宜迟。只要解决了吕家这个难题，剩下的这十五座老坟就好办多了，本来都是东洼村的人，就因为是外姓就让人家埋在了上面。其中还有一座老坟比较特殊，是韩冬瓜的老娘，虽然都在路北面却跟那些老坟不扎堆，就正对着韩家林靠上的位置，当时算是一种礼遇，现在看起来却成了一座孤坟。这座坟就更应该迁下来了，当初这个老太太可是做了贡献的。"

禹奕泽是知道这座老坟的，就在碧峰通往舒云谷的这条山路的北面，已靠近大水帘的位置，他也知道这里葬着韩冬瓜的老娘，只是不知道为什么会把这位老人单独葬在那里。

老炮台见禹奕泽向他投来疑惑的目光，接着说："这位老人是我们村第一个火葬的，而且是自己主动要求的。"

禹奕泽虽然不清楚那段历史，但对当年推行火葬的难度之大也有所耳闻，随口说："那还真是难得！那个年代的老人怎么会有这么明白的人？"

老炮台说："明白是一个方面，最主要的还是为了韩冬瓜。在那个年月，韩冬瓜一个人拉拔着两个儿也过得太难了！"

山里人活得都不容易，被女人舍弃的韩冬瓜父子就更不容易了。韩冬瓜个子不高，身体羸弱，从小就被人称为"三类苗"，山里人惯常的那些粗活重活根本干不来，唯一的特长就是炒得一手好菜，可这在东洼村根本就没有用武之地。幸亏那时寡母身体还好，帮着照顾两个年幼的孩子，他才能勉强把日子维持下去。

有一年东洼村来了一个逃荒的女人，说自己来自黄河边的济阳，黄河发大水把丈夫和孩子都冲跑了。韩冬瓜的老娘见女人虽然骨瘦如柴，但身架子大，干活还利索，就托人把女人给韩冬瓜留了下来。

应该说，寡母的眼光不差，女人果然是过日子的一把好手，表面看起来对两个孩子也不错。韩义这年已经七岁，在夏天快结束的时候也背起书包，顺利进入东洼小学开始上学。家里有了自己的女人，日子自然就跟过去不一样了，可还没等韩冬瓜的心彻底安稳下来，老太太却突然病倒了。起初只是受了一点风寒，原本以为熬点连翘水，发发汗就能好起来。住在泰山这一脉的人家几乎很少生病，最多也就是偶尔有个头疼脑热什么的，而这些小毛病，泰山上那些惯常的草药基本都能解决。平时上山的时候就采一些晒干了储存起来，以备不时之需。有些有心人还专门去找那些有名的何首乌、四叶参、黄精和紫草，它们比较稀罕，很早就被称为泰山上的四大名药，过去是呈给皇上的贡品，现在药店收的价格很高，能给采药人带来可观的收入。

老太太这次病倒显然不同于以往，喝下连翘水也没把汗表出来，把家里所有被子都盖在身上仍然浑身发抖。老太太昏睡到第三天，韩冬瓜觉得这样熬下去不是办法，就借了辆自行车去最近的上高镇请大夫。那个年月，大夫也稀罕，十里八庄有一位都认可的就不错了，大夫没在家，去其他村出诊了，韩冬瓜等了一会儿，见大夫没时候回来，留下话就往回走。

回到家看到的是热腾腾的饺子，韩冬瓜很感动，眼泪几乎就要下来了，更加感受到女人对家来说意味着什么。老太太还在昏睡，床头放在黑碗里的几个饺子还温热着，女人显然刚刚做过努力，试图把老太太叫起来吃饺子。女人说，她包好饺子本来是想等韩冬瓜回来再下，但想到娘几天都水米未沾牙了，想让娘先吃两个就下了出来，没想到娘一直叫不醒，她自己趁热先吃了，把他和孩子们的都倒在篦子里在锅里热着。

这个解释很合理，孩子们下午放学得四五点钟，韩冬瓜当时没有多想，他从早晨出门，已连续两顿饭没吃，还真感到饿了，抓起饺子就往嘴里送。饺子是白菜素馅的，尽管油水不是太足，韩冬瓜却吃得分外香。就在一碗水饺快见底的时候，他突然感到了不对劲，从相互切磨的牙齿间流露出一股浓烈的肉香，他愣了一下，赶紧看自己筷子上剩下的那半个饺子，那残缺的饺子呈弯月般展现在眼前，白色的边角中包裹着粉红色的肉丁，有带着油星子的汁水从里面溢出来。再看那半个水饺的底部，有一个特别捏出来的小耳朵。韩冬瓜抬眼看了一下女人，女人也注意到了他筷子上的半个饺子，眼神儿里出现了少有的慌乱。

韩冬瓜有些明白了，女人显然是准备了两种馅料的水饺，筷子上正夹着的应该是漏网之鱼，可他此时还在往好处想，觉得娘床头黑碗里的水饺也应该是肉馅的。为了验证这种想法，他把那半个饺子放回碗里，把床头的黑碗拿过来，用手撅起一个放进嘴里，发现也是素馅的，眼睛立刻就瞪圆了。

女人当天下午就被韩冬瓜赶走了。过了两天，娘醒了过来，发现女人不见了，问韩冬瓜，韩冬瓜就把女人包两种水饺的事讲了，娘听了非常生气，不是生女人的气，而是生韩冬瓜的气，说，嫁汉嫁汉穿衣吃饭，女人偷吃不是大毛病，尤其是我们这样的穷日子，你千不该万不该一棍子把人家撵走。儿啊！她走了，你这辈子恐怕真的要彻底打光棍了……说着说着眼泪就下来了。

这年年底，老太太的身体就不行了，这个时间节点正是国家开始大力提倡火葬的时候，那些处于临界点的老人大都不能接受，有的给子女撂下狠话，有的跑进山里藏起来。邻村还有位老人更是极端，居然提前寻了短见。上面一看这事推行起来有难度，就加大了奖励措施，率先火葬的人家不但免除丧葬费用，免除全年义务工，还奖励六十元钱。

躺在病床上的老太太比谁都清醒，大限到来的前一天晚上，让韩冬瓜把村里主事的干部叫进家门。老太太的身体已极度虚弱，强撑起身子对站在床头的村干部说，麻烦你们过来，是想亲口告诉你们，我想要第一个火葬。这并不是为了贪图那两个补助，咱村老一辈人都知道，我嫁过来那年已经二十岁了，但人码很小，看起来像是才十好几，一副未成年的样子。都以为那是娘家日子不好，把我给饿下了，实际上并不是那么回事，是我娘怀着我的时候羊水过多，让我不足月就落了地。冬瓜八岁那年冬天，他爹挑山的时候又掉进了山上的水潭里，到现在活不见人死不见尸。我这一辈子就是水太多了，打卦算命的都说我是个水命，唯独缺的是火。我这几天都在寻思，我要谢谢你们这些当干部的，我真是赶上好时候了，上面开始提倡的正是我命里缺的，要能在走的时候把这个东西给补上，你们也算功德无量，我也算没白活这一辈子。

村干部一听就明白了。韩冬瓜更是跪在娘的床前，额头触地，泪流满面。

当时，虽然在大力推行火葬，但相应的措施并没有跟上来，火化场刚刚落成，殡葬专用车还没到位。公社领导对第一个自愿火葬的老人也比较重视，让民政办专门找了一辆拖拉机。韩冬瓜却不愿让老娘躺在这冷冰冰的车厢里，他连夜把家里的地排车进行了改装，两边装上厢板，前后用木板挡住，底下铺上崭新的被褥，上面再用几层塑料布遮住，这样就形成了一个相对封闭的空间，不但能遮风挡雨，看起来还很像棺材，让老人在最后的里程中得到了应有的温暖和尊严。

在墓地的选择上，当时村干部提出来一个新想法，他们为老太太的行为所感动，更为了增加影响力，主动提出把韩家林上方风水最好的那片林地来作为老太太的安魂之所，韩冬瓜当然没有异议，老太太就这样被葬在了上面，当时看是个好地方，可后来修了那条山路才显得孤单了一些。泰山管委在和地方划定区域的时候，就是以这条山路为界，山路以北为国有林地，以南为归地方管理的集体林地，那位率先主动要求火葬的老人也就此隔绝在了韩家林之外。

还有个题外话值得一说，让韩冬瓜后来没想到的是，他改装的地排车不但体面且有尊严地送走了老娘，此后还为自己开辟了另外一条谋生之路。

在人们渐渐接受了火葬之后，怎么去火化场成了问题。公社的补助已经没有了，殡葬专用车收费又高，一般人家不愿出，有的也出不起，韩冬瓜那辆改装后的地排车就成了首选。韩冬瓜起初不愿赚这个钱，但架不住乡邻们的哀告，村干部也来做工作，这才把这个活接了下来。他这一接不要紧，十里八庄很快就都知道了，再加上韩冬瓜收费合理，安妥细心，周围村庄的人家但凡有需要都来找韩冬瓜。人若欠你，天必补之。也多亏老天赏饭，瘦弱的韩冬瓜才能机缘巧合地另辟蹊径，依靠那辆地排车和几亩薄地，度过了那些艰难岁月，独自把两个儿子抚养成人。

禹奕泽不知道居然还有这样的过往，联想到了鹿小希为健健所有的付出，在心里不由自主地再次感叹母爱的宽广和伟大，便由衷地说："这位老人确实更应该被请回来。"

老炮台说："是啊！还有你父亲，都在东洼村落脚这么多年了，为这大山贡献了一辈子，因为是个外姓人就被葬在了上面。这虽然都有一定的历史背景，却非常不合理，也不人道。要我说这都是由于愚昧和狭隘造成的，现在被请回来应该是理所当然的。"

经老炮台这么一说，禹奕泽内心一下子轻松了许多，卸去的当然不仅仅是任务的压力，还有父亲和儿子的归处也有了着落。

东洼村最早只有韩这一个大姓，后来通过投亲靠友或招养老女婿这些方式，才陆陆续续掺杂进来了薛、孙、吴、禹四个姓氏，薛、孙两家最早，后来分生出了七八家，吴家也有了四五家，禹姓却只有禹奕泽他们一家。孙家第一位老人去世的时候，本想葬在村东韩家林的，但在那个年代，韩家的老族长还比较讲究，不但要求孙家的子孙必须先到韩家祠堂拜祭，还要孙家老人的棺椁在祠堂里停放三个时辰，才能在韩家林下葬。偏偏孙家长子是个犟种，加之自己父亲是倒插门才来到东洼村的，因为后代姓韩还是姓孙的问题跟韩家人几乎杠了一辈子，宁愿把父亲葬在别处也不同意族长提出来的条件，那时候东洼村上面还没绿化，是一大片乱草岗子，孙家人就在上面选了通透向阳的地方把自己的父亲葬了。自此以后，孙、吴、薛几家若有老人故去都自觉地葬在这里，这里也就成了东洼村外姓人的专有林地。禹奕泽父亲禹士民去世后，老炮台已重新回到了山上，力主想让禹士民葬在韩家林。村里当时主事人却有疑虑，担心那三个外姓人的后代会有看法。禹奕泽也害怕在下葬的时候会闹出乱子来，跟母亲商量后就把父亲葬在了上面。那时的禹奕泽倒没觉得葬在上面是愧对了父亲，反而觉得父亲应该会更安心。父亲为装扮这大山忙活了一辈子，上面林地离他亲手植下的那些树木更近一些，看着它们茁壮成长，父亲能得到更大的安慰。

可现在看父亲却要下来了，虽有些不得已，但联想到自己昨天晚上在地窝子里做的那个梦，禹奕泽也觉得应该把父亲迁下来了，他自己一个禹姓人在上面确实太孤单了，至少下面还有老炮台的父亲韩尚信做伴，那是他来东洼的引路人，从某种程度上说也是他的恩人。

第五章

　　禹奕泽的父亲禹士民能在东洼村落脚,韩尚信确实在其中起了很大作用,但起因却是老炮台两岁多时遭遇到的那次意外。

　　1959年的夏季,泰山周边一带少雨,整个春夏之交的降水量不足七百毫米,整个禹石汶村的夏粮几乎绝收,要活下去就要另寻出路。那一年,禹奕泽的父亲禹士民只有十七岁,由于禹奕泽爷爷的身体不好,再加上禹士民是老大,下面还有两个弟弟妹妹,禹士民读完高小就彻底告别了学堂,过早地回家挑起了家庭重担。

　　泰山脚下的泰前公社那时候有个运输队,养着一大批牲口,这些张嘴货每天都要吃草。运输队只好雇人割草,二百斤青草能换十斤小米,中午还管一顿饱饭。大暑节气刚过,禹士民在一位本家大叔的介绍下,去给运输队割草。天气干旱,平原上的草大都干枯蔫巴不出分量,成片的青草也很难找到,即使勉强找到了,也不好下镰刀。泰山周围河湾多,有的还有泉子滋润,草长得青翠还茂盛,这样的草割起来特别顺手,不大一会儿就能撂倒一大片。

　　那天分外热,大叔只割了一上午,家里有事就回去了。下午禹士民出工比平时晚了一会儿,到了傍晚还没割够一天的定量,就想趁着天凉快多割一会儿,能多换斤小米,家里的日子就能松缓松缓。恰好那天晚上有月亮,山里的月亮又大又圆,播洒下来的月光不但透亮,还营造出了一种世外桃源的氛围,很容易让人沉浸其中。禹士民在山前怀一个坝堰下面,不管不顾地往前割,身后倒下了一大溜绿油油的青草。快到坝堰正底下的时候,禹士民忽然觉得脊背上有种凉丝丝的感觉,似乎在有雨滴往下落,禹士民心里诧异,月亮这么好,怎么会下雨?伸手一摸,怎么还黏溜溜的?他一抬头,吓得立刻就趴在了地上。一只狼就蹲坐在一人多高的坝堰上,张着大嘴,吐着舌头,一边还哈嗒哈嗒地喘着粗气,那黏溜溜的东西正是从它口中流下来的。

  禹士民尽量低下身子趴着,心里怦怦直跳,大热的天,浑身起了一层鸡皮疙瘩,头嗡嗡响,气也不敢出。那只狼显然早已看见了他,但却像没看见一样,继续蹲在那里,该怎么哈嗒还怎么哈嗒。禹士民想爬起来跑,可一想自己跑得再快也快不过狼啊!难道就这样白白地落入狼口?又一想,自己也是堂堂七尺男儿,手里还有一把镰刀,怎么会怕一个畜生?还是拼一把吧,说不定还能有活路。就在禹士民趴在地上犯思量的时候,突然传来小孩子低低的哭声,就在头顶上,好像头朝下那种闷着嘴发出的声音。禹士民心里明白了,怪不得这只狼对自己不感兴趣呢,原来它叼来了一个小孩。常听大人用狼拉孩子来吓唬不听话的幼儿,没想到还真有这么回事。孩子被狼叼走了,他的父母该有多着急!想到这里,禹士民的胆子比刚才更壮了,不管怎样,救下小孩应该是最要紧的。

  禹士民慢慢从地上爬起来,躬着身子顺着坝堰走到堰头,从堰头的斜坡爬上堰顶。这里是一片荒地,地边上不规则地散落着几棵花椒树。禹士民借着月光一看,一个光屁股的小孩正趴在一簇草丛里哭呢。这时那只狼大概歇息好了,也缓缓地摇着尾巴向小孩走去。禹士民心里一紧,以为狼要下口吃孩子,刚想冲上去,却又看着不像,只见狼慢腾腾地伸出嘴巴,抵住孩子的身下,把孩子的小身子拱翻过来,然后找到孩子的小嘴巴,用自己的嘴巴叼住孩子,头用力一扭,身子一偏,那孩子就顺势到了狼背上。那狼就这么嘴对嘴扭头叼着孩子,孩子在狼背上下意识地紧紧搂着,小嘴巴被狼的嘴巴叼着,哭声已经发不出来了。狼叼好了孩子,迎头就要往坝堰下跑,禹士民见状一步蹿上去，一弯腰，左手就紧紧地揪住了狼尾巴。那狼猛地一惊，一张嘴就放开了孩子，那孩子也一骨碌从狼背上掉下来，趴在地上哇哇大哭。

那狼昂着头，转着身子往后朝禹士民扑，禹士民起初调弄着自己的身子往一边躲，后来把准一个机会，高高举起右手的镰刀，照准那畜生的软肋用力扎了下去。没承想，狼的身子居然很是灵活，往边上一摆，镰刀扎空了。由于用力过猛，再加上手心出汗，镰刀一下子就从禹士民的手里甩了出去。

没有了武器，禹士民只好用双手死死揪住狼尾巴，那狼挣不脱，继续转着身子往后，禹士民就继续调弄着自己的身子躲闪。在这片荒地上，禹士民跟那只狼是左转了右转，右转了左转，谁也扑不到谁。这样僵持了一阵，禹士民听到远处传来人的嘈杂声，心想可能是孩子父母带人追过来了，就开始大声呼救："快来人啊！狼在这里，你们的孩子也在这里。快来人啊！……"很快就有了回应的声音："来了！来了！在哪里？"听到有人往这边赶，禹士民浑身都来了劲儿，拼命往怀里一拽狼尾巴，那狼也拼命一挣。禹士民记挂着地上的孩子，猛然一松手，那狼一下子冲出去五六步远。禹士民借机赶紧弯腰抱起了孩子，右手顺便拾起了镰刀。那狼回转身，看着禹士民手里的镰刀，又看了看他左手怀里的孩子，龇着牙就要再次扑过来。正在这时，一个高高大大的男人举着镢头朝那狼冲过来，随即又有一个女人呼喊着跌跌撞撞地跑来了，在她身后跟过来一大帮子人，那狼一看害怕了，嗷嗷低吼了两声，夹着尾巴沿着坝堰朝大山深处跑去。

被救起的这个孩子就是老炮台，当然，那时候他还没得到这个绰号，可也有了一个奇怪的乳名——四妮儿。一个男孩为什么会叫四妮儿？这是因为他是家里的金疙瘩，父母在生养了三个女孩之后，终于如愿得到一个带把的，怕养不活就男取女名叫了四妮儿。这样一个宝贝疙瘩那天又怎么会落入狼口？这事说起来全赖四妮儿奶奶。本来奶奶带着孙子在麦场上玩，可在傍黑天的时候，奶奶忽然想到家里的鸡笼该关上了，就把孩子放在碌碡跟前，跑着回家关鸡笼。家就在场院旁边，拃把长的距离，奶奶本以为不会有什么问题，不想就是这个当口，那只狼把孩子给拉走了。

禹士民救下了老炮台，韩家人千恩万谢，一满家子都把他当成了恩人。最先蹿出来的那位高高大大的男人是老炮台的父亲韩尚信，韩尚信是东洼村的林业队长，还兼着大队会计，小时候上过私塾，不但识文断字，算盘还打得噼啪响，在东洼村也是响当当的人物。当天晚上就找来运输队的马车，拉上五十斤小米，带着半片子猪肉把禹士民送到了家。

到了秋天，青草开始干枯，运输队一年的青草储备也差不多了，就不再雇人割草。禹士民在韩尚信的介绍下，开始来到东洼村林业队干临时工，管吃管住，每个月还能领到五块钱的津贴，这在当时算是很好的待遇了。

第二年9月，本为山东省林业厅厅长的张耀南被贬到泰山，就任泰山林场第三任场长，这位老革命很有眼光，最早提出了泰山的八年规划，"要把泰山建成一个四时有花，无时不绿，树种丰富多彩的山岳公园"。本着这种思路，他积极筹措资金，利用一切力量，开始大规模地绿化泰山。为了壮大林业建设队伍，经过甄选，把泰山周围村庄的林业队部分地收归于林场。韩尚信和禹士民就是在这个时候成了泰山林场的工人，起初是合同工，后来就变成了国家正式职工。

由吃不饱的农村娃变成了公家人，这在外人看来是一个很大的跃升，可禹士民自己并没有感到多少变化，照常是翻山越岭地去种树，只是每月多领了一些津贴，但这几乎与他无关，因为所发津贴无论发多少，他都一分不留，原封不动地交给家里。

发生在禹士民身上的这些变化当然与韩尚信有很大关系。韩尚信一开始帮禹士民完全是出于感激，接触时间一长，渐渐喜欢上了这个踏实忠厚的小伙子了。韩尚信的姐姐嫁到了本村薛家，所生大女儿跟禹士民同岁，到禹士民二十三岁这年，三年困难时期过去了，日子也重新回到正常轨道。韩尚信就开始撮合自己外甥女跟禹士民的婚事。那时候，禹士民虽然成了泰山林场的正式职工，但住所还在东洼村，见过薛家这位姑娘，对这位扎着大辫子、长相水灵的丫头也颇有好感。

郎情妾意，再加上媒人也托底，本来应该是水到渠成的事情，没想到，事情后来在禹士民父亲那里卡了壳。

禹士民父亲一听说那姑娘是东洼村的，而且将来他们小两口还要生活在那里，摇着头说什么也不同意，说这不是上门女婿吗？更何况那样的山窝窝，连个正经路都没有，孩子去那里能有好日月吗？禹家也是堂堂大禹的后代，再怎么着也不至于落魄到这般境地吧？

禹石汶村位于泰山东南二十多华里处，村子因只有禹姓人居住而得名，尽管没有找到任何确证来证实他们就是大禹后人，但因为这个姓，这个村子还是留下了特别多的传说，最著名的是一个叫"逢禹不进"的故事。

禹石汶村中央有一个大湾，湾边长着一棵小树，村里人进湾洗衣取水的时候，觉得这棵树碍事就想砍掉，这时来了一位气派不凡穿着体面的外乡人，还带着几个俯首帖耳的随从。外乡人一看就说这树可动不得，这是一棵垂柳，等这树长高了，枝条垂下来，够到水面，你们村就能出一斗米的官。村人就问这怎么讲。外乡人说，一斗米有多少粒就会有多少个官。于是村里人就开始了盼望，天天盼，月月盼，年年盼。可小树长得很慢，过了几年才长出了柳树的样子，枝条也开始有了下垂的意思。人们很着急，想这得到什么时候才能出去做官？后来他们想了个办法，在那些下垂的枝条上绑上石块往下坠。这个办法果然管用，时间不长，效果就出来了，整个树头渐渐往下低，枝条很快就够到了水面，但朝廷任命禹石汶村人出去做官的音讯还是没有传过来。后来，那位外乡人又来了，村里人就围上来质问，外乡人看着已深深垂到水里的枝条，很快就又在上面发现了被石块压弯了的痕迹。生气地质问，你们自己弄虚作假，反而来找我问罪？看来你们这个村的人是没这个出去做官的命了。说罢扬长而去。

原来这位外乡人就是微服私访的当朝皇上。皇上看禹石汶村背靠泰山，村子中央还有一个很有气势的大湾，觉得这个地方有山有水，是一块风水宝地，本来想提携一下这村子里的人，不料他们不但没有沉静之气，还缺乏诚实，就非常生气，回到京城就颁布了一道谕旨，命令各级在选拔官员的时候凡是姓禹的都不要录用，说白了也就是"逢禹不进"。但是下面人理解成了"冯禹不进"，以讹传讹的结果是把冯姓人的仕途也影响了，以至于到后来冯姓和禹姓很少有在朝廷里做官的。令人感到可贵的是，后来的禹石汶人把这个传说当成了反面教材，世世代代教育自己的子孙不要弄奸耍滑，要实实在在做人，诚诚恳恳做事。

当然，他们想当然地把大禹当成自己的祖先，也就等于给自己又树立了一个标杆，这个标杆对禹姓人的人格养成起到积极作用的同时，也让他们在某些方面有了一定的优越感。禹士民的父亲不同意禹士民跟薛家姑娘的婚事，就是这种优越感在作祟。

可在去了一趟东洼村，实地考察了一番之后，禹士民父亲很快就转变了观点。东洼村虽是依山而成，但毕竟离悦城近，进出的道路看着还宽敞，再加上背靠雄浑卓然的泰山，那感觉自然非同一般。薛家给一对新人准备的是三间石头到顶的大瓦房，床上是三铺三盖的新被褥，伸手一摸，那被窝儿软得就像发过了的面团儿。见禹士民父亲脸上的气色活泛了，韩尚信适时进言道："我姐跟我姐夫已经商量过了，这套新房子就是他们俩的，一结婚就让他们单过，独门独院，自成一家。"

刚看到这三间大瓦房的时候，禹士民父亲就已经在心里琢磨上了，凭自己这病歪歪的身体，就是扒层皮也盖不了这么像样的房子给孩子，更何况下面还有一儿一女，女儿不用管的话，小儿子再怎么着也要给他娶房媳妇吧，这就需要房子。禹士民能在这里成家，等于给自己减轻了最重要的一份负担，将来就能把现在住的这套旧房简单改造一下留给小儿子了，这样，自己这一辈子再也不用考虑房子的事情了。在农村盖房子是最要命的事情，自古就有"与人不睦，劝人盖屋"的说法，不是到了儿子成亲这种万不得已的时候，是不会动这种心思的。

韩尚信的这番话，彻底打消了禹士民父亲的顾虑，可原先态度那么坚决，马上答应下来，自己脸上也有些挂不住，只能再继续端一会儿，看找个合适的台阶再下。中午的酒菜自然非常丰盛，酒酣耳热之际，韩尚信仗着酒劲又提了一次，禹士民父亲正等着呢，心里乐开了花，但表面上还装出波澜不惊的样子，故意沉吟了半晌，才看似半推半就地答应了下来，不过他同时提了一个条件，结婚典礼必须要回禹石汶村，哪怕头天晚上典完礼，第二天早上小两口就离开呢，这个过场必须要有，要让全村老少爷们都知道他们禹家是在娶媳妇，而不是嫁儿子。这也不存在什么问题，薛家本身有男孩，不存在招养老女婿的想法，只是不想让女儿走得太远，禹士民又在这边工作，再加上薛父本身就是石匠，取石头盖房子相对容易一些，这才给两个孩子准备下了新房。

禹士民就这样在东洼村成家立业，安顿了下来，可毕竟是外来户，在村子里多少是个奇怪的存在。这在禹奕泽身上也有所延续，刚懂事的时候，其他小伙伴喊村子里长辈是爷爷奶奶、叔叔大爷，而禹奕泽却要叫姥娘姥爷、舅舅和姨娘，还有很多表舅表姨。

出生在姥娘门上，又在这里长大，东洼村的人和事，几乎占据了禹奕泽全部的童年记忆，而这其中最为深刻的就是表舅老炮台。

长大后的老炮台脸上落下了两块疤，就在上嘴唇两边，鼻子下面，亮晃晃的，呈倒八字状，就像两只张开的微缩翅膀。这狼牙留下的痕迹多少影响了他的成长，小时候谁要叫他狼剩，他就会跟人家拼命，如果当时拼不过吃了亏，过后也得想办法找回来，或者把人家的自行车胎给扎破，或者是趁夜色去砸人家的窗玻璃……总之，他心里对"狼剩"这两个字充满了厌恶。可对把他救下来的禹士民很好，这还不是那种知恩图报的好，好像是一种自然的眼缘，还伴有发自内心的敬畏。有一次，他又闯了祸，回家遭到了韩尚信的痛打。老炮台瞅准机会从家里跑出来，藏在了山林里。到了晚上，韩尚信看孩子还没有踪影，吓坏了，发动所有亲戚邻居漫山遍野地去找。老炮台要的就是这种效果，躲在暗处看着大人着急，自己偷偷地乐，后来还是听到了禹士民的声音才主动跑了出来。

老炮台读中学的那几年，正是"文化大革命"的时候，他高兴了就去学校遛一圈，不高兴就去山上抓野鸡逮兔子，或者骑着自行车去悦城大街上闲逛。韩尚信心里着急，怕孩子这样漂下去学坏了，最后就想出自己提前退休，让老炮台早顶班的办法，有个单位拢着，多少能把孩子身上的野性收一收。好在韩尚信人活泛，这事没过多久就办成了。

1973年春天，真实年龄不满十七岁的老炮台成了泰山林场的职工。这个时期的泰山林场由于有张耀南场长打下的良好的基础，再加上省里某主要领导发话，主要业务并没有荒废。

经过这十几年的奋战，泰山上大面积的绿化已经基本完成，山上的森林覆盖率已达百分之七十五以上。除了查遗补漏的植树造林，林业工人的主要任务已转移到营林护林上来了。老炮台所在的扫帚峪工队下属两个分队，一个是以禹士民为队长的植树队，另一个是以单涛父亲为首的营林队。相比于营林队，植树队的工作要艰苦得多，要翻山越岭地去寻找绿化盲区，找到了还要想办法种树，一走就是好几天，有时还会有十天半月，不但要舍家撇业，还有一定的危险性。

老炮台年龄小，发身量还晚，看起来还是个大孩子，刚参加工作的时候先来到营林队。说起来，营林队的工作也并不轻松，要漫山遍野地转，主要防止有人破坏林木，要在关键的进出路口蹲守，重点把控那些上山拾柴的村民。上山来拾柴的大都是一些上了年纪的老人，再就是一些半大不小的孩子。

时间一长，老炮台摸上了规律，上年纪的老人除了少数滚刀肉型的，一般还都比较自觉，知道在山上种树不容易，不会轻易破坏正长着的树木，从山上背下来的都是从地上捡来的树枝，或者是已经枯死的树枝和树根。那些半大孩子就不好说了，很少有光捡枯枝的，时有鲜树枝子夹杂在其中，这是绝对不允许的。树还没长成，树枝就被劈下来，这就等于砍掉了人的臂膀，受到损害的树木即使活下来，也歪瓜裂枣的不成树形。

有一段时间，老炮台就整天跟那些拾柴的孩子叽歪。都是周围山村的，住得不远，老炮台当年被狼拉走又是大事件，很多人自然知道底细。有次，老炮台截住了一个愣头小子，这小子懒得去山上找落下来的树枝，干脆就在山皮子上劈了一些枝条往下背，一下山就被蹲在路口的老炮台发现了。老炮台要把他的柴充公，还要让他带着上山去看看劈的那些树木，以便汇报给队长进行维护。愣头小子不吃那一套，梗着脖子不答应，两个人就吵了起来。老炮台硬要去抢愣头小子背上的柴，愣头小子不干了，一边往后躲，一边嘴里喊了一声"狼剩"。老炮台的眼睛立刻就瞪圆了，顺手抄起一根树枝就朝愣头小子挥去。愣头小子一看老炮台是真急了，扔下背上的柴反身就跑。老炮台就在后面追，周围又没有正经路，愣头小子只能绕着山坡跑，不想一着急就跌倒了，顺着山坡滚了下来，绊在一块大石头上，伤了腿上的骨头。

幸亏只是腿骨开裂，没有留下后遗症，但就这愣头小子的父母也来扫帚峪工队闹了好几次，让工队赔了三十多块钱。这事出了以后，老炮台再也不想在营林队干了，说即使电影上那些儿童团员也没见过这么憋屈的，把来犯的敌人当成宝贝儿，正义战士反而受批评。况且自己是堂堂国营林场的正式职工，怎能整天蹲在路口站岗放哨？一定要去植树队，要跟着禹士民去山上植树。韩尚信是过来人，知道植树队的艰苦，起初并不同意儿子的要求，后来又觉得让他出去锻炼锻炼也好，又有禹士民带着，应该不会有什么问题。

真正进了植树队，老炮台才体会到林业工人的苦不是凭口说的，是真的不容易。整天周旋于山野丛林之中，风餐露宿是家常便饭，肩上背着的煎饼就是日常口粮，饿了，找个泉子，把煎饼伸进泉水里一湿就开始下口，累了也只能躺在山梁上歇一会儿。晚上住宿如果足够幸运的话，还能找到当年大规模植树时留下的地窝子，这些地窝子都是用石块干打垒撑起来的，样式像顶小型帐篷，外面留着窄小的入口，进去的时候腰要弯到极致，几近于爬行。第一次躺在这样的地窝子里，老炮台几乎一夜没睡，老是担心顶上那些挤歪在一起的石块会随时掉下来，砸在自己身上。

在山上种树自然不同于一般，就连所带的工具都不一样，几乎用不着镢头跟铁锨，铁钩和铁钎子却是必备的，还要备足树种子，很多实在攀不上去的悬崖，就把种子和泥土掺在一起，加入泉水和成泥块往石壁上抛。有些被石壁咬住就能生根发芽，开花结果，即使落下来，淙淙流淌的山泉水也不会把它轻易放过，总会找一张适合生长的温床让它落脚。所以泰山上的山林，大都见缝插针，随势而为，抛开特有的山地因素，这应该与当年这种无所不用其极的植树方式有密不可分的关系。

尽管这样，年轻的老炮台还是很快就喜欢上了这个工作，因为每天接触不同的花草，还会经常遇到小松鼠小兔子这些可爱的小动物，还有偶尔栖息在枝头的飞鸟，这些都是他从小经常得见的风景，小时候对这些风景几乎没有什么感觉，但现在真正深入其中却发现它们自有妙不可言的乐趣。

整天在一起摸爬滚打，老炮台对禹士民的敬畏自然就掺杂了更多的亲情，他把他当作了自己的亲大哥。在禹奕泽记忆中，有一段时间，老炮台几乎是长在他家里，尤其是冬天大雪把泰山封了，那是禹士民和老炮台最放松的时候，也是他们一家人最为快乐的时候。平时在山上跑的野兔找不到食物，就会跑到村子里来觅食，禹士民给野兔下套是一绝。在秫秸垛旁边，放上揉碎了的嫩白菜叶，再用绳子做好活结，来觅食的兔子只要贪嘴就没个跑。每次套住兔子，禹士民都会撺禹奕泽去村西头叫老炮台；有时也不用去叫，老炮台自己闻着味儿就过来了，穿着植树队发的蓝色棉大衣，两边的大衣兜里都鼓鼓囊囊的，一边是给孩子们带的吃食，不是糖豆就是鱼皮花生，另外一边却一成不变，是一个输水用的斤瓶子，里面装着满满的地瓜烧。

两个人年龄差着十几岁，但喝起酒来却有着无尽的话题，平时言语不多的禹士民也会敞开话匣子。在很多的时候，这样的酒局要从中午持续到晚上，喝到尽兴处，一斤地瓜烧是不够的，两个人会争相从口袋里往外掏钱，嚷嚷着要孩子们去代销处买酒。这可是个肥差，因为买酒剩下的零钱是可以匿下的，每当这个时候，禹奕泽和姐姐禹奕慧都会抢着去，但一般都是禹奕泽占先，旋风般地从大人捻动着的手指上把钱抢过来，又旋风般地提着那圆圆的斤瓶子跑向代销处。

第六章

  禹奕泽离开长岭的时候，夕阳已变成了一个大大的红色轮子，旋转在远处的山峰之上，那些重重叠叠的山峰，似乎成了紫褐色的颜料，重重地涂抹在天际尽头。老炮台送他出来，霞光扑面而来，迅速淹没了两个狭长的身影。禹奕泽扭头看老炮台，在这浓烈的光辉里，老炮台那张饱经沧桑的脸显现着一层别样的色彩。将要分手，老炮台突然说："既然已行你所行，走过的道路就不要后悔。人生实际上跟这行路一样，走过的路不一定每一条都正确，只要是听从了自己的内心，昂着头，一直在往前就足够了。"说完即转身离去。

  望着夕阳下老炮台那长长的背影，禹奕泽呆呆立在山坡上，心里充溢着满满的感动。老炮台一直没有问他这次重新回来的缘由，他也没向老炮台解释过，他们似乎都在有意识地回避着这个话题。他的回避就不用说了，还是缘于内心的愧对，起初他以为老炮台跟其他人内心潜藏的原因一样，自己以这种灰溜溜的方式回来显然是不光彩的，任何一个识趣的人都不会去揭这个伤疤。现在看来，他自己多虑了，老炮台不提这事不是害怕他难堪，而是对他太懂了。

  2008年4月19日是禹奕泽终生难忘的日子，健健在这一天上午，永远地离开了这个繁花似锦的世界。

  事前没有任何预兆，头天晚上他甚至还收获了一次久违的惊喜。

下午快到五点的时候，禹奕泽接到老领导的电话，说自己刚在管委这边散会，如果没什么事情就不过去了。禹奕泽一听老领导都撤了，自己撂下电话，对值班人员嘱咐了几句，出来骑上摩托车就急忙火速地往山下冲。这年他已在碧峰管理区办公室主任的位子上干了三年多了，起初，老领导要把他从舒云谷调过来他是不同意的，后来之所以过来也是因为健健，管理区的办公室毕竟不同于政府部门，接触面相对窄一些，没有那么多繁杂事务，也不像检查站那样没个早晚，至少大多时候都能保证下班时间，再加上老领导知道健健的情况，对他也比较照顾。所以，在一般情况下，只要没特殊事务缠身，禹奕泽总能赶回家张罗晚饭，因为鹿小希要带孩子做训练，回家更没个准点。

来到超市，隔着玻璃缸看着里面的鲈鱼活蹦乱跳，就狠下心来买了一条。健健虽然已经能开口说话，但都是一个字一个字地往外蹦，就连叫爸爸妈妈都需要断开。都说鱼肉最能补脑子，要让他多吃鱼，健健也爱吃他做的清蒸鲈鱼。

从超市往家赶的路上，禹奕泽骑着摩托车在马路上穿行，享受着这人间美好的四月天，一种久违的幸福袭上心头。尽管他跟鹿小希的关系还没完全解冻，但随着健健病情的好转，鹿小希对他已不再像过去那样决绝了，相信以后的日子就像这春天一样充满了希望。意识到这一点，禹奕泽浑身充满了力量。黄磊主演的《人间四月天》的电视剧他零星看过几集，里面的主题曲给他留下了深刻的印象，几乎已经把那句"……你是爱，是暖，是希望，你是人间四月天"的歌词印在了脑海里，健健就是他的暖和希望，只要健健能健康成长，他和鹿小希那失落的爱迟早是要回来的，他们这个家迟早会圆满起来。

回到家，换上拖鞋，扎上围裙，连汗都来不及擦就开始忙活。有了健健爱吃的菜，难得奢侈一回，也不能把鹿小希落下，他又做了一个鱼香肉丝，这是鹿小希最爱吃的，但这道菜非常麻烦，肉丝需要过油，麻烦也得做。健健出生后，由于当初那个不良想法，禹奕泽一直在内疚，这四年多来，他在鹿小希面前谨小慎微，在家里像在单位一样勤勤恳恳，努力想找回一个丈夫和父亲应有的地位，尽管现在效果还不是太明显，但他并没有灰心，当初他们是那么相爱，他相信通过努力一定会把鹿小希这块石头焐热的。

刚刚把四菜一汤摆上茶几，鹿小希和健健就回来了，看到茶几上的饭菜，两人都有些意外，鹿小希的意外只是对着茶几多看了一眼，健健的意外则是在茶几前站着，目光一动也不动地盯着茶几上那条肥美的鲈鱼，后来是被鹿小希给硬扯进了卫生间。

洗完手从卫生间出来，坐在茶几前特制的餐椅里，健健忽然对旁边正在布置碗筷的禹奕泽说："爸爸，你真棒！"这五个字除了"爸爸"后面稍稍停顿了一下之外，竟然很连贯地说了出来，而且还说得特别清脆和流畅。禹奕泽呆住了，手里正准备往下放的筷子停在了半空。正在卫生间擦手的鹿小希也明显愣住了，手里攥着毛巾从卫生间冲了出来，俯在健健身边急促地说："健健，你刚才说什么了？赶紧再说一遍。"健健抬头，翻腾着眼皮看了鹿小希一眼，似乎是觉得自己的妈妈有些不可理喻，可还是重复着说了一遍："爸爸你真棒！"这次说得更流畅了，中间还没有停顿，一边还竖起了鲜嫩的大拇指。鹿小希直起身子，眼泪不可遏制地开始往下奔涌，她猛然用毛巾掩在了脸上，肩头随即耸动着，压抑不住的抽泣声断断续续地从身体深处发出来。

禹奕泽的眼睛也湿润了，放下手里的碗筷，上前从后面拢住了鹿小希那颤动着的身体，或许是由于陌生已久，禹奕泽的臂膀一触碰到鹿小希，她立刻就僵在了那里，抽泣声也停止了。这让禹奕泽顿时有些无措起来，随即也把搭在鹿小希的肩头的手小心地拿了下来。

不过，这个小插曲并没有破坏整个家庭气氛，由于健健的进步，那个一度冰冷的老式两室一厅里洋溢出了少有的欢乐气氛，这给了禹奕泽莫大的信心。待一家三口围坐在茶几前准备吃饭。禹奕泽鼓起勇气，征询般地问鹿小希："喝点酒吧？"鹿小希抬头看了看禹奕泽，然后点了点头。

禹奕泽赶紧把红酒从柜子里拿出来，酒是上次奕慧从长沙带过来的，说是姐夫出国的时候直接从国外买的，一个木盒里面装了两瓶，上次只喝了一瓶，剩下这一瓶孤零零地在木盒子里躺了好长时间了。

家里没有高脚杯，就用喝水的玻璃杯代替。看到家里出现了不一样的景致，健健也活跃了起来，嚷嚷着要喝饮料，平时鹿小希是不允许的，这次也破例地点了头，还幸亏禹奕泽有所准备，刚才在超市买了桃汁。

这顿饭吃得同样圆满，一瓶红酒被两个人喝掉了大半，鹿小希那张白净的脸上很快就出现了桃红色，额头与眼角的皱褶处颜色似乎更重一些，尽管在灯影里显得有些虚幻，但禹奕泽心里还是升腾起了一种真正的怜惜，时光是一味无解的慢性药，在不知不觉中蚕食着有限的生命，没有人能逃得过它的药力。

健健也放肆了起来，都喝了两杯桃汁了还要再喝。酒后的鹿小希不再对孩子苛刻，表现出了难得的兴奋，说了很多，当然都是围绕健健展开的，除了对他的鼓励，就是对未来的憧憬。尤其是在健健下一步的规划上，她要争取明年让健健的走路也跟其他孩子一样，还要健健像正常孩子一样入学，还要上悦城最好的小学，然后是最好的初中最好的高中，大学就选择清华北大，中间还不停地逼问健健有没有信心。健健对这些遥远的事情应该还没个具体概念，面对母亲那急切的眼神儿，显得有些无所适从，被妈妈逼问急了才含糊地应答着。

吃过晚饭看看时间尚早，鹿小希又主动提出让健健跟奶奶和姑姑视频，奶奶离开的时候健健还不到两岁，幸亏去年刚刚回来了一次，再加上时不时地来次视频，健健对奶奶并不陌生，但还是对着屏幕上那张充满期待的慈祥面容迟疑了半天，张了好几次嘴巴才把"奶奶"两个字完整地喊了出来。奶奶高兴坏了，激动得只用手抹眼泪。通过画面，禹奕泽看到自己母亲头上的白发更多了，内心不由得也酸楚起来。姑姑当然也高兴，跑到厨房，从柜子里拿出两大块巧克力在画面里招摇，诱惑着健健叫姑姑。健健眼睛盯着奕慧手里晃动着的巧克力，嘴唇张合着，却就是发不出动静来，在奕慧的催促下，费了好大的劲儿才勉强喊出来了一个"姑"字。旁边的鹿小希替健健着急，也不停地说："叫姑姑，叫姑姑……"健健的嘴巴继续张着，小脸蛋儿憋得通红，奕慧看健健这个样子，在那边泄了气，沮丧地说："算了，还是别难为孩子了。都怪姑姑照顾你少了，'姑姑'两个字才这么难出口。姑姑明天就给你寄一大箱巧克力过去，吃着姑姑送你的巧克力，你的嘴巴就甜了，也许就会叫姑姑了。"说着就要把镜头再让给奶奶，可还没转身，健健在那边却突然很连贯地喊出了"姑姑"。奕慧一下子变得开心无比，镜头也不让了，大声地答应着，把身体俯下来，恨不得把脸贴在电脑屏幕上。

禹奕泽平时的生活习惯有点像林子里的鸟儿，睡得早醒得也早，在山上值班就不说了，正常情况下，他在家拾掇好早饭热在锅里，由于鹿小希全职在家，孩子不用他来送，自己吃完就出门，七点半之前就能到达碧峰管理区。

但今天他却不想早睡了，在健健跟妈妈进里面进行常规训练的当口，他在沙发上躺下来，拿着一张旧报纸，有一搭无一搭地翻看着。也许是儿子迈出了这可喜的一步让他太兴奋了，再加上鹿小希平时那张冰冷的脸上，难得地绽放出了笑容，这给了他某种信心，那种久违的渴望像一头小鹿一样在心底浮上来，到处冲撞，弄得他心里直痒痒。

自打搬进这套旧房子，他们家的格局也发生了变化。这也是一套老式的二室一厅，只不过客厅狭窄，仅能容得下沙发和茶几，一般情况下，茶几也就充当了餐桌的角色。搬家后，鹿小希还是坚持像刚刚卖掉的那套房子一样，把那个最大的卧室给禹奕泽，理由是小卧室通往阳台，她可以把给健健做理疗的器械放在阳台上，这样方便一些。这种分配方式让禹奕泽内心再次荒凉起来，他当然相信鹿小希这样做是为了给健健做理疗方便，但这也同时意味着对他的继续拒绝。

到了九点多钟，小卧室里没有了动静，健健应该是做完了训练睡下了，房间里一直还在亮着灯，禹奕泽知道鹿小希应该不是在翻看那些有关给健健按摩的书，就是在电脑上查脑瘫治疗的资料，自健健出生之后，这就成了鹿小希生活的全部，中间她出来了几次，见禹奕泽躺在沙发上，悄悄地收拾着东西，又悄悄地缩回去，没有说话，更没有禹奕泽所渴望的那种暗示。时光难挨，头顶上播洒下来的灯光直晃眼睛。禹奕泽仍然静静地躺在沙发上，手里还在拿着那张旧报纸，这张报纸已被他翻烂了，连中间报缝上的内容都快背下来了。所以，此时报纸仅仅是他隐藏真实企图的一个道具，他的注意力一直在关注着鹿小希和健健房间里的动静，他慢慢等待着、观察着，冒出来好几次想直接冲进房间的冲动，可最终没敢付诸行动，他害怕健健还没睡着，更害怕遭到鹿小希的拒绝。他有过这方面创伤的，那些创伤在他心里留下了阴影，使他不敢贸然出动。

十点多的时候，小房间里的灯光暗了，禹奕泽随即起身关了顶灯。黑暗立刻缠绕上来，弥漫了整个屋子。禹奕泽不由自主地睁大眼睛，不到半分钟的时间，在他贼亮目光的驱使下，那浓重的墨块妥协了、变淡了，模模糊糊地能分辨出了眼前的方位，这种朦朦胧胧的氛围再次给他补充了能量，内心的欲望强烈地疯长起来，但还是有着无可回避的顾忌，总不能守着孩子做那事吧，他还在等待，等着鹿小希再次从房间里走出来，但这种等待已太过漫长，他心里也有些倦了，耐心已接近某种极限，他给自己划定了一个刻度，假如鹿小希在半小时内再不出来，他就像过去一样把自己的欲望活活憋死在腹中。虽是这样，心里到底还是不甘，在无边的沉寂中，他轻轻甩掉脚上的拖鞋，悄悄从沙发上爬起来，走在门口，把耳朵贴在门板上仔细聆听，里面传来儿子均匀的鼾声，他在门口踌躇着，突然听到床板发出轻轻的呻吟声，鹿小希似乎是在起身，他吓了一跳，赶紧又光着脚逃回了沙发上。

还没等他完全躺好鹿小希就出来了，鹿小希应该是首先注意到了在沙发上假寐的他，以为他睡着了，迟疑着在沙发前站了一小会儿，然后转身去了那间大卧室。他眯着眼睛瞄着睡裙下那窈窕的背影，心里却在怦怦直跳，他对自己的表现很不满意，那是自己法定的老婆为什么还要这样？他目送着鹿小希走进那卧室，不知道她要做什么。鹿小希很快就出来了，手上拿着一床薄被子，他瞬间就被感动了，不再犹豫，像一头行动迅速的麋鹿从沙发上跳起来，果断而决绝地把鹿小希堵在了门口。

鹿小希显然被惊着了，身体簌簌地抖动着，但很快就明白了过来，手臂随之也缠绕上来，禹奕泽彻底放松了下来，猛地把鹿小希托抱起来，向那间原本就属于他们两人的卧室走去。

禹奕泽把鹿小希放在那张宽大的婚床上，似乎变成了一只无头苍蝇，在鹿小希的脸上胡乱地啃咬，鹿小希急忙把手从下面抬上来，然后捧起禹奕泽的脸颊，对着他的嘴唇贴了上去。鹿小希的嘴巴甘甜而清新，还带有淡淡的酒精味道。禹奕泽已记不起上次是什么时候了，半年，也许更久一些，对味道也已失去了记忆，他无暇顾及，身体很快就膨胀了起来，所有的激情都倾注在了下面，他摇晃着身子，不管不顾地急于进入，努力了半天才算成功。

"疼。"鹿小希皱起眉头，额头细密的皱纹叠成了一摞张开的书页，脸上显现出一丝痛苦的模样，喘息着轻轻把这个字吐出来。禹奕泽这才突然意识到了自己的粗鲁，骤然停止了动作，笨拙地挪动着，从鹿小希身上滑下来。

重新躺下，禹奕泽试探地把手伸向鹿小希前胸的那两个山包，没有刻意保养，那里仍然丰饶而富足，犹如劲道十足的弹力球。禹奕泽的手掌像饥饿的牛羊，猛地闯入了长满肥美嫩草的山坡，恣意地撩开了嘴巴。起初只是胡乱尥着蹶子，后来就渐得了要领，手掌上的动作变得轻柔起来，指端绕着最顶上石榴籽般的凸起柔滑地抚摸着。鹿小希的身体也随着铺展开来，发出了灼人的热度，如水般的柔韧从侧面缠绕上来。禹奕泽内心的欲念也更加炽烈，急不可待地再次翻身上来。可肉体似乎失却了接收信号的能力，并没有同步行动起来，尤其是那个最需要响应欲念的地方，似锈住了一般，怎么也发动不起来了，而且是愈加颓废，反复努力了几次，最终也没能抵达。

禹奕泽沮丧地躺在鹿小希身边，内心充满了无限的懊恼，还幸亏是在黑暗中，不然，他对自己的溃败真的会感到无地自容了。他不明白，自己怎么会在关键时候掉落了链子？身体肯定是没问题的，问题应该出在情绪上，鹿小希常年的封闭，只能让他压抑欲望，这也许是压抑已久的结果。可他才三十多岁呀！生命重要的欢娱难道从此就这样陨落了，这让他怎能甘心？他的心绪烦乱，而且是越想越乱。

鹿小希静静地躺着，想必内心也会跟他一样不平静，但却没有任何表露。两人都这样默然着，这似乎是黑夜给的理由，但他们知道不是。过了一会儿，鹿小希无声地坐起来，摸索着套上刚才放在旁边的睡裙，悄无声息地走了出去。

第二天是周末，禹奕泽难得休一天班，两人带着孩子来到悦城南边新开辟的公园，这里原来是一个大臭水湾，去年市里才投下巨资进行了改建，成了南湖公园，虽离得不远，这却是他们一家第一次这么和和美美地来观赏。正是一年中最美的季节，温柔的阳光和初夏的景色装饰着眼前的一切，上面配有一个广阔的蔚蓝天空，周围充满着鸟儿的欢唱，到处散发着浓郁的但并不熏人的香气，芍药花正在含苞，玫瑰花却开了，肆无忌惮地张扬着大红色的艳丽。鹅卵石铺就的甬道两边，桃树和杏树苍翠欲滴，树叶繁茂，枝头已缀满青色的果实。旁边的堤坡绿草如茵，似一大片一大片的浓重色块铺展开来，湖水如镜子般平滑，有几对水鸟和野鸭子在上面安静地游弋。

健健很兴奋，一走上旁边这条长长的绿色甬道，就兀自摇晃着身子，跌跌撞撞地往前跑。鹿小希担心他会跌倒，张着手在后面紧紧跟随着。禹奕泽跟在最后面，盯着那两个被和煦的光线拉长了的影子，内心充满着无限感动。

适逢周末，游人很多，大都是年轻的父母带着孩子出游，路口拐角不时会有莽莽撞撞的懵懂孩童冲过来。鹿小希担心会伤着健健，加之健健的脚虽已矫正得差不多了，但走起路来还是摇晃得厉害，并且不能走得太长，走了不长时间，他们就在南湖堤坡的草坪上坐了下来。附近已围坐着几个家庭，都是一家三口，有的人家还在下面铺上了餐布，从随身带着的包里拿出水果、饮料、小吃围坐在一起。最靠近的那一家，孩子应该比健健大一些，是个小女孩，扎着羊角辫，穿着小碎花的连衣裙，正跳跃着抓蝴蝶。健健本已坐在了鹿小希和禹奕泽中间，看到眼前那飞来飞去的蝴蝶顿时也来了兴趣，喊着"蝴蝶——蝴蝶——"，摇晃着站起来奔着一只白色的蝴蝶就往前面扑。禹奕泽和鹿小希赶紧站起来追，没想到还是晚了，健健身子晃动在斜着的堤坡上起初还能尽量保持着平衡，一扑向那蝴蝶就倒下了，随即就翻滚着冲进了湖水里。

禹奕泽随着也跳进了湖里，健健还没滑向深处，就在湖边上挣扎。禹奕泽几乎没费多大的劲儿就把健健从水里捞了起来，然后双手托举着，转身就往堤坡上跑，已一只脚迈进湖水里的鹿小希也随即跟了上来。健健被平放在草坪上，剧烈地咳嗽起来，小脸憋得通红，周围那几个家长也赶紧跑了过来，不知是谁随口说了一句孩子这是呛水了。禹奕泽也以为是呛着了，心里还觉得问题不大，赶紧把双手探进健健的腰部，把他身体翻转向下托举起来，想把呛进去的水控出来。但是健健却反复在咳嗽着，越来越剧烈，脖子使劲往前伸，喉咙里硬挤出长长的鸣叫声。鹿小希站在边上，双手轻轻拍打着孩子的后背，流着泪说："咱们还是赶紧打120吧。"

医生赶过来的时候，健健已停止了呼吸。禹奕泽抱着健健瘫软在了草地上，鹿小希跪在旁边，头颅深深地抵进草坪，头发往下披散着，身体抖动着，几乎把整个世界都隔绝在外面。医生来到近前，快速翻了一下孩子的眼皮，还是进行了施救，心脏起搏器在孩子稚嫩的胸脯上一下又一下地按压着，孩子的身体随着颤动着却没有一丝声息发出来。

那个致命的小水螺最终从孩子气管里被清理了出来，健健在仰卧着扑向水面的时候，水螺随着湖水进入孩子张开的嘴巴，被吸进气管，成为杀死了孩子的凶手。本来也是可以避免的，但那时候海姆立克急救法还没像现在这样传播开来，当时周围人几乎都本能地认为孩子只是呛水了。

救护车要把孩子的尸体拉回医院太平间，鹿小希疯了一般跪跑过去，把孩子抢在自己怀里，紧紧地贴在自己身上，在刚才她跪着的草坪上，已有一小片草皮被她用额头拱出了椭圆形的塌陷，额头上的泥土混杂着鲜血已变成了一个黑红的凝块，像一块大大的伤疤隐现在披散下来的乱发中。禹奕泽强力支撑着，想上前把孩子接过来，一触到鹿小希眼中那野兽一般的凶光，伸出去的手立刻就滞在了空中。那是怎样的一双眼睛啊，红红的，眼珠儿瞪得溜圆，像是里面储存着无数的火焰，随时都会喷出来。

救护车开走了，禹奕泽一家一直待在湖岸的堤坡上，鹿小希还是像刚才那样紧紧抱着健健那柔软的身体跪在草地上，禹奕泽也跪在她和孩子旁边，手臂尽量环绕着她随时抖动着的身体。草坪上原先最靠近的那家人也没离开，默默地注视着他们，目光里充满了无尽的同情与哀怜，想过来安慰一下，却又不知道说什么好，他们知道，面对这样的大悲伤，任何语言都是苍白的，也只好这样静静地默默陪同。他们终于要离开了，那个扎羊角辫的小女孩跟自己的父母嘀咕了几声，然后跑了过来，把一个透明的小塑料包递到了禹奕泽和鹿小希面前，禹奕泽接过来，见里面有只白色的蝴蝶，蝴蝶已经死去，两个翅膀往上张开，长长的身子斜立在塑料包里，像是振翅欲飞的样子。禹奕泽有些不解地看着小女孩。女孩的泪水挂在长长的睫毛上，扑闪了一下莹亮的大眼睛说："这就是弟弟要追的那只蝴蝶，让它陪着弟弟一起走吧。"说完急速转身，抹着眼泪跑回了自己父母身边。

在处理健健的后事上，禹奕泽与鹿小希产生了分歧，禹奕泽在父亲的坟茔旁边挖了一个坑穴，想尽快让健健入土为安，但鹿小希却不同意埋葬健健。健健火化当天，禹奕泽把骨灰盒抱出来，鹿小希摇晃着虚弱的身体，跌跌撞撞地跑过去把骨灰盒一下子抢过去，一边还对着禹奕泽怒吼道："是谁让你把健健装在这冰冷的盒子里的？我的健健要永远不跟妈妈分开。"说着把抢在手里的骨灰盒盖子掀开，把装骨灰的袋子提出来揣进了怀里。回到家，鹿小希拿出了祖传的梳妆匣，清理干净，然后就把那袋骨灰小心地放了进去。

鹿小希跟已故的母亲感情最深，梳妆匣是母亲留给她的唯一念想。母亲去世的时候只有四十六岁，临终时把它交到鹿小希手上，叮嘱她说这是外祖母传下来的，想妈妈了就拿出来看看。鹿小希一直珍藏着这个红木的六角梳妆匣，她把它看成是母亲的化身，现在她又要把它变成自己儿子的归处。

见鹿小希执意这样，禹奕泽也不好再坚持，只好从外面移来一棵白皮松树先栽在那个挖好的坑穴里，他在心里就把这棵松树当成了自己的儿子。白皮松是我国特有的树种，却不是泰山上固有的，这种松树既有杨树的伟岸和挺拔，又有松树的婆娑与常青，他希望自己的儿子无论是在天堂还是在人间，都能像这个松树一样茁壮，能给他所处的那个世界带来美好。

健健走了之后，禹奕泽与鹿小希的关系降到了冰点。最初的那段日子，鹿小希一直在原本她跟健健的那个房间里躺着，怀里抱着那个六角梳妆匣默默流泪，默默对健健说话，有时也会发出声音来，说得最多的是："健健，我亲爱的宝贝，你一定是觉得妈妈累了，才自己扑向那湖水的，妈妈不怪你，你怎么选择都是对的……"有次禹奕泽忍不住了，说："那纯粹是个意外，孩子这么小！怎么会有那样的心思？"鹿小希瞪着红肿的眼睛反驳说："你说是意外？那怎么解释前一天的事情？头天晚上他是那么乖，这说明他一定是准备好了的，他一定是看到妈妈太累了，他一定是太爱妈妈了，我可怜的孩子……"说着，眼泪又像断了线的珠子扑簌簌地往下落。

禹奕泽从心里想向鹿小希靠近，她是他的初恋，是这个世界上唯一爱着的女人，他们本来就是一体，共同珍爱了四年多的宝贝儿永远地离开了，他们同病相怜，成了这个世界上最为悲伤的两个人，理应靠在一起相互取暖。有一天晚上，他再次走进了她的房间，一开始她躺在床上没动，他卧在她的旁边，伸手试图把她揽过来，她却霍然坐了起来，随即往外推着他说："你不要再靠近我了，我们就不能和好，你看那天晚上我们和好了，健健第二天就离开了。你不要怪我，是健健不让我接受你的。"

禹奕泽只好尴尬地从床上下来，不知道该怎么应对。鹿小希又说："健健已把我所有的东西带走了，我对这个世界已没有了任何要求。我也不想委屈你，更不想耽误你，你要愿意离婚，我一丁点的意见都没有，从心里也不会怨恨你。"说这些话的时候，鹿小希的语气很是平和，看得出她是认真而冷静的，这就更增加了禹奕泽内心的寒气。

这年秋天，老领导被破格提拔到悦西区任职。禹奕泽在单位的日子也变得有些压抑了。几乎单位里的所有人都认为他是老领导的人，一朝天子一朝臣，新上任的管理区书记区长对他自然很有顾忌，很多该安排给他这个办公室主任的事情，往往不通过他就直接办了，人事的交替使他陷入一种相对尴尬的境地。家已如此不堪，可他又不能不回。单位又变成了这个样子。生活已变得沉闷与无望，看不到边棱，看不到阳光。他要活下去，那种想逃出去的欲望越来越强烈，恰在这时，老领导向他抛来了救生圈。

实事求是地说，禹奕泽虽然盼望着改变，但当这种机会真正来临的时候他还是多少有些犹豫的。

机会当然难得，是他想要的，当时觉得离开这大山自己的生命状态会更好一些，更何况，悦西区政府办公室毕竟是一级政府的核心位置，又有一向欣赏他的老领导罩着，说不定人生会出现一种新的境界，他太渴望用这种变化来弥补眼下的创伤了。在很早的时候，禹奕泽内心就一直有个遗憾，觉得父亲当初就不应该把他弄到这山上来，如果一分配就去乡镇锻炼，可能早就在政界修成了正果。当时有位同班同学就选择了这条路，现在已成为镇长，每次同学聚会都威风得很。吃饭的时候有专职司机在旁边伺候着，连菜都不用自己亲自来夹，就差直接喂到嘴里了。潜意识里大概每个男人都有升官发财的愿望，把仕途经济看得更为重要一些。当年他还在林校读书的时候，曾偷偷跑到位于城西的悦城师专礼堂，去听中文系一位老教授的讲座。这位老教授定义的男人的幸福无非就是两个方面，一个是在女人的胸脯上，另外一个就是在马背上。前面那个很好理解，对于后面的，老教授解释道，在马背上就是指建功立业，就是指高官得做骏马任骑。

但是，他毕竟是林业学校毕业，又在这山上工作了这么多年，一离开这个岗位就把原有的业务都给荒废掉了。父亲在世的时候跟他说过多次，人行于天地之间，一定要有立足之本，一定要学会吃饭的本领。在这个世界上，很多东西你看似拥有可并不一定真正属于你，只有你身上学到的本领才真正属于你自己。此时，刚刚失去健健的他，对这话有着更为深刻的认识。所以，真正要走他还是有些犹豫，两难之间，他想到了老炮台。

当时的老炮台已在长岭上定居下来有好几年了，那只老鹰早已确认了老炮台的居所，时不时地会来光顾一下。

老炮台认真听完禹奕泽的想法，低下头沉吟起来，老半天没有言语。过了许久，才终于把头抬起来，认真地看着禹奕泽问："你考虑好了？"禹奕泽在老炮台凌厉的注视下，心中虽然产生了某种不安，但还是很肯定地点了点头。老炮台继续像刚才那样盯视着他说："既然考虑好了，那就不要再犹豫了，你现在换个环境也好。人这一辈子要经历多少事情都应该是有定数的，少走一步都不成，都说要少走弯路，可有些弯路却不可避免，不走就拐不过这个弯儿来。我就是这么走过来的，如果当年不下海，就不会寻找到现在这份生活状态。人是慢慢长大的，路是一步步走出来的，不真正经历些事情，你很难参悟得到生活的真谛。"

1992年年初，邓小平同志南方谈话发表之后，各级都加大了改革开放步伐，泰山管委也出台了有关文件，鼓励有想法有闯劲的在职职工下海经商，允许机关事业单位人员停薪留职办企业。老炮台那年还不满四十岁，觉得自己还可以折腾一下，在这年年底下海。先是开办了一家小型加工厂，加工拐杖、桃木符、桃木剑等一些与旅游相关的小型物件，都是比较简单的粗放式加工。后来又从南方学来了技术，买来设备做一些稍微上点档次的旅游纪念品。再后来注册成立了悦风文化旅游开发公司，业务开始多元化，涉及了多个领域，涵盖了旅游产品的创意开发、人才培训、演艺包装、工业设计等各个方面，公司在那几年获得了长足发展，打下了良好的经济基础，也积累下了广泛人脉。到千禧年，他又与悦城一家房地产开发公司合作，在登山主干道红门路附近开发了天上人间文化街，这是他最为成功的投资，并以此获得了丰厚回报。

老炮台经过两次生死历练，又在泰山上摔打了这么多年，再加上韩尚信家学的传承，这让他创业之初还能保持清醒。在这个过程中，他也不断提醒自己不要忘形，要守住本真，还从父亲留下来的那些古书里找来很多名言来鞭策自己。在天上人间文化街那个豪华办公室里，最显眼的位置挂着苏东坡的名言：守其初心，始终不变。还有两句道家的名言：见素抱朴，乘物游心。这几句话他请当地最有名的书法家写好，然后用框子镶起来，挂在办公室里抬头就能看见的地方，以此来警醒自己。可是，相比于活色生香的富豪生活，这些书面的东西还是太教条也太弱小了。况且，身陷其中是很难做到真正清醒的。最终，他还是没能逃过那个大概率魔咒，眼看着自己在纸醉金迷的生活中溃败了。

向来心是看客心，奈何人是剧中人。他以看客心态，浑然不觉地走入以自己为主角的舞台，直至大幕闭合，也没搞清楚自己是台上的演员还是台下的观众。

那一年，老炮台已四十六岁，处于不惑和知天命之间，对世事皆洞明，却偏偏败在了石榴裙下。那一年，那位长发飘飘的女导游只有二十一岁。老炮台第一眼看到女导游就想到了林黛玉，也想到了"娴静犹如花照水，行动好比风扶柳"。女导游青春勃发的容颜、白净秀丽的长相、体贴乖巧的软语让这个刚刚丢掉青春的男人重新上了岸，她几乎满足了他的所有想象，无论是正常的欲望还是潜在的内心。他对她一见倾心，他以为找到了真爱，沉浸在这种清风朗月情意绵绵的爱情里，再看自己的婚姻，简直就是粪土当年万户侯。

他当年的婚姻并不顺利，他是吃国库粮的正式工，在改革开放之初的那个年代，这是一种待遇也是一种身份。他和他的家庭都不能左右这个时代，只能跟着走，父母和姐姐们都想让他找个同样吃国库粮的对象。他也这么认为。可在那一带，又整天出没于山林中，这样的女孩子太少了，一直等到二十七岁，在姐姐们的张罗下才认识了一位棉纺厂的女职工，都是大龄青年，从认识到结婚只用了三个月的时间。后来的生活还算正常，儿子出生，日子平顺。如果这样过一辈子也应该不错，很多人不就是这样平稳而从容地走完一生的吗？可他后来还是下海了，想挣点钱是一个方面，最主要的还是不甘心，不想让自己的生命从三十岁左右就定格在一种形式上。

他自认为自己不是浅薄之人，不应该用"男人有钱就变坏"来界定，他不想为自己辩护，而且也用不着，他自始至终觉得自己很无奈，正如雪崩时没有一片雪花是无辜的。在这样一个变革时代，又处于商业大潮的漩涡之中，他不可能不受侵扰。所以，在反思这段经历的时候，他更多想到的是时代之痛。

他下海的那个时期，经济已经发展起来了，人们的价值观却在迷失，泥沙俱下，万象丛生。为了开展业务，他整天泡在肉山酒海里，应酬一多，在家的时间就少了。几乎是在同一年，妻子所在的棉纺厂改制，她成了第一批下岗职工，闲下来的妻子变得焦虑而多疑，开始对他不放心，先是每天电话追踪，后来就查他的手机，再后来就时不时地到办公室来查岗。没有哪个男人会喜欢这种被盯梢的日子，他很快就对自己的生活产生了愤恨，对妻子残留的那点温情和义务也被这种愤恨冲走了，他越来越不愿意回家，越来越想逃离那道枷锁。事实上，女导游不是人们口中的小三，在这之前他的婚姻就已经死了。

可他确实是为女导游才离的婚，女导游那时候就是他的天。女导游的出现让他对感情生活重新有了憧憬，他规划着自己的下半生，所有的美好都与女导游相关。为此，他舍心舍肺地对女导游好，给她买车买房，让她直接进入公司上层，成了公司的财务总监，把财政大权交给了她。

美梦很快就破碎了，过了不到半年，公司一位跟了他多年的老财务向他暗示了几次，他一开始说什么也不相信，怎么可能呢？他对她这么好，几乎把心都掏出来，给了她。再说了，那么柔弱的一个女孩子，怎么能做那种事情？但公司的现金流确实出了问题，从账面上看一分不少，可有几笔钱却流向不明，后来就查到了一个陌生的账号，顺藤摸瓜就找到了那个男人。再一查，才知道男人是女导游的地下男友。

在女导游那里，地下的男朋友才是真的，他这个行走于青天白日下的未婚夫却是赝品。女导游从一开始就在欺骗他，跟他只不过是逢场作戏，只是为了他的钱，待把他的钱财悄悄转走，他也就一文不值了。这是一个很老套很拙劣的故事，他却不知不觉地走了进来，还以为找到了真爱。

卷走的钱最后被追了回来，女导游和男友也得到了应有的惩罚，可有些东西却再也找不回来了。他从此却像变了一个人，对人生充满了绝望，对这个世界充满了绝望。他想不明白，这个世界为什么会这么虚假？活在这样虚假的世界里到底还有什么意义？

那段时间，是他心灵的至暗时刻，他已无心过问公司的事情，整天以酒精麻醉自己，活得像一头猪。他害怕独处，每天喜欢叫上一大帮子朋友胡吃海喝，完了倒头就睡，偶尔也会一个人发呆，一个人默默地流泪。他想为自己制造些快乐，但每每换来的却是更大的空虚和沮丧。无节制的生活不但没有矫正好心灵，反而把他引向了另外一个深渊，短短几个月的时间，他的肚子挺了起来，身体也像吹起来般肿胀。

一次大醉之后，他被送进了医院，在病床上躺了整整一个星期。辗转反侧中，突然就有了某种惊醒，骤然之间，心里产生了撕心裂肺般的负罪感，他觉得自己愧对自己的出身，愧对自己的父母，愧对自己的儿子，愧对养育他的大山，他觉得自己再也不能这样下去了。

他想自己一来到这个世界就应该带有了某种使命，不单纯是为了生命的延续，更重要的是给身边的亲人带来了他们想要的希望。在点滴的成长中，亲人们竭尽全力地呵护着他，可是，这世界的凶顽是人们想象不到的，他两岁多那年几乎命丧狼口，二十岁刚出头，又几乎在宰牛沟下粉身碎骨。两次遇险两次获救，看似出于偶然，可这明明是这大山在睁着眼睛庇护着他。禹士民在那个月朗星稀的晚上仍然坚持割草，是因为当时贪恋眼前那肥美的丰草，而唯有这大山才能滋养得出这么繁茂的草木。那棵长在绝壁上的树中树，生发得莫名其妙，简直就是大自然的鬼斧神工，可它也是以这大山作为依托。还有那老鹰的巢穴，偏偏就建在了护山棘上面的罅隙里，好像是在专门等着他老炮台的出现。所有这一切，都成就了他的第二次生命。这样算起来，他的生命早已不属于他自己了，先是亲人们的希望，而后就是这大山的神奇赐予。他怎么能再这样糟蹋下去呢？怎么能这样亵渎神灵呢？

躺在病床上，老炮台反复梳理着自己的生命历程，在梳理中，心灵渐渐苏醒了过来，迷茫和混沌消失了，眼前的道路变得清晰起来。同时一种强烈的思念袭上了心头，他开始思念那些山中的日月，思念那粗粝而清新的味道。他已在商海扑腾了十二年，这是一个轮回。他已感到疲惫，也厌倦了这种生活，他觉得自己应该归去了，重新回到大山中，用那极顶的风滤掉身上的浊气，用清洌的山泉水涤荡心灵的污垢。

老炮台静静地讲完，禹奕泽心里却一时平静不下来，他只知道老炮台下海经商再回来这些简单的历程，并不清楚背后还隐藏有这么一个伤心故事，看来每个人的人生都是一次炼狱，关键还是要看自己如何去把握。

老炮台见禹奕泽沉默不语，缓缓地说："谁也没法预料未来，既然你认为自己当下的选择是正确的，就不要再犹豫了，大胆往前走吧。"

禹奕泽清晰地记得，那也是个下午，他离开长岭的时候，老炮台也是像今天这样把他送出来，临分手时也是又说了一段意味深长的话："趁年轻出去闯一闯，多经历一些事情是好事，有些道理只有经历过了才能明白。活在这个世上的道理其实很简单，只要什么都不要怕，做自己认为对的事情就足够了。"

这话禹奕泽当年并没往深处想，没能完全体会到老炮台当初的意味，还错误地以为老炮台是出于单纯鼓励的目的。可此时，站在这春天的山坡上，举目遥望这个生机盎然的世界，多年前老炮台那段意味深长的话再次回响在了耳边，他的内心感到了震颤，天地在他面前豁然开朗了起来，变得澄明而透彻。五年前的不要怕和五年后的不要悔，重叠在了一起，构成生命的真相。所有的繁杂似乎都已剔除，所有的过往都变得无比清晰：人生需要各种各样的经历，无论是痛苦还是悲伤，这些经历都是磨砺人生的基石，人只有站在这许许多多的基石上蹒跚前行，才会慢慢成长起来。

第七章

连悦海鲜酒店位于悦城的擂鼓石大街中段，往西不远就是悦城市委市政府，往东马路两边是悦城最高档的住宅小区，尤其是路北，由于靠近泰山的位置，房价已高得离谱，住在里面的居民非富即贵。在这寸土寸金的地方，酒店档次也就可想而知了，看来老炮台掌握的信息还不是太全面，不知道吕家人历经三代在悦城的打拼，已不再限于当小打小闹的海鲜贩子了，这家在悦城知名度很高的酒店就出自吕家后代之手。

禹奕泽赶过去的时候正是饭点，尽管已出台了狠刹吃喝风的政策，但酒店看起来并没受太大影响，不断有衣着光鲜的客人从旋转门里鱼贯而入，院子照样停满了车辆，只不过车牌号都被酒店特别定制的贴纸遮挡了起来，这当然是一种掩耳盗铃的行为，从酒店拐出来的路口就有摄像头，车辆行驶在马路上总不能再遮挡着车牌吧。

走进大厅，吧台后面的两位服务员正忙着给刚进门的客人指引路径，禹奕泽只好站在旁边先候着。

按照老炮台提供的号码，禹奕泽从舒云谷下来就接连打了两个电话，都是一个女孩子接的，听说找吕总，很客气地问，您是哪里？禹奕泽照实说了，女孩子说我给您去看看，过了一会儿回来就说吕总不在，您过后再打吧。说着就把电话挂了。禹奕泽感到有些不对，过了一会儿再打，直接问吕总在吗？女孩子说在酒店呀，不过正在陪客人。禹奕泽故意问，哪个酒店？女孩子说当然是连悦海鲜酒店。禹奕泽这才对上了号，知道这家在悦城知名度颇高的酒店是吕家人开的了。

应付完往里走的那批客人，长相靓丽的服务员转头问禹奕泽："先生哪个房间？"禹奕泽说："我先找一下吕总。"服务员问："吕总刚陪着客人落座。请问先生贵姓？哪个单位的？"禹奕泽说："我姓禹，是悦城市政府的。"这样介绍自己的时候禹奕泽并没有感到难为情，这也是没办法的办法，现在的人都势利得很，如果继续说自己是碧峰管理区下面一个林业检查站的，他今天晚上就是等到天亮恐怕也见不上吕总。况且这也不算撒谎，泰山景区不就在悦城市政府的管辖范围之内吗？

服务员随即摁开了另外一部电话，向吕总汇报有个市政府的于先生在前台等着您。禹奕泽听到她把"禹"说成了"于"也没做纠正，他跟吕总不认识，姓什么对吕总都不重要，但让他没想到的是，服务员的这个错误此时恰恰成就了他，让他顺利地见上了吕总。

过了不大一会儿，一个矮墩墩的年轻男人如猝发炮弹般雄赳赳地蹿出来，还没接近前台就急切地问："于主任在哪儿？"服务员指了指站在旁边的禹奕泽，年轻人扭头盯着禹奕泽认真审视了一下，刚才还笑盈盈的圆脸一下子就撇了下来，但语气还算客气，有些疑惑地问："您是市政府办公室的？我怎么没见过您？"看年轻人那架势，想必就是吕总了。禹奕泽心里已经明白，由于服务员的误读，吕总显然把他当成市政府办公室分管接待的于主任了，赶紧上前直截了当地说："我姓禹，是大禹治水的禹，可能您刚才在房间里误听成姓于了。我不是市政府的，是泰山管委碧峰管理区的，来找您是因为老人迁坟的事情。"

毕竟是在生意场上滚打的人，起码的场面还是要圆下来，看进出的客人已不多了，吕总把禹奕泽引到旁边沙发上，还特意嘱咐服务员端杯水过来。趁这个间隙，吕总开门见山地说："禹主任，关于迁坟的事情，你们的人已经给我打过电话了，我在电话里也跟他说了，这坟我是不会迁的。"

禹奕泽没想到一开始就碰了钉子，语气尽量平和地说："这次市里、景区都要求很严，这些老坟也是老问题了，已严重影响到了泰山景区的防火安全，咱不能只考虑自家的问题而影响整个大局……"

还没等禹奕泽说完，吕总就打断了他，摆着手说："我那边还有好几桌客人等着，咱们简短截说。你说的这些大道理我都明白，整天跟市里这些领导们在一块混，我能不明白吗？这两年上坟我也不再烧纸燎香了，改为用鲜花拜祭，我保证不会给泰山增添任何火灾隐患。至于我为什么坚持不把坟迁走，这里面有两个原因，一个就是我们当初买这块林地的时候合乎手续，有村委会开的证明，还有经办人的签章。另外一个原因也是最主要的，这两处阴宅一处住着我爷爷，一处属于我父亲，想必你也听说过隔代不迁坟的说法，假如要迁的话，我父亲没了，现在也没人给我爷爷迁了。况且，我们大连那边还有穷不改门、富不迁坟的说法。我们好几辈子才扑腾下了这么点产业，依靠的就是祖上的那点阴德。所以，这个坟我说什么都不能迁，祖坟上的那股青烟不能断送在我手里。"

吕总说完就独自站了起来，列着架子往外走。禹奕泽看他那态度，知道再坐下去也无望，也只好怏怏地站了起来。

沮丧地从连悦海鲜酒店走出来，禹奕泽才感到自己的肚子咕咕直叫，他知道不单是这个时间回家没现成饭吃，在任何时候回家，桌子上都不会再有热汤热水了。健健走了之后，不只是鹿小希，就连他自己也失去了做饭的热情，一般就是随便糊弄，所以家里从来也不缺方便面火腿肠之类的方便食品，后来他觉得这样不行，就定期往家买牛奶蛋白粉之类的营养品，鹿小希一开始还不动，这两年才开始逐渐接受，这才让她的身体没垮下来。还有一个重要原因，鹿小希在禹奕泽离开碧峰的第二年就从家里走了出来，去了悦城市福利院打工，把过去给健健做按摩学来的技能用在了伤残儿童身上，这让她的心态也得到了一定的调整，看起来心情也好了许多，但对禹奕泽却还是那副冷冰冰的样子。

推着摩托车往南走了几步就拐进了一个小胡同,两边有好几家小餐馆,随便找家铺子把肚子填饱。走出来在夜色中抬头瞭望,看到高楼上那闪烁着的红十字才意识到这里位于中心医院附近,今天他已经是第二次来了。还是山中日月长啊,只在山上待了大半天居然感到像是过了好久的样子。他本能地想上去再看看肖立栓,虽初次接触,可肖立栓身上某种难以言说的力量却深深地感染了他。

肖立栓的病房安静了不少,旁边的床位依然空着,陪床的是一位金发碧眼的大男孩。肖立栓介绍这是来自美国的留学生,名字叫诺亚,他们算是同学。男孩看起来跟肖立栓的年纪差不多,身量很高,明显给人一种压迫感,但表情却有些羞涩,中文说得也应该不错,握着禹奕泽的手说"你好"的时候虽然还带点怪怪的味道,可已没有那种长长的拖音了。

禹奕泽进来的时候,诺亚正在床头柜上侍弄一张大煎饼,金黄的煎饼底下垫着白色塑料袋,旁边放着餐刀、黄豆酱、一盒培根片、几盒酸奶,还有一把刚洗好的小葱,小葱细如竹筷,葱叶碧绿,葱白鲜亮,还带有未甩干净的晶亮水珠,看起来新鲜无比。诺亚先把煎饼托在左手掌上,右手拿着餐刀在煎饼上抹了一层黄豆酱,再放上几根小葱,铺上培根片,然后大拇指往下插到煎饼的底部,上面的手指蜷起来随着煎饼往里面滚动,煎饼很快就卷好了,变成了一个长条的匀称的圆筒。诺亚的动作利落,手法熟练,宽平的煎饼在那大手掌中犹如随意揉捏的橡皮泥,自如而随意,显然不是第一次操作了。禹奕泽看着有些意外,想不到一个外国人还这么爱吃煎饼。

男孩把卷好的煎饼递给坐在病床上的肖立栓说:"Well. Are you hungry? Here you are."肖立栓把煎饼接过来,微笑着说:"Thank you for your thoughtfulness."

随后,两人用英文在交谈着什么,似乎还在开着某种玩笑,禹奕泽就一句也听不懂了。

肖立栓向禹奕泽翻译说,我刚才向诺亚介绍你是泰山上的守护神,每天都和泰山朝夕相处。诺亚感叹说你太富有了!是这个世界上最值得羡慕的人！禹奕泽有些摸不着头脑，不明白眼前这个来自异域的年轻人的思维，一个林业工人有什么好羡慕的？待肖立栓把诺亚来泰山的前因后果做了说明，禹奕泽才渐渐把心中的疑惑解开。

诺亚出生在美国的华盛顿州。2005年12月8日，出生在美国的大熊猫泰山首次在动物园亮相，立刻吸引了大批美国公众，一万三千张门票不到两个小时全被抢光，动物园官方网站的服务器甚至因为过度繁忙而暂时崩溃。诺亚的爸爸有幸抢到了两张门票，诺亚跟着爸爸走进动物园，第一次见到了这只叫泰山的大熊猫，立刻被这只憨态可掬的大娃娃吸引了。

"大娃娃"是诺亚第一眼看到熊猫时在脑海里瞬间闪过的词，那黑白相间的皮毛，圆圆的脸盘上，嵌着大大的黑色眼圈和闪闪发光的小眼睛，头顶上支棱着两只月牙般毛茸茸的耳朵，走路的时候，胖嘟嘟的四肢划着可爱的弧度，短小而悠然的尾巴晃动着，圆滚滚的身体也在蹒跚着摇摆，所有这一切不正像一个活泼可爱的大娃娃吗！

那天，十一岁的诺亚在华盛顿国家动物园熊猫馆前再也挪不动步子了，他的眼球儿被这个东方尤物所吸引，一直待到快闭馆才被爸爸催促着离开。此后，诺亚迷上了这只熊猫泰山，不但一有机会就来国家动物园看望泰山，还收集了几乎所有能找到的图片和卡通图像。熊猫泰山陪伴着他，成了他少年成长的一部分。2010年元旦过后，泰山要回国过春节了，动物园专门为泰山举行了告别仪式，已经十六岁的诺亚冒着大雪挤在人流中，看着浑然不觉的泰山在用竹叶做的蛋糕前大快朵颐的样子，眼泪止不住地往下流。

两年后的复活节假期，诺亚已经十八岁了，第一次独自外出度假，在度假目的地的选择上，他几乎没有犹豫，直接就选择了中国的四川成都，他实在是太想念自己心目中的那个大娃娃了。

在成都大熊猫繁育基地，诺亚再次见到了熊猫泰山，泰山比过去又壮硕了不少，但依然那么悠然，依然那么自得，依然那么可爱。诺亚心中充满着欣喜，他被感动着，更加珍惜跟泰山待在一起的机会。与此同时，另一个在心中存在已久的向往也更加强烈了。他早就从网上查阅过，了解了泰山在国际上的知名度，也因此，2005年7月刚出生的熊猫宝宝才被二十多万人投票命名为泰山，有了这个先决条件，诺亚对泰山的认识就不限于眼前这只可爱的熊猫了，他开始对那座真正的大山充满了好奇，这座神秘的东方大山到底有着怎样的魔力，让大洋彼岸的同胞们如此着迷！

  诺亚中国行的第二站就来到了泰山，到达泰山站的当天下午，他就跟随人流从中路开始爬山，这条线路由东汉光武帝来泰山封禅时率先开辟，从此成为帝王封禅登山的主道，渐渐衍变为泰山最为经典的登山线路，荟萃了大量的人文和自然景观。经岱宗坊到达红门宫，然后是斗母宫、孔子登临处、万仙楼、经石峪、壶天阁，一直到达中天门。这一路走来，真可谓一步一景，处处都留有大自然的造化，处处都是厚重的文化。诺亚此时虽然对中文还不是太精通，但从身边游人身上感受到了那种惊叹和新奇。艰难地爬上十八盘，越过升仙坊，到达南天门的时候已经是深夜，仲春的泰山极顶还有着凛冽的寒风，但拱北石下却挤满了兴奋的人群，他们都在静候泰山日出那无与伦比的视觉盛宴。诺亚也被深深感染了，顾不得春夜的寒冷，学着别人的样子，租了件军大衣，找了角落安顿下来，跟大家一道来守候那个辉煌时刻的到来。

  苍茫的天色，低垂的天幕，微曦的天际……在天边那丝淡白渐渐扩大成鱼肚白之后，在鱼肚白渐渐幻化为一抹绯红之后，在那抹绯红冲破似雾非雾、似水非水的笼盖变成一线金黄之后，在那线金黄渐次变亮、变浓、变大，酝酿成蓄势待发的熊熊烈焰之后，在那团烈焰如万剑挥刺般、电闪雷鸣般、冲天飞瀑般磅礴四射之后，太阳，太阳，太阳升起了！

  朦胧夜色中，先是山顶上数千人、上万人的喧哗与躁动；晨曦伊始，渐归平静，人们静等天际由绯红变为金黄；在金黄逐步扩大、太阳呼之欲出之时，山顶上霎时间变得一片寂静，静得仿佛能听见呼吸声——这是凝聚所有人目光的时刻，是牵动每个人心弦的时刻，是最为安宁、最无旁念、最为期待的时刻；当太阳倏忽地跳出地平线，山顶上瞬时爆发出一片欢呼！每个人都全神贯注，每个人都情不自禁，每个人都物我合一，每个人都融化在太阳升起的幸福之中；伴随太阳的升高，整个山顶沐浴在金色的光芒里，沉静而热烈，秀美而庄严，纯洁而辉煌！

诺亚被震撼到了，似乎第一次感受到一种生的体验，泰山日出的壮丽景象升腾出一种巨大的力量，诺亚被这种力量所征服，被泰山的魅力所征服，他感念那只叫泰山的熊猫，更感念这次与泰山的美好相遇。

有了这次中国之行，诺亚来山东农业大学留学也就成了顺理成章的事情，农业大学一直没有接受过本科留学生，诺亚只好申请了植保学院的硕士研究生，留学生的有些课程是跟本科生混着上的，只不过老师做课件的时候要另外准备一份英文版的，在一间大教室里共同听了几次课之后，诺亚很快就跟肖立栓成了朋友。到大学二年级的时候，肖立栓跟一位已毕业的师兄合伙开了一家培训机构，正巧缺教口语的外教老师，诺亚自然也就成了肖立栓的编外员工。

来到一个陌生的国度，面对着陌生的文化，肖立栓的言行都给了诺亚不一样的感受，因此，他尽管比肖立栓还要大两岁，却甘愿奉肖立栓为老大，但叫boss显然是有些俗了，诺亚更愿意把肖立栓当成自己的兄长，英文中的brother兄和弟不分，诺亚就称呼肖立栓为dude，这在美国是一个非常时髦的称呼，在年轻人中很是流行，包含有"老兄"和"哥们儿"的意思。另外，为了跟肖立栓表示在某种程度上的一致性，他还给自己起了中文名字叫肖立柱。肖立栓不是拴来的嘛，既然拴来了就要留得住。在中国乡间，乳名叫留住的孩子有很多，留在世间，住得长久，有着长命百岁的祝愿。这种美好寓意不同于有基督教背景的西方国家，他们的名字大都来自《圣经》。肖立栓名字中间那个"立"字表示辈分，同一辈分的人都用这个字，诺亚一开始想让自己叫肖立住，这样跟肖立栓的次序更顺茬一些，更接近他取这个中文名字的初衷，但据肖立栓说，"住"这个字在汉语里是动词，一般很少有人拿它来用作名字，他才不得不改成了肖立柱。

107

跟肖立栓刚开始的逆反和后来的犹抱琵琶半遮面不同，诺亚从第一次来泰山就对其全盘接受，从来也不避讳对泰山的痴爱。来农大留学，真正住在泰山脚下，泰山上的一草一木、一山一石都对他有着莫名的召唤。平时除了上课，除了在培训机构教课，他大部分时间都在泰山周边转悠，他醉心于泰山深厚的文化积淀，在行走的同时阅读了大量有关泰山的文化资料，从上古先民到现代人对泰山的阐发，他发现整个泰山的文化史就是中国历史的演变史，难怪有人说，如果用一个人来代表中国文化，那就是伟大的孔子，如果用一座山来代表中国文化，那就是五岳独尊的泰山。

诺亚从小就对大自然充满着热爱，对动植物尤其敏感，如果在美国本土读书也会选择生物学。泰山属于暖热带半湿润大陆性季风气候，蕴藏着丰富的动植物资源，这就给诺亚的探询提供了广阔的天地，他感到泰山就是一本永无穷尽的大书，他需要用一生来阅读。也因此，他从来也没有把自己当成留学生，他在泰山找到了自己的另外一个归宿，把这里当成了自己的第二故乡。当然，他也时常惦念着那只叫泰山的大熊猫，隔段时间，他还要去往成都大熊猫繁育基地看望大娃娃，顺带也拍一些视频资料和照片发回美国，分享给那些喜欢泰山熊猫的美国民众。

去年暑假，在一个闷热的下午，诺亚攀爬到泰山西南麓一处陡崖下，发现了一株花楸树，花楸树一般都长在山坡或是山谷的杂木林中，但这株花楸树却是从石缝里冒出来的，这引起了诺亚的注意，仔细一看，又有了新的发现，普通花楸树都是沿着叶柄均匀分布着两片叶子，但这株花楸树在叶柄处又长出了两片小叶。诺亚感到这应该是不同于普通花楸树的一种新种类，这个发现让他兴奋不已，绕着这个树株拍了无数照片，也顾不得歇息了，一气跑下山，去培训机构找到正在上课的肖立栓，迫不及待地把自己的发现告诉了肖立栓。

肖立栓看到诺亚展示给他的图片后笑了，因为这株花楸树早在1981年10月就被省林业学校的一位老师发现了，通过DNA检测，发现它就是一个新品种，代表了花楸类植物下一步的演化方向，而且是目前世界上仅存的一株野生花楸，1984年被命名为泰山花楸。泰山管委早就对其进行了保护，在每年的不同时段都有专人爬上去对其护理，之所以没做任何标识，就是担心那些贸然闯入者会对其破坏。

诺亚了解了这一情况后并没有失望，已有这么多人参与到保护泰山的行列中来，这应该是一件令人感到安慰的事情。同时，他内心还产生了一个执拗的想法，既然条件适宜，泰山花楸每年都有种子成熟，这些种子播撒下来，随风飞落，驭雨而行，他不相信泰山花楸会只有这一株，这株野生花楸一定还有自己的同伴躲在某个山崖下，说不定在自己的某次行走中就会把它找出来。

禹奕泽听了肖立栓的介绍，对眼前这个来自异域的大男孩有了一种发自内心的敬重，眼前这个例子改变了他的三观，过去，他怎么也想不到崇尚个人自由的美国人会对东方文化产生这么大的兴趣，内心中也陡然产生了某种自豪，为自己生长在这泰山脚下而自豪。

第八章

告别了肖立栓和诺亚,从医院出来,禹奕泽踏上了回家的路程。通往家的路有好几条,往前直行是最近的,但要路过南湖公园。这么多年来他一直回避着这个伤心之地,大多数情况下都是绕道,甚至刚开始的那一年多,他都不敢下水,不敢看到开阔的水面,这些都会给他以强烈的刺激。但今天,他却突然不那么害怕面对了,甚至还萌发了想过去看一看的念头,有了这样的心思,他不再犹豫,顺手加大了摩托车的油门,径直朝前奔去。

南湖公园西大门是正门,相对比较开阔一些,往上的台阶一直通到马路人行道上,沿着台阶向上是一个带着喷泉的假山石,正在喷洒着的水珠儿缭绕在山石周围,在变幻的灯光下就像五颜六色的珍珠在到处飞溅。

那片草坪在朦胧的路灯光下,还有着大片大片的枯黄,眼下这个时刻比六年前那个悲惨的日子稍早了一些,草地还没有变绿,可已感到了柔软,禹奕泽坐在上面,心中仍然有种生疼生疼的感觉。天气还没有完全转暖,但已经有三三两两的居民来此散步了,长在湖岸堤坡上的树木叶子还没有丰满起来,看起来干净的枝条孤零零地在微风中飘摇着,远处的拱桥被璀璨的灯光装点着,似乎跟星空闪耀在了一起。这是一个美好的世界,可我的健健却再也见不到了。眼泪悄悄流下来,禹奕泽任泪水在脸颊上流淌，脑海里不停重复着那藏在心间的追问：健健，你在哪里？你还好吗？爸爸想你……

回到家的时候十点多一点，这个时间鹿小希一般会憋在家里逗弄她的猫。

鹿小希刚到福利院打工的时候，有一天下班，在福利院门口发现了一只病倒的流浪猫，她就把它抱回家中养了起来，对此，禹奕泽并没有异议，心里还恨不得她能找个寄托。让禹奕泽没想到的是，她把这只猫的名字叫成了健健，每天在家里健健、健健地叫，这让禹奕泽从心里就有了排斥，一只猫怎么能跟自己的亲生儿子相提并论呢？更为重要的是，他一听到鹿小希喊健健就不由自主地想到那个摇晃着的小身影，那种撕心裂肺的悲伤就会在瞬间袭上心头。

禹奕泽有一次鼓起勇气来委婉地说了自己的意思，鹿小希却不以为然，把猫抱在怀里，往上托了托，让那毛茸茸的脑袋贴近了自己的脸颊，怜惜地说："它就是我的健健，健健从来也没舍得离开过妈妈。"说着眼中就又盈满了泪水。看她这个样子，禹奕泽也只好接受了。说也怪了，心里一认可鹿小希的做法，原来那种极力排斥的感觉也渐渐变淡了，对那只猫也不再讨厌，甚至有时候回家也会逗弄逗弄。这也是那只猫会看眼色的缘由，起初知道禹奕泽不喜欢它，在禹奕泽面前就把尾巴夹起来，看到禹奕泽回家还主动向他示好，有时把拖鞋给他叼过来，有时看禹奕泽泡方便面，会赶紧屁颠屁颠地跑过去，把掉在地上的塑料包用嘴巴叼起来，再丢进垃圾桶里。

可是，正当禹奕泽和鹿小希跟这只猫处得越来越和谐的时候，它却突然走失了。就是跟着鹿小希上了一趟街，猫落在了后面，鹿小希回身喊着健健跟上，却发现那猫的踪影已不见了。鹿小希一开始没在意，还以为那猫顽皮，是故意跟她开玩笑，可等到她把附近所有想到的地方都找遍，还不见猫的影子这才真正着了慌。那段时间，鹿小希为了找猫简直疯了，发动所有关系来寻找那只猫，还写了言辞恳切的寻猫启事，承诺只要把猫送回来或提供有效线索，立马拿出两千元来作为答谢。这样整整折腾了接近一个月，那猫还是没能回来，为此鹿小希大病了一场。原本以为经此一劫，她不会再对这些小猫小狗感兴趣了，没想到，还没过半年，她又把一只流浪猫抱进了家里，这次还是把这只白猫叫成健健，还接受了上次的教训，对这只猫更加呵护，即使带着上街也寸步不离。对此，禹奕泽已不想再做抗争，只能任由鹿小希所为了。

禹奕泽小心地推开家门，打开顶灯，见鹿小希正坐在客厅的沙发上直勾勾地看着他，不禁吓了一跳，稳了一下神才说："你这是在干什么？也不开灯？"

鹿小希眨巴了一下眼睛，又顺手捋了一下卧在旁边的白猫说："没干什么，只是刚才在沙发上睡着了。"

禹奕泽认真盯视着鹿小希看了一下，没发现有什么异样，刚刚悬起来的心才算放了下来。然后把手里的包放在门口的鞋架上，换上拖鞋就去了卫生间。上完厕所走到洗脸池前，抓起牙刷准备开始刷牙，一抬头，鹿小希却突然出现在了眼前的镜子里，怀里抱着那只猫，正斜着身子倚在卫生间门口。禹奕泽有些意外，转回身问："有事？"鹿小希叉开手指，习惯性地从前往后捋着白猫那毛茸茸的后背，语气有些急促地说："刚才我梦到健健了，在他爷爷的坟旁边，双人石那边，旁边还有一棵大松树。站在那里叉着腰对我说，你去告诉我爸，他要想迁走爷爷就要把我一起带下去，我不想一个人孤零零地留在这里。"

禹奕泽一听，心里一颤，整个身体也抖动起来，手里的牙刷几乎滑落到地上。这也太神奇了吧，除了他自己，没人知道他栽在父亲坟茔旁边的那棵白皮松，当时那树株还不到一米高，是他一个人悄悄带上去的，更不会有人知道他一直把那棵树当成健健，这是他一个人藏在心底的秘密。至于迁坟，他是昨天上午去管委报到时才听吴区长说的，鹿小希就更不可能知道了。既然她对这些过往一无所知，怎么会做那样一个梦？

禹奕泽不想把自己的慌乱表现出来，一边拿起牙膏来往牙刷上挤着，一边说："你一定是白天胡思乱想多了，才有了这样不着边际的梦境。这都哪儿跟哪儿啊！快去睡觉吧。"

鹿小希却有些不甘心，坚持着说："可这个梦太清晰了，在梦里健健长高了，也神气了很多，睫毛黑黑的，眼睛透着亮闪闪的光泽。我这么多次梦到他，还从来没像刚才那个梦那样清晰。"

禹奕泽感到一阵心酸，但还是竭力强忍着说："快去睡觉吧，别说这些没用的了。健健不是在你的六角梳妆盒里吗？谁也拿不走。"说着就低下头，把已涂满牙膏的牙刷往嘴巴里送。鹿小希一看禹奕泽这样，也只好转身离开了卫生间。

禹奕泽机械地让牙刷在嘴巴里滑动着，眼泪却在眼眶里打着转儿，脑海里浮现着那株树的样子，栽下的时候还是棵小树苗，将近六年过去了，已长到三米多高，身量高耸挺拔，就像鹿小希刚才说的那样，神气而又神秘。这么多年来，禹奕泽上去过多次，都是一个人悄悄地去，尤其是心里的憋闷达到一个极值的时候，在父亲和健健面前坐着，静静地待一会儿，默默地跟他们说说话，心里就会渐渐松缓下来。

眼泪终于从镜子里那个中年男人的面颊上流了下来，这张面容已不再年轻，两鬓有了些许白发，眼眉之间的"川"字明显，尤其是最边上的那个撇，末端的斜弯已拐了下来，几乎跟眉毛连在一起了。还有那双流着泪的眼睛，红红的，悲戚中带有一种不容回避的疲惫。

从卫生间出来，客厅里黑黢黢的，鹿小希已回自己的房间了。禹奕泽在黑暗中摸索着在沙发上坐下来，他没有睡意，想先静静地待一会儿。

夜晚好静呀！几乎伸手可及的墙壁，还带有玻璃框子的老式厨房木门，低矮的茶几，以及上面堆着的那些乱七八糟的物品，此时都散发着一种朦朦胧胧的黑色。禹奕泽突然想到自己过去曾在某处看到一句著名诗句：黑夜给了我黑色的眼睛，我却用它寻找光明。可是我的光明又在哪里呢？禹奕泽这样不停地反问着自己，内心感到无比的怅然。听说写下这诗句的诗人，后来在海外亲手把自己的妻子砍死，然后又自缢而死。人生的反差竟至如此！睡在身边的人可能成为这世上最亲的亲人，也能成为你致命的敌人。

喵——那只白猫在暗夜里发出了一声叫声，随即就传来了鹿小希轻轻的安抚声："健健乖，要听话，别叫了，爸爸就要睡觉了，爸爸累了一天了，让他早点休息。你刚才在梦里跟妈妈说的话妈妈已跟爸爸说了，爸爸那么爱你，一定不会让你一个人待在那里的。"

这话轻轻传入禹奕泽的耳朵里，犹如飘然而至的暗香熏染着他的整个身心，禹奕泽的内心顿时涌上来一股说不清楚的情绪，温暖与爱、亲情与伤情、感动与哀恸交织在了一起，让他既悲叹又欣慰，悲叹的是他们原本和和美美怎么会走到了今天这一步，欣慰的是鹿小希毕竟还是懂他的，他们的爱应该从来就没有走失过。

鹿小希十一岁那年，父亲调到了泰山附近的部队仓库，任副团职的副主任，鹿小希和母亲也随军跟了过来，母亲在仓库食堂做帮厨，鹿小希插班进了东洼小学五年级，跟禹奕泽恰好成了同桌。那年禹奕泽十二岁，一见到鹿小希就被她深深吸引了。当时的鹿小希在一群山里孩子中间就是一株别致的兰花，黑亮的眼睛忽闪忽闪的，透着一尘不染的神采，搭在脖颈下的分瓣儿整齐如严谨的队列，在身体跃动时才荡漾出钟摆般的微姿。

禹奕泽几乎每天都能看到自己的同桌，可内心还是充满了对她的思念。下午放学后的时光变得格外漫长，在很多个晚上，他喜欢一个人坐在家门前的青石板上静静地想她。初中的时候他们不再在一个班级，她的教室在后排，他不再像过去那样每天都能看到她。他对她的思念愈加强烈，往往一听到下课铃声就跑出教室，不错眼珠地盯着操场前那条通往厕所的路，那是她的必经之路，他只有那样才能大概率地捕捉到她的身影。

初中一毕业他们就分开了，禹奕泽考进了林业学校，鹿小希先是随着父亲的调防去了南方，后来就当了兵，成为一名女解放军战士。两人再见已是六年之后了。

刚刚从林业学校分回舒云谷的时候，禹奕泽并没有完全安分下来，再加上山里太寂寞了，有时候在山上转悠一天也看不见一个人影。刚刚二十来岁的年轻人怎么会耐得住，闲下来的时候，禹奕泽就拨那个值班电话，值班电话要通过总机往外转，而总机班有八位轮流值班的女孩子，她们虽然都是燕语莺声，一律说着纯正的普通话，要想有分辨还是很容易的。禹奕泽就是在这个过程中发现鹿小希已近在眼前了。

都说女大十八变，也应该包括女孩子的声音。禹奕泽第一次从电话里听到那个声音的时候并没有听出来，但就是觉得好听，并牢牢记在了心里，而且很快就摸准了她的值班周期。当那个声音值班的时候，禹奕泽只要不去巡山就制造各种理由让她转接电话，林校学习的背景给了充足的资源，有很多同学毕业后被分配到了偏远林场，那时候BP机刚开始时兴，手机还没流行起来，固定电话也没完全程控，联系上他们往往要转接很多总机，总机再转分机，费不少周折。他的出格行为让那些接到电话的同学颇感不解，不知道这个过去有些孤傲的同学是哪根筋搭错了，千辛万苦把电话打过来只是为了一句问候。那个声音似乎也乐意配合，终于有一天，她突然对着他问道，猜猜我是谁？禹奕泽一下子就想到了"鹿小希"这个名字。他们就这样又重新相识了。后来，鹿小希才告诉他，她早就知道他在这山上，正是由于这，她才通过父亲的关系转业回泰山管委总机班的，她就是想这样不动声色地跟着他的脚步，看看上天能不能安排他们再次相遇的缘分，上天果然没亏待她，他们终于又走在了一起。她还告诉他，她最爱的母亲已经走了，她的父亲很快就娶了一个小他十多岁的女人，她已经没有家了，他就是这个世界上她最亲的人。

禹奕泽第一次尝到爱并被爱着的感觉，心里整天像打翻了蜜罐一样甜，那几年的日子一直是这样，有时候真的就会从梦中笑醒。可惜这样的好日子并没有持续下去，2003年8月19日健健出生后，这一切都被打乱了。

前一天，已觉着些苗头的鹿小希住进了医院。当天下午羊水就破了，却迟迟不见孩子出来，医生说孩子缺氧建议剖腹产。经过手术，孩子顺利降生了，可紧闭着皱巴巴的小嘴巴一声不吭，禹奕泽问是怎么回事，护士接过孩子对着脚心使劲拍了一下，孩子才哇哇地哭了一阵。当时禹奕泽一块石头落了地，以为这下安全了。谁想出院回家，第一次给宝宝洗澡，孩子就开始撕心裂肺地哭闹，哭着哭着就开始打挺，圆溜溜的脑袋还朝一侧后仰，双眼使劲向内倾斜。禹奕泽和鹿小希害怕了，赶紧又把孩子抱回医院，医生检查过后没发现什么异常，让回家再做进一步观察。

从医院走出来，禹奕泽和鹿小希产生了分歧，禹奕泽的意思是先听医生的回家观察观察再说，而鹿小希坚持去省城挂专家号。禹奕泽最终没拗过鹿小希，当天下午，两人就带着孩子来到省儿童医院。孩子很快就被确诊为脑瘫，这个晴天霹雳一下子就把两人击垮了。

晚上，趁着鹿小希照看着孩子，禹奕泽在医院周围好不容易才找到一家网吧，输入"脑瘫儿"三个字，立刻就有成千上万的信息涌了出来，每条消息都触目惊心。其中一条标题更是骇人听闻：她亲手杀死了自己的亲骨肉。广西一位母亲独自把患有脑瘫症的双胞胎儿子养到十一岁，负债一百多万，可孩子的病没有任何起色，绝望之际，她给两个孩子灌下了剧毒农药，眼看着自己的骨肉痛苦挣扎着结束了生命，她发出了撕心裂肺的哭喊，就把剩下的农药不顾一切地倒进了自己的口中。然而，她被人及时发现救了下来，从医院出来就站在了法庭的被告席上。文章同时配发了这位母亲庭审时的照片，四十刚冒头已看着像六十多岁的老太太，头发全部白了，那张皱皱巴巴的脸被悲伤地扭曲着，那凄惨的表情已不能用"痛苦"两个字来表述。

还有一个记者调查后的综述，标题为：被脑瘫儿毁掉的中国家庭。里面列举了脑瘫儿出生后给家庭带来的各种灾难性打击，正如幸福的家庭是相似的，不幸的家庭各有各的不幸。有的一发现孩子是脑瘫，男人立刻就消失了。有的把脑瘫的孩子丢给父母，条件好的父母还好，条件差的就只能任其自生自灭了。还有一部分像那个杀死自己孩子的母亲一样，想尽一切办法给孩子治疗，最终还是落了个倾家荡产财尽人亡的结局……

时值夏末秋初，秋老虎还在肆虐，网吧老板为了节省电费，晚上就把空调关了，再加上网吧位于二楼偏厦，南北不透风，房间里很闷热，周围很多网民都光起了膀子。而禹奕泽却看得浑身发冷。他逐条看下去，后面的一条消息吸引了他。这条消息说的是，一对夫妇把孩子养到一岁多，才发现是脑瘫儿，治疗了两年多，孩子还是站不起来，最后实在熬不住了，就在一个漆黑的晚上，把孩子舍弃在了福利院门口。

禹奕泽目光在这条消息上盘桓，右手摁在鼠标左键上，先是使劲摁了一下，眼前的界面很快就滑了过去，可他很快就又拉了回来。他感到自己似乎是被那闪闪发光的屏幕给粘住了，怎么也绕不开那些文字。眼睛直直盯着消息内容，目光实际上是浮在上面的，看到的只是黑乎乎的方块字，脑海里在不住地翻腾，他忽然想到在来省儿童医院的路上，隔着公交车车窗，他好像留意到了福利院的牌子，还特意多看了两眼，在一个街角的位置，上面的白漆已经脱落，黑色的宋体大字整齐地竖立着，像一个个张开的嘴巴对着街口，似乎想要吞噬什么，也似乎想要往外吐露。

回到病房，已是半夜时分，病房里有三张床，鹿小希抱着健健坐在中间病床上。健健在母亲怀抱里正酣然入睡，应该是刚睡着不久，鹿小希喂奶时拥上去的衣服还没拉下来，半个莹白的乳房露在外面。健健的小嘴巴在靠近乳房的位置微微张着，小胸脯在均匀地起伏，粉嘟嘟的脸蛋儿在灯光下显得更加鲜嫩。从外表看，这怎么也不像一个患有脑瘫症的孩子。禹奕泽心里一阵戚然，把就要涌出来的眼泪硬生生给憋了回去。

禹奕泽帮鹿小希把健健放在床上，又让她在孩子旁边躺下来，然后才坐到里面的床上。这张床上的病人今天下午刚出院，新的病人还没住进来。鹿小希侧卧在健健旁边，身子正对着坐在对面的禹奕泽。

鹿小希属于长相很干净的那种女人，瓜子形的脸庞几乎没有一点阴翳，皮肤圆润而紧致，就像一枚成功脱去外壳的熟鸡蛋，最近的困顿也没让它失色多少，只是眼圈周围多了一层淡淡的黑晕。眼前这个惹人爱怜的女人让禹奕泽感到心疼，他爱这个女人，也爱这个家。可眼下这个幸福的大厦似乎出现了裂缝，他心中产生了某种惶恐。他有些茫然，不知道该怎样把控自己，只是不想眼睁睁地让他们陷入那种灾难般的生活场景中。那个想法不停地冒出来，让他有了某种摆脱的欲望，他想对女人说说自己在网吧里看到的那些东西，但试了几次，最终却什么也没说出来。

躺在床上，禹奕泽并没有睡去，脑子里还在翻腾网吧里看到的那些信息。那年他刚刚成为舒云谷检查站站长不久，想想那一大片山林，想想手头那一大摊子事情，再想想眼下健健的病情，他实在不知道该怎么往下走。

想着想着，健健竟然站了起来，连爸爸妈妈也会叫了，笑着说自己的病好了，伸出肉嘟嘟的小手拉着他和鹿小希就往外走。他们一家三口欢欢乐乐地从医院走出来，沿着医院门前的道路往东走，走不多远就又拐到另外一条街上，继续往前，健健忽然甩开他们奔向前面的大门，他和鹿小希在后面紧紧追赶，健健像飞一样奔跑着，很快就在大门后消失了，大门也在健健身后轰然关上……

梦境被一阵嘤嘤的哭声惊醒，禹奕泽睁开眼睛，看到声音是由鹿小希发出来的。鹿小希仍然侧卧着，眼泪从紧闭着的眼睛里溢出来，垂直地往下形成一道明亮的泪线。她肯定也做梦了，肯定也梦到了健健。两个人同一个梦，同样的悲伤，不同的场景，禹奕泽心里一阵酸楚。他缓缓地坐起来，用脚摸索着找到鞋子，走过去蹲下身子，把手掌搭在鹿小希的后背上轻轻地摇了一下。

鹿小希似乎还沉浸在梦里，也可能是不愿意醒来，直起身子猛然就扎进了禹奕泽的怀里，一股湿热瞬间就从胸前传遍了禹奕泽全身，禹奕泽紧紧搂着怀里这个抖动的身体，自己的眼睛也湿润了。

待鹿小希平静下来，禹奕泽像突然想到什么似的，腾出右手，从口袋里掏出了一张写满字的打印纸，他把在网吧里最后看到的那篇文章逐字逐句地抄了下来。

鹿小希首先看到了那个醒目的标题：一对脑瘫儿父母的选择。抄这篇文章的时候，禹奕泽做得特别仔细，最后还在"脑瘫""绝望""福利院"……这几个关键词语下面标注横线，鹿小希不用看完就明白怎么回事了。

鹿小希拿纸片的手在抖动，禹奕泽瞬间就有了一种大厦将倾的感觉,有一股很强的力道冲向胸部,他几乎向后仰倒,右脚退了一大步才稳住身子。鹿小希推开禹奕泽,遽然站起来,一边拼命撕扯着手上的纸片,一边瞪着红红的眼睛厉声地质问:"你真这么想的?"

禹奕泽蒙了,他没想到鹿小希的反应会这么激烈,一时不知道怎么回答。鹿小希似乎也不需要回答,连珠炮般的话语霎时间就砸下来:"你还算人吗?连自己的亲骨肉都想抛弃,真没想到你会这么无情无义!你既然有了这种想法,健健不用你管了,我就是豁上自己的命也要把他的病治好……"

如果以正常思维来看,鹿小希当时说的完全是气话,是一位母亲在自己孩子受到伤害时的正常反应。起初禹奕泽也这么以为,没意识到会有很严重的后果,再说这也是他一时的情绪,真要把健健舍弃他也会犯很大的思量,毕竟是自己的亲骨肉。可我们都忽视了母爱的伟大,尤其是在极端的条件下。谁也没想到鹿小希的性格会这么刚烈,没想到她会说到做到。在以后的日子里,鹿小希几乎以殉道者的姿态来践行一位母亲的决心。

给健健诊疗的那位专家是一位很好的老太太,穿着肥肥大大的白大褂,更加凸显了身形的娇小,声音却有着与此不相称的洪亮。在反复查验了健健的表征之后,老太太说像健健这种情况,由于发现得早,完全康复的可能性很大,重要的是要坚持治疗。

从省城回来,鹿小希就辞掉了泰山管委票务中心的工作,做起了全职妈妈。她上午带着健健去悦城中心医院治疗,下午把康复师请到家里,晚上自己再给孩子做按摩。秋去春来,风雨无阻,孩子成了鹿小希生活的全部,为此她专门淘换来一辆三轮车,把后面的车厢改成了包间,底下铺上木板,上面再放上垫子和被子,这样来回去医院健健就可以睡在后面了。在她的床头,堆放得最多的就是有关按摩和脑瘫儿治疗的书籍,一开始她还跟着康复师比画,后来所有的按摩都由她自己自行解决了。

与此同时,他们家的格局也发生了根本性变化,他们的新房是单位的集资建房,二室一厅,大概有八十多平方米。从省城回来鹿小希和健健就搬到了次卧，看鹿小希坚持这样，禹奕泽要把主卧让出来，自己去次卧，鹿小希却不同意，板着脸说："过去健健是我们俩的，现在他只属于我自己，我们不想再占用你的领地。"

这话让禹奕泽很是无地自容。有一次，禹奕泽看天不好，想和他们母子一起去医院，鹿小希坚持不让，说自己能行，说完还不解恨，看着一脸歉疚的禹奕泽说："我害怕你会把我儿子送到福利院。"这话说得一字一顿，尤其是在"我儿子"三个字上，语气格外重。

看来，鹿小希就是想让禹奕泽难受，让他为自己当初那个不良想法愧疚一辈子。从某种程度上说，鹿小希的目的达到了，禹奕泽在这个家里越来越感到自己是个"罪人"，为了"赎罪"，在工作之余他尽可能地多做一些家务，可鹿小希对此并不领情，仍然是那副冷冰冰的脸孔，面对着的似乎不是自己的丈夫、儿子健健的父亲，而是一个她不喜欢的房客。

健健走了之后，禹奕泽那种局外人的感觉更加明显，在那个家里，他感到压抑和憋闷，在鹿小希面前，他感到内疚与悲伤。曾经有一阵子，他真想离开鹿小希，可也仅仅是想想而已，一个受了这么大创伤的善良女人，他从心里心疼她，怎么能撇下她呢？更为重要的是他依然深深爱着这个女人。所以，刚刚鹿小希对猫说的那番话，对禹奕泽至关重要。这让他心里霍然踏实了起来，这么多年来，他似乎现在才找回了自己，那种原本就具有的亲情和责任感重新回归了体内。

第九章

第二天一早，吴荣明区长主持召开了迁坟调度会，所有检查站长都汇报了辖区内的迁坟进度。禹奕泽坐在后面认真听着，尽管几乎每个站长都强调了一定的难度，但在禹奕泽看来问题都不是太大，有些是已多年无人问津的孤坟，对此泰山管委在下发文件的时候也有明确规定，五年内无人光顾的老坟，一时找不到亲属可暂时不动。剩下的还是大多数不愿意迁的原住居民，主要原因有两点：一个是顾虑故去亲属新的归属是否安妥；另外一个就是迁坟的补偿问题。说起来，这些也都不是问题，管委领导在准备操作这个事情的时候就都考虑到了，要求各管理区首先要协调地方，尽可能地妥善安置好那些老坟的主人，迁坟补偿也给了各管理区充足的权限，不但有经济上的还有政策方面的，比如原来有争议的三七林，只要山民配合这次迁坟，原本属于景区的那部分权益可以放弃。

轮到禹奕泽的时候，禹奕泽没有强调自己刚回来还没进入状态之类的客观原因，先说了老炮台他们前期所做的有关工作，随后就重点讲了昨天晚上接触那位年轻吕总的情况。禹奕泽认为这是个死结，不是安置和补偿所能打动的。看昨晚吕总那个派头，风水再好的地儿都不会迁，给再多的补偿也打动不了他，因为他不缺钱，还因为他有底气，在那个位置开那样一家酒楼，肯定跟市里的某些头头脑脑有着千丝万缕的联系，这就是他的底气，他昨天晚上话里有话的，也把这种底气不动声色地向禹奕泽显现了出来。

吴区长这次说是开协调会，实际上就是一个破解迁坟困局的督导会。待检查站长们都汇报完了，吴区长对每个检查站现有进度存在的问题都进行了点评，有些实际问题直接就提出了解决方案。在这个过程中，由于时间紧任务重，吴区长对各个检查站的站长都非常谦恭，点评完一个甚至还站起来双手合十地说句拜托之类的客气话，弄得这些站长反而有些不好意思了，心里也暗暗地加了一把劲儿。

轮到点评舒云谷的时候，吴区长却卡了壳，顿了一下才说："这个吕总确实是个难题，看这个样子，这是一条强龙！都说强龙压不过地头蛇，但现在跟过去不一样了，强龙是在天上飞的，手眼通天啊！"说完这话，吴区长的目光充满热度地在会议室里扫了一圈，他本来想让气氛轻松一下，可会议室却仍然像刚才一样凝重。他把话锋一转，说："不过，这也没什么可怕的，即使他真是强龙也没有什么了不起。奕泽，你回去跟老炮台商量个方案，再想办法找他接触接触，咱们先礼后兵，尽量还是不要闹僵，告诉他这次迁坟市里是下了大决心的，他不迁也得迁。不行咱就向管委领导汇报，让执法局过来强制执行。咱们背后有市委市政府，有泰山景区，还有泰山老奶奶护着，能让一个小个体户给滞住？"

禹奕泽一边点头答应着，一边心里却在嘀咕，吴区长这番话究其实质还是官话和套话，不但没有解决问题的具体指导意见，也没提供任何有用信息。过去几次迁坟之所以都胎死腹中，就是强力推进矛盾激化所致。所以，在迁坟这件事上，不是尽量不要闹僵，而是坚决不能闹僵。尤其是现在这种形势下，稳定是压倒一切的首要任务。

个中道理吴区长当然明白，可他还是做了这样的表态。禹奕泽也体谅吴区长的苦衷，棘手任务当前，压力山大，他不能在这关键时候松气。另外一个就是为了自保，说得含糊一些，多少给自己留下余地，万一真出现了问题，前面也能有个遮挡，这个遮挡就是直接面对难题的禹奕泽。

禹奕泽知道自己没地可退，所以，往前的每一步都要慎重，但吕家这两座老坟确实是个难迈的坎儿。

散会之后，禹奕泽骑上摩托车就直奔长岭。今天还在上班路上，老炮台就给他打电话，说约了东洼村的干部，要谈老坟进韩家林的事情，禹奕泽自然不敢怠慢。

禹奕泽急忙火速地来到长岭，原本以为村干部们已经来了，没想到一进屋却只看到了老炮台，老炮台坐在那个石头台面前中间的木墩子上，一看到禹奕泽就说："先过来坐下，我刚拾掇好茶壶茶碗。"

台面上的那套老式茶具现在已不多见了，高桩子红泥子茶壶，已有些年岁了，壶身呈酱紫色，透着时光的包浆，上面还斜缀着一排如中式盘扣般细小的钯锔，壶盖是锡质圆形，已没有了当初的亮度，变成了一种黯淡的白灰色。茶碗是白瓷的，是那种上粗下细的传统朝天碗，碗身上均匀地布满蓝色斑点，斑点是嵌在里面的，透着微弱的亮，有一种镂空的感觉。

这套茶具是老炮台的父亲韩尚信留下来的，至少也应该有五六十年的历史了。禹奕泽对此有着深刻的印象。韩尚信活着的时候，每年大年初一，父亲总要带着他来韩家拜年。韩先生这一天也把自己从故纸堆里解放出来，一大早就收拾停当，专门在主屋正堂下静候晚辈们的到来。退休后的韩尚信比上着班的时候还要忙，是为年轻时立下的那个宏愿忙活，他要以民间视角写一本《泰山志》。

出生在泰山脚下的韩先生，血脉早已跟泰山连在了一起，更能体会到古人所说的"山莫大于泰山，史亦莫古于泰山"。发轫于二十五亿年前的泰山，以其自然山体的宏大、景观形象的雄伟、赋存精神的崇高、山水文化的灿烂，不但成为封建帝王的精神支柱，更是一般百姓的信仰寄托和精神家园。因此，老先生以其得天独厚的优势，从自身的认识入手，用自己的脚来尽可能地丈量泰山上的每一寸土地，以自己的眼睛来发现审视泰山的独特魅力。

禹奕泽那时候也就是五六岁的样子，已经有些顽皮了，但却很喜欢来给这位表姥爷拜年，因为表姥爷不但给压岁钱还给糖吃。压岁钱裹在红纸里，叠得方方正正。糖就更讲究了，装在一个锡制的盘子里，新年第一天，见锡即是见喜，意味着这一年都会皆大欢喜。吃完糖还要喝茶，茶是那种很酽的茉莉花茶，有浓浓的味道，带有茉莉花的香味，意味着以后的日子会活色生香，更有滋味。幼时的禹奕泽只喜欢见喜的糖，对那有着美好寓意的酽茶却没留下一丝好感，记忆中只剩下了那浓浓的苦涩味道。第一次被大人哄着喝下去，他一下子就跳了起来，一边还用小手掌不停地在嘴巴上扇着风，说："苦死了，苦死了……"表姥爷看到他那个样子，捋着花白的胡子笑了，说："真有那么苦吗？仔细品一下，后面是不是就又香又甜？这个世界上的很多事情就是这样，都是先有苦然后才能有甜。"

在成长的过程中，童年的记忆丢掉了很多，禹奕泽却始终记得那杯酽茶的苦涩滋味，也记住了表姥爷的那句"先有苦然后才能有甜"，也因此把那套当时并不鲜见的茶壶茶碗留存在了脑海深处。

禹奕泽有些意外地问："韩义怎么还没来？"

老炮台一边倒腾着茶壶茶碗，一边说："不急，他随后就到，我招呼他，他不敢不来。来，先喝茶。"说着就把盈满茶水的茶碗推到了禹奕泽面前。

经老壶冲出来的茶汤盈满白瓷茶碗，鲜爽怡人，绿中泛黄，就像晶莹的露滴汪在鲜嫩的叶子上，又微微摇曳在晨风中。禹奕泽一大早就开始忙活，连口气都没顾上喘，现在还真有些口渴，也顾不得欣赏这茶汤的色相，端起眼前的茶碗，一饮而尽。茶水入喉，虽没细品，却也感到滋味浓郁，香气强烈，似乎还带有一股山涧的气息。知道这是老炮台备下的好茶，他有些抱歉地说："我不太会喝茶，这种牛饮的喝法把你的好茶糟践了。"

老炮台笑了笑说："哪有那么多的讲究。中国确实有古老的茶文化，但那更多的是一种礼仪，离我们普通百姓的生活还是远了一些，现在流行的所谓茶道，基本上都是胡扯。喝茶就是喝茶，根本就没有那么多的说法，我们爱喝茶是因为茶对我们有益处。益处也不像他们说得那么神乎其神，什么日月之光天地精华啦……要我看，茶对人的益处也就只有两个字：一个就是修身的'修'，另外一个就是养生的'养'。所以，茶也就无所谓孬好了，适口的就是好茶。"

禹奕泽也笑了，有些半戏谑地接上说："这茶就很适口。"

老炮台说："那就好。这是悦风谷今年的第一茬春茶，今生前两天才送过来，你也算是有口福。"

老炮台这么一说禹奕泽就明白了，这是老炮台的儿子韩今生种出来的茶叶。在禹奕泽还是碧峰管理区办公室主任的时候，老炮台就开始着手让悦风公司转型。后来，谁也没想到公司业务居然会转得这么远，由文化创意变成了下山种地，幸好还是种了茶树，多少还跟文化沾点边。

老炮台那次重新上山就没打算再回去，本来他想把公司转出去，把钱留给儿子，后来又一想，授之以鱼不如授之以渔，钱有时候是最不可靠的，最后还是决定把公司留给儿子。他跟前妻离婚的时候儿子已经成人，早已在公司做事，所以对公司的业务并不陌生。之后，他又有意识地带了儿子半年多的时间，虽还是有些不放心，但想到自己最终也不会跟他一辈子，就果断地放手了。

谁知过了不到一年的时间公司的经营就出现了问题，老炮台不想再管，但又不得不管。不用做过多的了解，很快就找到了症结所在，无非就来自两个方面，一个是随着市场的进一步开放，一下子冒出来很多这样的公司，那些小公司大多是皮包公司，没有开发产品的实力却把市场搞乱了。另外一个原因源于自身，儿子毕竟年轻，方方面面的关系不是太会打点，流失掉了一批老客户，在正常手续的报批上，有关职能部门也不是太配合，这就给业务开展带来了很大阻碍。

找到症结并不意味着解决了问题，要解决问题，着重点只能放在第二个方面，可这就需要让儿子走自己的老路，钻门子找关系，请客送礼拢住客户，尤其是维护好与那些在公家部门主事人物的关系。这是老炮台最不情愿的事情，他不担心花钱花时间，担心儿子会跟那些人一同糟下去，他清楚地知道那些小官僚的嘴脸，他们在官场上夹着尾巴做人，压抑久了，一旦他们能有机会出来喘口气，他们的行为会毫无底线毫无廉耻。

那年，公司准备开发天上人间文化街，老炮台把有关手续报上去等待审批，客也请了礼也送了，却迟迟不见动静。再去问询，管事的一位科级干部支支吾吾，似有难言之隐，进一步追问，才委婉地提出来一个要求，他想趁着大好春光到江南温柔富贵之乡游历一番。这也没问题，这点出行费用悦风公司还能负担得起，老炮台赶紧答应，可是接下来的要求老炮台断然没有想到，还要再让老炮台给他找个年轻漂亮的女伴同行。这就突破了老炮台的底线，老炮台同样委婉地拒绝了这位科长的无耻要求。批文自然就没有了下文，后来老炮台又辗转找到了更大的领导，在这位领导的强烈干预下，那位科长才很不情愿地把手续给办了。

几番思量之后，老炮台已看清了眼前的形势，如果不想让儿子走自己的老路，公司要发展下去就只能转型。可转型也并不是简单一说，天下没有漏下的买卖，要发展要存活，还得找出一条适合自己的路子来。

实际上，老炮台早就有了种茶的想法。生在这大山脚下，对这大山的物产自然清楚得很，只是那些年自己在商海里扑腾，周旋在人与人之间，心态不行，经济上也没基础，只得把那个想法先压在心里。现在虽然看似跳出了五行之外，但对许多事情的认识却比过去更清楚了，再加上公司面临发展的十字路口，背后又有一定的资本支撑，前面还有个有上进心的儿子在打拼，条件看上去已经成熟，是让那个想法破茧而出的时候了。

一般认为，茶圣陆羽著《茶经》，是中国茶文化形成的标志。很多人不知道的是，在陆羽之前，泰山便出现了一位影响深远的茶学大师，在他的带动下，黄河中下游及淮河流域广泛兴起了饮茶风俗，并一直延续千余年，影响至今。这位茶学大师就是泰山灵岩寺住持降魔藏禅师。《中国茶文化的起源与发展》记述:"唐代是历史上比较兴旺的朝代，唐代茶文化的形成与禅教的兴起有着密切的关系，据《封氏闻见记》记载:'开元中，泰山灵岩寺有降魔禅师，大兴禅教。学禅师务于不寐,又不夕食,皆许其饮茶,人自怀挟,到处煮饮。从此转相仿效,遂成风俗。'因茶有提神益思、生津止渴功能,故寺庙崇尚饮茶,在寺院周围植茶树,制定茶礼、设茶堂、选茶头,专呈茶事活动。"而陆羽那一帮子文人墨客玩茶艺著书立说,比一代佛家宗师降魔藏禅师在泰山"制定茶礼、设茶堂、选茶头,专呈茶事活动"晚了五六十年。

关于喝茶有益的最早记录,当数东汉末年神医华佗的《食经》,其中记录了茶的药用价值:"苦茶久食,益意思。"至唐代才逐渐有了茶道、茶德、茶精神、茶联、茶书、茶具、茶画、茶学、茶故事、茶艺等茶文化。许多玄学家、清谈家从好酒转向好茶,在他们眼里,饮茶是精神和品位的体现。特别是随着道教兴起和佛教传入,饮茶与道、佛联系在一起。在道家看来,茶是升清降浊、轻身换骨、帮助修炼内功、达到长生不老的好途径;在佛家看来,茶是助其禅定入静的妙物佳品。泰山以其巨大的包容性,集儒、释、道于一身,在这里最早使茶脱离作为饮品的物态形式,使其进入精神层面,具有了文化功能,并逐步阐明茶的思想原理,形成较完整的宗教饮茶仪式,成为中国茶文化之开端。

泰山作为文化圣山,自三皇五帝便开始对其祭祀朝拜,这种礼仪也深深地融入泰山的茶文化之中,形成了独具特色的"茶祭""茶宴"和"施茶"等泰山茶俗文化。古人祭祀天地神灵,有时也以茶代酒,称之为"茶祭"。对泰山神灵的"茶祭"由来已久,且颇为兴盛。泰山西麓傲徕峰下的白龙池,据传是云雨之神白龙的居所,白龙曾招赘人间,喜欢上茶饮,人们祈求甘霖,往往在池畔烹茶煮茗以祀白龙。今池边尚见宋人题刻:"回自百丈泉,烹茶鼓琴,以终清兴。"道出了百姓弹琴煮茶祀龙神的情景。泰山茶祭不仅民间盛行,帝王也曾安排过"茶祭白龙"之礼。宋宣和元年,徽宗召见袭庆府知府钱伯言,命其到泰山"催视岳祠",还特意颁给宫廷极品御茶"御苑玉芽"一宗。钱伯言遵旨赶赴泰山,将御苑玉芽祭入白龙池中,并留下碑刻:"遂游白龙潭,奠御苑玉芽于水中。"

泰山著名刻石"双束碑"就有在王母池举行"茶宴"的记载:"立

春再来致祭,茶宴于兹。"这是我国最早关于"茶"的石刻。公元798年立春那天,按照唐朝礼制,州府长官要亲自到泰山祭祀,要求参加者厉行斋戒,屏绝酒肉,所以宴席上只得以茶代酒,这种形式称之为"茶宴"。碑上所刻的"茶"字就是"茶"字,中唐以后"茶"才被"茶"取代。那时,泰山道士迎接地方官员登泰山也是携带"茶果"。可见唐朝时期泰山的"茶宴"之风十分盛行。

明清时期,泰山出现了一种新的茶文化:施茶。这一时期碧霞元君信仰盛行,四面八方的信众纷纷前来进香,形成众多到泰山进香的民间"香社"。外地香客长途跋涉至此大多饥渴劳顿,泰山周边的仁人善士,便自发地开展施茶活动,每当盛夏酷暑之际,他们便沿山路置备茶水,免费供香客消暑解渴。万仙楼洞中有施茶碑,上有苏姓道人与香众结社在三元宫"施茶三载"、明代兵刑两部尚书萧大亨族人资助施茶等记载。泰城周边的傅家庄、寨子庄、宝金山以及长清、茌平等地也发现了施茶碑。后来这一茶俗传到北京的妙峰山和其他一些泰山香客聚居区,泰山便是"施茶"的源头。

泰山不仅是茶俗之乡、茶文化"始祖",而且出过名茶。《红楼梦》第六十三回贾宝玉"怡红开夜宴"之后,喝的就是女儿茶。袭人和晴雯回复巡夜的:"沏了一盅女儿茶,已经吃过两碗了。"明人所撰《泰山》有关于泰山女儿茶的记载:"茶,薄产岩谷间,山僧间有之,而城市则无也。山人采青桐芽,曰女儿茶。"《岱览》云:"女儿茶……清香异南茗。"明代李日华的《紫桃轩杂缀》也有"泰山无茶茗,山中人摘青桐芽点饮,号女儿茶"之说。不仅如此,还有不少关于泰山女儿茶的诗作。如明人宋焘品泰山女儿茶赋诗道:"携我寻真者,酌彼以青桐。至味原无味,恬然自无穷。"清人桑调元写了数首关于泰山女儿茶的诗作,其中《女儿茶》诗云:"阴崖摘且焙,片片青桐芽。携将圣母水,烹取女儿茶。"

与这些历史记载所不同的是,泰山女儿茶的发源还有着种种传说。其中最为著名的是一位姓单的老汉在泰山黑龙潭附近搭救了一位少女,并把少女认作干女儿,少女为了报答干爹的救命之恩,就指点干爹说扇子崖下青桐涧里的青桐叶有清瘟败火、利尿解毒的功效,若把其制作成茶叶,不仅能治病救人还能带来很好的收入。单老汉抱着试试看的心态,把青桐叶采回来炒制成茶叶,不想居然获得了很大成功。单老汉很快就还清了米财主的债务,日子也眼看着见好。因茶叶是干女儿指点制作,于是被命名为泰山女儿茶。正当单老汉一家依靠着女儿茶迈向幸福生活的时候,米财主却见色起意要强娶干女儿做他的小老婆。面对强权,单老汉一筹莫展,干女儿却让他假意答应下来,让米财主三天以后来抬人。三天的期限一到,米财主抬着轿子,带着一大帮子人吹吹打打地来迎亲,单老汉老两口挥着泪跟干女儿道别。干女儿一上轿,天上就刮过来一片乌云,瓢泼大雨随即就下了起来。等娶亲的队伍来到黑龙潭畔黄西河临时搭建的小桥上,猛烈的山洪冲了下来,冲毁了小桥,也把米财主和那些狗腿子冲进了黑龙潭。与此同时,洪水之上却腾起一片祥云,单老汉的干女儿端坐在祥云之上,朝着泰山极顶的方向乘风而去。这时,天空也雨敛云收,复又回归了晴朗,祥云归处还升起了一道绚丽彩虹。

还有一种传说也很有市场,似乎也更符合逻辑。是说乾隆皇帝下江南的时候,途经泰山,在泰山脚下修建了一处行宫,返回的时候又在行宫里驻足,还把从江南带来的几名宫女留在了行宫里。乾隆爷走了之后,几名宫女闲来无事,就把从家乡带来的茶树种子种在了院子里,种子很快就发了芽,枝干和叶子也冒了出来,叶子似乎比家乡茶树上的更加肥厚,只是不知道味道怎么样。第二天一大早,这几个宫女在太阳未升起之前,用鲜嫩的红唇把同样鲜嫩的叶片采下来,经过简单炒制后用山泉水冲泡,没想到冲泡出来的茶色格外清澈剔透、碧绿娇嫩,味道也好得超出了她们的想象。因为这茶是女儿种女儿采,又种在了泰山上,所以就叫了泰山女儿茶。

有了这么丰厚的历史和种种传说,泰山女儿茶也就在市面上有了很响的名头。泰山周边的种茶户觉得女儿茶的牌子已经打了出来,都拼了命地往这上面凑,一时之间,什么金泰山女儿茶、五岳独尊女儿茶、大观女儿茶……满大街都飞着女儿茶的招牌,可茶的品质怎样？谁也说不清楚。在女儿茶刚刚兴盛起来的时候，老炮台就上过一当，当众出了糗。

那年中秋节前，老炮台照例要带着礼品到省城去拜访客户。一位很熟的朋友向他推荐了一种宣传得比较热的女儿茶，并说这是亲戚自己种的，品质绝对没问题。泰山人去送泰山特产，不但面子上说得过去，还能体现出一种诚恳的态度，对方也很容易接受。老炮台当时也觉得这位朋友说得有道理，再加上每年都带月饼烟酒之类的大路货，也感到有些絮叨了，带点当地新出的茶叶确实也有些新意，就从这位朋友的亲戚那里买了一批，用作走访礼品。

在省城一圈走下来，晚上又在酒店宴请几位相熟的朋友，席间他拿出带去的茶叶向朋友们显摆，说这是来自泰山的女儿茶，泰山已成为中国最北边的茶区，茶叶品质没的说，并让服务员冲了一壶请客人们品尝。茶水倒出来的时候他就感到有些不对劲，茶汤不鲜亮，发着一种黄焦焦的颜色，端起来品了一下，也没之前喝过的女儿茶的清香，反而有种乌糟糟的味道，他马上意识到这不但不是女儿茶还有可能是陈茶。茶叶是最讲究新鲜的，尤其是绿茶，有当年如宝、隔年如草的说法。他知道自己上当了，心里恨得不得了，可在场面上还不能让人察觉出来。幸亏反应还算机敏，说自己拿错了，又赶紧催促着服务员换上酒店的茶叶，当时的场面算是救了下来，可那些送出去的茶叶却再也收不回来了，造成的恶劣影响也没法挽回了。

事后他才了解到，由于纬度高，茶树生长缓慢，真正的泰山女儿茶产量很低，现在市面上流行的所谓泰山女儿茶都是假的。有很多心怀不轨的茶商把从南方买进来的低端绿茶，贴上女儿茶的商标冒充泰山茶。那位朋友的亲戚就这样运作茶叶生意，摆出来的样品是自己种出来的茶叶，礼品盒里装着的都是从外地进的低端绿茶。

这事对老炮台触动很大，明明自己能种出品质好的茶叶来，不思谋扩大再生产却偏偏走骗人的歪门邪道。要知道，这样不仅仅是在砸自己的生意，更重要的是会给泰山抹黑，给泰山人丢脸。所以，从那时起老炮台就萌发自己种茶的想法，他要种出跟泰山女儿茶这个名字相匹配的茶叶来，要一统泰山茶的江湖，让泰山茶的名头跟泰山一样重。

老炮台的宏愿自然不是无根无据，尽管种种传说搅乱了人们的认知，泰山上有过成功的种茶史却是不争的事实。泰山是整个华北平原上海拔最高的山脉，属五行之木、四时之春、八卦之震、五色之青。高峻的山体足以抵挡北方的寒流，对面的徂徕山脉还能阻隔热浪的侵扰，左盘右绕的黄河和大汶河让空气和土壤都有了一定的湿度，再加上地下泉水充沛，水质甘洌，昼夜温差大，非常有利于茶树的自然形成，生长出来的茶叶品质也更高。站在投资者的角度，不但回报很可观，还是一条很好的可持续发展的路子。有了现代种植技术之后，茶叶的亩产价值高，鲜叶采摘每亩能达到两万元左右。茶树抵御自然灾害的能力非常强，受到冰雹、倒春寒等灾害后，一般半个月就能恢复生产，基本不会影响全年的产值，并且是一次种植，可以终身受益，采摘季还长，一年中的春夏秋三个季节都可以有收获。

老炮台要让公司转型种茶，儿子韩今生当初却有些不情愿，说这不又成农民了吗？老炮台对儿子的话很反感，训斥道："成农民有什么不好？你老爷爷和你爷爷都是农民，我不也是农民吗？上溯三代谁不是农民？没有农民你整天吃什么喝什么？再说了，无论社会发展到任何阶段，土地都是人类的根本，是生命之源。种茶树往大处说能涵养土地，保证人类的可持续发展，往小处说能使公司走上一条更为稳妥的发展之路。土地是最讲良心的，只要是倾心投入，辛勤对待，她就永远不会亏待你。"

韩今生见父亲真生气了，也觉得自己刚才的话有些过分。仔细一想，父亲说得也对，土地是不会亏待任何人的，只要是在合适的条件下，把种子埋进土里，就一定会发芽，就一定会有收成，接下来只是多少的问题了。可让他没想到的是，父亲在给他摆正发展方向之后就又回到了山上，继续去做他的林业工人了，剩下的路要全靠他自己往下走。

老炮台之所以撒手也有自己的想法，最主要的就是想历练一下儿子，儿子已经长大，但离真正的成熟还有一段距离，放开手让他自己经历些事情更有利于他成长。很多道理光凭口头说教是不起作用的，得让他自己慢慢从一个个的事件中去悟，只有自己悟出来的道理才是最真实有效的，才能真正变成下一步的行动指南。更何况，他选的这条路成本很低，几乎没有风险，即使种茶不成功，也能输得起，最起码土地还在，还可以重打锣鼓另开张，不至于一棍子打死。

尽管这样，老炮台做出这个决定的时候心里还是捏了一把汗，儿子毕竟年轻，现在的社会又这么复杂，种茶是个新课题，不是种庄稼，儿子能担得起这副重担吗？

老炮台的担心不是多余的，种茶对于韩今生来说确实是前所未有的难题，况且，父亲给他定下的目标很高，要选用最优质的茶树品种，以泰山作为母体，孕育出带有泰山气质的新茶品，慢慢也要让泰山茶像泰山一样驰名中外。

第一个难题就是茶园的选址，既然以泰山为母体，就不能离开泰山。那段时间，韩今生带着人几乎转遍了泰山的角角落落，其间还不停向有经验的老茶农请教，向农大的植物学老教授请教，最后选定了泰山西麓的九女峰一带。这一片山隅坐落在泰山西麓前怀，在方圆十几公里的山岭上分布着大大小小的七八个村庄，这些村庄由于水源不足，过去都是靠天吃饭，建国后在周围修了两座水库，村民的日子才逐渐好起来，但也仅仅是解决了温饱。经过反复勘察，他们发现这里有着独特的山区水库小气候，水质也比较纯正，很适合茶树生长。经过反复衡量，韩今生最后决定把种茶的悦风谷建在此处。

土地的问题解决得非常顺利，各级政府都有招商引资任务，像这样投资农业的项目打着灯笼都没处找，韩今生一把自己的意向传递过去，县乡两级政府全力支持，一路绿灯。根据有关政策，土地由政府出面，定好补偿条件后从农民手里收上来，然后再流转到悦风公司手里。

解决了土地问题，剩下的难题就是种茶了，对于年轻的韩今生来说，这可真是最大的难题。从茶树苗的选择，到茶树的管理，不知跑了多少腿，磕了多少头，作了多少揖。为了引进最好的又适宜于北方生长的茶树品种，在半年多的时间里，他就往江南跑了不下十趟，才寻访到了著名育茶师，找到了优质茶苗。在茶苗管理的过程中，出现的波折更多。第一年栽上茶苗，覆好地膜，由于缺乏经验，没浇灌足冬水，来年开春，茶苗干旱死了一大半。到了夏天，不了解茶树喜阴的习性，没采取措施，又被晒死了一批。这样折腾了好几年，直到三年后，韩今生才在悦风谷炒制出了真正属于自己的茶叶。

对儿子这几年的经历，老炮台心知肚明，他尽管没下山，看起来是彻底放手了，可心里并没有放松下来，每当听说儿子作难的时候也感到心疼，但咬着牙还是坚持着不为所动。儿子终于成功了，把最先炒好的第一锅茶叶给他送上来，笑着向他如数家珍地介绍自己这几年掌握的种茶经，他看着兴高采烈、日渐沧桑的儿子，在感到欣慰的同时，心里也有些酸楚。他想自己虽然狠了一些，也冒了一定的风险，但现在看当初还是做对了，这大概就是老子所说的无为而治吧。究其实质，无为而治不是什么都不干任其所为，而更多的应该是无心而为、顺应天性、顺其自然，做事情不要含有强烈的目的性，让水自漂流，最后总会统一汇入大海。

老炮台跟禹奕泽正谈着茶经，外面骤然响起一阵急促的摩托车马达声，随后韩义风风火火地闯了进来，一见老炮台就一迭声地道歉："对不起，四叔，让您老久等了。镇上要求改水改厕，闹得意见很大，刚想出门就被韩五堵在了大队门口，好不容易才脱身出来。"山里人存有重男轻女的观念，老炮台上面虽然有三个姐姐，一般不应该把他当成行四，但由于他有个四妮儿的小名，称他为老四也就成了习惯，因此韩义才叫他四叔。

韩义正解释着，回身看到了禹奕泽，又说："奕泽兄弟也在这儿啊。"

老炮台随即接上说："什么叫也在这儿，你奕泽兄弟已正式调回舒云谷检查站任站长了。现在是我的领导。"

禹奕泽赶紧站起来说："我哪敢给大舅当领导，韩主任才是我们的父母官。"

韩义举起拳头，亲昵地捶了一下禹奕泽的肩膀说："谁是父母官？在我四叔面前我始终是个孩子。我回村里任职还不多亏了我四叔的支持！"

这话说得倒是不假。去年年底，东洼村村两委换届，原来的支部书记病倒了，还病得不轻，连话都说不利落了，村主任生意做得越来越红火，有大把的票子等着他往怀里揣，不愿意再蹚村里的浑水，说什么也不再连任了。剩下的这些人老的老，弱的弱，没有一个能把这副担子挑起来。韩义了解了这一情况后，就动开了心思。

韩义比禹奕泽大一岁，初中没读完就辍学了，先跟着人家在悦城最繁华的财源街上卖皮鞋。韩义初出茅庐，不知道深浅，混了几年觉得翅膀硬了，想自己出来单干，可刚支上摊子还没开张就被原来的老板暗中派去的人给砸了。吃了亏的韩义觉得之所以失败是因为自己的拳头不够硬。那段时间，恰巧是电影《少林寺》带来的少林功夫热最火的时候，韩义挨打后的第二天就混上一列火车跑到了嵩山。过了半年才回来，样貌大变，原来的长发不见了，变成了锃明瓦亮的光葫芦头，即使冬天也舍不得把那条能鼓起风来的灯笼裤脱下来，顶多也就是在标配对襟褂子外面加件已看不出什么颜色来的面包服。走路和说话的做派也不一样了，摇头晃脑，粗声大气。从表面上看，是一副豪气冲天无所畏惧的样子。

可事实上，韩义对自己的真正分量很清楚，正因为内心虚弱才需要那些表面的东西来支撑。他虽然去了少林寺，但在门口等了三天连门都没捞着进，又不好意思直接返回来，只好在河南地界上漂了半年。不但没学到少林功夫，还把自己之前积攒下的几个钱也都折腾光了。身无长物的韩义还是不愿意回东洼村做一个安分守己的人。有些人一旦从原来世界跳出来就很难再回头了。韩义出来卖鞋的这几年，虽说没有声色犬马，但毕竟已习惯了城市的热闹，再让他回那个寂寞的小山村比杀了他还难受。他就这样虚张声势地在悦城晃了几个月，见原来的老板一直没把他怎样，还以为对方是被吓住了，就想重新开始倒腾皮鞋。这几年卖鞋他已把路子蹚明白了，胶东一带由于沿海，得风气之先，制造业率先发展了起来，有一个镇子几乎家家户户做皮鞋，贴上商标就能进商场，几块钱的成本来到悦城就能卖到十几块，确实是一本万利的好买卖。此时的韩义虽然刚刚成年，却对金钱充满了疯狂的想象，他想让自己成为有钱人，要把原先看轻他的人踩在脚下。

丰满的理想需要在现实中努力，如果弄不到本钱，韩义的发财梦就只能停留在梦里。在寻思了一圈之后，韩义虽不愿回东洼村，但已没其他路子可走，只能回去再找韩冬瓜。可这时候的韩冬瓜也没钱，原先存下的俩钱都给老大盖了房子。韩义不认那一套，在韩冬瓜面前软磨硬泡地哭闹，韩冬瓜架不住了。都说天下的父母偏向小儿，韩冬瓜对韩义尤其如此。刚学会叫娘的时候娘就跟人跑了，懵懂中的韩义后来一直把照看他的奶奶喊成娘，直到奶奶去世也没改过嘴来。韩冬瓜想起这事来就心酸，觉得自己对不起这个小儿子。所以，韩义一哭一闹，韩冬瓜只好找老炮台借了五千块钱。

那时候的五千块钱可不是个小数目，在东洼村，当时也只有老炮台这样的生意人才能拿得出。有了本钱，韩义的鞋店很快就开张了，这次他有意识地避开了原来的东家，门头开在了财源街最东头。老东家见他还算识趣，把门店开得老远，基本对自己构不成什么影响，就懒得再搭理。所以，韩义的生意一开始还算顺利，可转过年就又发生了一件事，韩义酒后跟人打架，一啤酒瓶子下去，当时人就挺了，幸亏后来救了过来，但也留下了不小的后遗症，病人家属以故意伤害罪把韩义告到法院，韩义最后虽然没进局子，但却把这几年混的钱又赔了个底朝天。

此后，韩义还是以做生意的名义在悦城混，开了一家贸易公司，专门从南方往这边贩卖水果，也倒腾服装，也接工程，总之什么赚钱干什么，也应该赚过一些钱，很快就买上了日本进口的摩托车，偶尔回村的时候把喇叭摁得山响，后来，摩托车换成了四个轮子的汽车，回东洼村的次数就勤了一些，遗憾的是，东洼村毕竟是个山村，很多道路都开不进去，留给韩义展示的机会太少了。所以，他才想到利用换届的机会登上东洼村的政治舞台，进一步强化他成功人士的身份。这里边有个大背景是，"改革开放"之后，随着集体经济的弱化，村里的两委班子成员也越来越没吸引力了，不知从什么时候起，一股能人治村的风潮渐渐刮了起来，所谓能人就是指原来是本村村民，在外面打出一片真正属于自己天地来的成功企业家。这些成功人士大部分回村任职是为了反哺，给父老乡亲带来了资金和技术，带领大家共同致富，在社会上留下了不错的口碑。韩义想回村任职显然也是想挤入这个行列。

让韩义意想不到的是，他想回村的历程并不顺利，首先站出来反对的竟然是自己的亲生父亲韩冬瓜。知子莫如父，韩冬瓜太了解自己的这个儿子了，他看透了韩义所谓上进背后隐藏着的是虚荣，这种虚荣就是韩义的面具，戴着这种面具回村里主事是会祸村殃民的，韩冬瓜不想让自己的儿子祸害村里的乡亲，更不想在自己身后留下骂名。

关键时候还是老炮台说服了韩冬瓜。老炮台的理由是：韩义身上尽管有这样那样的毛病，但树大自直，年轻时孟浪一些不是大毛病，已有了这么多的教训了，任谁也该明白些道理了。再说了，回村以后，除了位置本身给他的责任以外，周围有还那么多的乡亲都睁着眼睛看着呢，就是想过分也会有人限制他。老炮台说这番道理的时候心里也并不踏实，之所以帮韩义主要有两个方面的原因，一个是因为能干的人都出去了，村里实在挑不出更合适的人选来了。还有一个原因就是，他相信人是会变的，尤其是年轻人，可塑的空间应该很大。说不定回到这大山上，回到自己长大的这块土地上，就能把韩义身上的正气培养了出来。

老炮台这么一出面，韩冬瓜尽管心里还是抵触，可也不好再说什么了。老炮台一家从祖上起就在东洼村有着足够高的威信，是村里人公认的所谓"人头"，到韩尚信和老炮台这两代人身上又得到了进一步发扬光大，所以老炮台的话不但在韩冬瓜面前很有分量，在村民中也有着很强的号召力，这在村两委选举的时候发挥了极其重要的作用。

选是选上了，但镇上来组织考察的时候才发现韩义还不是党员，只能让他先任村主任主持工作，让村里一位老党员任村支部副书记。

第十章

禹奕泽跟韩义已有好多年没见，明显感到了发生在他身上的变化。

上次见面还是老领导在碧峰当政的时候，老领导让他去找韩义讨债，起因就是舒云谷上面的那片栗子林。

二十世纪八十年代末期，那片栗子林的效益凸显了出来，据说我们东邻的日本国人特别喜欢吃栗子，以至于每个便当都要放几颗进去，国内生产的栗子大量出口日本，栗子的价格也随之水涨船高，那几年每斤几乎跟猪肉持平。一棵盛果期的栗子树收入过千是再正常不过的事情了，别忘了那时候人均工资还不足百元，一棵栗子树所产生的价值比一个正式职工一年的总收入还要高。

那时候泰山风景名胜区管理委员会刚成立不久，国有和集体林地的界限还没明确，所以，周围这片栗子树仅因归属问题就发生过几次冲突。按说树是当年泰山林场投入大量人力物力栽下的，应该属于林场，但居住在下面山村的群众也有自己的理由，说他们世世代代生活在这里，周围的山地都是他们赖以生存的根本，山地是他们的，地上生长的每一棵树都应该归他们所有。这样交涉了几年，谁也没有说服谁，但栗子树上的果实却并没有浪费，每当成熟季节，每棵树上的栗子都被山下山民摘得干干净净。

虽对林场人讲歪理，但他们自己却非常讲道理，每个村子都有自己对应着的山地。按照方位，一条线上的栗子树自然就有了明确的归属，他们只摘取自己"属地"上的果实。村子内部也有一定的章法，可根据责任田的数量和家里的人口来分配。这些规矩并没有成文，可执行力却很强。中国自然形成的村庄基本都是家族式的，散落在泰山周围的这些更应该是这样，他们的祖先大都是因为规避战乱或天灾才流落至此。村子一般都只有一个姓氏，即使后来有了其他姓氏，也都是亲戚引亲戚的自然繁衍，完全建立在亲情基础之上。除了东洼村外，村子的规模都不大，有的才几户人家，交往走动的亲戚朋友几乎也是共同的。因此，他们的血脉联系比其他地方更紧密一些，无形的宗族制度在人们心里的地位更为重要。也因为这，村子里的人看起来更团结更亲密，一旦很多东西明确了，也就没人再好意思逾矩。

老领导来碧峰当政之后，栗子的价格虽然有些下滑，但仍然还算香饽饽，老领导亲自上门找这些村的头头脑脑协调商量，答应给他们修路通电，才从他们手里分来了一杯羹。所以后来这一片栗子树被称为三七林，管理区从每棵栗子树产生的收益中抽取三成，这就给管理区带来了一部分收入，可这样的好年景并没有持续几年，谁也没想到栗子的价格会持续下跌，再加上许多地方都出现了栗子新品种，这里的栗子逐渐不受欢迎。后来周围山民觉得摘栗子还不如去城里打工挣得多，就干脆把自己那份利益也放弃了，大量成熟的栗子采摘不及时就烂在了山上。老领导一看这样下去不行，就想把这片山林承包出去。

韩义听说要往外承包栗子林，就毛遂自荐找上门来，要主动承包并许下丰厚的回报，说日本人不喜欢我们的栗子了，我们可以自己做深加工，糖炒栗子当然是最简单的了，还可以做成栗子粥粉，还可以把煮熟的栗子仁做成真空包装的方便小吃，说不定就能在市场上一炮打响。老领导对韩义描绘出来的前景很感兴趣，把禹奕泽叫过去征求意见，问起了韩义的一些情况。禹奕泽就照实说了，原本以为老领导会觉得韩义不靠谱，不让他承包。没想到，过了一段时间，韩义不但顺利承包了下来，还说动了老领导，碧峰管理区准备出资跟他合作办厂。

后来的事实证明，韩义所描绘的那些东西不过是纸上画饼，除了第一年他雇人把树上的栗子摘了摘，拿到市场上卖了几个钱之外，以后几年连面都不照了。承包费一分未见，合作办厂更是泡影。也幸亏韩义只是说说，不然，老领导这边如果投上钱也只能是打水漂。

摸不着韩义的影子，老领导最后让禹奕泽去找韩义，禹奕泽去悦城找了几次，有一次还真找到了，韩义不说没钱，说自己正在跟人合伙做工程，是上千万的大工程，等工程款下来就把那点承包费划过去。禹奕泽知道他这又是满嘴跑火车，可也没什么办法。韩冬瓜跟老炮台是没出五服的兄弟，所以禹奕泽也得叫表舅，韩义就成了表哥，再加上都是差不多的年纪，打小就熟，真要因为这几个钱闹到法院，还真拉不下这个脸来。

韩冬瓜一直为这事感到不好意思，来碧峰管理区做厨师的时候就向禹奕泽提出，用他的工钱来替韩义还这笔旧债。老领导倒比较开通，说一码归一码，父子分居，财务各别，他是他，你是你。你来这里做厨师是下力求财，这个年纪了也不容易，不能让你白干。

老炮台显然跟韩义不止一次地谈过迁坟的事情了，韩义刚一坐下就表态说："咱村那些老坟进韩家林一点问题都没有，前两天您老人家给我打了电话之后，我就跟村两委的其他成员通过气了，本来都是东洼村人，怎么还能见外？这都是历史错误，错了就要改正过来。昨天下午，我也带着人过去看了，并初步划定了一个区域，等会咱们可以过去看看。"

老炮台半开玩笑地说："我代表禹站长谢谢韩主任了！"

不待禹奕泽有反应，韩义赶紧说："四叔您还是不要这么折煞我了，您还是叫留住，我听着更受用。"

留住是韩义的小名，禹奕泽一直不太明白韩冬瓜怎么会给儿子起这样一个乳名。按说，他们这一代人出生的时候虽已是"文革"后期，但革命口号仍然到处喊得响亮，"红军、长征、红卫、军胜"这些顺应大势的名字正大行其道，相对于当时的这种潮流，"留住"显然就土气

139

落伍了很多。

老炮台说:"长大了就得叫大号了,这就是古人大都既有名又有字的原因,小时候可以直接叫小名,用名来正体,成人了,就要称呼字,也就是大号,以字来表德。你现在又在村里主事,叫你韩主任也是应该的。"

韩义还想再继续谦虚,禹奕泽插话道:"韩主任你就受着吧,不能受也得受,没见我大舅已经开始叫我禹站长了。"

老炮台继续玩笑般地说:"你现在不已经成了预备党员了吗,党内称呼职务也符合我党的优良传统。韩主任这次可是出了大力了,不但卸去了吴区长和禹站长压在心头的石头,也让那些漂泊着的东洼故人归来了,他们若是地下有知,对你一定会感激不尽的。"

韩义仍然低调地说:"这哪能是我的功劳!我也是打着您老人家的旗号开的会,一说管委下达了最严厉的迁坟文件,又说是您在操持这事,谁还敢说半个'不'字。只是有人提出,不能让吕姓人家的那两座坟就这样进韩家林,他们不是东洼村人,说是当初花大价钱买了我们的林地,但我查了多年前的账本,都没找到根据,经手的老会计又早没了,谁能证明他们手里的字据是真的?"

禹奕泽一来到长岭就听老炮台讲茶经,还没来得及说昨天晚上的遭遇,见韩义提到了吕家的那两座老坟,就赶紧接上说:"那个吕总可不好对付,吴区长今天开会还说他是强龙呢。"随后就把自己怎么去找的吕总,又怎么碰了钉子的过程说了。

老炮台听完,沉吟了半晌,石屋子里出现了跟刚才截然不同的气氛,过了一会儿才说:"看来这个吕总虽然年轻,但在悦城确实也经营多年了,不然不会有这么足的底气,想想也是,都在这边好几代了,能开那样一个酒楼,自然已不是一般群众了。穷不改门、富不迁坟这个说法我们这边也有,但前者是说人越穷越有志气,不要为五斗米所折腰,至于富不迁坟则更多的是一种告诫,不要因为自己腰包鼓了,就随便铺张奢靡地给自己的先人修坟迁坟。隔代不迁坟的说法倒没听说,即使有,我觉得也完全是无稽之谈,有些老坟都多年了,儿子辈的都没了，国道修在了这边，上面政策压下来，他能扛住坚决不迁？再说了，他父亲没了，其他的叔叔大爷应该还有吧，大连离得又不是多远，过来一趟不就行了。说到底，还是这位吕总仗着自己这么多年在悦城经营下的人脉，觉得会有人给他撑腰才敢这么张狂。"

禹奕泽听了老炮台的分析，觉得很有道理，感到自己还是没经验，昨天晚上居然没想到这些话，又一想，即使自己面对着吕总说出这番道理来，吕总也不一定有耐心听。

老炮台又说："看吕总那个情况，别说村里有人不愿意让他们进韩家林，即使咱愿意人家也不一定相中咱这个地方。像这样的外地人，在这泰山脚下做生意，又混出了一定的名堂，会特别注重阴宅的风水，以吕总的眼眶子和财力，咱们韩家林这种山旮旯恐怕不会看上眼的。"说着站起来，挥着手，"不如咱们先上去看看，说不定就能看出些门道来。"

韩家林就在长岭偏东往下的位置，老炮台他们三个顺着东边山梁向下的山路，走了有二十来分钟的样子，就看到了掩映在苍松翠柏下的那一座座坟茔，坟茔排列得并不规范，有好几片还簇拥着见缝插针地挤在一起。有的坟茔前竖着墓碑，有的却没有，墓碑的形状、大小、朝向、高低也不统一，但质地大都是就地取材的泰山变质岩，这么多泰山石攒在一起，远看就像是一个微缩的石林景观。幸好还被那些在这个季节最有活力的树木遮蔽了一下，才有了一些墓地本该有的肃穆。这里本就是一片砂土混杂着的山坡，非常适合树木的生长。在极其背阴的砂岩上，还有星星点点的正在融化的白雪，向阳的土层里，新生的青草刚刚钻出来，毛茸茸的，发着鲜嫩的绿色，洋溢出春天的万象更新和不可遏制的强大生命力。

来到近前，韩义指着东南方向的那片山坡对老炮台说："四叔，您看把这个位置留给那些老坟应该还可以吧。"

老炮台先向四周看了看，转回头说："按照风水来说，东为上位，西为下位；东北为上位，西南为下位；西北为上位，东南为下位。他们已经在边上委屈了这么多年了，不能再亏待他们了，不如把上边那个地方留下。"说着朝西北的方向指了指。那里虽然长着一些杂树,中间却也有着大片的空地。老炮台接着说:"那些杂树就不要动了,反正咱们这样的集体林地没有那些整体规划的墓园规范,还是这样见缝插针地挖坑穴,只要利用好了就行。一个家庭的直系亲属都想凑在一起,根本就没法不乱。"

韩义听了,点着头说:"四叔,那就听您的。咱就把那些老坟迁往那边,无论怎样得让他们安生才行。"

禹奕泽看着韩义在老炮台面前唯命是从的样子,越来越感到韩义的变化明显。人反常态必有所谋,韩义不可能无缘无故就变得这么顺当的,心里一定在打自己的小算盘。

继续往上走,越过碧峰通往舒云谷的那条山路,再向前一点就是韩冬瓜母亲的墓地,尽管坟茔前立着墓碑,墓碑上写着韩冬瓜父亲和母亲的名讳,但这却确确实实是座孤坟,这个孤还不仅仅是修路造成的孤,坟墓里面也是孤的,一墓两个穴位里,只有一个穴位被韩冬瓜母亲所占据,另一个穴位却是一根削短了的扁担。

韩冬瓜八岁那年初冬,他父亲挑着一担柴火去极顶的碧霞祠,攀爬在西马峰上面的山壁上,脚下一滑掉进了下面的水潭里。十一月的天气,还不是太冷,山上的水潭也就是结了一层薄冰,韩冬瓜父亲掉下去就沉到潭底没有上来。这边东洼村的乡亲绕着这条山路找了三天,才在水潭边发现了蛛丝马迹,然后就派人到水潭里打捞,最终也没找到尸体,只找到了那根后来漂浮上来的扁担。韩冬瓜的母亲不死心,第二年天气转暖后继续派人下水寻找了多日还是没找到,更不巧的是,这年夏天雨水特别多,几场暴雨之后,水潭里的水位上涨,不但把往下的石坝冲垮了,南边的一部分山体还塌陷了下来,把石潭的大部分都压在了下面,这样一来,韩冬瓜父亲的尸体就更难寻了。

韩冬瓜母亲还不想放手,坚持活要见人,死要见尸,豁上二十斤小米请来风水先生定位,再央告着水性好的乡邻下水,可仍然一无所获。走投无路之际,韩冬瓜母亲到上高镇找石瞎子来算,那瞎子在这一带很是有名,待韩冬瓜母亲说了情况,又报了丈夫的生辰八字,瞎子掐算了半天说，山上的水潭通着地宫，你丈夫一定是顺着地宫走了。韩冬瓜母亲虽然对瞎子的话半信半疑，但这多少还算是个安慰。

　　折腾了这么两年，家底都被刮光了，还养着个半大小子，韩冬瓜母亲再也无力寻找丈夫了。有人劝她做个衣冠冢葬了算了，也算了结了这回事，她却一直坚信自己的丈夫不会这样无缘无故地消失，说不定哪天就突然活回了人间。因此她执拗地坚持着，一直没给丈夫做坟。她也明白她这是在自欺欺人，但她就是要在心底留住这种微弱的希望，正是这种希望让她度过了那些艰难日月，独自拉拔着韩冬瓜长大成人。

　　当年，韩冬瓜老娘的安葬是公社和村里操持的，打墓穴的时候，具体办事的问韩冬瓜做一个穴还是两个。给一般人家打墓穴根本就不用问，都是一墓双穴，两位老人嘛，早晚都得合在一起。都知道韩冬瓜家的情况特殊一些，才特意这样询问。当时，处于悲痛中的韩冬瓜也不知道该怎么办，那年韩尚信还活着，韩冬瓜一身素衣地前去请教这个村里最有学问威望也最高的老人。面对跪在面前的孝子，老人没有犹豫，很干脆地说，当然是两个穴了，不然，你是从哪里来的？你娘又为什么嫁过来？

　　可这么多年过去了，韩冬瓜父亲的衣冠已不好找了，幸好那根挑山的扁担还在，但放骨灰盒的墓穴跟原来不一样，很小很窄，根本放不下整根扁担，韩冬瓜只好又找人削去两边，留下中间跟肩膀接触的那一截。这是扁担中最为关键的一个部位，是父亲肩膀扛起的地方，浸透着父亲的汗水甚至是血肉，父亲就是扛着它，负重而行，一步一步地攀缘在崎岖的山道上，托举着家庭，也托举着自己的整个人生。

　　从西北这片山岭上去就是那片老坟了，由于分布不是那么密集，这边看起来比下面的韩家林要规整一些，里面也是种满了松树，墓碑也是那样高低不一。禹奕泽父亲禹士民的坟茔在靠近东边的位置，后面是两块奇怪的石头，长条般的巨石歪斜着凑在一起，就像两个高大的人肩膀挤着肩膀在相互依靠，这两块石头东洼人叫双人石。从前面看，禹士民的坟茔在双人石的东首，那棵白皮松位于坟茔的正西偏下的方向，已长得高大婆娑，树形优美，就像一个立着的巨大菱形。

禹奕泽在父亲坟茔前站下来，心里掠过一阵戚然。父亲的墓前还没有立碑，一般来讲，都是父母合坟之后碑才能立。禹奕泽不敢在父亲墓前多待，转身又走向那棵白皮松，这便是他的健健了。他站在白皮松下面向上望去，密密麻麻的松针交织密集着，有星星点点的阳光洒落着晒下来，落在禹奕泽身上，他伸手想把这些灿烂的星点拾起来，摸上去却什么感觉都没有。禹奕泽强忍着眼泪向前望去，见老炮台和韩义已走出去老远了，赶紧抹了一下眼睛，快步追了上去。

吕家的那两座老坟，跟这边这片坟茔根本就不连在一起，大概还得有二三百米的距离。可能是因为东边已经没有空闲地了，他们又不愿意在下位，就选择了更靠近西北的位置。坟茔建得跟这边的不同，看起来就很上档次，用大理石做了外围和墓圈，前怀下来还铺设了台阶，都是大理石的，东边这座墓前立了墓碑，里面安葬着显然是吕总的爷爷奶奶，边上的这座却没有，现在可能只有吕总的父亲孤零零地躺在里面。

老炮台绕着看了一圈，又站在高处往下瞭望着，转回头就让禹奕泽拿出手机来拍照。禹奕泽把手机掏出来，韩义见了说："你怎么还用这种老古董？用我的拍吧。"说着就举起随手拿着的那个宽边智能手机，往上咔嚓咔嚓地拍起来。老炮台见韩义把镜头对准了他，忙摆着手说："不要往上拍，更不要拍我。主要是拍坟茔周围和前面，还有坟头上面，你没看，其他地方草都出来了，这坟头上还光秃秃的吗？"

禹奕泽听老炮台这么说，觉得他已经有想法了，就问："这里面有什么讲究吗？"

老炮台说："吕家不是认风水吗？咱们就跟他来讲风水。按说他们选这个地方也是请人看过的，风水确实不孬，但这边往上正好位于两个山峭之间，是个斜风口，一般的树木还行，花草都不容易生长。坟头不长草这可是个忌讳，意味着后代不旺。他吕家现在在悦城立住了脚，有了事业，自然把传承看得无比重要。"

禹奕泽虽然知道老炮台这么多年来，一直在读自己父亲留下来的那些古书，但却不知道他对风水还有研究，就下意识地抬头朝老炮台看了看。

老炮台发现了禹奕泽的疑惑，就说："我是现学现卖，这些都是听韩义他爹我冬瓜老哥说的。"

韩冬瓜有些神道禹奕泽从小就听说了，起因还是那辆他自己制作的殡葬车，都说韩冬瓜跟往生者打交道多，自然也就跟冥界说上话了，能把孩子丢掉的魂魄找回来。

山上的野猫怪兽多，山里的孩子们惊着吓着是常有之事。之前，能给孩子们招魂的是韩尚信，韩尚信老先生招魂的方法是在火纸上写符，一共有五道符。第一道是勾魂，第二道是制伏，第三道是领魂，第四道是天地，第五道是本命。家长拿着写好的五道符，在夜深人静孩子熟睡之时，先带第一道符去十字路口燃烧，再去自家大门口，然后是天井、堂屋八仙桌下，最后再到孩子睡觉的床头下。烧最后这道符的时候，还要让燃烧出来的烟雾把孩子平时穿的衣服熏一熏。五道符烧完，孩子在睡一觉之后魂就会回来，精神头也会恢复到和以前一样。

以现在的眼光看，这是封建迷信，没有任何科学依据，但科学并不能解决所有问题的。在东洼村这一带，因为效果明显，几乎所有人都从心里认可招魂的说法，在他们看来，这并没有什么不可理喻，也没什么神秘而言，整天与这深邃的大山为伍，人跟这山中的动物一样都是有着三魂七魄的生灵，就像穿错了衣服一样，备不住哪个生灵就把孩子的魂魄给带走了，通过这种方式来告诉它，让它把孩子的魂魄还回来不是再正常不过的事情吗？

韩先生为了写《泰山志》整天把自己埋进故纸堆里，到后来眼睛不行了，连火纸都看不清楚了，拿毛笔的手还抖动，只能把麻秆烧个黑头，借着秆头的残余灰烬估摸着往火纸上面画字，又过了两年连这也做不了了。那几年周围的孩子如果吓着了，条件好点的可以去悦城大医院住院，条件差的就去山上采些夜交藤来给孩子熬水喝。夜交藤是泰山何首乌的藤蔓，有定心安神的作用，但对孩童的效果好像差一些，往往没个十天半月孩子是缓不过来的。

145

没人说得清韩冬瓜是怎么学会招魂的，连他自己都搞不清楚，他的招魂方式跟韩尚信不同，不是写符，而是靠走路。那年秋天，他拉着地排车把人送到火化场，回去跟主家交差，发现逝者三四岁的孙子浑身发抖，大哭不止。刚刚失去亲人，自己的孩子又这样，孩子父母很着急。韩冬瓜有些于心不忍，很想帮帮这孩子，就随便问起了一些事情，也许真的就是鬼使神差，没有人告诉他应该怎么办，好像有种无形的力量在那里支使着他，他要来孩子平时穿的衣服，拿在手上就往外走，一边嘴里还念念呱呱的。

主家感到奇怪，喊他也不应，好像是老僧入了定。他就这样拿着孩子的衣服目不斜视地走出家门，先沿村子转一圈，然后来到村子中心的十字路口停一下，又回到孩子家，把衣服重新披在孩子身上。做完这些他似乎还没醒过来，还是那个懵懂的样子，默默转回自己家，到家也不跟家人说话，问他话也不搭理，躺倒床上，盖上被子就蒙头大睡，一直睡到日上三竿才醒过来。

让人称奇的是，过了两天，主家办完丧事来感谢韩冬瓜，问起第二天他什么时辰醒来，韩冬瓜报出的时辰，几乎跟孩子醒来是同一个时刻。只是孩子醒来就活蹦乱跳地恢复了常态，而韩冬瓜虽是躺在床上睡觉，却像一口气跑到了泰山极顶，气喘吁吁，大汗淋漓。

也是这个缘故，韩冬瓜后来被称为半个神汉，之所以是半个，是因为他只能用这种方式帮孩子招魂，其他有关祸福吉凶的事情一概不会替人言。神汉在乡间并不是个正经职业，这个称谓从某种程度上说还暗含讥诮的意思。韩冬瓜自然不甘心这样，后来，韩冬瓜还真去寻仙问道了，出去了好几个月，据说得到了高人的指点，回来就不一样了，不但能看风水，还能帮着问吉凶了。不过，跟经营那辆殡葬车不同，他从来不以此来谋利，有信的就请他过去看看分文不取，不信的自然也不会勉强。

韩义从来不信自己老爹那一套，所以对老炮台的话一直没搭言。禹奕泽也表示怀疑，他倒不是怀疑老炮台所说的风水问题，而是怀疑单凭说这里是个斜风口，草木不容易长那位吕家少爷就认了？

禹奕泽说了自己的疑问。老炮台接上说:"我知道,单凭这一点,那位年轻气盛的吕总未必会认可。我还琢磨了一个损招,只是还没想好用不用。"

禹奕泽一听就有些急了,忙说:"大舅,这都什么时候了,吴区长那边都到了恨不得给我们这些站长磕头作揖的份了,还有什么招不可以用?"

老炮台犹豫了一下,转身指了指后面那些连绵起伏的山峰,又往前走了几步,站在离坟茔十多米的地方说:"这两座坟背靠大山,前面是条山沟,这就叫前有照后有靠,前面的照虽然只有在雨季才有流水,但毕竟也是从泰山极顶上流下来的活水。如果我们在这里挖一个蓄水池,蓄上水之后,就隔绝了下面的那条山沟,活水也就变成了死水,民间又有'门前有池塘,家破人又亡'的说法。那位吕总就不能不忌讳了,你就是不让他迁他也得迁了。"

韩义一时没明白过来,问道:"好端端的山坡,我们挖蓄水池干吗?"

老炮台说:"冠冕堂皇的理由就是在关键时候用来灭火。若真把吕总吓唬住了,迁走了坟,咱们也可以利用挖的坑栽树。这一片还数这里树木稀少,也该做一下绿化了。"

禹奕泽算是听明白了,怪不得老炮台刚才犹豫呢!这还真是个损招,像吕总这样的新贵,以为拥有的一切都是拜命运所赐,自然把运势看得像自己的生命一样重要。老炮台这一招是拿硬刀子来直捅软肋,祖上阴宅的风水坏了,不迁就会整天提心吊胆,就睡不安生。以吕总现在的身家,他是不敢冒这个风险的。

老炮台见禹奕泽沉默不语,又说道:"我看还是以吓唬为主,咱们先不动真格的,你拿着刚才拍的那些图片让吕总看看,然后再告诉他碧峰管理区刚刚在这里做了规划,要建防火用的蓄水池。根据他的态度咱们再决定下一步怎么走。"

禹奕泽摇了摇头说:"那样恐怕不行,根据昨天晚上我对他的感觉,这位爷是个不见棺材不落泪的主儿。不如我们直接把挖掘机开上来，先刨他几个坑，制造个现场。有了现场图片我再找他更有说服力，这样也更能节省时间。不然，来回倒去地这一耽误，一两天就耗进去了。"

老炮台说："这样也行。我估摸着这剂猛药下去，那位吕总就老实了。"说着转身看向韩义。

韩义正忙着接电话，在电话里哼哈着，见老炮台看他，赶紧向对方说着有事就收了线。

老炮台对着韩义问："你那边不是正干着工程吗？肯定有挖掘机了，让他们下午开上来晃两下子。"

韩义一听，面有难色地说："我那边的工程还没开始呢，现在要用挖掘机也得从外边雇。"

老炮台说："那就算了，我叫今生想办法吧。"正说着，韩义的电话又叫了起来，老炮台赶紧说："村里事多，你先去忙吧。我和奕泽再在这里研究研究。"韩义听了，暗暗松了一口气，但嘴上却说："没大事，都是些鸡毛蒜皮小事，我还是在这里陪着您老好。"老炮台坚决地说："这里不用你陪了，有事我找你就是。拃把长的距离，摩托车一冒烟就到了。"韩义一看，老炮台是真想让他走，才有些歉意地说："四叔，那我就先回去了。有事您给我打电话，随叫随到。"说着也跟禹奕泽招呼了一声，转身就往下走。

看着韩义越来越往下沉没的背影，老炮台说："但愿把他扶上去后能走正路，我也跟今生说了，让他过来认真考察考察，看看村子南边那片山地能不能适合种茶树。种茶的效益还是很可观的，一次种植终身受益，茶树长起来后仅鲜叶的亩产价值就能达到两万元左右。只要他好好干，我会让今生帮他的。"

禹奕泽心里明白了，这就是韩义在老炮台面前这么老实的主要原因。

往山下走的时候，禹奕泽又往东绕了一下，父亲的坟茔和那棵白皮松还是像刚才那样静静地矗立着。禹奕泽不敢多看，扭身就往下走。老炮台跟在后面突然说："迁我老哥哥这坟的时候，别忘了把这棵白皮松也一起移下去。"

禹奕泽听了，眼泪唰地流了下来。原来老炮台早就发现了他的秘密，知道那棵高大健壮的白皮松就是他心中的健健。

下午韩今生就派人把挖掘机开了上来，像模像样地开始挖坑，在挖掘机操作的过程中，禹奕泽用自己那个老式手机调整着角度拍了好几张照片。待挖掘机表演完了，蠕动着笨拙的身子挪下去，他又对着那个斜风口和坟头拍了几下。拍完自己翻看着，留下满意的，其他的就都删掉了。回到检查站，禹奕泽又认真翻看着筛选下来的那几张，尽管没有智能手机拍得清楚，倒也能看明白，这才放心地往下来。

不到五点，禹奕泽就赶到了连悦海鲜酒店，这是他特意选的时间节点，临下班之前，最早的第一批食客也到不了，正是吕总最为空闲的时候。吕总的办公室昨天晚上他就探听清楚了，二楼最里面那个房间。一迈进一楼大厅，吧台后面竟然一个人都没有，只有一个勤杂工在弯着身子拖地，几乎畅通无阻地来到二楼，越过沿途的包间。最里面的那间房子门关着，门上正中挂着长方形铜牌，上面写着"总经理室"四个字。禹奕泽站在门口稍微踌躇了一下，然后对着褐红色的木门轻轻敲了敲，里面随后传来了"请进"的声音。

吕总见推门进来的是禹奕泽有些意外，随口说："你怎么又来了？"不过还是站起来，指了指大班台前面的座位说，"既然来了，就请坐吧。"还没等禹奕泽坐下就又说，"昨天晚上我已经把态度亮明了，你就是说下大天来，这个坟我也是不会迁的。"

禹奕泽已有思想准备，所以对吕总的这个态度没有太大的意外，不急不躁地说："情况是这样的，昨天晚上看你那么忙，没来得及跟你说清楚。为了进一步做好防火工作，管委这次不但下决心迁坟，还要在一些关键位置修建蓄水池，有个蓄水池的位置正好在你家老人的阴宅前面，今天下午就动工了。"

吕总这时还没意识到对自家有多大的妨碍，就说："那是你们泰山管委的工作，与我们有什么关系？"

禹奕泽说："您不想看看蓄水池的位置吗？"说着就把手机拿了出

来，翻到相册页面，正对着吕总开始展示。吕总本来摆着手不想看，见手机屏幕递到了眼前就抬起眼皮来瞭了一眼，不想，映入眼帘的画面一下子就粘住了他的目光。

吕总眼睛盯着那些图片，阔大圆脸上的肌肉逐渐抖动起来，脸色也骤然变成了绛紫色，不待禹奕泽把图片翻完就猛然站了起来，凸出来的肚子挤压在桌沿儿上，肥硕的身量往前探了出来，用眼睛瞪着禹奕泽，怒气冲天地说："你们这是成心是吧！这就等于掘了我们吕家的祖坟了。"

吕总的反应在禹奕泽的意料之中，他下意识地往外趔了一下身子，指着手机上的画面说："吕总，你可看清楚了，那两座坟茔我们可丝毫未动，我们只是按照规划在挖蓄水池。"

"还在狡辩！坏了我家的风水就等于是掘了我家的祖坟。"吕总狂躁起来，猛地捆起身子，咬牙切齿地吼道，"你们想跟我玩，那我就陪你们玩到底，看最后谁能玩过谁！"又指着禹奕泽的鼻子说，"趁我现在还能忍，你赶快给我滚。我不跟你这种小角色动粗，怕脏了我自己的拳头。我让市领导找你们管委当家的，会让你们怎么给我挖的再怎么给我填回来。"随即又用手指着门口说，"快滚！别让我再看见你。"

禹奕泽也火了，没想到这个吕总会狂傲到这么一个程度！也愤然站起来说："不用撵，我马上走。这么龌龊的地方我还不稀罕待呢。我还告诉你了，这蓄水池我们挖定了，我还就不相信了，堂堂的人民政府，堂堂的泰山管委会受你一个小个体户的拨弄。"

看着禹奕泽转身往外走，发完疯的吕总反而平静了下来，看似悠闲地坐在真皮转椅上，不屑一顾地说："那咱就走着瞧。"看禹奕泽已到了门口，旋转着圆溜溜的身子，傲慢地说，"慢走，不送。"

禹奕泽怀着满腔的愤恨来到大街上，正是下班高峰时段，马路上车辆拥堵，路口红灯前面簇拥着大量焦躁的车辆，两边的人行道上电动车、摩托车、自行车还有行人阻塞着，就像大雨来临前急于归巢的蚁群亡命般挤在一起。这就是普通人的生活，每天为了衣食早出晚归疲于奔命，他就是他们中的一员，也许还更惨痛一些，心中有伤，背负得也多,有时候会产生更多的绝望与无奈。

盛气凌人的吕总们则不同,他们是专门在这个社会中寻找机会的人,甚至是没有机会也能创造机会的一个群体。他们不甘于当普通人,因此人性也扭曲得更加厉害,为了自己的利益,为了成为人上人,为了凌驾于芸芸众生之上,他们不遗余力不择手段。利用社会漏洞极力钻营,终于成了这个社会的既得利益者,也可以说是投机者,他们知道自己的来路充满了欺骗与倾轧,充满了谎言,也充满了盘剥,来得并不轻松,因此才更缺乏安全感,因此也才迷信所谓的风水。说起来,他们看重风水跟普通老百姓不同,一般民众更多的是为了心灵的安慰,他们迷信却是实用型的,为了把他们那种不道德的生活继续维持下去,是为了站在更高的云端睥睨众生。

禹奕泽越想越气,他觉得自己不是在仇富,而是出于一种正义和良知,他不要求吕总之类来回馈社会救助贫困,只要尽量对得起那个"人"字也就足够了。禹奕泽一直认为,人类进化的最终指向是要完全脱离动物性,只顾自己饱腹不管别人死活,跟一只四脚动物又有什么区别?

禹奕泽平时不是个认死理的人,但他现在却想认这个理儿了,心中暗暗下着决心,这次他绝不会退缩,不屈的斗志从心底浮上来,他还就不信这个邪了!一个狂妄无知的个体户,能量再大,能撼得动一级政府?撼得动这屹立在东方几十亿年的大山?

既然吕总口出了狂言,他背后一定会有动作的,说不定现在就跟市里某位相熟的领导电话联系上了,让领导出面给泰山管委施压,也许这位领导平时没少得吕总的香火,备不住就会做他的帮凶。禹奕泽意识到了这一点,在纷乱的人流中穿行着往前,看到前面街口有个小三角花园,停好摩托车,走进靠里的冬青丛跟前摁了吴区长的电话。

禹奕泽在电话里简单把情况向吴区长做了汇报,吴区长很快就听明白了禹奕泽的意思,也对那位猖狂的吕总充满了气愤。他安慰禹奕泽说:"你不要生气,跟这种人犯不上,更不要害怕,别说没领导会为他出这个头,就是有,我这边也会顶住的。咱们干的是正事,是为了贯彻市委市政府和管委领导的指示精神，会怕他一个小小的酒店老板？还有没有王法了？你放心吧，我全力支持你！"

有了吴区长的这番话，禹奕泽的信心更足了。他想这个吕总明天也一定会悄悄地上山察看的，挖蓄水池的事情还不能只做个样子，再找今生要挖掘机心里有些过意不去，不如让韩义找几个劳力上去继续把文章做足，这样看起来还更像那么回事。

韩义似乎正在跟一帮朋友吃饭，听着那边声音就很嘈杂。韩义说着"稍等"，捂着话筒从房间里走了出来。禹奕泽把想法说了，韩义在那边却没有立刻回应。禹奕泽催促道："你倒是说话啊。"韩义才说："你也知道现在没义务工这个说法了，就是村里有工程找劳力也是要付钱的。"禹奕泽明白了，顿了一下问："一个劳力得多少钱？"韩义说："现在这个行情，至少是一百。"禹奕泽有些犹豫，知道这钱碧峰那边肯定不会出，也没理由下账，可眼下的事也得办呀，那就只能自己掏腰包了，只好狠下心来说："行！麻烦你找五六个劳力，让他们明天一早就上去，下午我把钱直接给他们。"

第二天的情况跟禹奕泽预料的差不多，上午十点多钟的时候，吴区长给他打来了电话，说管委一位副主任跟他联系了，问起了蓄水池的事情，说在人家的祖坟前挖这么一个池子不好吧。吴区长解释说，建蓄水池是管理区统一的规划，管委规划处也是批准了的，是根据水源及周边树木绿化情况决定的，不是特意要在他家祖坟前挖池子。再说了，那池子离坟茔还有一百多米的距离，一般人家根本就不会介意。他这么一说那位副主任也就不好再说什么了。

禹奕泽听了当然感到高兴，但内心也暗暗抱有某种庆幸，庆幸那位吕总虽然咋呼得怪响，但也仅仅是虚张声势，在悦城并没有真正达到手眼通天的地步，若是有更大的领导来干预这事，吴区长能不能扛得住还得另说。

吴区长最后还强调说："我也不告诉这位副主任是谁了，你知道这事就行，放心地按照之前的计划来干。我估摸着那位吕总现在已经坐不住了。"

还真让吴区长说着了，到了下午吕总就派手下的一位副总来找禹奕泽，这位副总拿着村里当时开的证明，说这片林地当年他们已买了下来。禹奕泽当然不认，说国有林地谁也无权买卖，谁给你办的你去找谁。村里那位老书记患脑溢血后，留下了严重的后遗症，嘴眼歪斜的说不出话来了，经办人已经作古。再说，那时候林地归属不明，管理又不规范，请几顿饭送点礼物，袖里演戏地就把事办了，根本就拿不到桌面上来。

见禹奕泽不吃这一套，副总就又提出迁坟补偿问题，禹奕泽拿出文件来说："这个管委有明确规定，每个坟茔补偿一千元。"说着又把迁坟协议递到副总面前，说："签了字就可以直接把钱领走。"副总犹豫着，又出门打了老长时间的电话，估计是去请示吕总了。回来又盯着协议看了半天，才代替吕总把名字小心地签上。

过了两天，吕家就开始迁坟了，搞得动静很大，一大早就摆上香案烧纸焚香。所有直系子孙都跪在下面祷告磕头，告诉先祖迁坟原因以及将去的安身所在，祈求先祖要一如既往地对后人祝福和护佑。

骨灰盒被起出来后，就用事先准备好的黑布罩了起来，随即又有人跟上来把挖开的坟茔填平。往下走的时候，爷爷的骨灰盒由从大连赶过来的吕总叔叔双手捧着，叔叔头发都已花白，腿脚似乎也不那么利落了，可还在竭力地挺着身子。那位吕总捧着自己父亲的骨灰盒紧跟在后面。两人脚步缓慢，面容肃正，身后都有亲人张着黑伞紧紧跟随，主要是罩着骨灰盒，怕世间的阳光灼伤老人的尸骨。一边走，旁边的人还一边往周围撒着纸钱和白花。

吕总已经用最快的时间在附近新开辟的公墓买好了墓地，公墓是前两年才开发的，由市民政局牵头，风水没的说，算是悦城最高档的，每个墓地的起步价在五万以上，项目定位就是像吕总这样的成功人士。

解决了吕家这两座老坟，剩下的就好办了很多。那几个外姓人家的后代都恨不得把自己的先祖请回韩家林，融入这个大家庭，又都想赶在清明节前把坟迁下去，据说，在清明节这天让先人入土安身，他们就能更好地护佑后人。所以，一在下面选定了位置，早早就把墓穴的池子打了起来，然后就选定了日子，把自己的祖先迁了过来。

禹奕泽和韩冬瓜是同一天把老坟迁下来的，把父亲安置好，禹奕泽又找了几个人来移那棵白皮松。韩义看到了，感到奇怪问："好端端的，你把那棵松树移下来干什么？"禹奕泽一时没想到合适的理由，顿时语塞。韩冬瓜在旁边没好气地对自己儿子说："没听说过福荫吗？没有大树的阴凉，怎么能把福气留住荫及后代？"

禹奕泽心里一阵感动，不禁有些感激地看了一眼韩冬瓜。健健依偎在父亲身边，父亲不会孤单，儿子也得到了照顾，这也应该算得上是福荫子孙了。

第十一章

近几年来，碧峰管理区根据泰山管委的统一部署，每年都要例行搞一次防火演练，一般都是放在清明节前，今年由于迁坟任务压着，再加上分管这项工作的副区长单涛一直在市委党校学习，就把这项工作延后了，定在了清明节后的4月17日，地点选定在了舒云谷的龟腚坡。

得到这个消息后，禹奕泽心里有些着急。他刚一回来就忙着迁坟，工作还没完全理顺，猛然来了个这么大的任务，心里没底，有些坐不住了，想单独找领导谈谈，但又一想，整个碧峰管理区虽然有六个检查站，但只有舒云谷最大，而且还在泰山东麓，处于最显眼的位置，代表着碧峰管理区的门面，把演练场地选择在这里也是顺理成章的事情。

关键是现在舒云谷的状况太不容乐观了，在册的正式职工只有三人，老炮台、禹奕泽，另外还有一个请病假的迟庆明。再就是七八个季节工，由于人手紧，任务重，目前这些季节工都已变成了长工。

按照管委森保站的要求，弄完迁坟后又进行了春季林木普查，现有的九个人分成了三个林班，划分了三片，禹奕泽和老炮台各带一个林班，另外还有一个林班，由一位姓齐的季节工带着两个人。绕着这将近一万亩的山林没白没黑地转，紧忙活了三四天，他和老炮台这边的数据快出来了。老齐那边本来是最好弄的一片却迟迟不见动静，追问下去，才知道老齐他们几个倒很认真，只是认真得有些过了头。沿着自己分到的林片挨棵树做检测，这样一年也做不完。说起来还是没有经验，也缺乏专业知识，老林业人往往打眼看过去就能估摸出个七七八八，假如这一片林子边上和中间几棵树都长得很旺相，没有落叶和枯枝，再看看树皮的颜色，一般也就心里有数了，根本用不着每棵树都过去做检测。但这些常识和知识一天两天是教不会的，这应该是一个长期积累的过程。所以，那天下午，忙活完了，禹奕泽和老炮台碰头的时候，老炮台深有感触地说："要是老迟能上班，我们也就不用操那么多的心了。"

禹奕泽是知道迟庆明的，开会的时候也打过几个照面，但不是太熟悉。老迟年龄应该比老炮台这一批林业工人小几岁，进林场也晚，但从事林业工作的时间却很长，先是在下面某个乡镇林业站干技术员，后来为了跟在城里工作的老婆团聚才调进了林场。前几年在扫帚峪检查站，那一年禹奕泽调到碧峰管理区任办公室主任，舒云谷检查站缺人手，才把老迟调剂了过来。说起来老迟也是老林业了，在禹奕泽的印象里，老迟口碑不错，都说他懂技术工作还认真，就是脾气有些犟，没想到现在却歇起了病假。

"老迟到底得的什么病？"

"毛病是有点，在这山上这么多年，整天翻山越岭的，谁的月牙板不疼啊？要我说，这不是主要的，老迟主要还是心病。"老炮台叹着气说，"唉！说起来，这世上心病最难治也最好治，关键得找对了路子。"

听了这话，禹奕泽心里多少有了一些感觉，但还不是太明朗，就继续问道："什么样的心病？让他歇了这么长的病假？"

老炮台说："这可说来话长了。老迟这人本来不错，肯干也懂技术，刚调剂到这边来的时候也是带着满肚子热情。可过了几个月，发到手里的工资却不对了。本来在扫帚峪的时候他拿中级工工资，可到了这边竟然降下来了四五百，成了初级工的工资了。老迟跑到管理区去找区长，原来的那个邵区长也觉得有些不解，由于我们的工资是由管委统一发放，就建议他先去管委人事处问问，人事处的答复是，根据职称聘任管理规定，舒云谷只有单涛一个中级工岗位，没有中级岗，新晋人员只能拿初级工工资。老迟不满意这个答复，辩解说都是在一个管理区，只不过换了个地方，干的还是原来的活儿，怎么就成了新晋？他又返回头来再找区长，说既然这样自己再回扫帚峪不就完了。区长却不同意，说人员调配是立足于整个管理区大局做出的统一安排，如果说回就回，不就等同于儿戏了吗？但毕竟觉得有些不合理，也帮着跑到管委人事处去讨说法，没想到，人事处却把老迟原来的那个岗位早就给调剂走了。为此，区长还对人事处负责这事的人发了一肚子邪火。"

经老炮台这么一说，禹奕泽对这事还真有些印象，那段时间老迟去管理区找了老领导几次，老领导确实为这事跑了好几趟管委机关，只是不知道是这种结果。现在一思量，觉得这事也有些蹊跷，就插言道："这有些不对啊，人又没调离管委，连管理区都没出，怎么就把岗位给调剂走了，这不是强取豪夺吗？"

老炮台说："说的就是嘛。后来也传来些小道消息，说这次把老迟调过来是上面早就有预谋的，是为了给某个领导的亲信腾出中级工岗位。老迟自然不服，原来的区长也不肯罢休，最后人事处可能也想解决问题，就答复说，只要空出中级工的岗位来就立马留给他。老迟有了这个盼头就又安稳了下来。过了两年，单涛提拔成了副区长，按说中级工的岗位空出来了，可还是不成，原因是单涛虽然到了副区长的位置，但还在拿中级工工资，因为中级工工资比副区长的工资要高一些，他自己不肯主动退出来，人事处也没办法，根据有关政策这也是允许的。这一下老迟就有些失望了，别忘了，他早就考取了高级工的职称，在扫帚峪拿中级工的工资就有些抱屈，现在发到手里居然是初级工待遇，心理怎么能平衡得了……"

禹奕泽插话道："这种情况，管理区领导应该出面协调一下。"

老炮台接上说："这不是我接下来就要跟你说嘛，吴区长因为这事还专门召集了一个评议会，以民主的形式形成了决议，并出了个会议纪要，待无疑义之后再报到管委人事处。主要内容是单涛既然已成为副区长了，应该把中级岗让出来，相应待遇也按照管理区副职来界定。对此单涛也同意了，但提了一个条件，就是让老迟来管理区面对面地跟他交流一下。就是这个条件，把这事给滞住了。"

"怎么会这样？两个人过去在舒云谷搭伙计，交流一下不是正常吗？"禹奕泽有些疑惑地问。

老炮台说："交流一下正常，关键是两个人的关系不正常，在舒云谷的时候就处得磕磕绊绊。单涛灵活，变通能力强，而老迟却执拗、认死理，两个人怎么也尿不到一个壶里，到了后来，已经不能正常相处了，交接班或者有些工作安排，都是靠我或者那些季节工捎话，我也曾试图劝解过几次，他们是各说各有理谁也不服气，最后我也没办法了。你想想，两人处到这个程度，单涛再让老迟因为自己聘任问题去找他面对面交流，老迟能不多想吗？"

禹奕泽多少有些明白了，单涛提的这个条件看起来没什么问题，但却隐含有深意，其真正意图就是想让老迟向他低头，你不是一直梗着脖子不服气吗？现在我就是一道关卡，你不低头就别想通过。

老炮台继续说："说起来，老迟这人哪哪儿都好，就是脾气有些倔。单涛让他去交流，我这外人都看明白了，他能不明白吗？他还就是不想低这个头。单涛年轻气盛，自然也不肯妥协，你不来管理区我还就不同意把岗位让出来。吴荣明区长也有些为难，既然符合规定，也不能硬让单涛让吧。还是让我出面劝劝老迟，可老迟那个犟脾气是我能劝得动的？两人就这样置上了气，杠上了。这单涛倒无所谓，对老迟影响就大了，心里就有了些情绪，对工作明显不如原来有热情了。应该是前年年底，老迟带着几个人上山去整理死掉的树木，正往下抬着木头，跌倒了，木头正砸在膝盖上，把月牙板砸裂了。打那以后就请了病假，一直没来上班，这都已经有一年多了。"

听了这番话，禹奕泽反而对老迟有了某种敬佩，岗位是自己应得的，往大里说，是党和人民赋予的，不是某个人所能操纵的小恩小惠，自然不能为了这个而低头，这不应归咎于脾气倔，而是一种骨气和气节的体现，人就应该有这样的骨气。还有就是单涛，因为是接父亲的班，所以一直是工人身份，因此职称才走的技术工人系列，但他一直在努力着转干，在禹奕泽没离开的时候就已经办了以工代干，提拔成为副区长就正式进入了干部序列，既然目的都达到了，怎么就不能大度一些呢？况且，还是对这么一个踏实肯干的人。

"老迟如果能回来咱这边的压力就小了，他情况熟，又是老林业人，总能带着几个人独当一面吧。"见禹奕泽正在沉思，老炮台又说，"还有那些神出鬼没的驴友，都需要盯上人，只要有人把住那些核心路口，问题就不大。现在的驴友很少像肖立栓这样的单绷儿了，大都是通过网站介绍过来，一批批的，这种目标好发现。那些带路的也应该没外人，去年秋天我就抓了一个，很年轻的一个小孩子，一问还是旁边小白峪村的。我跟他说，你这样带人上来是犯法的，你还年轻，为这几个小钱把自己送进去就太不值了。当时把那小孩子吓得跟小老鼠似的，恨不得给我磕头的份。"

禹奕泽对老炮台的说法心里并没有完全认同，老炮台毕竟上了年纪，还领略不到网络的厉害，天南海北的人通过网络就能很快聚拢到一起，现在很多人都在玩微信，微信比QQ更为便捷，不但能通话视频建群，还能转账交易。那些人能建那么个网站，背后肯定还有更大的说法，并不仅仅是为了给人带路收点小钱那么简单。这事一时半晌也跟老炮台解释不清楚，就说："现在关键的问题是先把老迟请回来。只有人凑手了，下一步的工作才能顺手。"

也许正因为是例行演练，在召开正式布置任务的会议之前，吴荣明区长和单涛副区长，事先没有跟禹奕泽通气，直接就在部署春季防火任务的工作会议上做了宣布。

宣布散会后，其他检查站站长都站起来陆续往外走，会议室里到处晃动着身影，看起来有些乱。禹奕泽随着站了起来，犹豫着要不要上前跟领导们单独汇报一下。吴荣明区长这时也已起身，手臂垂在台面上整理着摊开的笔记本，一边还跟站在旁边的单涛说着什么，单涛已把笔记本夹在了肋下，斜着身子侧对着吴区长，一副俯首帖耳的样子。吴区长把笔记本拿在手上,一抬头,正看到禹奕泽站在下面不远处,招了招手说:"奕泽,你来一下。"禹奕泽快步上前,吴区长说:"这段时间太忙了,迁坟的事情之后就整天应付各种会议和各种检查,没来得及跟你通气。这次演练比以往任何时候都要重要,今年防火形势严峻,管委领导高度重视,田书记和曲主任说要亲自前来观摩。一定要考虑周全、精心组织,不要出什么纰漏。好在你回来也有段时间了,工作都开展了起来,又是老泰山林业人,单区长又刚刚离开舒云谷,情况也熟,所以才让你和单区长把这副担子扛起来。我还要去管委找曲主任汇报个事,你们先商量一下,拿个详细方案,到时候咱们再碰头。"说着夹起笔记本就往外走。

禹奕泽跟在单区长后面走出来,望着单涛看起来器宇轩昂的背影,禹奕泽心里还是感到有些别扭的,毕竟他们过去太过熟悉了,要完全适应这种重新界定下来的关系还是要有个过程的。单涛本来是要带禹奕泽去自己的办公室,后来才意识到了什么,放缓了脚步,回身说:"对了,根本不需要我带路,我那办公室你应该知道,就是原来邵区长那间。"

"原来邵区长"就是禹奕泽的老领导,他是碧峰管理区历史上在位最长的主要负责人,前后将近十年,客观地讲,老领导虽然热衷于面子工程,但还是干了一些实事,除了防火育林这些常规工作的提升之外,修路通电,让泰山东麓亮了起来,也活了起来。在他任上,最大的亮点还是引来了封禅大典项目,当然还有一个颇有争议的地产项目——泰山祥瑞苑。

那几年,老领导在整个泰山景区的威信都很高,上下都认为他是个既能干又非常有能力的人,提拔呼声强烈,顺理成章地成为管委会领导应该是早晚的事情。结果却出乎了所有人意料,不知是因为政绩还是通过别人引荐,老领导在某个合适场合,得到了市里某位主要领导的注意,很快就被跨区域提拔成了悦西区副区长。这在当时引起了很大轰动,由正科到副县,同样是升了半格,但由业务部门直接到了政府部门,这个跨度很大,也有些不合常规,从长远看,这更是一步容易往上晋升的台阶。两条道路看起来长度一样，含金量却有很大差别，以后的发展走向也很不相同。人们在感叹之余，更多的是对老领导的佩服，不但佩服他的工作能力，对他在个人前途上的运作能力更是刮目相看，都觉得老领导以这种能量，今后在这个位置上会发挥得更好，在仕途上的道路也会更加左右逢源，越走越宽广。但想象毕竟不是现实，老领导到了悦西区也并没有像外人认为的那样如鱼得水，在悦西区已待了七八年了，才由副区长变成了政府常务副区长，老领导也是五十多岁的人了，仕途上的前景已变得非常渺茫。

禹奕泽这次回来，很多人都为他感到可惜，认为如果他不追随着老领导调走，在碧峰这边也早就应该提拔了，他被管委人事处列为准备提拔的后备干部时，单涛还没有出道，连以工代干的身份都没解决，是他的离开给单涛提供了机会，让单涛趁机上了位。

面对这些，禹奕泽从来也没有做过解释，不是没有机会，是根本就不想。他一直认为，解释自己是最为困难也最没必要的了。他心里明白，老领导把他调到身边，应该是出于对他的欣赏，本意是要对他好，想给他一个美好前程，可几年干下来，他却觉得自己并不适合。政府办跟组织部区委办一样确实是出干部的地方，但也是人事关系最为复杂的所在，在应付那永无休止文字材料的同时，还要应对从各个方向飞来的暗箭和明枪，还要在领导面前会表现，会干眼前活儿，不能老认为是金子总会发光的……这些都是禹奕泽所不擅长的，他早就想着从那种环境中逃离了，跟吴荣明区长的那次见面算是给了他一个借口、一个机会，抛开面子不说，他内心对吴荣明区长是感激的。但面子又值几个钱？人总不能光指望着面子活下去。

当然，对那位老领导禹奕泽也一直心存着感念，尽管知道他跟老领导不是一路人，但老领导在他心目中的形象依然有闪光的一面，他依然记挂着老领导对他的好，依然认为老领导是个有能力有气魄的人，跟着这样的人即使错了也不是完全没有意义，至少他给过他温暖，给他打开了另一扇窗户，让他见识了另外一个世界，给他的人生提供了一种多样的可能，这同样应该算是一笔难得的财富。

禹奕泽一时拿捏不准单涛提邵区长的真实意图，应该多少带有些炫耀的意味，他占据了原来一把手的办公室，即使这个原来的一把手不在了，毕竟也曾是这座规模不大的办公楼中最威风的人物。当然，也可能还有些别的意思。禹奕泽曾经为这间办公室的主人服务，这间办公室也就自带了某种光环，现在单涛成了办公室主人，而禹奕泽则连服务的资格也没有了，其中的意味也就不言而喻。假如单涛的话里真正隐含了这种用意，对禹奕泽而言，也应该算是一种羞辱。即使这样，禹奕泽也失去了反抗的资本，或者说他已真正面对了现实，没有了反抗意识，所能做的也只能是唾面自干了。

办公室的格局做了些改变，原来的大班台正对着房门，处于房间中央的位置，大班台前放着两把椅子，是给来汇报工作的人准备的，曾经有一个时期，那两把椅子禹奕泽坐得最多。现在大班台靠向了西墙，椅子也只剩下了一把，房间显得空旷了很多。单涛一进门就坐进了大班台后面，禹奕泽也别无选择地在那把唯一的椅子上落了座。

两个曾经熟悉的人第一次以这种格局来单独面对，这也是禹奕泽这次回来后第一次单独跟单涛见面。尽管早就树立了到什么山唱什么歌的意识，禹奕泽心里多少还是有些障碍的。单涛似乎也有，坐在那里一言不发，瞪着眼睛，直勾勾地盯着禹奕泽，一副以不变应万变的神态。禹奕泽从心里想让对方把自己看成一个正常下属，急需从眼下略显尴尬的气氛中解脱出来，竭力用平静的语气说："虽然生在这山上，长在这山上，又在这山上摸爬滚打了这么多年，但毕竟离开了五六年，现在回来，有些工作可能衔接不上了，以后还请单区长能多加帮助。"

单涛没有立即应答，仍然用刚才那样的目光在禹奕泽身上滚来滚去，眼睛逐渐里多了一道寒光，随即欠起身子，生气地说："你刚才叫我什么？单区长？咱们就这么远了吗？你跟我就这么生分吗？"

禹奕泽没想到单涛会有这么一种反应，一时不知道怎么应对。

看着禹奕泽有些无措的样子，单涛的口气就软了下来，说："咱们是二十多年的弟兄了，那时候在舒云谷检查站就数咱俩年轻，也就咱俩才能玩到一块。值班的时候睡在一张床上，都是相互抱着对方的臭脚丫子，平时一起出去巡查，到了饭点，就是只剩下一张煎饼也要分到两下里，一块咸菜疙瘩也得掰成两半。我比你大几个月，过去你一口一个单哥地叫，我也是把你当成亲兄弟来看。怎么出去了这几年，现在回来反倒叫开我单区长了？再说了，整个管理区的人都知道，我这个副区长是你让给我的，你要是不走，哪能轮得到我！"

单涛这番话大大出乎了禹奕泽的预料，他原来以为单涛好不容易爬到这个位置，会不遗余力地把它发挥到极致，尤其是在他这个吃回头草的劣马面前，因此他才竭力让自己表现得诚恳一些。看来，他还是看轻了单涛。

禹奕泽不知道刚才那些话究竟有多少水分，面对恩威并施的单涛，他也只能表露出一副无辜的模样，为自己辩解道："你本来就是区长嘛！是组织上正式下文任命的，怎么会是我让的？我知道我们是二十多年的弟兄了，在心里也念念不忘弟兄情谊，但现在不是要谈工作吗？叫单区长也没什么不对是不是？"

听了这话，单涛的语气比刚才更平和了，说："知道咱们是二十多年的弟兄就好，我还以为你忘了呢。"稍微顿了一下，又继续说道，"这次防火演练，我从党校回来的第二天就跟吴区长一起参加了部署会议，管委领导确实非常重视，只要没意外，田书记绝对会来观摩。回来商量定点的时候我提了舒云谷，吴区长开始还有些犹豫，说你刚回来不久，怕你在工作上还没完全接上头。我对吴区长说，奕泽虽然刚回来，但他是老人了，对舒云谷，没有再比他熟悉的人了，人又很能干，交给他完全没问题。吴区长这才答应下来。我在你面前说这些不是为了卖好，我也在舒云谷待了那么多年，也是有感情的，希望它能尽快发展起来，更希望你能得到领导的重视。"

马脚终于还是露了出来，单涛后面的话就不得不让人生疑了，防火演练地点选在舒云谷吴区长不可能犹豫，尽管吴区长没在会上大张旗鼓地提出表扬，但对禹奕泽在迁坟事件中的出色表现还是很满意的，这一点他有着非常明确的感受。再说了，即使是考虑到禹奕泽刚回来，吴区长也不会不选择舒云谷，道理是明摆着的，谁不知道舒云谷是碧

163

峰管理区的门面？单涛之所以这么说无非就是为了强调自己在吴区长面前的地位，也是想向禹奕泽表明他已成为碧峰管理区举足轻重的人物，顺便还能给禹奕泽卖个人情。

尽管这样，禹奕泽心里还是感到了一丝欣慰，单涛能在他面前挖空心思地做这样的表面文章，这说明单涛对他还是有所顾忌的，也说明他在单涛心中还是有一定地位的，这自然是个良好的开端。意识到这一点，禹奕泽对单涛话语里的真假不再纠结，迎合着往下说道："多谢单哥成全，我也想把这事情办好，可是演练这事我们过去没经历过，猛地把任务压下来，我现在是满脑子的糨糊，不知道该从哪里开始往下厘。"

单涛说："确实，过去我们的演练都是小打小闹，各自为战，没形成规模。是田书记来管委后才把演练当成了每年必选的科目。这个你也不用愁，我都参与组织了好几年了。"说着从靠墙的那摞蓝色文件夹里抽出来一个，递到禹奕泽面前，"我干脆送佛送到西好人做到底。喏，你看看这个心里就有数了。"

禹奕泽一边道着谢，一边翻开单涛递过来的文件夹，见里面是去年春天的灭火演练实施方案，有十来页的样子，内容也非常详细，有组织机构及工作职责、预案启动、报警接警程序、灭火队伍的组成及出动、灭火物资准备、现场组织指挥等八个部分，每个部分人员怎么安排，职责是什么，物资怎么准备，都有详细说明。显然，这是在运作实践的基础上不断补充完善形成的一份极为成熟的方案。

禹奕泽合上文件夹，心里一下子变得透亮了许多。方案里责权都非常明确，即使今年有新情况也应该变化不是太大，有了这个方案，今年的演练就有了操作的依据。

单涛似乎一下子就看透了禹奕泽的心思，说："这下你就不用愁了吧？里面的人员组成也变化不大。你拿回去仔细研究一下，属于你那边的任务你安排好，管理区这边的我来协调。还有十来天的时间，完全来得及，咱们准备得差不多了就先小范围地模拟一下，以免正式演练起来，守着观摩的领导再出什么问题。"

禹奕泽听着单涛的安排，不住地点着头，心里充满了感激，觉得这么多年没接触，单涛真的变了很多，看来还是时势造人啊！

这事商量得差不多了，禹奕泽本来已经站了起来，却突然想到了老迟，但又把握不准该怎么对单涛说，有些犹豫地站在那里，愣怔着。单涛立时就有了察觉，问道："还有事吗？"

禹奕泽见单涛问，犹犹豫豫地说："还有个小事，是关于老迟的……老迟调到这边也有六七年了吧，他的情况我是刚听说，说他请病假可能是因为有情绪，是咱站上没有合适的岗位，工资待遇就一直没兑现。老迟原来也是您的兵，现在就更是了，您能不能费心给协调一下。毕竟都这把年纪了，拖家带口的也不容易。"禹奕泽把这番话说得小心翼翼，尽量把牵扯到单涛的地方说得含糊些，还有意识地称呼了"您"。

单涛似乎感到有些意外，目光冷了一下，口气骤然变得生硬起来："老迟的情况我比你熟，他工资待遇的事情上下都非常重视，因为这事，我和吴区长光上管委领导那边就汇报了好几次，也召开了专题研究的会议，还专门发了会议纪要，准备向管委有关部门打报告给他解决，但他不配合我们也没有办法。现在看，他不单是不配合的问题了，反而有了很大情绪，认为是组织上给他小鞋穿。他在舒云谷工作，是你的直接下属，就得对他具体负责，不就是月牙板开裂了吗？竟然请了一年多的伤病假，眼里还有单位和组织吗？还是入党多年的老同志呢，一点都不知道自觉。再不来上班就把他无故缺勤的事情上报给纪检处，让纪检处来管他。端着公家的饭碗，却摸不见人，哪个单位也不会白养这种闲人吧？"单涛越说越来气，说到最后竟然也激动地站了起来。

禹奕泽没料到单涛的反应会这么剧烈，看来他对老迟有很深的成见，心里开始后悔提这事，眼见着单涛又把皮球踢了回来，禹奕泽也只能领受，这就等于是偷鸡不成反蚀了一把米。他知道这事再谈下去会更糟，就及时告辞出来了。

回舒云谷检查站，路过长岭的时候，禹奕泽拿着演练方案来找老

165

炮台商量。老炮台看了看方案，对禹奕泽说："搞这种演练说起来也没多大意思，山火真正着起来任谁都救不了，这样的花拳绣腿又能有什么用？最重要的还是要严防死守，把隐患扼杀在摇篮中，不要在山上出现一丝一毫的火种。"

禹奕泽虽然觉得老炮台说得有道理，但现在任务来了，领导又有要求，也不能不认真对待，就说："演练一下也好，一个是可以练练兵，再者也便于发现一些存在的问题。"

老炮台说："要是有这样的思路，当真演练一下也是会有效果的，可惜的是这几年的演练，都是由单涛来负责，单涛这孩子你还不明白吗？一门心思往上爬的人，为了当官把脑袋都削尖了。他主导的演练都是做给领导看的，别看方案列得很详细，发动得也不错，还请电视台报社的记者到场，可真正演练起来却并不注重实效，也就是走走过场，热闹一下，就像小孩子过家家一样。图的就是电视上有影，电台里有声，报纸上有名，能让领导看得到。这样的演练我看着就腻歪，从心里也不愿意掺和。你也知道，虽然单涛平时一口一个叔地叫，但心里并不热乎。他也能察觉到我对这事的抵触，所以从不主动过来要求我参加。"

这倒是出乎了禹奕泽的意料，老炮台跟单涛不对付他是知道的，本以为这么多年过去，隔阂应该早就消除了，谁知道好像比过去更甚了。单涛刚参加工作的那会儿老炮台还没下海，单涛也还不满十八岁，用大人们的话说，毛蛋孩子一个，啥都不懂，队长就让他跟着老炮台学活儿，带了几个月老炮台就烦了，说自己不收这样的徒弟，懒散不说，还没句实话。为了逃避上班能找各种各样的理由，有时明明在家睡大觉，却偏偏谎说在山上巡查。老炮台再次回来后也曾提醒过禹奕泽，说单涛并非善良之辈，让他要有所提防。当时禹奕泽并没有太在意，一起摸爬滚打了那么多年，他自以为还是了解单涛的，单涛除了工作上有些懒散之外，还不放过任何一个可能的好处，说起来这些毛病都是明摆在那里的，根本就用不着提防。

在对待单涛的看法上，禹奕泽对老炮台刚才那个说法还是心存疑感的，他一直相信人是会变的，在山上磨砺得久了，责任感自然就来了，尤其是单涛目前已走上了领导岗位，应该已自律了很多，从今天的交流中，禹奕泽也感受到单涛确实跟过去不一样了，没想到，老炮台可以对曾经劣迹斑斑的韩义心怀期望，反而对单涛还停留在过去的印象里，看来这几年两人在一起工作并没有磨合好。

单涛对老炮台应该是敬畏有加，这不仅因为老炮台跟他父亲是同辈人，还因为老炮台一直很超脱，从不计较事。他回来的目的与所有物质都无关，只是为了心中的那份念想和对这大山的感恩，想开始一种清净自然的生活，说起来这也是一种修炼，是在烟火人世中的修炼，所以他内心对自己有着极严的戒律，自己分内的事干得滴水不漏，分外的事看心情，觉得既合适又合理就参与，不想参与的都是达不到他心理要求的。

老炮台看出了禹奕泽的失望，说道："你要真想把这次的演练办好，还得请老迟回来，老迟刚到舒云谷的时候干劲很足，这几年一直都是演练的主力，单涛也就是动动嘴皮子，很多具体工作都是他在弄。"

老炮台这么一提醒，禹奕泽的眼前又亮了。他觉得自己无论站在哪个角度都应该去找老迟谈谈了，看单涛那个劲头，是真想对老迟下手，如果把他泡病假的事捅到纪检处，老迟的麻烦就大了。

第十二章

　　吃过午饭，禹奕泽就开始联系老迟，按照留在值班表格上的手机号码，拨了几次都无人接听，又找跟他相熟的工友核实号码，工友说号码无误，前几天老迟还打过电话，工友又用自己的电话打，连续拨了两次也是无人接听。禹奕泽心里有些紧张，问这是怎么回事？工友却说没事，也许是正忙着呢，一会儿准会打过来，先稍等等吧。
　　过了好大一会儿，电话果然打了过来，禹奕泽想先向老迟介绍自己，老迟却直接说，我知道你是禹站长，咱站上的情况我也知道，本来我这两天也是想去找你的。禹奕泽一听，心里有了底，就问他什么时候方便。老迟说，我现在还正干着活呢，要到晚上才能腾出空来。那边背景确实有些乱，呼呼啦啦的，还有机械转动的声响。禹奕泽心里充满了疑惑，不知道歇病假的老迟在干什么活，若是利用病假干私活本该对他这个站长有所避讳，但老迟却一点也没有隐瞒，似乎一切都顺理成章。意识到这一点，禹奕泽心里充满了好奇，就说，你干着活不方便，还是我去找你吧，你告诉我地址。老迟犹豫了一下，说，那好吧，你想来看看也行，可路途有些远，也不是太好找。说着就把地址说了。
　　老迟提供的地址在高铁新区，是一处建筑工地，这一带到处都是高高竖立的脚手架，面貌相似的工地不下一二十处，再加上是新建城区没有路标指引，禹奕泽费了好半天的劲儿才找到老迟说的那个地方。这边基本上就是农村了，一条条新修的马路把工地和村庄切割成了许多不规则的格子，尽管到处回荡着建筑材料之间相互撞击所发出的喧嚣，却也显现着一种特殊的空旷和荒芜。

那个工地边上就是一条新修的马路，马路宽阔，双向八车道，几乎没有行人，进进出出的全是装满沙土水泥石子这些建筑材料的大货车，飞扬着的尘土给马路两边那些新栽植上的树木都披上了灰装，即使在这春天，应该繁盛的季节，也根本找不到绿的颜色。路面刚铺上的沥青也被灰土所遮盖，车轮碾过处，斑驳的花纹倒成了唯一色彩。工地做着围挡，对着马路留有一个敞口，便于运输车辆进出。禹奕泽往敞口里走，刚进去就被正站在前面捡纸壳子的一个老头远远地喊住了。老头直起身子，抓着破纸壳那只手还不停地在抖动，另一只手指着禹奕泽生气地说："怎么又来了？你是交了钱不假，可也得沉住气啊！心急吃不了热馒头，这边麦子刚长起来，还得等打了麦子磨出面粉发上面才行吧？你现在就着急进去。里面正在施工，万一掉下个砖头瓦块的砸着你。说句不好听的，就是馒头蒸熟了你也恐怕无福消受了。"

禹奕泽有些莫名其妙，不知道这老头是在跟谁啰唆，回身看了看身后也没其他人跟进来，又朝前面望去，见那些住宅楼的主体已经起来了，知道老头是把他当成了想急于住上新房子的房主了，就说："大叔，我不是来看房的，我来找人。"这时老头也来到了近前，揉了一下眼睛说："我还真把你认成了刚才那个黏糊房主了。找人？你找谁？"禹奕泽犹豫了一下，说自己找迟庆明。老头摆着手说："光跟我说名字没用，我们这里每天有上百号的工人进出，光说名字我记不住，你还得把他具体干的什么工种说出来，我才能知道他在哪一旯旮干活，才能把他给你喊出来。"

见老头这么说，禹奕泽竟然一时语塞，因为他不知道老迟来这里干什么，按说老迟是国家事业单位的正式职工，又是拥有高级工职称的专业技术人员，不可能来这建筑工地上打工，可也不可能是来做管理人员的，没听说他有这方面的关系。老头看出禹奕泽有些为难，就说："你也不知道是吧？那你干脆还是打电话直接叫他的好。不过，这也不一定靠谱，里面轰轰隆隆的，搅拌机不停，还有砸钢筋卸料那些乱七八糟的声音掺和着，他一般不会立刻就能听到，打吧，多打几次就能听到了。"见禹奕泽不再往前，拿出了手机，老头这才放心地转身，撇下禹奕泽继续回去拾掇纸壳子了。

果如老头所料，禹奕泽拨了好几次电话老迟才接了，背景仍然很嘈杂，老迟似乎手上还正忙着，喘着粗气快速地说："你过来了，先稍等一会儿，我去跟工长说一下就出去。"

没想到，这一等就又等了半个来钟头，直到太阳快要落山了，老迟才气呼呼地背着一个大帆布袋子走出来，嘴里还念叨着："真是比当年的黄世仁还要恶霸，早走这一会儿就要扣半天工钱，还有天理没有？"禹奕泽还是一头雾水，不知道老迟为什么生气，是在跟谁生气。

迎面走来的老迟比印象中要苍老很多，头发几乎全白了，腰也开始往下塌，身子已显得有些佝偻。身上的衣服脏兮兮的，看起来跟一个普通民工没什么两样。老迟看到禹奕泽，勉强笑了一下，脸上的皱纹开始往上聚拢，形成的沟壑都能把苍蝇夹死，刚才气咻咻的语气也没有了，满脸歉意地说："禹站长，让您受累了，跑这么远来找我，真是不好意思。刚才工长还不让早走，说要扣半天工钱，跟他扯啰了半天，又让您多等了这么长时间。"

禹奕泽已经明白了，老迟确实是来打工的。假托病假偷偷出来打工本来应该担心被发现，可老迟好像还想特意让他这个上司到现场来观摩，只可惜被这看门老头挡了驾，不然，禹奕泽或许真能看到自己这位年过五旬的同事，混杂在一大帮子农民工中挥汗如雨的场景。

明白了眼前的情景，心中的疑惑仍然没有剔除，禹奕泽还是不明白老迟为什么会放着班不上，来这建筑工地打工，难道他的生活已困难到了这种程度？还有，他为什么会在最应该避讳的人面前这么明目张胆，是想示威还是别有隐情？禹奕泽在脑子里盘算着这些疑问，觉得接下来跟老迟的谈话也不会太顺利。

老迟要招呼禹奕泽去他家，禹奕泽本不想去，老迟却说他家就在附近，在外面也没地方坐，还是回家方便些。禹奕泽来的时候已注意到这附近到处都是工地，找个能聊天的地方还真不容易，也只好跟着老迟往外走。

工地敞口东边是一块不大的荒地，荒地上乱七八糟地堆放着很多交通工具，以摩托车居多，中间夹杂有很少的三轮车自行车之类的车辆。老迟让禹奕泽等在旁边，自己钻进车阵里转了好几圈，才推出来一辆已分辨不出什么颜色的摩托车。来到禹奕泽面前，老迟从挂在车把上的大帆布袋子里掏出来一块破布，把后座擦了擦，说："来吧，禹站长。这是我的车，委屈您了。"

见摩托车后座上的表皮已爆了，黄兮兮的海绵垫子都撅了出来，禹奕泽有些犹豫，说："不是不远嘛！咱们走回去不就行了？"

老迟说："是不远，但看山跑死马。在这荒郊野外，是段路就够跑的，关键是现在整个高铁新区都是个大工地，到处修路挖坑，没个正经路，得绕着走。"

禹奕泽见老迟这么说，也只好骗腿坐到摩托车后座上。路果然有些绕，摩托车七拐八拐才进入了一个村子，钻进村子里面的一条小巷，在一个黑皮铁大门前停下来。这里应该是一个待拆迁的村庄，东边一路之隔就是一簇簇高高竖立着的脚手架，还有一些拆了一半的厂房和房屋夹杂在其中。由于地处偏远一些，这里倒不像城中村那么嘈杂，反而带有一种破败农村特有的荒芜。

老迟把摩托车推进院子里，随后招呼禹奕泽往里走。

这是一个不大的院落，只有三间正房，西边还盖了两间厢房，剩余的空间是用玻璃瓦胡乱棚起来的，显得院子的空间就更小了。厢房和棚子一定是后起的，是房主为了在拆迁的时候谋求更大的利益。这几年城市扩张，周围村庄一下子冒出来很多暴发户。正流行的一个笑话说，女孩第一次跟男朋友回农村老家，没想到男朋友家只有三间破房子，女孩的脸色一下子就撂了下来，连男方父母精心准备好的饭菜也不吃就要回城，但刚走出家门，就看到外面院墙上写着一个大大的

"拆"字,立马欢天喜地往回转身,上前热络地攥住男朋友母亲的手开始喊妈。

用拆迁来致富本来就是一条畸形之路,稀奇古怪的事件也就层出不穷了。进入拆迁范围的农户千方百计地扩大房屋面积,有的在院子里光鸡窝就垒了好几个,弄得鸡们晚上宿窝就很犯愁。那些有路子有想法的公家人更是挖空心思地来蹚这浑水,有的规划还没出来就听到了消息,跑过来买下房子等着,还有的下手更早,早就在城郊看好了地段,通过关系找到村干部直接要块宅基地自己盖起来,收拾停当,一边可以作为乡村别墅出租或自住,一边等着拆迁能获取更大回报。禹奕泽不知道老迟应该属于哪一种。老迟在城里有房子是肯定的,泰山管委在城里有好几处宿舍区,以老迟这个年龄,还应该能赶得上最后一批福利分房。

停好摩托车,老迟对着堂屋门喊:"老婆子,来客人了。"随后老迟媳妇就走了出来。老迟媳妇有着这个年龄女人该有的富态,但是有些虚胖,脸色发着一层灰暗的黄,精神倒很好,看到老迟先问:"怎么今天回来早了?"

老迟说:"这不是来客人了吗?"一边指着禹奕泽介绍,"这是我们站上的禹站长,今天来我们家微服私访了。"

老迟媳妇赶紧回身拉开门热情地招呼禹奕泽进屋,禹奕泽张了张嘴,有些迟疑地喊了声"大姨",喊出来才觉得有些不太合适。老迟毕竟年龄也不是太大,现在他们又是同事,一旦这样叫了,以后就不好改口。之所以喊大姨是因为老迟跟自己父亲同过事,又和老炮台一起待了好几年,说起来也应该是自己的前辈了。老迟看出了禹奕泽的犹豫,乐呵呵地说:"你还是喊她嫂子吧,别看她现在这么富态,那是咱伺候得好,她可比咱小着好几岁呢!再者说,咱们不和老炮台他们掺和,各叫各的,现在又在一个锅里搅勺子,还是弟兄们相称得劲儿。你一喊她大姨,我跟她就差辈了。"

禹奕泽听老迟这么一说也就放松了下来,改口叫了声"嫂子"。

屋子里收拾得还蛮干净,窗明几净的,还格外暖和,抬头一看才注意到，靠门口的地方，冬天取暖用的铁炉子还烧着，这就有些不合时宜了，春天已走了一大半，外面的树木都已有了婆娑的迹象，再烧这炉子就有些反常了。

老迟见禹奕泽注意到了炉子，就解释说："你嫂子有肾病，最怕伤风感冒，所以屋子里一定要暖和，每次去透析也都包裹得严严实实的。"

禹奕泽吃了一惊，老迟虽然没明确说出来，但他已经听出来了，老迟媳妇得的是尿毒症，这个病基本上也算是绝症，依靠透析才能维持，要想根治就得换肾，可换肾的费用很高，不是一般人家所能承受得了的。

待都坐下来，老迟说："前几天我就知道你回舒云谷来了，本来上个星期就想去上班，但去找工头结账，工头非要让我干完这个月才能结，没法子，只好再撑着干几天。"

禹奕泽心里虽然明白了七七八八，但还是问道："怎么会想起去建筑工地打工？"

老迟叹了一口气说："我知道你心里得有疑惑。我也不想去下那份苦力，五十多岁的人了，跟那些年轻的壮工是没法比了，百十斤的水泥扛在肩上，身子只打晃，腿肚子也哆嗦，可我得混钱啊！不混钱孩子落下的窟窿就没法还，你嫂子去医院做透析的费用就维持不下去。"

坐在旁边的老迟媳妇眼泪无声地流了下来，禹奕泽心里也感到了酸楚，老迟的神情却非常平静，继续往下说道："本来我是不想泡病假的，去年夏天膝盖就好利落了，但这两年的生活很不顺，连续走了背字，先是孩子跟着同学去广西打工，不想被骗进一家传销机构，要想脱身就得拉更多的客户，也是孩子糊涂，编造出自己妈患了绝症的理由，到处打电话求帮，一下子把亲戚朋友的四十多万都诓了进去。没想到，这孩子还真是个乌鸦嘴，他妈紧接着就查出了肾病。这两个事连在一起，当时觉得天都要塌了。可我知道天塌不下来，眼前的坎再难也得往前迈。我一能走动就来这边找了这处民房，把原来住的那套房子卖了先救急，卖房子的钱一部分用来给你嫂子治病，另一部分还

173

那些家里也比较困难亲戚的债务。也幸亏了这笔钱，让你嫂子的病情稳了下来，也把那些整天吵吵着要账的亲戚朋友安抚了下来。接下来日子还得过，不好过也得过，人这一辈子不就是一截甜一截苦吗？你嫂子早就下岗了，原先还能打点零工，自打病了之后就全指望我那点工资了，这要维持每星期的两次的透析费用根本就不够。没法子，我才出来寻摸着赚点钱。"

说到这里，老迟停了一下，看了看禹奕泽，又叹了一口气说："你也许不相信，放着班不上就这样出来打工我心里很不安，我也是有着二十多年党龄的老党员了，觉得自己对不起党这么多年的培养。可这也是一种走投无路的选择啊！想想眼前的这些事哪一件都不能舍，给你嫂子换肾当时不敢想，可最起码的透析还是要做的，不能眼看着她遭受那种折磨吧。"

一直抹眼泪的老迟媳妇终于抽噎了起来，禹奕泽也感到自己鼻子发酸，眼泪几乎就要流下来了。他没想到老迟的日子会这么难，也没想到老迟在这种情况下还有这么高的觉悟，心里也矛盾到了极点，很想帮老迟渡过难关，可又不知道该怎么办。

老迟见自己的媳妇哭出了声，就劝慰道："你别守着禹站长这样，哭坏了身子咱还得多花钱。咱这日子不是一直在往前走吗？孩子也走上了正道，最困难的时候已经过去了，一定要多往前看。"说着老迟又转向禹奕泽说："禹站长，你不要替我担心，这些事我本不想向你说的，但也没想过要隐瞒，无端泡病假会引起外人的一些看法，照实说出来也就减轻了彼此的负担。况且，我也马上就要熬出来了，我那小孩现在已在东莞打工，进了据说世界上最大的代加工企业富士康，每月工资比我的都高，最近刚汇过来两千块钱，孩子能混钱了我的负担也就轻了，再加上你嫂子马上就能办病退，今后每个月也能领到一些退休金。我算了一下，多了这两项收入，维持你嫂子的治疗和基本的生活已没有问题了，我也就用不着再去工地下苦力了，可以安心去上班了。"

老迟说到最后调子高昂了起来，语气也变得轻松了很多。禹奕泽心里却更加难受,有些埋怨地对老迟说:"这些事你早就该说,你这种情况,管理区领导不会坐视不管的。"

老迟说:"我没说也是有我的考虑,一个是不想给组织再添麻烦,另外一个就是我跟单区长因为职称聘任的事情闹得也不愉快,不想再给他留下什么口实。"

禹奕泽倒没想到还有这一节,本想继续往下探询一下,但看到老迟已起身,抓住垂挂着的灯绳,啪的一下拉亮了那个悬在头顶上的老式灯泡,房间里立刻塞满了黄灿灿的亮光。禹奕泽感到时候不早了,想站起来告辞却一下子就被老迟给按住了。然后扭头对自己妻子说:"你去捞点酸菜,还有我今天早上买来的鲜肉,炖上一大锅,我跟禹站长喝一盅。"

老迟媳妇抬手抹了抹眼睛,站起来就往外走。禹奕泽也赶紧伸手拉开老迟按在肩膀上的手掌,起身说:"嫂子还有病,你别让嫂子麻烦了。我还要回去。"

老迟说:"你来一次不容易,我很想跟你再聊聊。自打搬到这个地方来,除了那些上门要账的,你是第一个访客,这对我来说很重要。我很想让你能留下来,我们能一起喝一盅,你要是走就是嫌我这里寒碜了。"

禹奕泽还很少见以这种方式留客的,心里热乎乎的,明显感受到了老迟的真诚,觉得硬要走掉也不好,就答应留下来了。可他实在不想过多麻烦这两口子,想出去买些现成的吃食,就假托自己要去厕所,想出来上街上找个商店。谁知老迟已看出了他的把戏,直接跟他说别看这地方白天看起来热闹,到了晚上就变成了鬼城。村子一大批拆迁户都已搬走,剩下的居民已经很少了,找个卖东西的商店并不容易,他买菜都是骑摩托车去里面的市场。禹奕泽见老迟这么说,也只好把自己的心思收了起来。

酒菜很快就备好了,还挺丰盛,足足四个菜,一盆酸菜炖白肉,一盘油炸花生米,一盘咸鸡蛋,还有一个是野菜蘸酱。老迟介绍这些都是自制的,酸菜是去年冬天趁着大白菜便宜囤下,自己用坛子腌起来的，野菜是老迟媳妇没事的时候去周围野地里采的，周围都是圈起来准备盖楼的闲地，原本都是上好的良田，没有机会孕育粮食了，闲得发慌，就拼命催生野草和野菜来证实自己的实力。鸡蛋也是自己养的鸡下的，隔壁就是一处拆了一半的房子，鸡窝就垒进了邻居家。介绍到这里老迟笑了，说自己现在的居住条件比原来好多了，也算半个庄园主了，可以享受这么多土地带来的成果。

菜非常可口，尤其是那盆酸菜白肉，做得很地道，比专做东北菜的馆子都做得好。还有那盘自己腌的咸鸡蛋，蛋黄流着透亮的油，有一种沙沙的质感，口感极好。老迟显然也对自己腌的这鸡蛋比较得意，特意拿了把铁勺，把所有咸鸡蛋里的蛋黄都挖出来，堆在禹奕泽面前，弄得禹奕泽很不好意思。老迟还认真地向禹奕泽推介腌制方法，说先把水烧开，这水最好是用泰山上的山泉水，一般的自来水腌出来发柴，开水放凉后再浸入大粒海盐，用这样的盐水和成稀泥，把鸡蛋浸泡在这稀泥中，再加入适量高度白酒，密封半个来月，拿出来就可以食用了。

酒是自己去酒厂打来的散装高粱酒，度数挺高，老迟喝了半杯话语就开始有些黏稠了。老迟说："我今天非常高兴，也难得能这么放松。过去每天累个半死回来也想喝一点，可总是没心情。人有时就是指望心情活着，所以我才总是强迫自己向前看，一睁开眼睛，想到的不是眼前的这些烂事，而是今天可能会遇到什么好事，尽管经常失望，可我还是不愿意放弃这种想象。我觉得自己现在就像一个不可救药的彩民，固执地坚信自己终有一天会中奖，总以为还会有人惦记着我，这不，说着话就把你给盼来了。"

禹奕泽没想到自己会给老迟带来这样的安慰，感到很是惭愧，因为本来他来找老迟还带着一种兴师问罪的意思。

老迟媳妇不能久坐，简单吃了几口就进里屋休息了。媳妇走了后，老迟更加放松起来，谈兴也越来越浓，把自己的身世也袒露了出来。

原来老迟是由养父养母带大的，养父养母也不是外人，就是他的亲姨和亲姨夫。姨一辈子没生养，而老迟这边却有弟兄五个，姨和姨夫看好了他这个老生子，就找姐姐和姐夫商量把他过继了过来，那一年他只有五岁，勉强有一些记忆。记得离开那个农家院去往公社大院的那天，这个新组成的一家三口坐着同一辆自行车，姨夫骑车，他坐在自行车前面的大梁上，姨坐在后面的座位上，车把上还挂着一个花包袱。爹和娘还有在家的两个哥哥把他们送到村口，没有任何离别的伤感，看起来倒都欢天喜地的，尤其是两个哥哥，似乎羡慕得不得了，最小的那个哥哥甚至下意识地把手指放进嘴巴里，哈喇子都顺着手指流下来，整个肥嘟嘟的手背上都闪有耀眼的亮光。从此他只有每年春节才回原来的家，比一般人多出来一对父母，只是称呼有了分别，那边还是爹娘，这边却变成了爸妈。

姨夫干了一辈子公社食堂，到了退休年龄就让他接了班，那年他刚满十八岁。公社书记看他年龄小，长得也机灵，先是把他留在身边干通信员，后来上面来了两个去农校脱产培训的指标，书记就派他去了，三年农校学习结束，回来就进了公社林业站。二十四岁那年跟一位悦城灯泡厂女工结婚，这下又惹来很多人的羡慕，那时候吃商品粮的女同志少，以他当时在乡镇工作的身份，能找到在城里上班的女工做老婆简直就是撞了大运，但好运并没有就此止步，结婚第三年他就以夫妻团聚为缘由调进了泰山林场。

说起这些过往，老迟是满脸的幸福，说自己的前半生真是太顺了，几乎每一步都卡在了点上，每一步都有贵人扶持。别人改变命运都需要不断挣扎，甚至九死一生，而他却总是在浑然不觉中，轻轻松松地到达了彼岸。五岁被养父养母选中，他还不解人事，不知道是好事还是坏事，因为养母是自己的亲姨，跟母亲有着同样的血脉，又因亲戚以后继续走动，所以他既没遭受亲人的离别之痛，也避免了思乡之苦。同样是在懵懵懂懂中，书记把他推荐到了农校，让他学到了一技之长。跟老婆的相识就更不用说了，简直是天上掉下来的姻缘。

那次是去城里开会，在公共汽车上，他眼见前面一个贼眉鼠眼的小伙子，把手悄悄伸进一个老者的衣兜，被老者看似不经意的一个抬手动作给化解了。小伙子没有得逞，继续在人群中挤来挤去地寻找目标。身边的姑娘随身带着一个挎包，可能是一时的疏忽，挎包的拉链没拉上，小伙子已挤到了姑娘身边，贼溜溜的目光一直在偷瞄那挎包。当时完全是出于正义，他适时提醒了那位姑娘，姑娘立刻就明白了，往前拽了一下挎包的背带，把挎包转到了胸前，避免了一场不必要的损失。他跟姑娘在同一个站点下车，姑娘向他表示感谢，彼此留下了联系方式。这良好的开端很快就促成了一桩美满的婚姻。

在列举了自己的种种经历之后，老迟总结般地说，这世上恐怕很少有人能像他这样幸运，被天上掉下来的馅饼多次砸中。所以，他的内心一直感恩，即使现在走了背运也能坦然面对。俗话说，花无百日红，人无千日好，命运已经对他够好的了，适时让他经历些磨难也属正常。尤其是去工地打工的这几个月，就更没什么看不开的了，有很多工友的境况都要比他惨很多。正在跟他搭帮的一个工友，年龄比他还大三岁，家里养着三个残疾儿子，老伴还有类风湿，累死累活地干一天，回去想喝口热水都得自己来烧。看着他们，他常常想，他本来就应该是他们中的一员，现在跟他们在一起也没什么可抱怨的，相比于他们，他已经得到的太多了。

也可能是很久没跟人交流了，再加上酒精的作用，老迟的谈兴很浓，话题不断。禹奕泽心里挂着事，好不容易才把话题引向了这次演练。老迟听了，起初并没有在意，说演练还不就是那么回事嘛，后来听说选在了龟腚坡才认真起来："怎么会选在那里？"

禹奕泽看着老迟吃惊的样子，心里直打鼓，忙问："怎么了？"

老迟说："龟腚坡是一个雨坡。"见禹奕泽一副茫然的样子，继续说道，"雨坡就是容易形成地形雨的迎风坡，只要坡顶上起两天雾，那个地方准会下雨。老炮台没告诉过你吗？雨坡还不是最重要的，最重要的是下面有个通信公司的基站，由于基站离得不远，形成灯下黑现象，周围信号很弱，无论是步话机还是手机几乎都不能通话。在这个地方搞演练，那不是瞎子点灯——白费蜡吗？"

这下轮到禹奕泽吃惊了，虽然自认为对泰山上的这一片非常熟悉，龟腚坡上的这个情况他还真不是太了解。若真是这样，这个地方就不适合演练了，雨坡不说了，通信不好就是个大麻烦，不但没法报警，更没法指挥救火梯队准确地到达着火点。他怀疑单涛不知道这个情况，拿出手机来就要跟单涛通话，却一下子被老迟摁住了。

老迟说："电话先不要打。得先搞清楚是怎么回事再说。"

禹奕泽以为老迟喝多了，说："还能是怎么回事？是不了解情况呗。"

老迟说："恐怕没那么简单吧！别看舒云谷地面大，可在哪个地方搞演练都不是偶然的。龟腚坡这个地方我和单涛去过多次，信号弱他是知道的，可他还把演练地点选在那里肯定还有其他原因。"

禹奕泽有些糊涂，问："还能有什么原因？"

老迟笑了，笑得有些诡秘，说："单涛可是个无利不起早的人！你想想通往龟腚坡的路是什么时候修的？"

禹奕泽还是有些不明白，老迟进一步提醒说："这条生产路是单涛在舒云谷检查站站长任上最大的政绩。他刚被提拔起来不久，为了下一步的进步，还不得赶紧向管委领导展示展示？"

禹奕泽似乎是明白了，但却还有些将信将疑。单涛难道会这么狭隘？为了把演练变成展示个人政绩的工具，居然一点也不考虑演练地点的现实情况？兴师动众地搞这种演练有什么用？

老迟对自己的这个结论颇为得意，期待地看着禹奕泽，然后把面前的酒杯端起来，跟禹奕泽的杯子碰了一下说："这就叫有粉要搽在脸上，不能搽在腚上。而且我还要跟你透露一下，修这条生产路的人就是你们东洼村的，现在是东洼村主任，老冬瓜的儿子韩义。"

禹奕泽呆住了，心里咯噔一下子。他没想到韩义早就把手伸过来了，看来韩义想回东洼村任职也不光是为了标榜自己的成功，肯定还有更大的道道在里面。禹奕泽一时沉浸在自己的心思里，直到老迟对着他的杯子碰了两次，才麻木地端了起来。

第十三章

　　老迟回来上班的第二天就和禹奕泽一起来到了龟腚坡。

　　龟腚坡在舒云谷的北面，上接雁回峰，往下就是洗鹤湾。由于向阳，雨量又相对充沛，这里生长着很多野果子。每年秋天的八九月份，野果子成熟的季节。满山红绿，遍野果香，苍翠山林间，饱满透亮的果实挂满枝头。这个时节也是山里孩子的节日，禹奕泽小时候没少和小伙伴来这里采摘果子，汁水饱满的黄泡子，酸甜可口的托盘子，还有香甜糯软的野猕猴桃都是他们的最爱。那诱人的果香往往会让他们流连忘返，不把肚子撑成圆鼓鼓的水瓢，不把随身带的书包填满舍不得离开。

　　可那时通往龟腚坡的路却并不好走，除了拐拐弯弯的山路之外，还要经过一个断崖，幸好断崖的谷底不是太深，还可以爬上去。

　　印象最深的是那次跟鹿小希的单独行动，那一年，他们刚上初中，能跟鹿小希一起去龟腚坡完全是意外惊喜。本来说好的是另外一个伙伴，不想这位伙伴头天晚上吃坏了肚子，拉了一夜的稀，早上瘫软在床上说什么也起不来了。禹奕泽有些失落，只好悻悻地反身回家，龟腚坡离东洼村有七八华里的山路，路也不好走，他还从来没一个人去过。拐到回家的胡同口，心里突然冒出来一个大胆的想法，他要一个人去龟腚坡。那年他已经十四岁了，正是初生牛犊不怕虎的年龄。心中似乎产生了某种模糊的预感，总感到单独一个人的行程也许会更有趣，会更有意想不到的收获。冥冥之中的这种提醒，让他更加下定了决心。他不再犹豫，转身就往村外走。

背着空书包刚走上那条通往外面的山路，他就看到了走在前面的鹿小希。鹿小希住在离此不远的部队仓库宿舍院，星期天来东洼村找班里最要好的女同学玩，女同学却在一大早就去了律家庄的姑姑家。此时她面临两种选择，一是循着同学的足迹，跟踪追击，继续去同学姑姑家去找同学。另一个是自己一个人快快地回家。想到回家也是无聊，鹿小希问清楚了同学姑姑姑父的姓名，又了解到去律家庄的路也不远，路还不是太难走，就决定去律家庄。

鹿小希肩上也背着包，但比禹奕泽背上的帆布书包要洋气得多，是那时不多见的水桶包，棕色的，圆滚滚的身体上面穿着细带，细带往上拽拢着，搭在肩头就像一个形状新颖的吊坠。

少女小希从后面看起来已经有些韵致了，黑亮的头发瀑布般地披散下来，随着身子的摆动飘然摇曳，高挑秀丽的身量陷在那身宽大的蓝色运动装里，窈窕而迷人，尖溜溜的臀部凸显着明显的折痕，随着步伐的节奏在若隐若现地晃动闪耀。禹奕泽出神地盯着鹿小希的背影，脚步放得很轻，唯恐惊动了眼前这幅让他神往的美好画卷。但到底还是惊动了，鹿小希在偶尔的回首中发现了他，在前面止住了脚步，他心里有些紧张，犹犹豫豫地继续往前。鹿小希问他去哪儿，他说自己要去龟腚坡。鹿小希又问那里有什么好玩的，说到龟腚坡的好玩他心里有了底气，如数家珍般地报出了那些好吃好看的野果子。鹿小希的眼睛亮了，相比于陌生未知的同学姑姑家，多彩的龟腚坡显然有着更强大的诱惑力。

去往龟腚坡的山路似乎变得好走多了，也一下子近了不少，一路上禹奕泽极力掩饰着自己内心的兴奋，在度过了短暂的适应期之后很快就自如了很多，也幸亏那沟谷不深的断崖，他才第一次拉了鹿小希的手。

那天，老天似乎是要格外卖个人情给禹奕泽。天空湛蓝明净，太阳明亮温暖，鸟的歌声和万千昆虫的盈盈声充满在空中，灌木、花朵、果实、绿叶、山和原野，呈现出浓重而多彩的色调，还没出现一片落叶。若不是有清爽的微风提醒，没人以为夏天已经过去。禹奕泽心里跟这怡人的风光一样鼓胀着饱满的热情，那些本来隐藏在浓密灌木丛中的果子，也不再稳重，频频地向他们招手，并显现出了非同一般的姿态。野猕猴桃身上闪动着一层细微的茸毛，或者是一层薄霜，看起来柔软而湿润，托盘子的果实透亮而红润，经太阳一照，反射着晶莹而夺目的光泽……偶有云霞飞过，从那浓密的绿叶缝隙里透射出来，山坡上就会反映出一缕缕透明的淡紫色、淡黄色的薄光。

　　已采摘了很多的野果子，鹿小希鲜嫩的唇都已被果实染成了紫色，可禹奕泽还在往灌木深处游走，他舍不得那些诱人的果实，更舍不得与鹿小希共处的时光。他希望太阳在这天不会落山；他希望能有更好的发现；他希望能带给鹿小希更多的惊喜。前面是一棵缀满果实的野桃树，他想扑上去看个究竟，一不小心脚掌踩在一棵蒺藜上，老蒺藜果上面尖锐的刺一下子扎透了运动鞋底，在脚底板子的正中戳出了一个血洞。一阵钻心的疼痛袭来，几乎就要跌倒了，他强忍着往前走了几步，隐在一棵松树下面，坐在草地上，甩脱了运动鞋，殷红的鲜血已把白色运动袜的底部浸染成了暗紫色。蒺藜果上的刺呈粗大圆锥状，只有一个矮矮的尖头，伤口应该不深，禹奕泽抬手摘了一些灌木叶子塞进鞋底，重新把鞋子套在脚上，他不能让这点伤痛破坏了眼前的景致，想坚持着站起来，不想鹿小希却已发现了他的异样，朝这边走了过来。

　　鹿小希看到了禹奕泽脚上的伤，坚持让他把鞋子重新脱下来，一边还上前俯下身子去帮他。随着身子往前倾斜，鹿小希乌黑的长发也跟着向下垂落，其中的一绺发丝游荡着拂过他的面颊，一股鲜润的花香直钻鼻孔，他想把头扭向一边，眼睛不偏不倚地正对了鹿小希上衣的开口。由于已接近中午，空气中已传递出了些微的热度，鹿小希把拉链拉到了颈窝以下，俯身后的空隙恰好把那两个青苹果般的小巧乳房显现出来，里面的胸衣也不是太贴身，圆鼓鼓的乳房在一马平川的山坡上匀称地凸起，呈现出神幽而动人心魄的曲折，映照出莹白起伏的色彩。禹奕泽的眼睛被灼疼了，心跳猛然加速，感到自己的脸似乎是被人打了两巴掌，火烧火燎的。他迅速地把目光移开，把头低了下来。

鹿小希却似乎没有任何察觉，帮着禹奕泽把袜子脱下来，然后从口袋里把自己的手绢掏出来裹在伤口上，兜着手绢的边角沿着脚掌两端往上拉伸，拢好了，又在脚背上打出了一个漂亮的蝴蝶结。

从此，那两个青苹果般的小巧乳房留存在了记忆深处，那是青涩的爱，也是青春的密码。他老是对此念念不忘，有时会觉得自己是个坏孩子，甚至有些下流，这令他很是难堪，想极力摆脱，可努力的结果却走向了事情的反面，那两枚青果以更加凌厉的姿态继续招摇在脑海。直至后来，第一次真正把鹿小希拥在怀中，青苹果已经熟透，变得更加饱满而有韵致，他晕眩流连于其中，飞升于无尽的云端里，那种青涩而生疏的感觉，那曾闪耀在眼前的曲线和莹白的色彩竟然还在脑海深处闪耀。

有了这次永远也抹不去的印迹之后，他对鹿小希的思念愈加剧烈，同时也加剧了内心的胆怯。看不见鹿小希的时候内心充满着渴望，而一旦跟鹿小希打个照面他又惊恐地逃开，这种状态几乎贯穿了整个初中生活，直到眼睁睁地看着鹿小希离开那所位于城郊的学校，随着父亲工作的变动去了南方。

神话故事中有"天上一日人间一年"的说法，历经了几十年，人间已发生了翻天覆地的变化，而这山上几乎没变，藏在深山中的龟腔坡还是那么绿意盎然生机勃勃，那些夹杂在灌木丛中的野果子树依然繁密茂盛，绿叶丛中还探出来很多颜色形态各异的花朵，又丰富又美丽，在春天的丽日下闪耀着，像是铺满了灿烂珠宝的花床。

那条新修的生产路就缠绕在龟腔坡周围，一直通往山后的背坡。路看起来还算平整，纵有倾斜的地方也并不显得陡峭，一边绕着山脚，一边则临着峡谷，断崖处是一个单拱石桥，石桥建得比较粗糙，只有形成拱顶的长条石排列得像整齐的牙齿，桥身上的石块却胡乱垛在一起，拼接成了乱七八糟的图案，连石块之间的缝隙都没抹平，任挤出来的砂浆随意壅塞着，疙疙瘩瘩地挂在上面，就像小时候随意甩上去的泥炮。路面极窄，仅能容一辆单向车辆通过，上面铺着沙石，有些低洼处用碎石块填充起来的。在山上修路有一定的难度，能在这偏僻的龟腚坡修通这样的生产路也应该是不容易的。

禹奕泽把自己的这个看法讲给老迟。老迟没立即回应，顿了一下才说："是不容易，可为了自己方便再不容易也得修呀。"

禹奕泽觉得老迟话里有话，就想引着老迟说下去，于是就颇为感慨地说："真想不到，韩义居然还能有这样的义举？"

老迟说："义举？这个词用在他身上恐怕不合适吧，欲盖弥彰还差不多。你刚才没注意到背坡那一片栽上去不久的树苗吗？这两年舒云谷要说政绩，这条路还应该轮不上，应该是对树木的补植，补植上去的还都是松柏这样生命力比较强的树木，更让人称奇的是，那些老树大多不是自然死亡，而是被连根端起，很显然是被人偷偷地挪走了。"

刚才确实在背坡看到了很多刚植上去的树苗，当时禹奕泽心里还闪过一丝疑惑，觉得这个地方偏僻，病虫害少，而且印象中这一带的树都是比父亲还早的那一辈林业人栽下的，树龄都五六十年了，没有大的灾害是轻易不会死掉的。

说到这里老迟似乎有些气愤："没有内奸，这些松树怎么会被轻松地挪走？挖了泰山上的这些老松树，就等于伤了泰山的皮。明知这是在犯罪，那些人为什么还这样做，不就是有个'钱'字在里面嘛！"

因松树本身有着坚强、优雅及长寿的美好寓意，民间有"千年龟万年松"的说法，给老人祝寿也有"福如东海长流水，寿比南山不老松"之辞，古代的文人还把松树与品行高洁的竹和梅并称为"岁寒三友"。尤其是生长在泰山上的松树，更是融入了平安吉祥的意蕴。云步桥北侧的那五棵老松，据说护过秦始皇的驾，还被封了官，成了五大夫松，这就使泰山松有了更多的内涵。因其如此，泰山松得到了很多人的追捧，尤其是那些心术不正的达官贵人，钱财来路不明，官帽戴得不踏实，就想办法给自己找些安慰，寻求神灵的庇护。泰山松既然受过皇封，又能带给人平安，正契合了那些人的阴暗心理，因此他们就想尽办法弄到正宗的泰山松，把它当成辟邪求安的器物。因为有市场，有一阵子，暗中做这样交易的人不少。禹奕泽很早就知道这事，也曾风言风语地听说韩义也在其中，没想到这一切竟然是真的，而且眼前就是现场。

对老迟的话，禹奕泽心里已经明白了七七八八，老迟说的"内奸"和"那些人"都应该有具体所指。想想也是，现在对泰山的树木监管得这么严格，若没人在暗中支持，要偷挪走个头那么大的松树，"那些人"是不可能得逞的。更为重要的是，松树没了之后还没引起管理区领导的警觉，这就更说明内线是存在的。内线不但对偷树视而不见，而且还及时进行了补救，找些看起来合理的理由把痕迹给抹平了。所谓合理的理由也应该很好找，各个检查站每年春秋两季都要对辖区内的树木进行普查，上报自己辖区内死亡树株的数量，届时只需把这些莫名消失的树木，以虫害或干枯的原因上报自然死亡即可。如此一推算，也就明白老迟所说的内奸是谁了。

这样看来，韩义之所以修这条生产路背后还应有更为复杂的原因，单涛要求政绩是一个方面，韩义也是为了往下运送偷挪树的方便。还应该有另外一个重要的因素，像这样的生产路都是就地取材，也花不了多少钱。况且，这条生产路早就被管委列入了规划，管委自然会有专项资金支持，如果有人帮忙向上争取下来，说不定韩义不但不用自己出钱，还能从专项资金中捞上一把。

这让禹奕泽心里感到有些后怕，韩义的形象在他心里也越来越复杂，一方面看起来积极向上，努力回村任职来为群众服务，另一方面背后还有这种勾当，明暗结合，黑白通吃，搞不清他到底想干什么，把东洼村交到这么一个人手中怎能让人放心？

对单涛的行为禹奕泽也感到有些不可理喻，觉得单涛不可能已堕落到了这种程度，更觉得，他没必要为了展示这条不起眼的生产路费这么大的心思。转而一想，又感到这也不是没有可能，这世界上最难估量的就是人心，通过回来的这几次接触，他发现单涛确实变了很多，好像更让人琢磨不透了，尽管嘴上说自己不是什么官，让禹奕泽继续跟他称兄道弟，但行事做事却俨然有了一副小官僚的派头。

禹奕泽在政府工作的那几年，接触过很多这样的小官僚，表面上装得低调而谦卑，把翘着的尾巴硬夹起来，骨子里却自高自大得不得了。有一次，他跟着区组织部的一个小科长下乡，车停进了乡政府院子里，禹奕泽想下车却被那位科长拦住了，并悄声耳语道，没人出来迎，咱就在车上坐着，不能一开始就让他们看轻了咱。结果在车上坐了好几分钟，才等到乡里的干部来给开车门。

这是一种典型的官僚主义，其危害之大不言而喻。如入鲍鱼之肆，久而久之就闻不到什么臭味了，若都这样不深入生活，不真正干事，只走形式主义，只做表面文章，政绩也就成了纸上的假数字。想想老领导在碧峰的时候，若不是引项目修路，建什么祥瑞苑……把工作做得看起来这么热闹，也不可能跨区域地被提拔到政府部门。

印象深刻的还有悦西区一个乡党委书记，本来是个穷乡，他到任之后却要打造农业特色之乡，大力调整种植业机构，把乡属的大部分村都发展成了西红柿专业村。区领导去考察，见村里村外建了很多引水渠，田野里到处都是生产西红柿的大棚，大棚内春意盎然果实累累，一片生机勃勃的景象，认为经验值得推广，去这个乡组织了几次现场会，并让这个党委书记去市里做典型发言，一下子就把这个党委书记的威信给树起来了，他很快就得到了提拔，去另外一个县担任了宣传部长。实际上，了解情况的人都知道，这个党委书记做的都是表面文章，这个乡地处丘陵地带，那些所谓西红柿专业村水源缺乏，并不具备大面积种植西红柿的自然条件。果然，这个党委书记离任之后问题就来了，栽好了西红柿苗无水可浇，刚修好的引水渠因为费用没落实，上游的水库不放水，即使勉强放一点也会被半道截留，大部分的种植户根本无计可施，投资几千甚至上万元的大棚派不上用场，只好把西红柿苗薅了重新种上粮食。

认真反思一下，这个党委书记似乎做得也没错，只要进入了仕途，没有哪个为官者不想得到提拔，要提拔就得有政绩，而政绩不是一朝一夕就能做出来的，为了尽快得到提拔，弄虚作假做表面文章也就形成了某种风气，如果整个大环境都如此，也就让人无可奈何了。这样一想，单涛似乎也就有理由这么做了。可是，这样不顾群众的利益，只为个人谋前程明明是不对的，因为既然来到一个位置，代表的就不仅仅是你自己了，身上就肩负了组织上对你的重托，就担负起了一定的使命，身后站着万千群众，他们把你当成依靠，视你为他们的父母官，面对这份信任，你扎下身子有所作为，不辜负他们的期望才是正理。

重新回来的这段时间，禹奕泽不断地在反思自己，人这一辈子究竟是为什么活着？是为了那些虚幻的名利？还是要遵从自己的内心？自己的父亲禹士民和老炮台就是两个很好的例子，父亲安心于这山上，踏踏实实尽职尽责地做了一辈子的林业工人，临走虽然遭受了病痛的折磨，但却没有留下任何遗憾，应该说是笑着离开的。老炮台经过一番折腾，重新回到山上又找回了自己。在禹奕泽眼中，他们都是成功者，也都成了他羡慕的对象，因为他们都遵从了自己的内心，独守了一份真实而具体的生活。父亲是认真地活过，老炮台正在认真地活着。"认真"两个字说出来容易，但做起来又是何其难也！因为它需要踏实，需要付出，还需要善良……说起来，每个人的生活都应该是个人的真切感受，都需要一份只属于个人的心灵满足来支撑。

通信公司的基站建在龟腚坡往上的山岭上，禹奕泽当着老迟的面试了一下，果然通信信号很弱，还真应了那句小品中的笑话，移动电话得移动地打。问题是，即使移动着也很难找到能把电话打出去的地方，若真在这样的地方搞防火演练确实有些离谱。禹奕泽又从老迟那里了解到基站属于悦城移动公司，心里猛然就冒出来了个主意。

回到检查站，禹奕泽就跟悦城移动公司的唐主任取得了联系。唐主任原本在悦西分公司干经理，前两年才调到悦城公司任办公室主任，禹奕泽在悦西区政府办公室工作的时候，由于是老领导的分管部门，他跟那时的唐总打过几次交道，彼此还算是熟悉，知道唐主任是个办事很干脆的人。禹奕泽问基站的事。唐主任说这个归工程部管。禹奕泽又问能说上话吗？唐主任说得分什么事。你若是想联系刚乘神舟九号上天的刘洋我可能就说不上话了。

禹奕泽笑了，说事没这么大，说自己已回泰山管委工作，就在有他们基站的那个辖区内。现在能如此便捷地向唐主任汇报工作，应该全赖这个基站的功劳。唐主任对禹奕泽的情况居然都了解。唐主任是老移动了，对建在龟腚坡上的这个基站也知道，并说幸亏那个基站建得早，搁现在，光审批就得费老鼻子劲儿！

既然这么知根知底，禹奕泽也就不藏着掖着了，随后他就向唐主任要求能不能开个基站近期要检修的证明。唐主任有些不解，问他有什么用。一般每个基站都有值班人员，遇到问题随时抢修，例行的全面检修是三个月一次。唐主任说据他了解，龟腚坡上的这个基站第一季度的检修春节后就完成了，第二季度的检修时间还没定。

禹奕泽本来想直说，又一想，他现在是在暗中跟自己的上司单涛角力，还不知道输赢，不宜直接讲出来，就托词说他们正在做春季林木普查，由于人手少这项工作开展得有些慢，尤其是龟腚坡，地点偏僻一些，情况相对比较复杂，可管委又急着要数字，有他们检修的证明也能为自己找些迟缓的借口。唐主任是老江湖了，尽管对禹奕泽找的这个蹩脚理由没完全明白，但想到这样一纸证明对他们移动公司也不会带来什么损害，还乐得帮了人，就痛快地答应了下来。

拿到这个证明，禹奕泽没有贸然出手，他先嘱托韩冬瓜留意两位领导的动静。他需要吴区长单独在家的时候过去汇报。等了两天，韩冬瓜向他报告说，吴区长刚好在，而单区长则开着车出去了，这正是禹奕泽想要的。他急忙把准时机骑着摩托车来到了碧峰管理区，先到单区长办公室门口敲了敲门，里面当然意料之中地没动静，然后又到管理区办公室打听单区长的去向，办公室的人告诉他，单区长临出门时说出去一趟，也没告诉说要去哪里。禹奕泽表现得有些着急，追问单区长什么时候回来，在得到不确定的答复之后，似乎更着急了，犹犹豫豫地又问，吴区长在不在？办公室人员赶紧说吴区长在。禹奕泽还是显得有些迟疑，最后才看起来有些畏惧地去了吴区长办公室。

通过这番表演，禹奕泽想让办公室人明白他没有越着锅台上炕，原本是来找单区长汇报的，单区长不在。人慌无智，也没想到打个电话问问，看情况紧急，只好去吴区长那里直接汇报了。

到了吴区长办公室，禹奕泽的表演还要继续，看起来有些急切，抖动着手中的纸片向吴区长汇报说："刚接到移动公司检修基站的通知，就过来找单区长汇报，不想单区长不在，看事情有些急，就只好来找您了。"

吴区长把那份盖着大红印章的打印纸拿过去，认真看了一下说："不对啊，他们检修基站怎么还会给我们开证明呢？"

禹奕泽一听，几乎要惊出一身冷汗来，真是百密一疏呀！碧峰管理区跟移动公司不是一个系统，更没有隶属关系，即使基站建在碧峰管理区辖区内也不会以这种形式进行接洽，只能用告知或者协商的方式来联系对方。

也幸亏禹奕泽反应还算敏捷一些，他赶紧解释说："我前两天去龟腚坡勘察演练地形，恰巧碰到了移动公司工程部的人，他们是来察看基站情况的，听说我们要在这里进行防火演练，当时什么也没说。不想今天一大早，移动公司一位姓唐的主任就带着这个证明过来了，说基站按照惯例早就应该检修了，现在检修就已经晚了一个多星期，检修得用好几天，很多设备还要上来。问我们的防火演练能不能晚几天。我说我做不了主，得向管理区领导汇报，要带他来管理区，他却说什么都不来，说他就是个跑腿的，去找管理区领导恐怕级别不够，让我先跟领导汇报一下，不行他们的领导再出面。看他执意不来，我只好带着证明先过来了。"

这番解释倒也合乎情理，吴区长听了，点了点头，然后说："他们要检修基站，我们要防火演练，这确实是一对矛盾。还都是在这两天，在时间上有所冲突。"

禹奕泽说："还不仅仅是时间问题，本来基站建在那里就有些灯下黑，这一检修恐怕联络就是个很大的问题。要不我们就晚两天？"

禹奕泽之所以敢这样试探，无非还是为了弄假成真，因为他知道演练时间已向田书记和曲主任做了汇报，不到万不得已是不会更改的，可演练地点还是可以变的，这正是禹奕泽此番努力的目的。

果然，吴区长摇了摇头说："时间是不能变了，已跟田书记说好了，他那天正好有空。再说了，预备会已经开了，通知已经下发到了各单位，再想改时间就会影响到其他工作。"

禹奕泽听了，沉默不语，显现着一副有些愁肠百结的样子。吴区长也一时想不到解决问题的办法，办公室里陷入短暂静寂之中。顿了一下，吴区长试探地问："能不能换个演练地点？"

这正中了禹奕泽的下怀，但他还不能表现得太过急切，尽量用平缓的语气说："这倒是个办法。龟腔坡那边尽管修了生产路，车辆也能上去了，但毕竟还是偏僻了一些。"

吴区长说："是啊！单区长要定那里的时候我也觉得有些偏，但单区长说老在眼皮子底下演练，领导也会有审美疲劳，换个背一些的地方也新鲜新鲜，再说越是偏僻的地方就越容易存在防火隐患，借机也能把隐患消除一下。我觉得这话说得有道理就同意了。谁能想到会跟移动公司在时间上撞车。"

禹奕泽心说单区长若真这么想就好了，嘴上却说："单区长这个考虑也对，偏僻的地方确实容易存在防火隐患，但演练还应注重实效。龟腔坡毕竟腾挪不开手脚，再加上基站检修，演练可操作的空间就更小了，既磨合不好机制也达不到练兵的目的。"

听了这话，吴区长沉吟了起来。禹奕泽知道自己已经把吴区长说服了。这时，隔壁传来了开门的声响，吴区长说："单区长应该回来了，把他叫过来我们再一起商量。"

单涛一进屋，看到禹奕泽有些意外。禹奕泽站起来想解释，吴区长却率先说："奕泽本来是来找你汇报的，看你不在就来我这边了。你回来得正好，咱们赶紧议一下，看把演练地点改在哪里合适。"

吴区长这么一说，禹奕泽顿时轻松了下来，让他轻松的还不仅是吴区长替他圆了场，更重要的是把调子定了下来，演练地点的改变已成为定局。这个时候吴区长已经跟单区长把刚才的情况说了。单涛默默地听完，先是沉默了一会儿，然后说："协调一下移动公司，让他们把检修时间往后推两天不行吗？"

禹奕泽就知道单涛不会这样轻易就范，应对之词早就准备好了："我也跟那位唐主任提了这样的要求，唐主任说他们按照惯例是三个月进行一次大的检修，这次都接近四个月了，再不检修实在说不过去了，前几天上面的一个传输器突然就停摆了，几乎要酿成大的事故。"

单涛不言语了，对着禹奕泽直轮眼球。禹奕泽知道单涛心里一定是有了某种感觉，才会这样狐疑地看他。对此禹奕泽并不担心，也有着充分的思想准备。人都是敏感的，尤其是官场中人，恨不得把自己的眼睫毛都钻成空心的，面对今天这种局面，若没感觉就是傻子。很多事情不一定非要说出来，只要做到心照不宣也就足够了。

吴区长见单区长沉默不语，就说："既然这样，那就换个演练地点吧。这个好弄，具体方案都是我们自己做的，只需更改过来就完，事前不需要再报管委会。"吴区长这话尽管是用商量的语气说出来的，却有着一锤定音的效果，在关键时候凸显了一把手的决断能力。

最终三个人商量着，把实景演练的地点改在了长岭下面的山坡上。这是由禹奕泽提出来的。禹奕泽的理由很充分，一个是长岭位于泰山正东方，是三条生产路的交界处，交通方便，利于各种参加演练车辆的调度。第二是清明节前后是周围群众扫墓祭祀的集中期，长岭周围遍布着许多老坟，尽管国有林地上的老坟都已迁走，但下面那些老坟还存在，这几年提倡文明祭祀，禁止烧纸燎香也是工作的重点和难点，借防火演练的阵势，能把这种意识更深入地贯彻到群众心里。第三，演练的首要目的是查找不足和锻炼队伍，长岭地面开阔，能尽可能地发挥演练人员的主观能动性，只有把各种因素都调动起来才能更好地实现以上目的。

说是三个人商量，但大多都是禹奕泽在说，吴区长中间在不时提问，作为分管领导的单涛却一直表现得比较沉默，直到吴区长再次以征求意见的语气问他这样行吗？他才勉强笑了一下，表态说："好！禹站长的这个提议很好！就把实景演练的地点定在长岭吧。我没意见。"

第十四章

4月17日当天的演练获得了很大成功，4月18日的《悦城日报》头版的显要位置对此进行了报道，具体内容如下：

志在大泰山　当好守护神
泰山景区碧峰管理区开展森林防火应急大演练

（本报讯）4月17日上午9时40分，伴随着凌厉的火情警报声响起，泰山景区碧峰管理区防火突击队的队员们立即携带好防火物资，乘坐应急救援车辆赶往火情着火点。这是泰山景区碧峰管理区以"志在大泰山　当好守护神"为主题，在舒云谷检查站长岭林区，实施森林火灾应急救援实战演练活动现场上的一幕。

为积极应对当前严峻的防火形势，进一步提高泰山东部山区森林火灾应急救援协同实战能力，提高周围群众的防范意识，实现快速、有效、安全、科学地扑救森林火灾的目标，保障泰山森林资源的安全，泰山景区碧峰管理区联合玉泉寺景区和周围的东洼村、扫帚峪村、律家庄村等十多个村庄，依据《森林防火条例》和泰山景区《森林火灾应急救援预案》，举行了森林防火应急救援实战大演练，共计有二百余人参加了演练。此次联合实战演练，首次把周围村庄纳入了演练范围，很好地调动了周围群众联防联控的积极性。模拟舒云谷检查站旁边的长岭突发森林火情，接到要求进行应急增援火警后，各个森林防火应急联防单位按照应急救援预案，全副武装，携带扑火装备，第一时间向规定地点集结，协同配合展开联合扑救。

"舒云谷检查站突击队8人，集合完毕。请指示！""请立即赶往长岭坡控制火情。注意安全！"演练中，各个救援队伍携带灭火机、对讲机、应急包、2号工具、油桶、急救箱、背负式水囊等赶往火情模拟现场，在现场总指挥单涛的调度下，快速、安全、有序进行模拟扑救，并做好安全撤离、余火清理、现场留守等后续工作。

记者了解到，举办此次联合演练是提升泰山东部森林火灾应急救援作战能力，有效防范和处置森林火灾的重要手段。此次演练，通过对火灾报警、应急响应、灭火力量集结、导引队伍散布、展开灭火行动和清理移交火场连贯演示，整合了泰山东部及周围村庄的防火力量，提高了各支部队快速处置早期森林火情的实战能力，健全完善了泰山及周边区域森林防火工作标准体系，为确保泰山森林资源安全，推动泰山景区经济社会的发展提供了有力保障。

演练当晚，悦城电视台在《悦城新闻》中也推出了一篇三分钟左右的报道，里面还穿插了对泰山管委党工委书记姚子申和演练总指挥单涛的同期采访，身后背景都是那个热火朝天的救火场面。田书记首先向演练的成功举办表示热烈祝贺，对此次演练的示范意义给予了高度评价，并对碧峰管理区一直以来的工作成绩表示了肯定。单涛则讲得有些离题，记者本来是想请他讲一下组织这次大型演练的目的和意义，他却一直往领导脸上贴金，把一切都归结为泰山管委的正确领导，归结为田书记和曲主任的指示精神，归结为解放思想提高认识上，说的基本上都是些官话和套话，一听就是在照本宣科地背文件。不过，他的自我感觉倒是蛮好的，镜头前的神态看起来很兴奋，眼睛亮闪闪的，脸涨得通红，再加上那身橘红色的消防服，整个看起来就像是个将要入洞房的新郎官。

事情很圆满，禹奕泽心里也很满意，悦城电视台的那篇报道尤其是让单涛露了一下脸。本来电视台的记者要采访吴区长，吴区长不讲，让记者来采访禹奕泽。禹奕泽又推荐了单区长，并说单区长才是这次演练的总指挥，一直把控着整个演练的全局，能采访到他也就把整个演练的情况掌握了。还有《悦城日报》上的那篇稿子，总指挥单涛的名字也是他让那位姓骆的记者加上的。他之所以这么做并不是要向单涛卖好，而是想平复一下单涛心中的怨气。

改变了演练地点，单涛失去了在领导面前展示政绩的机会，很可能已经把这笔账算在了禹奕泽的头上，让单涛在电视上出出镜，报纸上留下名，有种堤内损失堤外补的意思。通过这种形式，也许堤外的补已远超了堤内的损失，跟田书记同时出现在电视镜头面前应该是单副区长梦寐以求的，但愿他能以此找到更好的平衡，正确对待这次演练。禹奕泽从心里不想跟单涛结怨，别说还有如此深厚的渊源，就是萍水相逢走在一起也是缘分，彼此之间应该宽容和珍惜。还有一层意思更为重要，单涛现在还是自己的顶头上司，得罪了锅台没有烂饭吃的道理禹奕泽还是明白的。

在此次演练中，还发生了一件非常有趣的事情，被《悦城日报》的骆记者当场记录了下来，写成新闻故事，当作花絮发在了《悦城晚报》休闲版上。文章的题目是：老迟不迟　神行导引。主要介绍老迟徒步狂奔导引应急救援车的经过。老迟作为导引组组长，主要负责把救援人员导引到着火点，本来他在下面的东御道路口等候的时候骑着自己的摩托车，救援车接到火情警报赶过来，老迟骑着摩托车在前面带路。可刚爬上大水帘那个大坡，摩托车突然就熄了火，老迟急忙使劲蹬了几下启动杆，怎奈摩托车像死过去一样没有任何反应，眼看后面的救援车近了，老迟短暂地犹豫了一下，随即就把摩托车推到了路边，撒开两个大脚板子在前面跑着导引车辆前行。也幸亏从大水帘到长岭不算太远，也幸亏老迟身体还行，奔跑的速度极快，居然没耽搁时间，顺利地把救援车导引到了长岭的着火点。这看起来有些惊心动魄的一幕被那位有心的骆记者看在了眼里，还及时按动了挂在脖子上的照相机快门，给老迟抓拍了一张照片，照片也同时出现在了晚报上。老迟奔跑的状态极佳，一副不顾一切全力向前的样子，本来挂在臂膀上的红袖章都滑到手腕上，被风鼓得满满的，就像一架单扇的风车。

这位骆记者还是有些文采的，文字也写得特别有趣，形容老迟的奔跑速度之快，不做兔子逃命猛虎下山之类的比喻，而是说他跑起来的整个轮廓都变成了圆形，就像一个巨大的车轮在急速旋转，带动着后面四个小小的车轮，顺利地抵达了前方。禹奕泽喜欢这种不落俗套的叙述，不说目的地也不说着火点，而是说前方。多好啊！前方，是一个未知之处，也正是每个人都要必然抵达的地方。

老炮台照例没参加防火演练，不过这次他本来是想参与的，但后来看到禹奕泽和老迟都把人员安排好了，再加上手头正忙活着林木普查的事情，也就没主动把要求提出来。

实景演练这天，老炮台又去了宰牛沟，一来是记挂着那只老鹰，这个春天他总是挂着它，担心它觅不到食，抓了两只鸡给它带了上去。最主要的他还记挂着一座老坟。

多年前，老炮台来寻找老鹰的时候就发现了那座老坟，它位于宰牛沟下面谷底的上游，往上可以通往中天门的西溪。这显然是一座失落已久的荒坟，上面长满了杂草，如果不是略为鼓起来的坟包，已很难看出坟茔的样子。起初老炮台并没有在意，像这样已多年无人看顾的老坟，过去在这山中也会时有发现，一般属于零散居住在周围山间的人家，后辈出于各种原因已远走他乡或已去山下居住，前来拜祭多有不便。

后来，老炮台在坟墓下面不远处的河沟里发现了一块石头，石头是原生的，呈长条形，有四五十厘米的长度，横卧在沟底，看上去跟普通石头也没有什么两样,这样的石头在这山上太容易找到了。一开始老炮台并没想到这石头会与老坟有关,直到发现隐在泥沙下面的字样才留意起来。把上面的泥沙仔细剔除干净,字迹渐渐显露了出来,字不是刻上去的,而是用钢化瓷釉漆写上的,由于年代久远,再加上山洪的冲刷,瓷釉漆已脱落得只剩下了大体轮廓,仅有少量残留。大体能看到"顺""子""墓"这三个字样,"顺"和"子"是连在一起的,中间隔着那个字已无法辨认,应该是个"之"字,下面顺下来就是"顺子之墓",在"顺子"前面应该还有一个姓氏,可上面的字已彻底模糊不清。"顺子"这个名字也常见,山里人不大讲究,一般在小名前面直接冠以姓氏就成了大号。字体歪歪扭扭,随弯就弯地写在了凹凸不平的石头正面,左上的位置没有注明生辰与辞世时间,右下也没有落款。但老炮台仍然断定这是一块墓碑,原本是立在墓前的,是山洪冲下来的时候把它击倒,让它沉睡在了这沟底。很显然,这位不知道叫什么顺子的人应该就是老坟的主人。

可这也太潦草了吧!一个活生生的人没了,葬在这山旮旯里,再随便找块石头,用瓷釉漆写上名字就完事了。一个人的一生就这样被几个笔画瞬间给涂抹完了。那时候林场的各个工队都有瓷釉漆,为的是给树木做记号。另外,还有一个附带着的作用,洗脸的搪瓷盆漏水了,把脸盆倒过来扣在脸上,对着阳光找到漏水的小窟窿,抹上瓷釉漆,然后再晾干,就能用了。这个联想猛然让老炮台想到了一个人,"顺子"前面那个模糊不清的字迹应该是个"闫"字,他叫闫顺子,是跟自己父亲韩尚信年龄差不多的老林业工人。

老炮台接班的时候,闫顺子还在上班,可不到一年的时间就病倒了,听说得的是绝症。那时候扫帚峪工队的队长不断带着人去看他,老炮台也跟着去过几次,他原本胖墩墩的身材瘦成了一把骨头,看到有人来就从土炕上挣歪着身子坐起来,抓住来人的手,眼泪接着就从深陷的眼窝儿里往外淌,看着就让人心酸。去看望他的人每次回来都要发一通感慨,通过这些感慨,再加上自己的了解,老炮台对闫顺子的身世也就渐渐有了了解。

闫顺子的父亲是个老实巴交的农民，本来居住在离此有一百多华里的竹阳镇。闫顺子两岁那年，母亲晚上借着月光去村边的碾盘去压碾，不想被村里的一无赖强奸，父亲去找无赖理论，无赖反诬母亲偷了他们家门口的大北瓜，村里管事的里长对无赖比较了解，起初是倾向于闫顺子一家的，想处置无赖，无赖不服，带着里长去找证据，居然真在碾盘底下找出了无赖提前藏进去的北瓜。官司打到了县衙，无赖提前使了黑钱，再加上有那个大北瓜做证据，官司最终还是输了。周围人不明真相，还以为老闫家就是为了个北瓜松了裤带子，背后都说："老闫家真腌臢，换了北瓜去县衙。"

面对这样的奇耻大辱，闫顺子父亲觉得自己没脸再待在竹阳镇了，就拖着一家老小来到这山中的小梭庄定居。山中物产丰富，这边又没人了解他们的过去，闫顺子父亲很快就放下了包袱，一心掌正地拉拔着两个儿子过日月，日子很快就稳定了下来，可乖塞的命运并没有放过他们一家。有时候，命运就是悬在头顶上的一把大刀，说不定什么时候就会突兀地掉落下来，不幸被砍到的人无可逃避，只有引颈受戮。闫顺子十一岁那年，父亲本来在山上下套是为了逮野兔，一只黄鼬却误入了圈套，闫顺子父亲当时还非常高兴，因为皮货商很喜欢黄鼬的毛皮，价格要比野兔的高出好几倍来。问题就出在黄鼬肉上，一般情况下，过去套住野兔，闫顺子父亲都是像当地人那样，把兔肉拿到通风的山洞里阴干，再储存起来慢慢吃，但这个秋天也许是收获的猎物太多了，把这块黄鼬肉竟然忘下了，待想起来时肉已有些味道了，闫顺子母亲舍不得扔掉，就炖在了锅里。那天也巧，十一岁的闫顺子跟着一个比自己大两岁的小伙伴去山里采果子，到了下午才回来。回到家，一打开门就惊呆了，见家里的三个大人全都倒在了地上。

成了孤儿的闫顺子并没有离开小梭庄，也许正因为村里户数不多才表现得非常义和，一家来了客人就是全村人的客人，带着各自的吃食赶来，瞬间桌子上的菜肴就会满满当当，几乎每家都会派个代表来陪客人，看起来就像是全村人的节日。同样，一家遭了灾难其他人家也不会坐视不管，闫顺子虽然失去亲人，但在生活上并没有遭受太多的磨难，不是被这家叫过去待几天就是被那家招呼了过去，过年过节的，乡邻们更是轮番地往家里叫，到了寒暑季，村里的婶子大娘也都能帮着拆洗一下被褥。

入社之后，闫顺子跟老炮台父亲韩尚信一样进了林业队，只不过他是被公社特意照顾进去的，没过几年，又一同被收编进了泰山林场成了正式的林业工人。年轻的时候，由于没有父母操持，把婚姻大事耽搁下了，到进林场的这一年，他已经接近四十岁了，错过了最佳婚配年龄。后来，闫顺子干脆就不打算找了，收养了一个女儿。

可能是自己一辈子孤苦无依，乍得到这么一个亲人，心里就像骤然有了依靠，闫顺子待这个女儿很好，生疼生娇的，捧在手里怕摔着，含在嘴里怕化了。林场忙起来的时候，他就央求邻居来照看。植树大会战的那几年，工地上有时也会打打牙祭，会吃上一顿猪头肉或者是炖个鸡什么的，分给他的那一份总舍不得吃，悄悄盛在瓦罐里，连夜给闺女送回来。

到了上学的年龄，闫顺子又把女儿送进了学堂，想不到女儿很认学习，成绩很好，闫顺子感到很欣慰，不惜一切代价地供女儿读书。在那个动乱年代，学生们都不学习了，可闫顺子的这个养女却一直没放下书本，恢复高考的第一年就顺利考进了南方的一所著名大学。就在闫顺子想松口气的当口，却被查出患了胃癌，而且已到了晚期。

知道自己得了不治之症之后，闫顺子的求生欲非常强烈，甚至达到了病急乱投医的程度，无论是土方偏方都想拿来试上一试。听说生吃泥鳅能治癌症，自己就挣歪着身子去河沟里捉泥鳅来吃，听说泰山上的周茶能抑制癌细胞就拼命采来喝，喝得连续腹泻了好几天，最后只剩下了一把骨头。其间，女儿利用寒暑假回来看过他两次，之后就很少回来了。

据说，闫顺子后来是被活活饿死的。见偏方治不了自己的病，闫顺子不知通过什么途径认识了一个道士，道士自称已在这山中修炼了多年，已炼成了辟谷之术，三年当中没有进食一点五谷，只吸纳天地之气，精气神却比往日来得更加饱满。道士说辟谷就能把癌细胞饿死，闫顺子竟然相信了，从此就只在床上打坐，水米不进。

闫顺子的失踪是在查出病来的第二年冬天，工队的人照例隔三天过去看望他，却发现一直仰卧在那个土坯炕上的闫顺子不见了，立刻发动全工队以及村里人搜寻，找了两天一夜，最后才在宰牛沟上游，就是现在墓地这个位置发现了闫顺子的尸体。

闫顺子的身子已僵硬，横卧在下面的碎石上，头颅前进的方向朝着中天门，最后的这段路程显然是爬着上来的，十个手指都被山石磨破了，黑黑的血痂凝结在指端，棉袄棉裤都已被挂烂，身上到处布满了白色的棉絮，有些棉絮已被鲜血浸染，像飘在干瘦身体上的鲜花。身子下面还压着一块石头，石头上有五个血淋淋的大字：我想葬在这。字是用指头上的血迹画出来的，歪歪扭扭，有些笔画留着很多的飞白，就像一把快要秃掉的扫帚，扫过薄雪后留下的痕迹。

闫顺子为什么会来到这里？他又为什么想在此埋葬自己？当时让人百思不得其解。小梭庄虽然不大，又是杂姓庄子，但也早已开辟出来了义林，村里人老去后都要集中埋葬在村子东边的义林里。那是一片山坡地，向阳背山，找堪舆先生专门来看过，说是一块难得的吉地。

根据闫顺子临终时前行的姿态，他应该是想爬向中天门，宰牛沟不是他最终的目的地，他选择在这里埋葬自己显然还有些不甘心的意味，想把自己置于一个永远在路上的境地。有人据此猜度，闫顺子之所以在生命的最后有这样一个举动，还是出于一种求生本能。

在中天门上，有一条西溪顺着西南方向往下流，在黑龙潭瀑布的断层上，沿着悬崖边有一道白色的石筋，这就是著名的"阴阳界"。西溪水从"阴阳界"直落数十米高的悬崖，泻入黑龙潭中，再继续往下形成一条湍急的河流，这就是奈河。很多人以为奈河只是神话故事中虚构的一条河流，但这条河却是在泰山脚下真实存在的。以奈河为界，东边宅邸相连、街市繁华，是人烟稠密的人间社会。盈盈望去溪流急，莫向桥头更送行。河上过去有金桥和银桥。在中国民间传说有关地狱的描写中，魂魄一旦过了奈河上的金银桥，也就别想再回头了。闫顺子之所以拼着性命地往上爬，显然是为了超越那个"阴阳界"，蹚过奈河，让自己的魂气升入天，形魄归于地。

一直没有联系到闫顺子的那个养女，把电报发到那所大学也没有回音。工队的人跟村里主事的一商量，只好按照闫顺子留下的那个遗愿，把他草草地葬在了这里。

明了这些过往之后，老炮台从心里心疼这位老人，也期盼那个养女能回来一趟，看顾一下这个可怜的人，因此，他才经常在清明节前后这段时间，不断来这里看看，希望能看到些新的变化。可这么多年过去了，老坟依然原封不动地卧在那里。他不知道闫顺子的那个女儿现在人在哪里，又从事何种职业，那个年代的重点大学毕业生，想必活得不会差，怎么能把辛辛苦苦养大自己的人忘了呢？他虽然没有给予她生命，却是托举她生命的那个人，他不是她的来处，却是她人生的基石和支撑。无论她现在处于何种生命状态，都应该想到那双托着她长大，扶着她行走的粗粝大手。

从确定老坟的主人是闫顺子的那一年起，老炮台几乎每年清明节前后都会过来看看。他早已把那块石头墓碑重新立了起来，也请人把字重新刻了上去，没有进行过多的补充，只刻上了"林业工人闫顺子之墓"几个大字，他应该能查到闫顺子的生辰八字，但他却不想那么做，他想，有"林业工人"这四个字就足够了，无论他生于何处又魂归哪里，既然干了一辈子林业，林业工人就是他永远的标签。

老炮台每次都会带着拜祭用品过来，早年的三牲祭是鸡鱼肉，这几年老炮台觉得不能用这些肉食了，过多的肉食会加重人类的罪孽，随后就改成了香蕉苹果之类的水果。不能烧纸焚香，就把祭品摆好，对着那个简单的墓碑祷告祷告，然后再跪下来磕几个头。他所能做的也只能是这些，无论能不能通达，他都想告慰一下那个孤苦无依的灵魂。

老炮台也知道，假如闫顺子地下有知，他最想见的是自己的养女。老炮台内心也有这样的期盼。他也觉得，那个被闫顺子抚养长大的女儿不该这样杳如黄鹤，因此，每年老炮台过来的时候都希望老坟能有些变化，已有人过来上过坟了。即使是前几天轰轰烈烈的迁坟运动，明知道老坟如果动过也会被列入范围,但老炮台依然在这样想,哪怕是麻烦一些,他也愿意让躺在里面的这位老人得到自己亲人的眷顾。也因此,每次老炮台都是在过了清明节之后才来,即使来了,他也不忙着上坟,总是要等到最后。

今天由于演练,老炮台担心车辆太多,怕过一会儿自己出不来了,因此就早早地来到了宰牛沟。老坟依然没变,这已经成为一种常态了,可他依然没有死心,依然决定还是等等再给闫顺子上坟。

等候的这段时间老炮台也没闲着,沿着宰牛沟沟底寻找可以采挖的枯树根,像宰牛沟这样的沟底是最容易有所斩获的,雨季的时候是洪水的下泄通道,湍急的流水就是一把把粗硬的刷子,在把沟底清理干净的同时,也会把生长在沟边的树木冲毁,待洪水散去,枯树根就裸露在了外面,有形没形,一打眼就能发现,用不着再去费力地挖土刨石。

一路搜寻着走下来,并没有发现自己心仪的树根,只是把一些可有可无的断根清理了一下,又把还有生长希望的树木尽量竖起来。有些树木的根部虽然被洪水阻断了跟泥土的联系,但并没完全死去,把树身直起来,再把根系重新埋进土里还会有生还的希望。有了这种收获,老炮台心里也就没有了遗憾,找树根做根雕本来就是一种附属的工作,相比于救活一株树木而言,这种附属真的没有那么重要。清理完这些,再往前走,他就发现了那块还有些意思的石头。

泰山上的石头主要是由变质岩和花岗岩组成,岩性十分坚硬,历大自然二十五亿年的风雨剥蚀,阳光烤灼和海浪冲刷,经球状风化后形成了裸露的峭壁悬崖和浑圆厚实的巨石。泰山岩石自古以来就被认为具有灵性的神力,受到人们的崇拜。据有关资料记载,至迟从一千多年开始,人们就在街口、村头、桥梁等要冲处或门前屋墙上,立一自然石或石碑、石柱,上刻"泰山石敢当"五个字,镇妖辟邪。

"泰山石敢当"是中国最普遍的民俗信仰,不仅是全山东省境内,东南西北中,除了新疆和西藏,各省都有,波及东南亚各国以及朝鲜、韩国和日本,至于欧洲和美洲的唐人街就更不必说。随着华人的足迹走遍世界,"泰山石敢当"也就遍及了全球。

究其实质,"泰山石敢当"的民俗信仰应该源于远古的山岳崇拜和灵石崇拜。史前的祭祀遗址都用石头来砌筑祭台,在有些少数民族地区,至今依然流行着祭石风俗,把石头当作山神来膜拜。山神也就是镇神,就是镇守一方之神,而泰山自古以来就被认为是"配天作镇"的,东岳庙里的东岳大帝手执的就是赫赫有名的作镇之圭。泰山所镇,与其他山岳不同,它威力无比,镇的是乾坤,因此有"泰山安则天下安"的说法。由于泰山有镇乾坤的威力,那么,取泰山上的一块小石来镇宅安家也就成了很多人的愿望。有泰山作为社稷的镇山则国泰,有泰山石作为家宅的镇石则家安。从某种程度上说,这就是泰山对于中国,对于中国人的意义。这也就是"重如泰山""稳如泰山""安如泰山"等我们耳熟能详的成语的深意所在。泰山在这里面更多的是一种象征,是一个和平的承诺,是一份安宁的保证。

老炮台平时是不搜集泰山石的,因为他现在就住在泰山里,每时每刻都能感受到那敦厚沉稳的巨大身影的庇护,每时每刻都能感觉到来自它的力量。况且,为了更好地保护泰山,现在上面已明令禁止在泰山上采石头。但他却想把这块刚刚发现的石头带回去。

这是一块青色的花岗岩,大小就像吊在树上的一个老鸹窝,形状也像,圆筒状捅上来。老炮台所看重的不是它的石形,而是上面那个处于正中位置的图案,图案由天然的白色纹理形成,像极了一位古代老人的身影。脑袋稍尖,后面还留有发髻,身体从上面漫下来,似乎是披着一件宽宽大大的袍子,老人像是端坐在一块巨大的岩石上,又有白色的纹路搭在下面,又像是骑在某种动物身上。老炮台伸出双手把石头捡起来,仔细端详着,冒出来的第一个意念就是老子出关,这个印象闪耀在脑海中,就怎么看怎么像了,后来就有了一种爱不释手的感觉。他记得自己还有一件与此相配的根雕,根雕的底部已被他在台子上抹平,上面有三根往上斜插的柱子,把这石头蹾在柱子里面,老子骑着青牛飘逸而去的感觉应该就更真切了。

老炮台在宰牛沟转悠到了下午,那个奇迹始终没有出现。一般人家过了中午十二点就不会再来上坟了。据说，阳界通往阴界还会有一段路途，上午把给往生者寄托哀思的东西送过来，下午天黑之前必须要让他收到。不然，天黑之后通往阴界的路就不通了。看着太阳偏西，老炮台知道再等下去也是无望，就把祭品摆在老坟墓碑前，在前面跪下来闭上眼睛祷告，送去的只有祝福，他也想向闫顺子解释一下养女为什么没来，但实在是找不到为她开脱的理由，也就只好罢了。待睁开眼睛，老炮台突然就惊呆了，荒坟凸起的地方竟然出现了一条大花蛇。那蛇蜷着身子盘踞在坟包顶端，侧对着老炮台，睁着那只绿豆般的黑眼珠儿，昂着头朝向他摇晃着身子。

　　老炮台没有害怕，他知道泰山上没有毒蛇，这条盘踞在老坟上的蛇就更不会伤害人了，它应该是觉得闫顺子太孤单了才出来陪他的。老炮台仰起头，目光越过坟头上的那条蛇，朝中天门的方向望去，上面的白云在阳光的照耀下变成了玫瑰色，从下面那些矗立着的花岗岩山峰上奔泻下来，一下子就变成了生机勃勃、辉煌灿烂的阳光湍流。老炮台被这巨大的光辉所感染，也被坟茔上面那个仁义的灵物所感染，他不由自主地俯下身子，跪了下来，正对着那个原始墓碑，尽量低下头颅，把额头触向沟底。

第十五章

　　演练结束后的第三天，老炮台请禹奕泽来长岭看自己新得的石头，他先不说破自己心中的图景，让禹奕泽自己来命名，禹奕泽仔细端详了一下，突然冒出来一句唐诗：独钓寒江雪。老炮台有些意外，把石头接过来，转在手上看了一会儿，知道禹奕泽是把老人下面长袍的线条当成了甩出去的渔竿，这样才多少有了一些《江雪》的味道。

　　老炮台不甘心自己心中的景致被这样误解，就启发地问禹奕泽像不像老子出关。禹奕泽又盯着看了一下，认真地说自己还是觉得独钓寒江雪似乎更贴切些。老炮台心里隐隐有了某种失望，心想这就是代沟了。尽管面对着一样的环境，但不同年龄段的人，时光凝结在身上的人生经验厚薄不均，所思所想所感也就不同，看问题的出发点就有了差别，好在出关和独钓还多少有些相通之处。

　　放下石头的话题，老炮台就把自己叫禹奕泽过来的真实目的说了。原来之前老迟的口风很紧，从没在同事们面前讲过自己的家庭困境，老炮台在听禹奕泽说了老迟家属的病情之后，想帮帮老迟，他说自己手头还有一部分资金，这部分钱原本是给韩今生准备的，想万一他把生意搞砸了，也好有个东山再起的资本，现在看来韩今生的悦风谷发展得还不错，种茶这条路子选对了。况且，现在他比以前看得更开了，子女自有子女福，一辈子不管两辈子事，将来富贵也罢，贫穷也罢，都是天命使然,他这个做父亲的管也没用,又不能跟他们一辈子,所以手头这部分资金也不想留了,他从来不想做什么守财奴,钱攒在自己手里就是一堆废纸,只有花出去帮助可以帮助的人才有意义。

禹奕泽起初是不同意老炮台这么做的,关于老迟的情况,他已向吴区长做了汇报,吴区长也已跟管委工会的有关负责人打了招呼,正在筹划着发动整个管委系统的职工为老迟捐款。

老炮台听了,沉吟了半晌说:"发动职工捐款也不是不可以,但要波及整个管委系统似乎有些不合适。捐款本身是一种自觉自愿行为,有很大的人情在里面,管委其他部门的同志们跟老迟根本就不认识,大部分人出于人道,会甘愿帮一下,但肯定也会有人心里不情愿,即使碍于面子把钱拿了出来,暗地里也会抱怨。再说了,换肾可不是小钱,大家都是工薪阶层,手头并不宽裕,捐款不可能解决根本问题。"

禹奕泽听完老炮台这一席话,觉得很有道理,一时沉默了下来。

老炮台感到自己似乎已把禹奕泽说服了,就又讲起了一个真实的故事。在山西榆次车辋村,有中国民居第一祠堂之称的常家"北祠堂"。这个宽二十五米,进深一百六十余米,三门四进,上下两院的祠堂中,有一个相当精美的戏楼。戏楼始建于光绪三年(1877),历时三年才完工,耗银三万两。一向以诗书传家、勤俭持家为家风的常家,为什么要在这时建一个戏楼呢?原来这一年,山西受灾最严重,全省有三分之一人口死亡。如此严重的自然灾害不可能不影响晋商的商业,常家首当其冲。但这时,常家不仅捐出赈灾银三万两,而且还拿出了三万两银子盖这座戏楼。常家盖戏楼不是为了自己享受,而是作为救济乡里穷人的一种方法。同乡的许多人平常还是过着小康日子的,因而在这样的灾年,难以放下面子去粥棚领取施舍。常家深知这一点,他们希望这些人有尊严地接受帮助,就想出了盖戏楼的方法:那些挨饿的人可以有尊严地吃下用自己劳动换来的一餐一饭。常家规定,只要能搬一块砖就可以管一天的饭。大灾持续了三年,常家的戏台也修了三年。

讲完这个故事,老炮台又说:"捐赠者不是施舍者,更应该是学习者和受惠者，捐赠当然是帮助了别人，让困难者走出了困境，但对自己，又何尝不是一种救赎呢？有人说，每一笔巨大的财富背后都隐藏着巨大的原罪。对这个观点我倒不完全认同，可我一直认为，财富本身确实是个含有内疚的字眼，即使通过完全公平交易得来的财富，也带有一定的掠夺性。道理很简单，财富是有限的，你的占有肯定挤占了别人的空间。更何况，这个世界上根本就没有绝对的公平。"

这番道理把禹奕泽彻底折服了，看来，老炮台对这个问题也不是考虑了一天两天了，内心应该有了成熟的想法。于是，禹奕泽就问："您想怎样帮老迟？"

老炮台说："既然帮助老迟不是为了图回报，我想把自己隐在后面，我们可以把钱打给慈善组织，以他们的名义，把救助资金定向转给老迟。"

禹奕泽读懂了老炮台，心里对他更加敬佩。老炮台的意思是再明白不过了，他是想让禹奕泽来具体操作这事，自己彻底隐在幕后，不显山不露水地解除老迟心里最大的忧患。之所以把这事托付给禹奕泽，不仅仅是因为禹奕泽现在是舒云谷检查站站长，在禹奕泽看来，这更多的应该是出于一种信任，出于他们之间深厚的渊源。禹奕泽在心里感到非常温暖，同时也体会到了这份信任沉甸甸的分量。

从长岭下来，禹奕泽就联系了悦城红十字会。从声音上判断，接电话的是个年轻女性，禹奕泽简单介绍了一下情况，并说自己是替朋友咨询的，捐赠者不想露面，想定向救助一位尿毒症患者。那位年轻的工作人员倒非常热心，说还没遇到过这种情况，需要向领导汇报后再给予答复。过了一会儿，电话就打回来了。说像这种匿名捐赠他们可以操作，但对方要具备捐助条件。禹奕泽问什么样的条件，对方迟疑着说，譬如是建档立卡的低保户之类。简单说，就是被救助对象要具备困难到一定程度的条件，让捐助看起来师出有名。

挂了电话，禹奕泽就直奔大直沟水库上边去找老迟，老迟正带着几个人在那里清理死树。

由于靠近水源，又处在山体刚刚抬升的区域，当年植树造林的时候,这一片树木种得特别密,树木长势也很好,但不知道当时是树苗的原因还是其他什么因素,这一带长起来的大都是赤松。赤松与油松是泰山上的两种最主要的松树,赤松与油松相比要脆弱一些,不但抗倒伏能力差,还更容易受到病虫害侵袭,好在经过这么多年的生长,这些赤松都已成材,有些得天时地利之先的,树干已达到了碗口粗细。原本对这些树木是比较放心的,所以才放在最后普查,没想到这一普查就发现了问题,而且还有可能是最为担心的大问题。

赤松不是太耐旱,每年在树木普查的时候都会被清理掉一些,但今年好像死掉的特别多。老迟昨天下午带着人上来大体转了一圈,发现了十好几棵,回来就跟禹奕泽把情况说了,还说出了自己的担心。如果是旱死的还不是太要紧,把干死的树干拔掉,再把树坑清理出来,补栽上去就行,就怕是招了虫害,松树一般会招松褐天牛和松扁叶蜂,这两种害虫都是先侵害松树的树干,再慢慢扩散到枝叶,时间跨度慢,也容易防治。最为可怕的是一种叫松材线虫的害虫,这种虫子寄生在松褐天牛身上,一旦侵害到了松树,这棵松树就如同人得了绝症一般,没有指望了,所以松材线虫也被称为松树的癌症。

禹奕泽昨天下午了解到这个情况后也比较紧张,若不是今天一早老炮台打来电话,他也会跟着老迟上去了。他也担心那些死掉的树是遭到了松材线虫的侵害,这种害虫最大的危害还不是祸害一棵树,它还能像瘟疫一样传播,随着风到处飘摇,无论落到哪棵树上都会置其于死地。前几年樱桃园景区就遭到了松材线虫的劫掠,一下子死掉了两百多棵松树,再加上为了隔离间伐出来的树木,损失达到了三百多棵,这么一大片山林,想想都让人心疼。这些松树都在这山上长了六七十年了,已跟山脉融成了一个整体,乍一被拔掉,整个山体似乎就变得破碎了许多,甚至给人一种衣不蔽体的感觉。

禹奕泽找到老迟的时候,老迟正在对着一根倒伏着的树干锯片,其他几个人也正忙活着,有的在扛着树干往下,有的在挖树根。旁边放着两辆老式地排车,其中一辆车的长车厢里,已堆满了伐下来的树干,树干看起来跟正长着的树没什么两样,只是上面的松针都枯黄了,有些已脱落，光秃秃的。那两辆地排车都是改装过的，下面同样有两个胶轮，但要比一般的地排车长，车体也狭窄很多，这样的车子在平原上几乎已经接近绝迹，但在山上，也只有这样的车子才能拉上来，要往下运东西还非常实用。

老迟俯着身子，一只脚踩在树干上，一前一后地用力推动着胳臂，正在埋头急速地抽拉锯子，树干枝头那些残留着的松针在不停抖动着，抽打着飞腾着的碎木屑，形成一层悬浮着的浅雾缭绕在他周身。禹奕泽走到身边他也没察觉，直到那个带着一圈圈年轮的树片彻底脱离了母体，掉落在下面垫着的破布片上才直起身子，看到了立在眼前的禹奕泽。

老迟先把那个树片从下面捡起来，拿到眼前仔细查看了一番说："就是在这周边几棵树上发现了松褐天牛，现在看这个树干也问题不大，还看不到松材线虫的痕迹，就担心上面是否寄生了虫卵。"说着把那个树片递到了禹奕泽手里。

松材线虫的虫卵极其细小，用肉眼几乎是发现不了的，只能通过木材的纹理和色泽，凭借多年的经验来判断。禹奕泽把树片接过来，没有在平面上发现纹理和色泽的异样，可仍然说："我们还是小心一些为好，我的意见是把这几棵发现有松褐天牛的树都锯片，然后送到管委森保站去检测，若没有感染松材线虫最好，一旦感染了，就要赶紧采取措施。"

老迟点了点头说："我也是这个意思，小心没有过火的。我抓紧安排。"说着就招呼那几个正往地排车上装树干的工人，赶紧拿起锯子来给那几棵树锯片。

由于山上山下的不是太方便，来山上上班的时候，禹奕泽就安排人把饭买上来，检查站有电磁炉也有锅碗瓢盆，中午切上一点肉片，炖上一大锅白菜，然后就着买上来的干粮就打发了。白菜去年没有囤下，是从长岭老炮台那边拿过来的。今年禹奕泽早做了打算，把前面的菜地重新开了出来，菠菜和小白菜的种子也早已撒上了，已露出了嫩黄色的芽尖。

吃过中饭，有几个工人在屋子里嚷嚷着玩扑克，禹奕泽就把老迟叫了出来。

正是一年中最好的时节，前面大直沟水库里春水荡漾，缭绕在周围的树木杂花丛生，飞鸟穿林，把春光点缀得十分迷人。老迟以为禹奕泽是找他谈松材线虫的事情，还没等禹奕泽开口就说："如果真是松材线虫那麻烦就大了，就要在这一片山林里戳出个窟窿来，到时候，眼前这番美好的景致就要大打折扣了。"

禹奕泽说："是不是松材线虫要等下午森保站的结果出来再说。我现在想跟你商量一下嫂子的病。据我所知，咱各级的慈善机构都有救助，尤其是在汶川大地震之后，更是加大了力度，每年都会救助不少人，你探听过这方面的消息吗？"

老迟似乎愣了一下，不知道禹奕泽为何突然谈起了这个话题，顺口回答道："没有。"

禹奕泽又问："那你们申报过低保补助吗？"

老迟轻轻笑了一下，说："我们怎么会去申报低保呢？我有事业单位的公职，你嫂子虽说是下岗人员，但原单位还交一部分保险，再加上孩子也大了，我们这种情况是肯定不在低保范围之内的。"

见禹奕泽隐隐现出失望的神情，老迟又说："那天晚上我已跟你说过了，我们的日子已渐渐好了起来。我找医生了解过了，像你嫂子的这种情况，即使不换肾，只要自己注意，按时透析，也不会危及生命，有些肾病患者都七老八十了还在做透析。我不申报低保不是为了面子，而是确实觉得比我们困难的人家多了去了，比起他们来，我们的生活还能过得去。"

老迟把这番话说得很真诚，禹奕泽心里却有些酸楚了，也更坚定了帮助老迟的决心，通过低保这个路子不行，就再想办法找找其他门路。

下午两点多钟，带着树片去森保站的人回来了，同时也把检测报告带了回来，所提供的四个树干的样片上，有两个检测出了松材线虫的虫卵。禹奕泽看到这样的结果，脑袋一下子就大了。

吴区长和单区长也很快赶了过来，森保站的专家也被请来了。看到那些倒伏着的树干，单涛似乎是在无意中念叨道："去年春天这里刚普查了，今年怎么就死了这么多？"言外之意是他去年在这里干站长的时候，一切还都很好，今年却出了这么大的事情。可据禹奕泽了解，因为这里的树木长得还算齐整，去年一整年都没有进行认真普查。上午的时候，禹奕泽就发现，有些树显然不是现在才枯死的，松材线虫说不定就是从这些枯死的树上衍生出来的。

老迟听出了单涛话语中的话外音，内心颇为不平，就故意讽刺道："还是单区长能干啊！去年我请了病假，自己一个人就把整个舒云谷玩转了。"

禹奕泽知道老迟这是在帮自己，但还是有些不快地看了老迟一眼，心说这都什么时候了，还有心情在这里斗嘴？

按照标号，两棵害有松材线虫的树还靠得不是太近，这就意味着周围其他树株也都有感染的可能。森保站的技术人员带着仪器，把两棵树范围内的所有树株都检测了一遍，结果发现中间有一条直线传播的通道，这棵通道中的六棵松树全部都感染了松材线虫。

这个斜着的直线型通道有十多米，根据这个直径，划定一定范围，再把隔离地带的树伐掉，一次就要损失近百棵生长了五十年以上的松树。这确实有些太残酷了，禹奕泽问森保站技术员就没有其他办法吗？技术员冷着脸说："没有，一沾上这种虫子，只有用这种方式从根上彻底剔除。"

吴区长虽然是农大毕业，但是学园艺的，对植物保护方面并不专长，看到技术员说得这么肯定，就对禹奕泽说："那就别犹豫了，赶紧安排人来间伐吧，你们这边人手不够，我再从其他检查站给你们协调几个劳力过来。"

可禹奕泽内心还是有些不甘，把头转过去，朝向了那片山林深处，此时太阳正在繁密的树林后面落下去，在落日的余晖里，点缀在树林深处的那些松树，带着它们那低垂的细枝和怒茁的松针鲜明地耸立着。

单涛见禹奕泽没回应吴区长就赶紧催促道："还愣着干什么？趁天

还没黑下来,你们的人也都在这边,赶紧开始干吧。"

禹奕泽把头转回来,眼睛里已闪动着泪花,有些动情地说:"这片山林就在东洼村上面,我小的时候没少在这里玩耍。有一天傍晚,我跟几个小伙伴玩藏猫猫,可能是我藏的地方太过隐蔽了,他们找了好久都没找到我,我躲在里面还自鸣得意。后来见月亮都出来了,才感到有些不对,悄悄走出来,发现伙伴们都走干净了。正是初冬时节,天上月亮清寂,林子里万物肃杀,我一个十来岁的孩子,在这种时候独自一人待在这林子里,内心的恐惧就可想而知了。风吹过松针发出唰唰的声响,那些熟悉的山石也在月光下变得狰狞起来,我吓得直想哭,身子瑟瑟抖动着不敢动弹。是那摇曳着的松枝提醒了我,让我想到了这林子里一定会有树精存在。在这大山下过活,村子里的老人几乎都会讲几个树精的故事,从他们的故事里,我知道树精都是善良而宽厚的,我现在遇到了难处,树精自然不会袖手旁观,于是,我就躲在一块大石头后面大声喊树精伯伯,恳求它们能帮助我。说也怪了,有了这种念想,心里感觉不到害怕了,我居然独自摸索着走回了家……"

"这都什么时候了?你还有心思讲这些封建迷信!"单涛抢白着打断了禹奕泽,脸上显现出不耐烦的神情。

禹奕泽正色地说:"正因为是这个时候,我才想到了自己这个真实经历。通过这个经历,我想说,这些树都是有生命的,它们在这山上已生活了六七十年了,有些可能还要更久一些,它们历经的风雨比我们要多,参悟出来的生命道理应该比我们要深。我们不应该这么草率地处理它们,尤其是我们这些护林人。"

森保站的那位技术员不干了,语气很冲地说:"怎么草率了?目前松材线虫就是不治之症。你如果能拿出更好的办法来,我认你做老师。"

禹奕泽说:"我也没说您草率,只是不说当年植树是多么辛苦,就是长到现在这个程度也是不容易的,对待它们,我们应该慎重一些。不能一伐了之,还要积极地寻求其他办法,就是人得了癌症,也不是只有开刀割瘤子这一种治疗途径吧？"

吴区长对禹奕泽的话已有了感觉，问道："你有什么想法就直接说出来。"

禹奕泽知道这时候自己的态度不坚定一些不行了，森保站的那位技术员和单涛都在虎视眈眈地看着自己，果断地说："我只想要一个晚上的时间。我认识一位农大植保学院的教授，他正在研究松材线虫的防治问题，我有他的联系方式，想连夜去找他讨教，听说他已有了新的研究成果，我找他详细了解一下，如果合适我们可以拿来试一试。"

单涛接上说："这事我觉得没谱，如果这成果有效，早就公之于众了，我们森保站的专家不会不知道。一个晚上？我们倒是能等，可松树里的虫子不会也等着你吧？"

单涛有意把森保站的那位技术员也拉到自己这边，明显是想孤立禹奕泽。禹奕泽却并没在意，仍然坚持着说："据我所知，现在我们的学术效率还很低，任何研究成果要转化为生产力都要经过一个繁杂的过程。所以，没有公之于众，并不一定意味着研究成果没有实际效能。如果有效，我们为什么不能拿来试一下呢？能行就能把这些树救下来，不行再伐掉也不迟。一晚上，松材线虫也不会肆虐到无法收拾的地步吧。"

单涛还想要再说什么，吴区长却直接说："我支持奕泽的想法，我读书的时候虽然在园艺系，但我知道植保学院有几个很有名气的教授，他们如果真研究出了对付松材线虫的办法，我们就能把这些树保下来了，这种虫子也就变得不再可怕了。反正最差就是伐掉，试一试也没什么坏处。你说呢，老李？"

老李就是那位森保站的技术员，他见吴区长都这么说了，也只好说："树在你们管理区地面上，怎么处理最终还是你们说了算。我一个业务部门的技术人员，也只能给你们敲敲边鼓。"这话多少带了些怨气，但也算是支持了禹奕泽的想法。单涛一看自己已是孤掌难鸣，也顺水推舟地说："那就豁上一晚上的代价试试吧，这些树就这么伐掉任谁也是心疼的。"

送走了吴区长一行，禹奕泽感到自己几乎有些虚脱了，把身子紧紧靠在一块大石头上直喘粗气。老迟似乎看出了禹奕泽的虚弱，上前问道："你真有把握？"禹奕泽没有急着回答，而是意味深长地看了老迟一眼，又向上挺了挺脑袋，说："很多大胆做出的决定不一定是来自内心的把握，而是迫于形势，更为重要的是还要存有感情，有了感情也就有了底气，也就敢于担当了。"

回到检查站，禹奕泽就打开手机联系肖立栓，这就是他刚才所说的"植保学院的教授"了。他实在不忍心把那些当年辛辛苦苦种下的树就这样砍了，才不得不作此一搏。

肖立栓不想休学，只在病床上躺了不到两个星期，待腿上的裂缝稍微愈合了一些，就拄着拐杖回到了学校。禹奕泽在电话里把情况说了，还真是巧了，如果不是母亲生病，肖立栓原本就准备报考植物病理学方面的研究生，植保学院有一位姓宫的教授也非常欣赏他，一直想把他纳入麾下。宫教授今年已六十多岁了，研究了一辈子的植物病理学，在全国林学界都是挂了号的专家，只是不知道宫教授对松材线虫是否有研究。

禹奕泽一听就觉得有些眉目了，急切地说："松材线虫对松树的危害也不是新课题了，既然研究了一辈子的植物病理学，就不可能不涉猎这个问题，麻烦你先给我预约一下。我随后就到。"

一听禹奕泽这么着急，肖立栓那边显得有些为难，犹豫着说："这样是不是太过于冒昧了？宫教授可是个很有性格的人！"

禹奕泽显然明白肖立栓所说的性格是什么意思，有很多搞了一辈子学问的老学者，只沉浸在自己的世界里，对世态人情好像不是太通融，社会上的某些人会把这种人称为不正常的怪人。实际上，他们内心却通达晓畅得很，对一些虚与委蛇的俗事只是不屑或者是不想为之。

禹奕泽不想跟肖立栓解释太多，直接说："像这样的大学者哪有没性格的，你不要管那么多了，只需向宫教授通报一声，说有个老学生要去拜访他。"

挂了肖立栓的电话，禹奕泽又去了长岭，找老炮台讨了一包悦风谷出的新茶，就骑上摩托车朝悦城方向奔去。农业大学已在悦城东边征了三千亩地，建了新校区，大多数学院都已迁了过去，植保学院的研究生院还在老校区，宫教授就住在研究生院后面的专家楼上。

禹奕泽赶到老校区的东门，肖立栓已拄着拐杖立在门口候了多时，他是被家住悦城的同学开车直接从新校区送过来的，因此比禹奕泽快了一些。

宫教授住在一栋老式二层楼房里，使用面积并不大，客厅甚至比一般的单元房还要狭窄，只是院子看起来还算比较宽敞。研究植物的专家，自家的院子却光秃秃的，地面大部分都被硬化了，只给几棵立着的树木留下了喘气空间，在晃动的灯影里，也看不出那几棵树是什么样的树种。

因之前肖立栓介绍宫教授是个很有性格的人，禹奕泽进门的时候多少还有些紧张，待见到宫教授本人，情绪就彻底放松了下来。宫教授面目很是慈祥，身材长得也很板正，略微花白的头发朝后梳得纹丝不乱，跟影视剧中见到的学者形象很相符。看到禹奕泽手里提着悦风谷的茶叶，居然非常高兴地说："小韩那里的茶叶，他前几天就送过来几包。这个茶叶好！是真正的有机茶。"看起来他跟老炮台的儿子韩今生非常熟悉。

禹奕泽没有对此感到意外，韩今生种茶树自然要防治病虫害，请这方面的专家指导也就不足为怪了。

有了这个共同点，禹奕泽沉下心来了，不再忙着向宫教授讨教问题，先聊起了韩今生的父亲老炮台，把老炮台急流勇退毅然返回泰山的传奇经历讲了，宫教授听了直感叹，感叹之余又说了句："怪不得呢。"说完见禹奕泽有些疑惑地盯着他看，解释道："仔细观察，你会发现，每个人的表面气质里都会隐藏有一定的背景，里面会藏有他走过的路、读过的书和爱过的人。从一开始接触小韩，我就感到了一种异样的繁复，他这么年轻，为什么会想到种茶树呢？在我们北方，经营茶园不但见效慢还有诸多不确定因素，一般的生意人是不会涉足这个行业的，原来他身后有这么一个不一般的父亲。"

禹奕泽点了点头，非常认可宫教授的这番话，同时，内心也掠过了一丝悲凉，我们这个社会还是太浮躁了，都热衷于赚快钱热钱，没有几个人能沉得住气，像经营茶园这种看起来正常的生意，从事的人竟然成了"不一般"。

有了这个和谐的开场之后，接下来的话题就顺畅了许多。禹奕泽把目前遇到的难题说了。宫教授起身到旁边的书房里找出来了一本2013年的《中国农业科学》杂志，打开这本杂志的目录，宫教授指着一篇文章说："对于松材线虫的防治，我早就有所关注。上世纪八十年代就有用白僵菌防治玉米螟虫的成功经验，受此启发，前几年我就开始做用白僵菌来防治松材线虫的实验，有了初步效果后就写了篇论文，发在了当年的这本杂志上，这项成果已有了转化，被广东的一家制药厂申请了专利，生产出了可以溶于水的粉剂，使用以后效果还不错。你们也不妨参考一下。"

禹奕泽的目光顺着看下去，在宫教授的名字前面看到了那篇论文题目：白僵菌对森林虫害的研究。摘要写着：综述了白僵菌在森林虫害防治中研究与应用概况，主要包括白僵菌防治森林虫害的主要种类、白僵菌对昆虫的致病机理、白僵菌致病力的影响因素，以及白僵菌在生物防治中的应用前景。往下逐渐找到了白僵菌对松材线虫的防治原理。

原来这是一种以夷制夷的防治方式，通过白僵菌分生孢子在寄主表皮或气孔、消化道上，遇适宜条件开始萌发，出生芽管，其芽管进入虫体后在血腔内自由浮动，逐渐增长变为菌丝，这些菌丝通过吸收虫体内的水分和养分，不断伸长、分枝、增殖，并入侵器官部位，使整个虫体充满菌丝体。在这个过程中，菌体会产生草酸钙结晶，降低血淋巴的酸度，使机体代谢发生紊乱，致其死亡。在适宜条件下，已被致死宿主体内的菌丝体还会产生分生孢子，虫体表层破碎，孢子随风释放感染其他虫体，形成循环浸染。

禹奕泽看完，眼前不禁一亮，这种方式正是他内心的期望，几乎没有副作用，不会对松树造成二次伤害。但他也看到白僵菌的萌发还是需要一定条件的，温度要在24摄氏度左右，也需要有一定的湿度，幸亏现在天气已逐渐热了起来，大直沟水库又处于海拔不是太高的位置，再往上温度上不去恐怕就很难用这个办法了，这也许就是森保站的技术人员不关注这种防治方式的原因。现在已经到了春末夏初，在晴天丽日的下午，那片林子完全能达到这个温度。既然办法可行，接下来的问题是，如何才能找到这种粉剂。

看禹奕泽在盯着杂志沉思，宫教授又给他拿出来一张名片，名片上写着一个名字：邓若琳。头衔为：广东省农业科学院植物保护研究所副所长。宫教授指着名片上的名字说："她是我的师妹，也一直在参与这项研究，她跟我刚才说的那个制药厂一直有联系。明天一早我先跟她说一下，你再找她联系，让她想办法给你们弄到粉剂。"

禹奕泽心里豁然开朗了。看时间不早了，外出跳广场舞的宫师母也已回了家。禹奕泽和肖立栓就站起来告辞，宫教授也没多加挽留，把他们送到大门口，临分手的时候宫教授对肖立栓说："小肖，那个事你再考虑一下，我觉得还是要趁年轻多学点知识为好。"

肖立栓有些迟疑地答应着，一边逃避般地向外移动着拐杖。禹奕泽看出了一些端倪，跟着肖立栓慢慢往外走。大学校园里，还是自有其独特味道的，研究生楼上亮着点点灯火，不断有拿着书本的年轻学生进出，远处操场上还有不少同学在做体育活动，人声并不繁杂，透着清爽和干脆。朦胧的光线里，那些挺拔而矫健的身影显得很有格调。恍惚中，禹奕泽感到时光又回来了，好像自己已置身于上世纪九十年代的林校校园。假如时光能倒流该有多好！也许他可以选择另外一种人生，但也许不会，在没有抵达时光深处之时，谁也不能预料未来的样子，这也许就是人生的魅力吧。

禹奕泽依依不舍地把头转回来，对肖立栓说："你应该跟着宫教授继续把书读下去。"

肖立栓呆愣了一下，认真地看着禹奕泽说："到了我这个年龄，很多道理已经明白了，可明白并不意味着行得通。我目前面临的主要的问题，就是要让我母亲安心。"

昏暗的灯光下，肖立栓眼睛里闪动着坚定的亮光。禹奕泽看着肖立栓，心里一阵唏嘘，他知道，眼前这个小伙子表面看起来平静如水，内心却承受着说不清的压力，意识到这一点，他突然感到一阵心疼，就赶紧转移开话题说："这老头不错，似乎没感到你所说的那种'性格'！"

肖立栓说："他是跟你有眼缘，跟他看不上的人可不是这样。"

这话让禹奕泽心里腾起了一股热浪，觉得肖立栓在无意之中，点出了某种生活的实质，人与人的交往确实是需要眼缘的，自己父亲与老炮台当年的交往不就是一种眼缘吗？这种缘分当然不是凭空而来的，应该是他们凭借某种相同和相通的气质走在了一起，这完全来自一种本能和天性。

禹奕泽推着摩托车和一瘸一拐的肖立栓并排往外走，快到学校大门口的时候，禹奕泽问肖立栓是不是要回新校区，得到肯定的答复之后，禹奕泽拍了拍自己的摩托车后座说："我送你回去。"肖立栓却说："不用，我有专车来接。"正说着就见一个高大的身量骑着自行车晃晃荡荡地来到了身边，尽管在灯影里有些模糊，但禹奕泽已断定来者就是肖立栓的兄弟肖立柱了，这个来自美国的大男孩给他留下的印象太深了。自行车还没停稳，诺亚就把两只脚伸到地上，挺直了身子说："Dude，我来晚了，没想到你出来得这么早。"看到旁边的禹奕泽，赶紧伸出手来招呼道："你好，泰山守护神，我们又见面了。"

禹奕泽握着诺亚那只大手心里直犯嘀咕，这应该就是肖立栓说的专车吧！可这自行车也太破旧了，还是那种老式带大梁的样式，车把是山羊角状的双弧形。这种老式自行车已很少在街面上看到了，也不知道诺亚从哪里淘换来的。肖立栓似乎并没注意到禹奕泽的意外，很随意地说："我来的时候诺亚就要送我，怕你久等就让其他同学捎过来了，回去就不用这么着急了。"说着就把拐杖抱在怀里，顺势坐到了自行车方方正正的后座位上。诺亚扭头看了一眼禹奕泽，用力蹬了一下脚蹬，说："再见，保护神！我们后会有期。"两个人就一溜烟般地冲了出去。

第二天一早，禹奕泽还没从家里走出来，宫教授的电话就打了过来，说已跟自己的师妹说好了，让他赶紧联系。禹奕泽不敢怠慢，按照名片上的电话打了过去，接电话的声音听起来柔柔弱弱的，说着夹杂有粤语腔的普通话，单从声音上判断比想象的要年轻不少。禹奕泽还没往下说对方就说，宫师兄已经跟她说过了，让他提供快递地址，以便及时把药剂快递过去，并给他提供了一个账号，让他把买药剂的钱直接汇到这个账号上就行。这就是南方人的处事方式，干净利落，清清爽爽。禹奕泽从内心里喜欢这样，他早就对那种假借人情之名，绕来绕去，徒增诸多内耗和环节的交易厌恶透顶了。

跟那位邓所长核对好了地址与账号之后，禹奕泽就在上班路上找了个自动提款机，把钱汇了过去。

赶到管理区，吴区长也刚刚上班，单涛的办公室也敞开着，由于有了昨天下午的交锋，禹奕泽不再有所顾忌，径直来到了吴区长办公室，向吴区长详细汇报了宫教授的研究，又把白僵菌防治松材线虫的原理大体说了一下。吴区长听完，沉吟了好一会儿，才说："宫教授的大名，我在上学的时候就了解，他在植物保护方面的研究在全国都有着很大的影响力，可以说是站在植保学最前沿的专家，我从心里认可这个方案。现在的问题是如何让森保站的人认可，还要向管委有关领导汇报。毕竟是一种新的实验性的防治方法，具有一定的风险性。"

禹奕泽从昨天下午开始，只是一门心思地寻找抑制松材线虫的办法，根本就没考虑这么多，经吴区长一说，才觉得自己把这事考虑得太过简单了。心里有些着急，就说："森保站的那些人能认可吗？宫教授的论文才发出来两年多的时间。再说了，他们也不一定能关注到这种最新的成果。"

吴区长想了一下，说："这你就甭管了，我自会有办法。如果能让领导发话，他不认可也得认可。没办法，在目前这种体制下，想做事情你就得多动脑子，本来可以自下而上的事情，你不得不掉过头来自上而下。这也就是主要领导特别忙的原因，都怕担责任，都找他去拍板，每天二十四个小时，除了吃饭睡觉他都在拍板，能不忙吗？所以，我们现在真正能担当的干部太少了。好了，有些说多了。你现在抓紧找间闲着的办公室，写一个报告，以管理区的名义，把发现松材线虫的过程，目前的情况以及如何大胆探索，敢闯敢试，积极寻找最佳防治方案的情况写上。最好能把宫教授那篇论文也复印了附上。你写完了，我先看一下，然后去找领导汇报。"

这番话听下来，禹奕泽打心里开始佩服吴区长，毕竟是在大机关里待了这么多年，想得就是周全，不但照顾到了方方面面，还能突出他这个领导的魄力，最为重要的是，万一这种防治方式行不通，他最终还能把自己择出来。

领会好了吴区长意图，这个报告也就不难写了，禹奕泽本身就在政府部门写了五年材料，这么一个应急报告当然不在话下，最主要的还是宫教授的论文，昨天晚上告辞的时候他本来想带着呢，但由于之前肖立栓的提醒，再加上跟宫教授初次见面有些不好意思，就没敢提出来。他担心肖立栓正在上课，迟疑地拨通了电话，还好，肖立栓很快就接了，禹奕泽让他再跟宫教授说一下，要把那本杂志借出来用一下，他马上派人过去取。肖立栓听了，赶紧说你不用过来了，让宫教授直接通过微信传给你影印件就行。

身边的好多人都已开始用微信，禹奕泽虽然最近终于把那个老旧手机淘汰了，也换上了智能手机，但却一直还没开通微信，听说有这么方便，赶紧去管理区办公室请教，办公室一个小伙子很快就给他摆弄好了，让他给自己取个昵称，并向他解释说也就是微信的名字。他想了一下，说出了两个字：极顶。小伙子说这有些不像微信名字，禹奕泽说甭管像不像了，他现在就想到了这个地方，以后想到更好的再说。实际上，禹奕泽对自己猛然之间蹦出来的这两字很得意，极顶当然不仅指泰山极顶，应该既是山之巅也是人生的攀登之峰，与云天相连，与理想对接，每个人心中不都有个极顶吗？通过一往无前的努力，尽力抵达心中的极顶，应该是所有探求者都想要坚守的状态。

小伙子又教了禹奕泽半天，他才自己摸索着会用，跟宫教授通过话后，相互加了好友，过了不大一会儿，宫教授就把论文的影印件发

219

到了手机上。还真是便捷。

办公室里面是一个套间，禹奕泽过去就在里面办公，现任的办公室主任老祁，可能是嫌里面出来进去的不太方便，就把自己的办公桌移了出来，跟两个办事员挤在了外面，但里面还保留有一台电脑。禹奕泽拿了把凳子躲在里面写报告，把门关上，倒也非常安静。禹奕泽写得很快，九点多一点就写完了，拿给吴区长去审阅。吴区长看了，没再提什么意见，跟宫教授的论文影印件钉在了一起，就马不停蹄地去了管委。

下午刚到上班时间，禹奕泽就接到了吴区长的电话，在电话里，吴区长没透露任何信息，只是让他过去一下。一路上，禹奕泽心里还直打鼓，心说自己把药剂都买了，可别再出什么幺蛾子了。吴区长一看到他就兴奋地通报，说："一路绿灯，我直接去找田书记做了汇报，田书记看完报告就表扬了我们，说干工作就得有这样的闯劲，光墨守成规不行，科技在发展，我们的林业工作也要紧扣时代脉搏，跟上发展步伐。立刻就在报告上做了批示。有了这个批示，森保站的那些人连屁都不敢放了。"说着就拿出报告来让禹奕泽看。

禹奕泽心里一块石头落了地，看到报告的最上面写了这么几行字：赞赏碧峰管理区的这种有开拓精神的做法，干工作稳扎稳打重要！在一定科学依据下，敢闯敢试更为重要！！地上本没有路，走的人多了，便成了路。路都是人走出来的，建议有关业务部门大力配合支持碧峰管理区的做法，管委会党工委也会以此为契机，结合当前形势，继续跟进总结碧峰管理区的经验以便在整个景区推广。下面署名为田子申。

禹奕泽没想到自己无意中给碧峰管理区，给吴区长本人带来这么大的利好，心里自然感到高兴，但他却没把这种得意表露出来，表现出来的态度跟报告上写得一致，不无恭维地对吴荣明说："这还不都是吴区长的决策正确！"

平心而论，这话并不太亏心，尽管出现目前这个结果是由他的坚持所致，但若没有吴区长的支持，那些松树恐怕昨天下午就被伐了。总体来说，吴区长还算是个有责任感有担当的领导，尽管也有想往上爬的私心,但走上了这条路又有几个是不想提拔的呢?

吴区长说:"你赶紧给广东那边联系,让他们把药剂发过来。咱们看看哪天天气好,就开始喷洒白僵菌,让那些得病的松树早一点得到救治。"

禹奕泽表面答应着,心里却在盘算,上午就已经发货的药剂,说不定现在正在天上飞着呢。

第十六章

　　白僵菌对松材线虫防治效果很好，喷上药剂的第五天，森保站的人上来采了样，回去不久就把情况反馈了回来，说白僵菌的孢子生长得很旺盛，几乎所有松材线虫身上的活性成分都不存在了。吴区长得到这个消息后很高兴，直接跟禹奕泽说："这是一个重大突破，其意义还不仅仅是保住了那些老松树，对将来的病虫害防治也有着深远的意义。你把上次你写的报告再总结提炼一下，我拿到管委办公室，在《情况通报》上发一发。"略微顿了一下，吴区长又说，"最好再找新闻媒体报道报道。"

　　禹奕泽心里自然明白吴区长的意思，他回来不久就听说吴区长是下来镀金的，还在旅游规划处的时候就被列入了县处级的后备干部，最近又成了进入管委领导层的主要考察对象，在这关键时期，自然需要氛围的营造。

　　请那位骆记者再次上山采访，除了对骆记者的文笔比较信任之外，还带有其他想法。禹奕泽先把骆记者带到了大直沟水库上面的那片树林，介绍了这片山林的历史，这是泰山在那个年代大造林的最早成果，不仅为以后的植树育林提供了可以借鉴的宝贵经验，更为重要的是它们是那段历史的重要见证者，是不可多得的历史标本，保住这片山林的重要性也就不言而喻。以吴区长为首的管理区领导班子一直以来对这片林子格外重视，单涛区长在舒云谷任职的时候，每年春秋两季都会亲自带人过来普查，对每棵树都建立了档案。前几天发现有枯死的松树之后，吴区长和单区长第一时间就带着森保站的技术人员赶了过来，在确定是被松材线虫感染之后，按照传统防治方法是把周围的松树都伐掉，至少会涉及百余棵松树。面对这种情况，在强烈的责任感和使命感的驱使下，吴区长提出了一个大胆的思路，并连夜派人去农大请植物保护方面的著名专家上山来会诊……

介绍到这里，禹奕泽犹豫了一下，他担心宫教授会看到这篇报道。正在埋头记录的骆记者这时突然抬头问："是派人去的？还是自己去的？"禹奕泽迟疑着说："是派了专人。"骆记者说："这样表现力就有些差了。我在处理稿子的时候只能模糊一些了，直接说连夜去请教了专家。"禹奕泽觉得这样也说得过去，把主语不讲得这么清楚，宫教授将来万一读到也不至于产生什么反感。骆记者又说："最好也把这位专家的名字写上。新闻报道嘛，一定要准确。"

"准确"确实是需要认真琢磨的两个字眼，禹奕泽心里这样想着，也就不用再回避了，把宫教授的名字报给了骆记者，巧合的是骆记者也采访过宫教授，对宫教授在业界的知名度更是有所了解。

禹奕泽介绍完情况，骆记者已了解到他此前曾搞过多年文字工作，感叹道："还是采访你这样的明白人轻松，你介绍的情况，不用过多加工就是一篇很好的新闻稿。"

禹奕泽心说，我已经加工过了，你自然就省劲了。但这话不能说出来，表面上还是跟骆记者客气了一番。接下来，禹奕泽把骆记者请到了检查站。上午请骆记者来之前，他已经跟老迟交代好了，让老迟早点回来，说因为劳模的事，记者点名要来采访他。

前两天，禹奕泽因为老迟的职称问题专门向吴区长做了汇报，这次禹奕泽不再在原有中级岗上打磨磨了，既然老迟高级工的资格证书都拿下来了，为什么就不能直接晋升为高级工？这样不但不再让老迟抱屈，还能避开单涛那个关卡，不是一举两得嘛。吴区长认可了禹奕泽的说法，对这事比过去更上心了，绕开了人事处，专门找到了分管人事的副主任，在这位副主任的协调下，老迟高级工的聘任人事处已经没有了障碍，最近就要履行聘任手续，聘任完成后工资就能兑现。还有一个喜事就是，老迟已被管委推荐到了市里，成了市级先进劳模。报请老迟为劳模时费了一些周章，先由检查站报到了管理区，评议的时候，禹奕泽就在现场，其他人都没有异议，只有单涛说泡了两年病假还要评劳模，恐怕有些不合适吧。禹奕泽本不想在会上说得过多，见没人站出来替老迟说话，也就只好由自己来挑头了。他就把自己去建筑工地，把老迟找回来的经过在会上讲了，也说了老迟目前面临的困境，这一番话说下来，单涛也就不再言语了。

借机宣传一下老迟就是禹奕泽那个潜藏着的想法，这次被评为劳模就是由头，主要是为下一步实施老炮台对他的救助做铺垫。之前已跟老迟聊过，让老迟申请低保，他说自己不够格。要发动给他捐款，也遭到了拒绝，说都不容易，怎么能拿别人的辛苦钱来给自己的妻子治病？思来想去也就只有这条路子可以走了。

谁知，老迟照样不配合。禹奕泽在电话里让他回来，说骆记者在等他。他却说自己正带着人弄防火隔离带离不开。禹奕泽火了，说："弄防火隔离带是工作，接受记者采访也是工作，你以为宣传的是你自己啊！没有景区和管理区，记者哪会上赶着找你，你算老几啊？"

老迟见禹奕泽真动了气，这才答应着往下来。

老迟显然不能算骆记者刚才说的"明白人"，磕磕巴巴地讲不出什么来，跟平时那个口若悬河的话痨简直判若两人，幸亏还有禹奕泽在旁边不断提醒，还有前几天报老迟为劳模时，禹奕泽帮着整出来的材料，才算勉强完成了采访。

两篇报道刊发后都产生了不错的效果。尤其是前一篇，被省报和林业系统的一份专业杂志转载了。管委内部的《情况通报》也及时发了出来，田书记还专门在上面又做了批示，重点表扬了吴荣明区长那种敢于担责的精神，要求整个景区都要向碧峰管理区看齐。吴区长自然非常高兴，与此同时，他就要提拔的小道消息也不胫而走。

过了不到一个星期的时间，悦城市红十字会就联系碧峰管理区，说他们在报纸上读到了林业工人迟庆明的事迹，觉得非常感人，得知他家庭困难，爱人患有尿毒症之后，就把这种情况在本单位的网站上给予了转发，没想到很快就收到了反馈。有一位慈善家被老迟的事迹所打动，愿意出资给老迟媳妇换肾，只不过这位慈善家提了一个要求，不想惊动任何人，坚持要匿名捐赠。

吴区长一听，这不是天上掉馅饼的大好事嘛！赶紧来舒云谷找禹奕泽。正是中午休息时间，老迟正好也在。吴区长就把这事说了，禹奕泽听了，附和着说：“这可真是难得的大好事，这下老迟就没有后顾之忧了。”

老迟却没有表现出应有的兴奋来，坐在那里一言不发，直到旁边的禹奕泽用胳膊肘捣了他一下，才说：“这事有些蹊跷，整个悦城这么多害尿毒症的，他们为什么偏偏找到了我们家？”

禹奕泽没想到老迟还这么多心，就劝慰道：“你不是市劳模吗？他们从报纸上看到你的事迹被感动了呗！既然有人给嫂子出钱治病，你就甭管这么多了。抓紧按照吴区长刚才说的，去红十字会商量具体怎么办理吧。”

老迟摇着脑袋说：“这事得先缓缓，我们不能花来路不明的钱。”

老迟的表现，让吴区长也颇感意外，心里产生了一些不悦，生气地说：“怎么来路不明了，你根本就不懂什么是慈善，也不明白红十字会是干什么的。红十字会是一种国际救援机构，其宗旨是发扬人道主义精神，保护人的生命和健康，促进人类和平进步事业。在发达国家，像这样的慈善机构有很多，为这些机构捐款的企业家那就更多了去了。世界首富比尔·盖茨就是这样的大慈善家，他们之所以做慈善不是为了博取名声，更多的是为了回馈社会，是为了感恩，为了自己内心的平静。所以匿名捐赠在国外非常普遍。我们现在也有了这种形式的捐助，说明我们进步了，已经跟国际接上轨了。可惜的是，慈善事业跟上了国际的步伐，而我们受众的素质却远远落伍了。面对匿名捐助，不但不知道感恩，还疑神疑鬼，瞻前顾后，总以为人家是在对你有所图，这不能不说是一种悲哀！”

吴区长这番话虽然说得有些重，却句句点到了要害之处。老迟似乎是被说服了，一时说不出话来。

禹奕泽也趁机说："我觉得那位慈善家选中你们家一点也不奇怪，你这种情况还是有一定代表性的，嫂子正值壮年却罹患绝症，小孩虽已长大但并没有立业，更何况你在单位又是劳模。慈善家当然更想捐助对这个社会有贡献的人，他做出这种行为，显然经过了认真考量，来路非常明确，出发点也非常清晰。你不要再犹豫了，他既然愿意拿出这笔钱来救助，一定是带有真诚意愿的，你应该成全他，同时也能成全了自己不是？"

老迟内心已经被彻底说服了，把头低了下来，不再争辩。

悦城红十字会的工作效率很高，立刻就开始积极运作，把老迟媳妇送到了山东大学齐鲁医院。经过仔细检查，医生认为病人基本没有其他病变，比较适合做移植手术，下一步就是肾源的问题。医生提议，肾源最好能从自己亲人中寻找，利用有血缘关系的活体做移植，效果会更好一些，排异性也低，而且活体移植一般对供体影响不大。医生还提供了一个数字，说在美国活体肾移植占整个移植总数的60%至90%，况且，由亲人提供肾源，还能节省不少费用。

老迟儿子从东莞赶了回来，跟老迟媳妇的两个姐姐和一个弟弟一起做配型实验，结果很快就出来了，老迟儿子和老迟媳妇六十一岁的大姐配型成功。医生认为小迟只有二十二岁，身体又特别结实，他的肾源最好，但老迟媳妇却不同意，宁愿要大姐的肾源，理由是明摆着的，除了心疼儿子之外，主要还是考虑儿子将来的生活。老迟的大姐跟这个妹妹感情甚笃，也愿意把肾给自己的亲妹妹。小迟却不同意母亲的这种选择，坚持要母亲用自己的肾，理由也非常简单，自己跟母亲的血脉更紧密一些，手术效果会更好，更何况大姨年龄大了，也经不起这样大手术的折腾。

老迟看到儿子有这样的表现感到很欣慰，他感到自己的儿子真长大了，他也明白儿子真正担心的还是自己的母亲，担心大姨年老了，肾自然也会衰老，即使顺利移植到母亲身上也怕撑不了几年。老迟也感到了为难，从感情上讲，他是跟自己妻子站在一条线上的，但是他也有着跟儿子一样的担心。

最后，医生见两个捐肾的亲属争执不下，就又从医学科学的角度解释说，肾源供体年轻对受体虽然有些影响，但也不是太大，因为肾源被移植到新的母体后，要同新母体融为一体，会随着新母体一起成长发育，一般来讲，只要新母体没有问题，移植过去的肾源就不会有问题。

这个解释基本打消了老迟的顾虑，跟自己媳妇的观点统一起来了。但在就要手术的那天早晨，主刀医生收拾停当，准备去手术室，一推门，却发现老迟儿子小迟跪在了医生办公室门口。

主刀医生吓了一跳，忙问："你这是干什么？"小迟抬起头，眼睛里含着泪说："我想让我妈用我的肾。"医生有些生气，说："不是都说好了吗？由你大姨提供肾源，现在人都已进手术室了，你又提这样的要求，这不是胡闹吗？"说着就想绕过小迟往外走。

没想到，小迟伸手就薅住了医生白大褂的下摆，医生更生气了，一边伸手往上拽自己的白大褂，一边说："年轻轻的，你怎么还这么腻歪呢！快走开，别耽误我去做手术。"

小迟松开了手里抓着的白大褂，但仍然跪在那里祈求道："医生，我求您让我进手术室吧。我一直没同意用大姨的肾源，是我父亲他们坚持要这样做，我知道他们是为了我好，但他们就没有想过，我的命就是我妈给的，她现在需要我，我怎么能坐视不管呢？您若不同意，我自己来割肾。"说罢就把藏在怀里的短刀掏出来，撩起上衣，往自己后腰划。

医生吓了一跳，赶紧俯下身子，使劲攥住了小迟的手腕，说："你不要这样，不是我同意不同意的问题，签字的是你爸爸。"这时走廊里逐渐围过来几个同样穿白大褂的护士，小迟已从医生手里挣脱了出来，继续举刀挥向自己的身后，医生上前使劲踹倒了小迟，短刀也当啷一声掉在了地上，医生赶紧捡起短刀，一边回身对边上的护士说："快去把病人家属找来。"

227

老迟赶过来的时候，看到小迟和医生又绞在一起夺那把短刀，疾步上前，抓住自己儿子的后衣领就把他甩了出去。短刀再次掉落在地上，这次是小迟手快，把短刀抓在了手上，抵着自己的胸口声泪俱下地说："我就想让我妈用我的肾，我是她的儿子，连这点权利也没有吗？！"

看到儿子这样，老迟刚才的怒火消失了，医生也整理着白大褂说："你们家属还是再商量一下吧，不然，这还没进手术室呢，人命就先出来了。"说着就有些恼怒地往医生办公室走。

老迟上前把儿子安抚下，之后走进医生办公室，先向医生道歉说，昨天晚上儿子就跟他闹，他没有同意，没想到今天一早他会有这种过激行为。也幸亏小迟还多少有些分寸，没伤着医生。医生觉得孩子的这种行为完全出自一种孝心，不是针对他而来，也就没太在意。然后医生问怎么办，病人都已进了手术室，医院手术室台位本来就紧张，总不能老是这么占着吧。老迟没想到自己儿子的决心会这么大，若是不让儿子捐肾他肯定是不会罢休的，想了一下就说："就取他的肾吧，他年轻，恢复得也快。"医生说："这你可得想好，不能再反复了，我们都耗不起时间。"老迟说："就这样定了，他妈已进了手术室也不用通知了，反正是在两个手术室里做。事后，我再向她解释。"

两台手术都做得非常成功。老迟媳妇在得知自己新换上的肾来自儿子之后，什么话也没说，只是任眼泪汹涌地往外奔流。

这事就这么不显山不露水地处理好了，既达成了老炮台的心愿，也几乎没留下任何蛛丝马迹，手术所需的二十万块钱由老炮台打给悦城红十字会，再由红十字会直接转给医院，老迟连手都没过，自然也不会有什么痕迹，算得上功德圆满。

禹奕泽为此很是高兴，在老迟媳妇和儿子出院的当天就前去看望。老迟一见禹奕泽就满脸兴奋，还没等禹奕泽打听病人情况，上来扯起他的胳膊说："你眼界敞亮，知道哪里有卖锦旗的。赶紧带我去，我要给那些好心人去送锦旗。"禹奕泽有些莫名其妙，说："我不是提前跟你说了嘛，捐助者不想让人知道，这是匿名捐助，几乎没人知道谁是那位好心人,你要把锦旗送给谁?"老迟说:"红十字会的人总知道吧。"禹奕泽说:"红十字会的人应该知道,但他们有自己的制度,对要求匿名的捐助者都会加以保护,这是一个社会信誉问题。总不能让人家因为你这个事犯错误吧。"

见禹奕泽几乎把所有路都堵死了,老迟还是不甘心,不服气地说:"那就送给红十字会,反正不能让人家白操心。不表示一下,我心里不安啊。"禹奕泽说:"送给红十字会那就没必要了,这是他们的职责所在。就像你我一样,天天去山上侍弄那些林木,还用得着锦旗?再说了,这事已跟你说过多次了,对方之所以发现你是因为你是劳模,也是对社会有贡献的人,目的是解除后顾之忧让你继续好好工作。人家不图你什么锦旗之类的答谢。"老迟还想说什么,禹奕泽的手机突然响了,拿出来一看是鹿小希打来的,不禁心里一阵紧张,鹿小希通常没大事是不会给他打电话的。

接通电话鹿小希的哭声就传了过来,禹奕泽更蒙了,赶紧把手机听筒贴近耳朵从老迟家出来,一边还一迭声地问:"怎么了?怎么了?"鹿小希带着哭声说:"……健健……是健健不见了……"禹奕泽一听,心里松了一口气,以为鹿小希是在说那只白猫。鹿小希可能在那边也意识到了,紧接着继续抽抽搭搭地说:"不是那只猫,是健健,是放在那个六角梳妆匣子里的健健不见了。"禹奕泽刚刚放下来的心又提了起来,也来不及跟老迟告别,骑上放在门口的摩托车,掉转头,轰鸣着朝家里飞奔。

推开家门,见鹿小希仰躺在客厅沙发上,脸面朝上,瞪着大眼不错眼珠儿地盯着房顶,眼角儿还有未擦干的泪痕,开门发出的声音也丝毫没影响到她。禹奕泽来到近前,鹿小希明显感到了,却没把目光移过来,眼泪又渐渐从眼睛里溢了出来。禹奕泽俯下身子靠近,想去擦拭那已挤出眼睑的泪滴,手伸到半空却滞住了,随即就叹了一口气,起身走进了鹿小希的卧室。

那个六角的梳妆匣子平时放在鹿小希床头的小柜子里,现在却敞着盖子躺倒在了床上。禹奕泽拿起空空的梳妆匣子走出来,说:"匣子平时保存得这么严实，里面的东西怎么会突然丢了呢？"

鹿小希的眼睛终于转了回来，目光莹莹地看了禹奕泽一眼，突然号啕着大喊道："都怪我养了那只猫，是那只猫干的，是它把健健的骨灰给叼走了。"禹奕泽感到诧异，再次俯下身子，把手放在鹿小希的臂膀上，安慰般地抚摸着说："别这样，那猫怎么会叼走骨灰呢？那猫呢？你慢慢说，说不定还会有办法。"

鹿小希直起身子，从沙发上坐了起来，擦了把眼泪，断断续续地说："吃完饭我去卫生间洗衣服，健健……不，是那只坏猫，起初还跟在我后面喵喵地叫，过了一会儿我就听到卧室里有动静，当时我还没多想，以为它又在拨弄原先按摩用的那些瓶瓶罐罐。等我把衣服拧出来，准备去阳台晾衣服的时候，一推开卧室门就傻眼了。发现那个六角梳妆匣子倒在了地上，里面的东西也不见了。我放下衣服反身找猫，见那猫正没事人一般卧在沙发背上眯着眼打呼噜。我气急了，追着猫就打。没想到房门也被它鼓捣开了，它在沙发上躲闪着蹦跶了几下，就从门缝儿里溜了出去。"

禹奕泽也陡然紧张了起来，原先他以为若是猫作的案，只要关着房门，它就不会把健健的骨灰带出去，没想到这猫居然成了精，把房门也弄开了，即使是老式木门上那种吐着舌头的笨锁，一只猫想弄开也不会那么容易，它怎么能做得到？还有一种解释就是，鹿小希在出门回来时可能没留意，没把门关严，让那只白猫有了可乘之机。

鹿小希看来当时有着跟禹奕泽一样的担心，继续说道："我紧接着追出去，那猫又蹦了几下就没了踪影，我也不管它了，赶紧绕着楼前楼后找那袋子，旁边小公园的草窠里，冬青丛中，甚至把楼头的垃圾桶都翻遍了也没找到。又再返回家来找，把想到的地方都搜寻到了，还是没有。健健就这样丢了，这都是我的罪过，我是不该养那只猫的……"说罢就又抽泣起来。

禹奕泽心里倒没完全绝望，不管有意还是无意，它再灵透也毕竟是只猫，跟人的智商是没法比的，他觉得猫不可能把健健的骨灰叼出去，有可能寻了某个角落藏了起来，可它到底把它藏在了哪里？

禹奕泽开始满屋子里搜寻，沙发下面，床底下……看禹奕泽这样翻腾，鹿小希在旁边说："没用的，这些地方我都找过了。"禹奕泽直起身子，站起来问："阳台上的猫窝找了没有？"鹿小希说："我过去看了，没有。"禹奕泽还是奔着阳台走了过去，猫窝就在靠右边的角落里，也就是个摆设，大部分时间那只白猫都跟鹿小希睡在床上，很多时候鹿小希都是抱着那个梳妆匣子，让白猫卧在旁边嘴里念叨着健健入睡，也许正是这个缘由，白猫才开始有了嫉妒之心，故意闹出这桩事端来。

猫窝里很干净，还有旁边那双木头鞋子看起来也跟平时没什么两样。这双鞋子是多年前老炮台特意为健健制作的，曾经为健健能正常走路立过大功。

刚过两岁生日，健健能站起来了，鹿小希开始让他学走路，一开始是用双手掐在孩子肋下，往前托着慢慢挪动，后来又改装了一个学步器在前面牵引，这样练了几个月，可第一步还是没迈出来。孩子已经站得挺稳当了，问题的关键应该是出在小脚丫上，鹿小希经过仔细观察后发现，躺下和坐着看不出来，但一站起来，健健的脚掌就不自觉地向内凹，脚掌放不平，孩子就会从心里胆怯，自然不敢往前伸脚。因此，鹿小希在按摩的时候就对脚掌加大了力道，有好几次弄得健健嗷嗷直叫。

有一次去长岭，禹奕泽就对老炮台说了健健不敢迈步的情况，老炮台记在了心里，过了两天，老炮台跑到下面的碧峰管理区，给禹奕泽送来了一双木头鞋子，说让健健穿穿试试。

这双木质鞋子是老炮台从枯树根中裁剪出来的，长久浸润在各式各样的木头上，老炮台早已变得心灵手巧，变成了这方面的专家。一段枯树根有没有挖掘价值，从外面搭眼一看就能估摸个七七八八，倘若看走了眼，也浪费不了，他会因势制造一些稀奇古怪的玩具，中空的枝节可以做小型竖笛，不规则的虬枝根脉可以雕成孩子们喜欢的毛毛虫，有些树根再做进一步加工，还可以成为能活动的小动物。木鞋子乍看毫不起眼，颜色也不新鲜，一看就是用枯树干做的，脚底板子用整块木头雕成，呈斜坡式往上，前面被削得很薄，后面相对厚了许多，鞋底上用钻头均匀打出了两排小孔，小孔里都穿着花花绿绿的布条。

起初，禹奕泽没想到这鞋子会对健健能有多大用处，只是不忍拂了老炮台的好意才带了回去。鹿小希看到眼睛却亮了，就给健健穿在了脚上，说来也怪，健健穿上木头鞋子站得更直了，不用多加引导，自己就开始往前迈步。看着蹒跚往前迈步的儿子，禹奕泽呆住了，鹿小希痛哭起来，哭着、哭着就又笑了……三步，四步，五步……不知不觉地，夫妻两个开始共同给自己的孩子数数，一直数到十六步，眼看健健歪歪斜斜地想要摔倒，他们才扑上去一起抱住了健健。

那是自健健出生以来，他们一家三口第一次抱在一起，那种温馨而甜美的感觉在禹奕泽心头留存了很久，以至现在想起来心头还有一股热浪涌来。

禹奕泽无限怀恋地盯着这双木头鞋子，随即就感到有些不对劲，鞋子比地面高了出来，他弯腰把鞋子拿在手里，那个装着健健骨灰的袋子赫然显现了出来。禹奕泽把袋子捧在手里，心里没有失而复得的惊喜，只有一种包含着酸楚的感动。

健健的骨灰被找了回来，禹奕泽劝鹿小希也去把白猫找回来，毕竟已养了这么多年了，他担心鹿小希将来会后悔，鹿小希却赌气般地说："不去，它不回来就算了，我以后再也不养猫了。"

这天晚上，禹奕泽躺在床上，辗转着迟迟不能睡去，他想鹿小希在那个时刻能想到他，这毕竟是个良好的开端，想过去找她沟通沟通，他感到他们两口子太缺乏交流了。为健健出生时自己那个不良想法，鹿小希恨了他这么多年，待要有所融化的时候健健又没有了，这似乎是一个由魔鬼操纵的接力赛，把他们两个紧紧缠绕在了里面。他想跳出来，努力让自己的生活正常起来。黄连也只会苦一阵，他不相信命运会一直这样亏待他。他也想找鹿小希谈谈健健，老是让健健这样在家也不是个办法，老一辈人自古就有入土为安的说法，他从心里不想让健健继续这样飘摇着。可转念又一想，猫被她赶了出去，鹿小希嘴上说对那猫恨着，心里还不知道会怎么难过呢。自己这个时候过去谈健健下葬的问题显然不是时候。

　　懵懵懂懂中，禹奕泽模模糊糊地听到鹿小希起身开门的声音，白猫喵喵的叫声紧跟着传了过来，接着是鹿小希轻轻的呵斥声，之后，随着门又被轻轻地关上，一切就又归于平静了。

第十七章

2016年4月13日夜晚，舒云谷发生了一个算得上是恶性的事件，出现了老炮台之前担心的事情，馒头把从青岛来的一位驴友给咬了。

还是在一个原本让人放心的地段，这个地段在今年春节后，刚植上以枸橘为主的防火隔离带。栽植枸橘作为防火隔离带，是管委森保站从河南云台山景区学来的经验，禹奕泽从网上查了一下，觉得可行性还比较强，又专门去农大找宫教授做了咨询，反馈回来的信息是枸橘耐寒耐热，对土壤没有苛刻的要求，萌发力还非常强，在泰山海拔不是太高的地方，应该能够生长。

枸橘学名也叫枳，就是在《晏子使楚》中，晏子所说的"橘生淮南则为橘，生于淮北则为枳"中的"枳"。因这篇文章被收入了初中语文教材，传播比较广泛，人们在赞叹晏子聪明多智的同时，也知道了枳这种又瘦又小还有些酸涩的果实。其实，橘和枳应该是两种不同的植物，只不过是"叶徒相似"。真正的枳是一种非常古老的植物，也并不像晏子说的那样一无是处。《神农本草经》对枳就有记载，后来沈括的《梦溪笔谈》和寇宗奭的《本草衍义》对枳的药用价值也都有明确的说明，枳能舒肝止疼、破气散结、消食化滞，能用以治疗肝、胃气、疝气等多种痛症，就连枳壳也是一味难得的药。其制剂静脉注射，对感染中毒、过敏及药物中毒引致的休克都有一定疗效。

在舒云谷栽植枸橘显然不是因为它的药理作用，而是因为其有着一般植物不能比拟的外形和枝条。枸橘属于小乔木，长不太高，最多也就达到一人左右的高度，用来作为栅栏正好，主要还是树枝繁密，而且尖而多刺，因此，它还有一个很霸道的俗称叫铁篱寨。以这种植物作为防火隔离带，别说是驴友了，就是小偷和强盗也会望而生畏。况且它还是一种多年生植物，跟泰山的整体绿化非常搭，若是将来长起来，结了果实，采摘下来入药就更是有了效益。所以，以枸橘来做隔离带，有着一举多得的效果。

尽管这样，为了慎重起见，再加上资金有限，禹奕泽还是决定先试验性地栽种一些，待看到明显的成效后再全面铺开。树苗很好找，云台山景区敞开供应，栽植的范围选定了长岭到大水帘之间，这是一条常规的驴友路线，经常会有驴友在此出没，从这里有条能攀登上刀刃山的小路，然后到达老嬷嬷石、西马峰、猪腰子泉，经过南天门，最终就能抵达极顶。这一路段横向有一千多米，中间也夹杂有几处凸立着的石光梁，这些地方显然不能栽种枸橘，中间只能用防护网连接起来。经过枸橘与防护网的双重保护，这一区域基本就被封闭了起来。

4月13日这天，禹奕泽和老炮台还带着馒头查看了这个路线，见前几天栽种下的枸橘大部分都活了下来，只有少数几棵可能是太靠近石底的缘故，根须扎不下去，不能从泥土中寻觅到营养，树枝在渐渐枯萎下去。禹奕泽计划在雨季来临的时候再进行补植，老炮台提议说中间也可穿插几棵刺槐，只要树顶上的枝蔓剪得及时，刺槐也不会蹿得太高，基本能跟枸橘保持一致的高度。禹奕泽觉得老炮台这个建议好，相比而言，刺槐更适宜于在泰山上生长，栽植的成本还很低。意识到这一点，他不禁有些感激地看了老炮台一眼。这才发现，老炮台这几年虽然身子瘦了，但并没有显得更年轻，鬓角的头发几乎全白了，上面的也白了不少，脸上的皱纹也明显多了起来。说也怪了，去年的时候禹奕泽还没觉得老炮台老，怎么刚办了退休手续，老态立刻就显现了出来？是自己的一种心理作用在作祟，还是对方像伍子胥过昭关一样一夜白了头？

去年 12 月底，老炮台年满六十岁，正式办理了退休手续。儿子韩今生想让他回去颐养天年，并早就在悦风谷给他准备好了一个小院，在院子里建了鱼池，摆满了花花草草，里面茶室书房一应俱全。老炮台回去看了一下还比较满意，儿子问他什么时候回来，老炮台却说："这院子建得很好，你可以把它作为民宿租出去，让那些仍然在商场上打拼的朋友过来驻驻足静静心。不要给我留着，只要不往下撵我，我还是想待在山上，在山上待了这么多年，我已不习惯这种移过来的花草了。"

儿子有些不甘心，追问他到底什么时候下来。老炮台沉吟了一会儿，说："该下来的时候自然就会下来，一切还是要看缘分。"

拿到退休证之后，老炮台去管理区找吴区长，表示如果组织上允许，他还是想留在长岭。组织当然欢迎了，像这样有经验的老林业工人能发挥余热，吴区长自然欢喜得不得了。况且，现在人手极为紧张，每个单位都在向他要人。吴区长高兴地说："还是您这老党员风格高，退了还牵挂着这片山林，这份情怀该是多么宝贵呀！我要向管委领导汇报，要大力宣传弘扬你这种情系景区、公而忘私的奉献精神，也要从经济上给予一定的补偿。"

老炮台没想到吴区长的反应会这么积极，更没想到要得到什么补偿，面对热烈的吴区长，愣了一下才说："千万不要这样，我没觉得自己风格高，我只是每天与这山林树木、花草飞鸟待在一起，习惯了，不愿意离开。说起补偿，我反倒是应该补偿管理区，退休了还用着公家的电，占着公家的地方，国家还给我发着退休金。我已经得到太多了，千万不要再给我什么补偿了，我更不会要什么宣传，我只是遵从自己的内心，想过一种简单的生活，根本没想要那些。"

吴区长自然知道老炮台的经历，看他说得也很诚恳，也没太坚持自己刚才的意见。老炮台就这样退而不休，仍然跟过去一样坚守在长岭上。

青岛来的这批驴友队伍庞大，有二十来人的样子，天刚擦黑就摸了上来，直接就朝长岭和大水帘的这条小路奔了过来。馒头最先听到了动静，率先跑了上去，对着这群人开始汪汪地大叫，待老炮台追上去的时候，那群背包客正跟馒头僵持着。背包客最前面的两个人拿着棍子在吓唬着馒头，馒头一边继续狂吠着，一边做出随时往上扑的架势来。

边上的驴友看着老炮台晃着手电上来，赶紧喊道："这是你的狗吗？赶紧把它牵走，我们要过去。"老炮台听了这话，感到好笑，心说，就没见过这么明目张胆的驴友，见到我这看山的还这么理直气壮？

老炮台上前先喊住了馒头，然后对面前的这群驴友说："你们要上泰山，这里没路，可以走中路的红门和后面的后石坞，也可以乘车从天外村上。"

领头的那位说话很冲，直接说："上山的路线我们都看好了，不劳你再费心指点，你只需把你的狗牵走就行。"

老炮台平和地说："我就是看护这片山林的林业工人，这里是防火区域，不允许再往上了。你们还是回去从正门上吧。"

领头的说："谁说不允许从这里上了？是你们的人在微信群里给我们指引了这条路线，说这是景区专门给驴友开辟的一条路线，不会有人出来阻拦。这指路的人说他就是景区公安局的，把警官证都发给我们看了。怎么到了你这里反而不允许了呢？"

怪不得这帮人这么无所顾忌呢，原来是有人冒充景区人员给了他们承诺，这有点类似于肖立栓那次所说的那个驴行千里的微信群，先用一些在电脑上合成的假证件骗取信任，然后再从中牟利。驴黑子应该没这等本事，背后这人肯定是有些道行的，不然，怎会把目前这些最新的电脑技术运用得如此熟练？

果然，再进一步探问，老炮台了解到，这些驴友之前都在一个叫行走客的微信群里。这个群很大，有近五百好友，这次给他们指路的是昵称为"五岳独尊"的微信朋友，该朋友一开始不怎么说话，在备注标签里写着两个字：柴望。微信头像也比较特别，只是一块带有檐子的石碑，上面有四个大字：古登封台。字迹为乾隆手书。这块石碑位于泰山极顶，传说登封台为上古七十二君封禅泰山之处。而柴望和登封台是紧密联系在一起的。

据《尚书》记载，舜在代替尧担任部落联盟首领时，要举行一整套宗教仪式：首先祭祀上帝，然后要祭祀"六宗"，即天宗日、月、星和地宗岱、河、海。岱即天下的大山，而大山之首就是泰山。

作为部落联盟的首领，舜必须五年巡封一次天下四方，也就是四岳。春天，他巡守岱宗，也就是东岳泰山；夏天，他巡守南岳；秋天，他巡守西岳；冬天，他巡守北岳。除了东岳泰山，其他三岳到底所指何山，现在已难以确认，但根据有关记载应该不是现在所指的南北西岳，而是都距离黄河流域不远的山岳。

舜东巡至岱宗，登上泰山极顶，亲手烧起柴火，滚滚浓烟直冲霄汉，同山顶的云气缭绕在一起。借着这越升越高的烟柱，舜告诉上帝，他代天理民，为天远行，替天行道，愿天保佑，这就叫"柴于上帝"。然后舜帝以此向四面八方遥望，与此同时，四方部族首领也各自登上境内高山向泰山遥祭，这就叫"望秩山川"。整个仪式合起来就叫"柴望"。岱顶玉皇庙内悬挂的"柴望遗风"匾额，说的就是这个远古最神圣的政教大典。

这个典故相对生僻，看起来也比较专业，即使是当地人也很少了解。那个叫"五岳独尊"的骗子在微信上做此包装，应该是有意为之，为的就是增加一些神秘感和可信度，借此吸引对泰山有兴趣的人前来关注，纯粹是为了钓鱼。眼前这帮人就轻易被他这种伎俩所拿下。据领头的那位驴友说，他们每个人都给五岳独尊发了红包，才拿到了这条所谓的专门开辟的路线图。

老炮台告诉眼前这些驴友被骗了，并郑重地说，他在这山上都四十多年了，从来就没听说过什么专门的驴友路线。再说了，景区公安局的正式人员怎么会轻易收别人的红包呢？他不能知法犯法吧，这不明显是个骗局吗？

领头的大哥还想说什么，后面有位女同志扯了他衣服的后摆，大哥回身跟她嘀咕了几句，然后转身说："大哥，我们是不是被骗咱就先不说了。我们既然大老远跑了过来，也不容易，您就高抬贵手把我们放过去吧，我们这个队伍中没人抽烟，也不会带火种上去。我们对泰山的正貌已了解了很多，现在就是想从这边爬上去看看不一样的风景。"

老炮台心说，你们就是说下大天来，今天晚上也不能让你们过去，你们带没带火种从哪里知道？又不能挨个搜身！即使像你们说的没带，这个先例也不能开。回去之后，把关于泰山的图片在群里和朋友圈里一发，就都知道泰山有了驴友专线了，到时候还怎么控制？于是，就说："刚才已经给你们说了，这里没路，都是峭壁和峡谷，连手机信号都没有，又是晚上，万一磕着碰着了，连施救都不方便。"

领头大哥见老炮台软硬不吃，有些烦了，粗声大气地说："今天晚上我们既然已到了这里，就不可能回头了，你让过也得过，不让过也得过。泰山是大自然的馈赠，是世界自然与文化双遗产，既然是世界遗产，这个世界上的每个人都应有享有的权利。来！我们上，不要管这老头。"说着就往后招手，招呼身后的同行者。

那些背包客自然欢呼着响应，手里的电棒也都亮了起来朝向前方，纷纷要漫过老炮台往前拥挤过来。老炮台身后是一道山梁，两边是前几天才栽上的枸橘，中间拉着一道防护网，最边上那个年轻的背包客已走到了防火网前，从背包里掏出钳子来就要剪。老炮台一看局面马上失控，也没有其他办法阻止了，悄悄掏出手机朝向那位正剪防火网的驴友连拍了好几张。

那位年轻驴友感到了后面的闪光，回身一看是老炮台在拍照，立马站起来过去抢夺。老炮台拽着身子把手机藏在身后，年轻驴友伸手去扯住了老炮台的胳膊，老炮台也本能地薅住了对方的背包带，两人眼看就要撕扯起来。馒头见了，立刻竖起耳朵，狂吠着朝那个年轻驴友扑上去，老炮台一边挣脱着，一边嘴里大喊着馒头不要，但已经晚了，馒头猛地就叼住了对方的腿肚子。一阵钻心的疼痛袭来，那个被咬的驴友大叫着往外挣脱，猛然就跌倒在了石壁上。

说来也巧，禹奕泽这天晚上正和那位姓齐的工友在检查站值班。

晚上吃过晚饭两人就分开绕着南北两个方向巡逻。禹奕泽走的是北向。老齐走到南边长岭附近，听得人喊狗咬得非常热闹，跑上来一看，借着手电筒的光亮，发现一圈外地人正围着老炮台和馒头发难，就赶紧给禹奕泽打了电话。

禹奕泽气喘吁吁地跑过来，见被咬的驴友躺在石梁上，两个同行的女驴友正在俯身给他包扎伤口，旁边还有一位举着手电帮着照明。剩下的那些个驴友，有的手拿着石块，有的手握粗树枝在围堵馒头，一边让老炮台躲开，一边高喊着要打死恶犬，为民除害……

也可能是已得到了老炮台的训斥，馒头老实了许多，缩着脖子，把脑袋耷拉下来，围在老炮台身子周围，绕来绕去地躲闪着不时抛过来的石块。老炮台随着自己的狗掉转着身子，抬手喊道："大家别冲动，这样解决不了问题。目前得先冷静下来，看看伤得怎么样。"

禹奕泽的到来并没有引起那帮人的注意，继续威吓着朝向老炮台和馒头扑过来。禹奕泽一个箭步抄到老炮台前面，对着前面那几个气势汹汹的人说："我是这里的负责人，大家先不要着急。有什么误会咱们慢慢说，先救治伤员要紧。"

禹奕泽这么一站出来，那帮人愣住了，停止了手上的动作。领头大哥用手电筒往禹奕泽脸上晃了几下，挑衅般地问："你是当官的？你能负责？"禹奕泽肯定地回答说是。那人说："你既然能负责，那我就问问你，这老头的恶犬把我们的人咬伤了该怎么办？"

禹奕泽说："先治伤，其他的咱们慢慢商量。"说着就去边上查看了那位驴友的伤情，咬得还真不轻，腿肚子上靠近下方的地方，有一块罐头瓶盖大小的肉皮几乎被撕裂了下来。幸亏这帮子背包客还算专业，几乎每个人都带了一些随身用的防护用品，伤口已经简单处理过了，血也止住了，用随身带着的医用纱布裹包了起来，有黑红黑红的血迹洇在外面。

尽管这样，禹奕泽还是坚持打了120急救电话，在电话里详细地指挥着路线，让他们尽可能地开到东御道最顶端，可以把伤员迅速送达的地方。放下电话，在等待救护车到来的间隙，他又让那位工友赶紧去检查站取担架。担架是去年冬天相对空闲时，让老迟他们几个人用枯树干做的，以备不时之需。

本来伤者已能站立了，拄着拐杖，有人照着亮光，自己也能挪动着往下，但禹奕泽坚持要把他抬下去，而且还亲自上阵，走到担架前面把绳袢搭在肩头打头阵。老齐一看，禹奕泽都这样了，也不敢怠慢，跑到了担架后面。那几个刚才还气势汹汹的驴友愣怔了一下，就把伤员弄上了担架。

禹奕泽和老齐路熟，起初是在黑暗中疾步前行，走了一段就感到后面有光亮照过来，是那些驴友自觉地打开了各自的手电筒在为他们照亮。禹奕泽这一系列的举动让那些人的气顺了许多，只有领头大哥似乎还有满腹的牢骚不服气，喘着粗气紧跟在后面，一路上不停地抱怨着说："泰山应该是个平安祥和的地方，连电视上的广告词都说中华泰山天下泰安，谁知你们这些护山的居然会放恶犬出来咬人，还有什么平安而言，你们这纯粹是在给泰山抹黑……"

这列手电灯光闪烁着的队伍绵延前行，只用了二十分钟左右就来到东御道最上面的路端，只稍微等了一会儿，救护车就闪着刺眼的光柱开了上来，基本上做到了无缝衔接。禹奕泽征求领头大哥意见，问谁跟着去医院，领头大哥犹豫了片刻，就指派那两位给伤者包扎的女驴友上了救护车，禹奕泽让老齐也跟上，并跟老齐叮嘱了一番。然后就带着领头大哥还有剩下的驴友往回返。

老炮台没有跟着往下送受伤的驴友，知道这帮人最终不会放过禹奕泽，早已回到检查站候着。

领头大哥继续不依不饶，一直放言说是老炮台故意放恶犬咬人，不但要求对方承担所有医疗费用、打疫苗的费用，还额外再加两万元的赔偿金。不然就要把这一恶性事件发到网上，让天下人都知道他们在泰山上的遭遇，提醒那些旅游爱好者不要再到这个是非之地来了。

领头大哥显然有这方面的处理经验，不然不会这么干脆就把条件提出来，所说的手段或者说是威胁也直击要害之处，真要以这种方式把这事发到网上，对泰山确实也很不利。

禹奕泽没有急于反应，默默地盯视着领头大哥。这位大哥的年纪应该比自己大一些，比老炮台小一些。打扮得很时尚，穿着一身草绿色的户外服装，上面缀着一个说不清什么形状的图案，下面还托着一行英文字母，看质地和做工应该是个著名品牌。头上裹着蓝底子的花头巾，可能是长期户外活动的缘故，脸上的皮肤非常粗糙，额头上皱纹较深。尤其是眼眉之间的那个"川"字，就像泥塑大师用手中整形的小铲子给铲出来的，往里凹陷得非常厉害，个子也很高，五大三粗的，再加上他那盛气凌人的样子，显得很是桀骜与蛮横。

老炮台正在低头翻看自己的手机，似乎眼前的事情与他无关。禹奕泽见老炮台也这么能沉得住气，只好先开了场："真实情况到底怎样也不能光由你一个人说了算，如果你们不违反规定贸然上山，也不会出现这个结果。这事既然出了，一个巴掌拍不响，双方应该都有责任。护林人一般也不会无端滋事，我们所有行为都是为了维护泰山的安全，都在依据法律法规照章办事。"说着就把放在桌子上的《泰山景区森林防火条例》拿出来了，指着说，"麻烦您先看看，上面有明确规定，游客从非正常路线上山是明令禁止的。"

领头大哥往前瞟了一眼，摆了摆手，强硬地说："你别跟我打官腔，我们也不看你们这个，这是你们自己内部的规定，与我们这些旅游者没关系，我想问你们的是，我们上泰山违反了哪条国家规定？泰山是全人类的遗产，我们又没有做出什么出格的行为，你们凭什么放恶犬伤人？"

老炮台逮住了话头，抬起头接上说："你是说，我们的规定你不认，但若是你们违反了国家的法律法规你们认不认？"

话赶话僵在了这里，领头大哥没意识到他们会违反什么国家法规，自信满满地说："这还用你说吗？我们是中华人民共和国的合法公民，自然只认可国家的法律法规了。若是违反了，任怎么处理都行！"

老炮台说："好！既然有你这话，我就让你们看几张图片。"说着就把自己的手机拿到领头大哥面前，打开相册，展示着让他们看。图片就是刚才那位驴友用钳子剪防护网时，老炮台悄悄拍下来的，虽然有些模糊，但那位驴友的身影还是能看清楚的，其中一张还启动了闪光灯，驴友的红色鞋帮和白色底子的运动鞋显现得特别清楚。

老炮台指着图片问："这个剪防护网的是不是被狗咬的那位驴友？"

领头大哥说："是又能怎样？不就是一块不值钱的防护网吗？这又能说明什么呢？"

老炮台指着照片上的防护网，不紧不慢地说："这是景区拨专款修建的防护网，应该算是国家公共设施。据我所知，根据《中华人民共和国治安管理处罚条例》，故意损毁公私财物的，处五日以上十日以下拘留，可以并处五百元以下罚款；情节较重的，处十日以上十五日以下拘留，可以并处一千元以下罚款。"说完，又转过身来对着禹奕泽说："奕泽，你跟碧峰派出所联系一下，让他们派人上来看看现场，看这些'合法公民'到底有没有违反这个条例？"

禹奕泽没料到老炮台还留了这么一手，心说姜还是老的辣呀！顿时心里有了底气，嘴里答应着，并没有行动。他以为老炮台也就是吓唬吓唬他们，用以增加谈判的筹码，根本不会真惊动公安。

领头大哥并没有被吓住，梗着脖子不认账："这小小的防护网怎么就成了公共设施？大不了我们把它补上不就完了？你别拿大帽子压人，我们从小在海边长大，见惯了大风大浪，都不是被吓大的。"

老炮台不理领头大哥的反应，催促着禹奕泽说："你抓紧联系呀，是不是公共设施我们都说了不算，让执法者来界定。假如警察来了，说这不是公共设施，馒头就让这些老师随意处置，该赔偿的我们要赔偿，假如认定他们破坏了公共设施，那就按法律法规来办就行了，根本用不着在这里费这些唇舌。"

领头大哥也说："那就按法律来说话吧。"

事情到了这一步，禹奕泽一看不打这个电话不行了。为了公平起见，他没有直接拨下面派出所的电话，而是打了110，就近出警的规则大家都明白，最终出面的应该还是碧峰派出所的人。

等了一会儿，两个值班的警官就上来了。这一大帮子也一起呼呼啦啦地跟着去了现场。警官在经过勘验后认为，防护网是景区为了防止潜在的火灾隐患，保护生态而设立的，属于国家公共设施。从现场上看，有明显的破坏痕迹，又有老炮台的照片做证据，领头大哥也指认了作案嫌疑人就是那个被狗咬伤者。实证、人证、物证均在，证据链完整，符合《中华人民共和国治安管理条例》第四十九条之规定，应给予当事人五日拘留，并处相应的罚款。警察要找那个剪防护网的当事人，在了解到当事人因被狗咬已被送去了医院后，随即说要赶往医院做笔录。

领头大哥这才有些怕了，他知道虽然剪防护网的小伙子已被狗咬伤，但只要有行动能力，一样会被拘留。他带出来的这个驴友队伍，基本上算是亲朋好友团，那个小伙子是他朋友的孩子，刚从职高毕业，还没参加工作，整天在家没事干，除了打游戏还是打游戏，他是受其父母委托，才把这孩子带出来透透气，现在被狗咬已经让他无颜面对其父母了，再进班房蹲几天，回去该怎么向自己朋友交代？

领头大哥一软下来，事情也就好商量了。领头大哥不敢自己做主，跟那位受伤的小伙子通了电话，问了伤情，狂犬疫苗下山后立刻就打上了，也把剩下的几针安排好了，伤口也已做好了处理，虽然伤的面积不小，但伤口并不深，也不需要缝针。又把这边的情况说了，那小伙子一听说要拘留就害怕了，补偿的事情更是不敢提了。禹奕泽这边答应包赔一切药费，检查站再出具个谅解证明材料给警察，本来也没有立案，警察这边也就不再往下追究了。

这事发生后的第二天下午，禹奕泽来到管理区向吴区长做了汇报。吴区长认真听完，说："还幸亏老炮台有经验！不然麻烦就大了。"

禹奕泽点着头说："这么多年，他仅在长岭那条线上就拦截了四千多驴友，能没经验吗？"

吴区长有些意外："竟然有那么多？"

禹奕泽说："应该差不了。他是有心之人，每次都有记录。仅去年秋天截住的一个驴友团队就达四十多人。这几年都用起了微信，驴友们联系更方便了。况且，周围这些村子里还有些心怀不轨的人也在做内应，更为驴友们的这种泛滥提供了条件。"

说到心怀不轨的时候，禹奕泽本想向吴区长说说韩义的。韩义已于去年年底被免掉了东洼村的村主任，起因是因为村里要通自来水，他随便找了一家没资质的公司来打井，钻了好几个地方都没出水，白白扔进去十多万块钱，村里的几个老党员本来对他上台就有意见，这下更把他当成了败家子，联名向镇党委反映。还有一个原因是此时老炮台已对他失望了，老炮台让韩今生帮帮村里，韩今生来考察了几次，还没决定在东洼村投资开辟茶园，韩义就先提让自己入股的条件，这让老炮台觉得这孩子是不可救药了，也就不再管他的闲事。

镇领导先是派纪委来人调查了一下，发现那几个党员反映的情况基本属实，这里面韩义也没得多少好处，就是对方原先是他的小哥们，请他吃了几顿饭他就稀里糊涂地答应了下来，基本不存在腐败问题，要说渎职倒沾边，但一个村主任若真弄个渎职罪，镇党委脸面上也挂不住。镇上的几个头头脑脑商量后，派组织委员来村里开了党员大会，经党员代表同意把韩义的村主任给免了。

只干了一年多的韩义灰溜溜地从村主任位置上下来，并没有认栽，对外还吹嘘说是自己主动辞的职，回到悦城又继续那些不明不白的生意。这让禹奕泽产生了另外一重担心，担心韩义会继续再做泰山上的文章，重新跟过去那些狐朋狗友建立联系，为泰山增加不稳定因素。

禹奕泽最终也没把韩义的事情说出来，因为这还只是自己的担心，没有任何真凭实据。况且，在他内心深处也希望韩义能接受教训，不要再这样胡混八混了。

听禹奕泽说完，吴区长沉吟起来，过了好一会儿才说："光这样被动截流也不是长久之计呀，像昨天晚上这种情况就很危险，万一再碰到更莽撞的，真动起粗怎么办？老炮台这把年纪了，经不起折腾了。"

这也正是禹奕泽所担心的，昨天晚上，把那些驴友都打发回去后已经后半夜了，工友老齐没回来，他一个人躺在检查站值班室里连眼皮也没眨一下，整个晚上都在思虑应对之策。

吴区长看了正在沉思的禹奕泽一眼，突然说道："你不是大禹的后人吗？当年黄河泛滥，大禹从父亲鲧治水中汲取教训，率领民众，改堵为疏，历经多年终获成功。既然驴友都认定有一条专门的驴友路线，咱们能不能在确保安全的前提下开通一条？"

禹奕泽眼前一亮，思路瞬间就被打开了。这么多年来，包括他没离开的时候，泰山上已经出现了驴友，考虑的都是怎么阻止驴友们上山，从来也没调整过思路，想怎么疏通一条驴友路线。老领导在的时候倒是想开辟一条线路，但他还是想要正规旅游线，而不是驴友想要的那种。

禹奕泽对吴区长挑起了大拇指，说："还是区长站得高啊！过去老一辈人就一直从这边上登山顶。老炮台就曾经说过，长岭边这条小路，过去连挑山工都常走。现在食堂大师傅韩冬瓜的父亲不是老早就没了吗？活着的时候是这一带有名的挑山工，从山下担着二百来斤的担子，沿着长岭这条路，不到一个时辰就能到达南天门。"

吴区长说："是啊！看来这个路子还值得一试。这倒不是我站得高，我也是从昨天晚上的事件中受到了启发。我在旅游规划处工作的时候也曾想过这事，韩国那边有个旅行社也对此有些兴趣，还通过邮件进行了初步接触，我离开后就不知道情况怎样了。你回去跟老炮台和老迟再商量一下，沿着这条路往上走走，看看沿途那些峡谷和小道有没有危险，主要还是个安全问题，这个问题解决了，我再给旅游处那边打招呼。"吴区长意味深长地看了禹奕泽一眼，又说，"这事很可能就全指望着你了，你以后恐怕也要担更重的担子。"

禹奕泽见吴区长话里有话，犹豫了一下，直接问道："您要提拔了？"禹奕泽之所以敢这样问是因为这样的传闻早就有，管委有位副主任去年10月份就到点退了，一直没人补进来，都在传那个空出来的位置是留给吴区长的。

吴区长没有直接回答，深深地看了禹奕泽一眼才说："组织部门这两天就要来考察，你也要有所准备。"顿了一下又说，"你回来的这两年多，我一直没放弃，想把那个遗憾尽快找补回来，直到现在有些眉目了，我心里才安稳了许多。"

禹奕泽愣住了，心里滚过一阵热流，尽管吴区长没有说透，但传递出来的意思他已了然于心。原来吴区长一直没放下他，一直在寻找机会为他个人的政治前途在努力。经过这两年多的相处，他愈来愈感受到了吴区长的胸怀与气度，他相信，吴区长不仅是想弥补那一开始的遗憾，而是对他从心里有了更多的认可和肯定。现在，在禹奕泽看来，这种认可和肯定比得到那种所谓的官帽要重要得多，人生得一知己足矣，斯世，当同怀视之。既然这样也就无须多说了，禹奕泽抬头看了吴区长一样，见吴区长也正饱含热望地看着他，他想伸手跟吴区长握一下，但最终却只吐出来了两个字："谢谢！"

过了两天，果然一个干部考察组来了碧峰管理区，考察组由市委组织部和管委人事处共同组成。考察分两个阶段，先是召开股级以上的干部会议，让大家从正科级干部中推荐一名副处级干部，这个指向就很明确了，整个碧峰只有吴荣明区长是正科，把吴荣明的名字写到推荐表上应该没有任何异议。

下午的时候，碧峰办公楼前就贴出了公示：根据干部任用条例，市委组织部决定将吴荣明同志作为副处级干部考察对象。接下来就进行了考察，参与考察的主要应该为副科级以上的干部，但碧峰目前只有单涛副区长和工会主席两位副科，人数太少了，在向市委组织部分管领导汇报后，同意让各检查站的站长也参与了考察。考察组的人在会议室候着，让泰山管委人事处的一位副处长一个个叫进来面谈。禹奕泽被叫进去之后讲了吴区长的很多优点，说他有开拓精神，并且政治站位较高，发展思路也开阔，尤其是在面对困难迎难而上敢于担当这方面，做了重点强调。问到缺点，禹奕泽一时想不起来，考察组的人坚持让他说，并说怎么会没有缺点呢？禹奕泽想了一下才说，有时候就是有些太小心谨慎了，无论是对人或者是对事。这话禹奕泽是有所指的，如果考察组的人让他说得详细一些，他就准备举单涛的例子。单涛最近很活跃，上蹿下跳的，经常摸不到人，都说他在到处活动，已找到了过硬的关系，马上要调到悦城市林业局去干办公室主任。禹奕泽总感到吴区长对他太宽容了一些。可那些考察的人并没有往下深究，说起来，小心谨慎也不算是什么缺点，在这山上，担负着这么重的责任不这样能行吗？这样就算糊弄过去了，走出来的时候，心里稍稍感到了某种遗憾。

当天下午，送走了市委组织部考察组，管委人事处的几位同志留了下来，紧接着进行第二轮考察，这次召开的是整个管理区的职工大会，五六十号人都坐进了会议室里，要求在这中间推荐一位副科级干部。人事处那位副处长做了要求之后，吴区长做了动员讲话，要求大家严肃认真，公平公正，摒弃个人偏见，确实把干实事能担当勤恳敬业的同志推荐上来。禹奕泽坐在会议室最前排，吴区长讲话的时候，一直拿眼睛向他这边瞟，有了之前的提醒，禹奕泽心里多少有了些感觉，本以为自己会安之若素，没想到，在骤然之间还是感到了莫名的紧张。

填推荐表的间隙，禹奕泽偷偷瞅了一眼坐在旁边的扫帚峪检查站的站长，见他写的是"禹奕泽"三个字就更加意外了。扫帚峪检查站的站长年龄已超五十，过去自己在这边干办公室主任的时候交往倒是不少，但自从回来也就是能在开会时见上一面，平时并没多少交往，没想到他会推荐自己。这一定是之前有人给自己做了工作，这个人也只能是吴区长了。

会议室里很静，禹奕泽心里却泛开了浪花，周围笔尖划过的声音次第传来，他的心也随着微微震颤，抬头往主席台上看，见吴区长也正盯着自己，眼神儿里似乎也满含了期待。想想自己之前就是后备干部，这次回来又到整个管理区最为重要的舒云谷检查站，在两年多的时间里，在吴区长的支持下，也干了几件让人称道的事情，从年龄和政绩方面都应该是最为合适的。见人事处的人从主席台上走下来，开始收推荐表，就不再犹豫了，快速地在推荐表第一栏里写上了自己的名字。

下午下班后，禹奕泽从单位出来就去了超市，他想应该好好做顿饭了，得让那个家更像个家样。把该买的买好回到家，手里提着菜兜子还没放下，就接到了吴区长的电话。吴区长在电话里说，这次推荐，他的得票率最高，经管委领导认可，已把他拟定为副科级干部的考察对象,明天一早就要开始公示。让他这几天在适当时候跟单区长沟通一下。说罢就挂了电话。

吴区长把这事说得很平静,不像是一个报喜电话,整个状态跟过去向他安排工作没什么两样。禹奕泽却怎么也平静不下来了,拿着手机愣怔着,右手提着的菜兜子一时也不知道往哪里放,一会儿来到自己的卧室,一会儿又到了鹿小希的房间,最后才似乎明白过来。来到厨房,把刚刚买回来的菜,一样样地从兜子里拿出来,放在水池子里,拧开水龙头,任哗哗的流水随着自己的心绪奔腾。

不到二十岁就来到这山上参加了工作,至今有二十多年了,当年的自己是多么自信!意气风发,挥斥方遒,认为世界上所有的事情自己都能左右,谁也没想到后来这些人生变故,终于跳出去了,却又经历了那样一番波折。两年前再回到山上,感觉已跟过去大不一样了,虽有顾及面子的一方面,但更为重要的是,心里安宁了很多,更感到了自己的渺小。别说放眼整个世界了,就是眼前这些草木自己也比不了。它们遵从自然之道,春来花自青,秋至叶飘零,栉风沐雨,安享上天的馈赠,而他作为人类中的一员,空有万物之灵长的称谓,却失去了这些应该有的感受,跋涉在人生路上,只能偶见昙花一现的美好,更多的是痛苦、隔膜、烦恼和无奈。

有了这种认识之后,他几乎断了追求仕途的念想,整天与这些花木为伍,心情也渐渐平静了下来,只想实实在在地干点事,为这养育自己的大山竭尽所能地尽自己应尽的义务。他现在确实感到的是一种义务,之所以有这种认识,往大处说是因为这大山对中国文化的传承和缔造,私下里他认为,是因为这山造就了他,造就了像他和老炮台以及老迟这样的一批人。从这个角度讲,他对这座大山不仅充满着深厚的感情,还有着发自内心的感激。

原本以为已看淡了所谓功名利禄,看到单涛为了谋官,上蹿下跳蝇营狗苟的时候,内心还有些不齿,但当这些东西骤然来到自己身上,还是让他动了心,他觉得自己很难超脱出去,他是一个俗世中人,也很想要这枚将要到手的果子。毕竟这是一份社会价值的体现,是周围人对自己的承认和肯定。

禹奕泽拧死水龙头，想把电话打回去，跟吴区长交流一下自己的这些想法，又一想，现在还不能这样，吴区长刚才打的电话表现得有些匆忙，这不太像他的风格，这说明事情还没真正落到实处，吴区长内心也存有某种忌惮。打电话的目的显然不仅是要跟他通报提拔的情况，更重要的应该是在向他做某种提醒："跟单区长沟通一下"不就很明确了吗？

按照程序，明天公示之后紧接着就是考察，作为副区长的单涛必然要被人事处的人招去面谈，在这重要节点上，他的态度显得尤为重要。对单涛到底会怎么评价自己，禹奕泽心里没底，表面上没有明显冲突，甚至在很多场合还在称兄道弟，显得很亲昵，但彼此心里都明白，他们根本就不是一路人。吴区长显然跟他有着一样的担心，所以才打了这个电话。

可怎么跟单区长沟通呢？直接给他打电话或者去找他，让他明天考察的时候多正面评价自己？这显然有些莽撞，再说自己也拉不下这个脸来，即使厚着脸皮去找了，也可能会起反作用。因为这么做的前提是，你基本已认定单涛不会说自己好话，既然你认定我是坏人了，我还有必要再向你示好吗？还有一个办法就是，连夜带着礼物去他家登门拜访，让他感受到自己对他的重视和诚意，他心里一软，也许就不再计较那些过往，开始帮着说话了。但这种事情禹奕泽更是做不来，想想就头疼。

禹奕泽坐在沙发上想了大半天也没理出个头绪来。后来，看看时间不早了，鹿小希应该快回来了，就干脆不想了，赶紧起来忙活着做饭。

鹿小希回来，看到茶几上的菜有些意外。吃饭的时候，禹奕泽本来想跟鹿小希把这事透一下，但想了想还是忍了下来。当初的激动早就消失了，内心还是像乱麻一样理不出头绪来，觉得这事还在成与不成的两可之间，万一不成呢？再说了，他跟鹿小希隔膜已久，实在想象不出鹿小希会因此而感到兴奋的样子，从心里更不愿看到鹿小希那种冷漠的表情，与其让自己的热脸蹭冷屁股，还不如自己独自去享受这份喜悦。

吃完饭，禹奕泽拾掇完碗筷穿上外套就走了出来。春天的夜晚还是有些寒意的，可大地已有了明显松动的迹象，凉风中裹挟着温暖的潮湿。小区是悦城最早的居民区，开放式的，相对比较凌乱，街上人不多，很多小商贩还没有收摊，站在路边有一搭无一搭地吆喝着，想把余下的货物尽快甩出去。禹奕泽心里装着事，也没心思厘清前行的方向，只是信步地胡乱逛游。刚走出小区，就在要往马路人行道上拐的时候，手机响了，掏出来一看是单涛，有些意外，盯着闪动着的号码犹豫了一下，才摁开了绿色接听键。

"祝贺你啊！兄弟。今天下午临下班之前结果就出来了，咱们最终还是坐在了一起。我过去就说嘛，你早就应该这样了，过去这个位置你让给了我，我今天可是帮了你了，投票的时候不但我投了你，还发动了周围的人。你哥现在不是卖好，我是真希望你能上来，明天考察我也嘱咐了我分管科室的股长，让他们到时候一定多谈优点……"

单涛的声音像鼓点一般，密集地敲向禹奕泽的耳鼓，通过这声音，他能感受到单涛的兴奋。禹奕泽心里一下子就敞亮了起来，刚才还盘踞在心头的阴霾倏然消失了，他的内心被打动了，他觉得自己对单涛也许存有误解，单涛应该并不像自己想得那样狭隘。

挂了单涛的电话，禹奕泽兴奋得有些六神无主，想掉转头，跑回家立即跟鹿小希通报这一喜讯，可回头跑了几步又折返了回来，站在路口踌躇着。片刻之后，他继续往人行道上走，来到前面的公园。在一个僻静角落里，找了把联椅，安静地坐了下来。公园里已有了三三两两出来遛弯儿的漫步者，大多都是夫妇二人，相互把胳臂插在对方的臂弯里，沿着甬道缠绵前行。这是一种平静之后的浪漫，这种浪漫应该更多地归结为亲情。这样的场景离他是多么遥远，他已记不起自己跟鹿小希是否有过这样的浪漫了。这么多年来，似乎他的周围一直就是一个荒芜着的山坡，蔓草丛生，寂然无边。刚才的兴奋在时光中慢慢冷却，一种发自心底的孤独和感伤包围了他。他把手机拿在手上，

251

翻开通信录，沿着机械排成的顺序一个个往下滑动，随后他就厌倦了，心里倒是出现了几个候选对象，但是能对他们说什么呢？自己的日子只能自己来承受，谁也无法去替代。意识到这一点，他颓然地把手机翻过来，扣在了身边，屏幕的余光在昏暗中刺眼地闪烁着。他不想触碰那光芒，轻轻叹了一口气，把头转了过去。

第十八章

　　一个星期之后，碧峰管理区楼前贴出了两张公示，一张是悦城市委关于吴荣明同志就任泰山风景管理委员会副主任的，另外一张是泰山景区党工委关于禹奕泽任碧峰管理区副书记、副区长的。由于之前有了考察酝酿，这两张公示并没有在碧峰引起太大反响。
　　五天的公示期结束，管委人事处长过来，传达了市委关于吴荣明同志正式到管委会任职的决定，同时，代表泰山管委，宣布禹奕泽任碧峰管理区副书记、副区长，管理区的工作暂时由单涛副区长主持。
　　这个结果同样没引起人们的意外，但却超出了禹奕泽之前的设想，他原本认为，单涛之所以那晚打那通电话，肯定是自己的愿望已达成了，才表现得这么超脱，谁知他并没有被调走，也没有真正被提拔，只是暂时主持工作，不过，这也应该算是一种重用。现在再联想到单涛那晚的电话，肯定是已知道要跟禹奕泽重新搭伙计了，是在为下一步的相处做铺垫。
　　处长宣布完毕，吴区长首先做了告别讲话，似乎表现得有些激动，调整了一下情绪才说感谢大家一直以来的支持和帮助，说自己不是在这里说套话，这种感谢是发自内心的，可以有很多真实的例子来佐证。他首先提到了单涛副区长，说自己来的时候对碧峰的情况不是太了解，是单涛带着他踏遍了这三万多亩山林，他才很快把工作熟悉起来，进入了角色。五年多来，在这里摸爬滚打与这些山水树木结下了深厚的感情，与同志们结下了深厚的感情。尤其还谈到了老炮台，说老炮台给他的人生树立了新的标杆，都这么大年纪了，本可以安享天年，却仍坚守在这山上，这种精神用奉献和无私来形容是不够的。这更应该是一种人生的积极态度、大爱的情怀，已超越了人类所有的普通情感。讲到这里，他好像又激动了起来，声音都发出了微微的颤动。

紧接着单涛做了表态发言，单涛似乎有些不在状态，话语结结巴巴的，有些不连贯，还时不时低头看面前摊开的笔记本，上面应该有提前打好的草稿。也许正是因为草稿与现场发挥衔接得不好，整个发言就显得有些生硬和干巴，大体意思是说自己坚决拥护市委和泰山管委的决定，感谢组织上对他的信任，让他来主持碧峰管理区的工作，他将严格要求自己，廉洁自律，牢记使命，奋发图强，在吴荣明区长打下的良好工作基础上，与同志们一道，努力把工作推上一个新台阶，决不辜负组织上的信任和重托。

单涛讲完了，按照议程，人事处长代表管委领导再提一下要求，会议就应该结束了。主持会议的吴荣明主任跟人事处长耳语了几句，就点了禹奕泽的名，说让禹奕泽同志也表表态。开会之前禹奕泽本来是有所准备的，但在宣布议程的时候看到没给自己说话的机会心里就有些失望，现在听吴主任点了自己的将，忽然有些紧张起来。

对着面前的麦克风，禹奕泽先往下瞭了一眼，老迟那花白的头颅和期待的目光一下子就映入了眼帘。禹奕泽鼻子骤然一酸，眼泪几乎就要下来了，他赶紧强忍着，把头昂了起来说："说实话，这次任命让我感到有些意外。两年前，我重新回到舒云谷，当时的情绪和精神状态是有些隔膜的。这两年来，我遭遇到了什么，感受到了什么就不具体讲了，只觉得自己在这山上又重新站了起来，又重新生长了一次，这次成长是完全属于心灵的，比小时候那种身体的成长更让我感恩和感动。是这山上的一草一木、一花一叶、一石一鸟都让我有了新生的感觉，是周围这些老一辈林业人教育感染了我。让我重新昂起了头，重新认识了这生养我的大山。我觉得自己已活过了一世，已过去的这一世我一直处于懵懂中，而在当下，我却越活越清晰，作为从小在这山上长大的我，已清楚地知道这大山给予了我什么，更清楚地知道，我现在要为这大山做些什么。感谢大家！感谢组织上的信任！在以后的工作中，我会积极配合好单区长，继续勤勤恳恳地工作，扎扎实实地做人，为这大山的丰饶和美丽尽自己应尽的努力！"

这番话发自肺腑，禹奕泽说得很动感情，也把坐在下面的人感染了，他们都不自觉地鼓起了掌。

会后，人事处长还有其他公干要先回去，吴荣明主任要留下来办一下交接，大家一起把人事处长送出来，就各自往回走。吴荣明、单涛、禹奕泽三人落在了最后面，单涛向吴荣明表示祝贺，并开玩笑地说，以后就真成领导了，千万不要忘了碧峰这个娘家。单涛的神态看上去有些勉强，虽然是笑着，但脸上的肌肉明显没活泛起来。

吴荣明微微笑着，谦逊地说，那怎么能忘呢？再说了，说起来也不是什么领导，还是在这山上，只不过是换了一间办公室而已。

单涛忽然又对禹奕泽说："你用吴区长那间办公室怎样？我反正只是主持工作，说不定哪天来个新区长也就没我什么事了。"禹奕泽有些意外，不置可否地看着单涛。

在官场，办公室的调整也包含有一定的潜规则。一般情况下，一把手的办公室得留给继任者。单涛之所以现在用那位老领导的办公室是有特殊原因的，老领导调离之后，继任者是当时的副区长老董，老董那年都五十七岁了，干了不到三年就到了退休年龄。2011年吴荣明来了之后，老董正好生病住院，一住就是大半年，谁也不好意思让他回来退办公室，那间屋子就一直锁着，吴荣明本就不是太在乎这些，就把老董原来的办公室当成了自己的办公室。单涛被提拔上来之后，老董也出院了，早就把办公室腾了出来，吴区长自己懒得再搬，就让单涛直接进驻了。

这段历史早就被人忽略了过去，再加上吴区长现在提拔了，正是春风满怀的时候，人们从心里认定吴区长的办公室风水好，应该就是一把手办公室。单涛现在让禹奕泽用吴区长的办公室，不知道是出于

255

什么目的，是因为让他暂时主持产生了怨气，还是言不由衷地揶揄？

吴荣明见禹奕泽没有言语，只好接上说："主持工作就是重用，怎么说以后会没什么事呢？上面领导这样决定也应该是综合考虑的结果。一个办公室也无所谓，面积也都差不多大，你俩谁用都行。"

单涛说："既然这样，那就这样定了。奕泽，你就用吴主任原来那间办公室，吴主任清理干净了，你直接搬进去就行，需要什么跟办公室说，你本来就是办公室主任出身，这个就不用我多嘴了。"然后又说："我去山下办点事，可能回来得不早。吴主任，我就不送您了。奕泽，关于下一步的工作和具体分工，咱们明天一早再谈好吗？"

吴荣明赶紧说："我又不是调到了其他单位，还用送吗？你赶紧去忙你的吧。"禹奕泽看单涛已列开了架势往外走，也只能答应着目送他离开。

回到办公室，吴荣明继续坐回自己原来的座位上，叹了一口气说："我也只能努力到这种程度了。上面有人替他说话，本来他想要去市林业局，最后被组织部门给卡住了，见走不了了，又要活动着在这边当区长，是我给硬硬地挡住了，最后我找到了田书记，说若让他在这边当一把手，我宁愿不提拔。他应该也听到了一些风声，因此才对我有这样的态度。"

尽管之前已有了某种预感，但经吴荣明之口得到证实，禹奕泽还是感到有些匪夷所思，没想到在这宁静的山上也存在这样的暗战，就说："这次也没看出单涛哪里有不合适，一切看起来还是挺顺利的。"

吴荣明说："要能让人看出来他就不是单涛了。"顿了一下，又说，"我真的尽力了，他被否了之后，管委会领导一时又找不到合适的人选，我向田书记推荐了你，但班子里有人说你刚回来才两年多，再加上连个副科还不是怎好直接当区长呢？这也不符合组织程序。田书记一听也不敢冒这个险，才退而求其次让他来主持工作，明确你为副书记副区长，让你把党务和业务都抓起来，你要大胆工作，不要有太多顾忌。"

人跟人之间的交往有时候是靠感觉而不是语言，这算是吴荣明跟禹奕泽在人事上交流得最深的一次，尽管之前禹奕泽也有了某种意识，但没想到吴荣明背后竟然会为自己做了这么多。面对这份信任，他觉得用语言已无法表达，他当然也知道自己将要面对什么，有这么一个心术不正的顶头上司，以后的道路应该不会太顺畅。好在，他也已历经了风雨，于是，就果敢地说："我会的，做对这大山有利的事情，做对得起自己良心的事情，总不会错吧。"

吴荣明笑了，说："你说得太对了，人不可能没有私心，但更重要的是，一定要有公心。我也不是成心要跟他作对，之所以这么做完全是站在公心上考虑，他的私心太重了，几乎没有给公心留出空间来。把眼前这摊子工作交到他手里我是真不放心。有些事情你也可能听说了，他做得太没底线了。你今后肩上的担子会更重，还是好自为之吧。"

对工作分工，单涛显然早就有所考虑了，让禹奕泽继续兼着舒云谷检查站站长的职务，美其名曰那是整个管理区的重地，交到别人手上他不放心。实际上，对单涛真正的心思，禹奕泽心里明白得很。首先单涛是想让舒云谷继续拴着禹奕泽，让他少参与管理区工作，这样单涛自己行起事来也少了诸多的羁绊。其次，还有一个原因是老迟。老迟当年曾经跟他叫过板，这个仇口一直没解开，他不想把老迟推到检查站站长的位置上来。关于整个管理区的工作，单涛也做了具体分工，他让禹奕泽重点分管防火和林木保护，自己除了抓全面工作之外，重点搞好辖区内道路的规划建设和招商引资工作。

这样的分工看似合理但也暗藏了玄机，招商引资就不说了，道路建设规划这里面可大有文章可做。这几年城市扩张得厉害，有很多城市的建设规划局局长因此而落马，说明这里面有着诸多猫腻。即使碧峰道路规划建设方面的蛋糕太小，最后的主动权还在管委那边，可作为管理区，这个中间环节也极为重要。

禹奕泽表示对这个分工没有意见，谈到下一步的工作，单涛反而说了一些套话，什么围绕大局结合管委的中心工作，发展大泰山大旅游等等，说了一套这个，才说龟腚坡的生产路已修了起来，还差几公里就能跟洗鹤湾连起来，由洗鹤湾前再到碧峰，然后又绕到长岭，这条小环线之前咱已做过规划，我的意见是，在做好其他常规工作的同时，目前应该先把这条小环线打通。要发展大旅游，道路建设应该首先抓起来。

这个安排有些出乎禹奕泽的意料，现在是春末夏初，又到了防火的关键时候，本来人力物力就匮乏，怎么会在这个时候修路？这条路确实在去年冬天就做了规划，但在规划的时候也是说要到今年的秋冬季才开始实施。按照这山上多年来的工作经验，一般都是春夏秋三季忙于防火植树造林和苗木管理，只有到了冬天才能腾出空来搞基本建设。

禹奕泽没有明确提出来反对，只说今年春天虽然下了两场小雨，但防火形势依然严峻，还有春季的林木管理，还要做拉网式的普查，上次大直沟上面的那片山林招了松材线虫，虽然最后是保住了，但并不能高枕无忧，这种虫子既然出现了，这就说明我们的管理有了漏洞，下一步对林木更应该加大管理力度。

在谈到防火形势的时候，禹奕泽还重点说到了对驴友的防范，每一名贸然进山的驴友都是一个隐患，一定要严加管控，还把那天跟吴荣明主任商量的堵不如疏的设想讲了出来。

单涛听了，半天没有言语，过了好一会儿才说，我们不是有分工吗？防火护林这一块你尽管去抓，如果缺人手咱们再想办法，道路也得通，只有把这条小环线打通了才能更好地节省人力物力，连普通老百姓都知道要想富先修路，你看现在我们上去运个木头，连皮卡都上不去，还在用那种老式的地排车，都什么年代了？听说"神十一"今年都准备上天了，我们还停留在原始社会，说出去还不让人笑掉大牙？至于开辟专门的驴友路线，我觉得这事得慎重，且不说管委领导那一关能否过得去，就算领导支持，建了这样一条线路，大量驴友就会拥进来，安全怎么保证？到时候恐怕就会有擦不完的屁股。

这番话单涛讲得也不是没有道理，守着办公室主任和工会主任，还有几位有关科室的负责同志，禹奕泽觉得自己不能跟他再继续争下去了。

吃过中饭不久，禹奕泽回到了舒云谷检查站，老迟跟那些工友还没有出门，纷纷向他表示祝贺，他回应着说："祝贺什么，还不是跟过去一样？多加的那两个头衔无非就是扩大了干活的范围，就像农民，过去是种二亩地，现在要多种几亩了。"老迟说："你这个比喻好，这说明你就是地主了。"禹奕泽说："我听老一辈人说，我们老家禹石汶村最大的地主是个寡妇，土改前有七十多亩地。她从年轻就守寡，受了婆婆的气，一路哭着回娘家，在路上见到一摊马粪，赶紧颠着小脚跑回去拿粪箕子，拾起来送回自家猪圈里，再哭着找自己的亲娘去诉苦。"

老迟他们几个都不信，说这是禹奕泽杜撰出来的。禹奕泽说若不是真的，他一个长在新社会的人，怎么能杜撰得出来这样的细节。并说这个女地主非常长寿，他小时候跟着父亲回老家就见过她一次，白发苍苍的，腰都几乎弯到了地上，见到外面来的人就仰着脸问，城里的鬼子走了吗？

所有人听了这话几乎都笑了，因为这是明显地张冠李戴。这个笑话倒是源于真事，应该发生在二十世纪九十年代某个春节前，市里某位领导去一个偏僻乡村慰问，当地陪同人员向一位孤寡老人介绍这是上面来的大领导，代表党委政府过来看您来了。老人攥着市领导的手说，是毛主席派你来的吧？见这位领导点头就又问，城里的鬼子走了吗？这个真实的笑话曾在悦城一带广泛流传，几乎没有不知道的，禹奕泽故意套用在这里，显然是想博大家一笑。

这样说笑了一阵，禹奕泽就奔长岭而来了。

老炮台在山上的日子一直过得非常充实，除了照看好那几片林子之外，还有自己种的那些粮食和蔬菜，还养着一院子的鸡。合适的时候再掘个树疙瘩，晚上还要提防那些不请自来的驴友。去年秋天禹奕泽还发现了他的一个秘密，老炮台在悄悄地续写父亲韩尚信没能完成的《泰山志》。

石屋子里，中间帘子隔开的就是老炮台的另外一个世界。在那个狭小的空间里，摆满了各种笔记和古书，还有搜集到的很多代表泰山特色的实物，这些大都是韩尚信留下来的。刚回到山上的时候，老炮台并没有这个打算，觉得这太难了，自己没有父亲那个功力，但后来在不断翻阅父亲留下来的那些资料的过程中，他渐渐建立了自信，觉得自己也可以试试。关于泰山的著作，各个有关部门已出了很多，应该有好几百种了，可都是站在正史官方的角度，都想成为最全面最权威的文献。

最近又听说管委投了巨资，要做一套《中华泰山文库》，计划出到几百卷，把历史上有关泰山上的所有资料都囊括进来，包括泰山的形成，历代帝王祭祀封禅泰山的史实，泰山的文化、宗教和民俗民情，以及古代思想家、政治家、诗人、名士在泰山上的遗迹以及诗文，等等，可以说包罗万象无所不有。这样以正规史料为基础集泰山之大成的东西，固然能为后人留下宝贵的文献资料，但老炮台总感到与老百姓的关系不大，父亲本来的出发点就是民间视角，就是写百姓眼中和心中的泰山，要写出这座大山与普通人之间的血肉联系。如果沿着这个路子走，老炮台觉得自己能做下去，因为他从小就长在这大山里，已经与这大山融为了一体。从某种程度上说，以平视的角度来写这座大山也就是在表达自己，祖辈、父亲还有他自己的经历就是一个有力的线索，沿着这条线索，整个泰山人的近现代生活画卷就活了起来，变得似乎触手可及了。

可能是很早就受到了父亲的影响，老炮台虽然只有初中毕业，但这么多年来也读了很多书，尤其是父亲留下来的那些古书，这让他的视野开阔了起来。真正深入进去，老炮台才发现父亲当初选择的视角正确无比，尤其是他前几天来到泰山极顶，在大观峰上把唐玄宗亲自撰写的《纪泰山铭》重读了一遍，感悟就更深了。"道在观正，名非从欲"是《纪泰山铭》的结束语，却点出了以民为本的核心思想，作为统治者真正的道就是要使国富民强、国泰民安，名声不是个人欲望的体现，而是建立在国家的强盛和老百姓的富庶之上。当然，作为封建帝王,唐玄宗不可能真正做到以民为本,但这至少表明,让普通老百姓过上幸福美好的生活应该是所有统治者最为终极的目标。

翻看着父亲遗留下来的那些资料,结合自己的所思所想,老炮台的决心越来越坚定,他要像父亲一样,不代表任何人来写泰山,而是作为泰山的一部分来表述自己,从自己的所见所闻所思所想入手,写出一部真正属于泰山人自己的泰山发展史。从这个角度看,《泰山志》这个题目也多少有些问题,父亲显然当时也没想出更好的题目来,所以在第一页这个大标题下面有一个小括号,里面写着"暂定"两个小字。

在《泰山志》第一章里(姑且先这么叫着),父亲起的小标题为:泰山神明。一开始就讲了发生在自己身边的一件真人真事,这个人是东洼村人,名叫韩申方,只比韩尚信大七岁,是韩尚信没出五服的叔伯哥,十七岁那年跟父亲去悦城赶脚,被国民党抓了壮丁,1952年成为中国人民解放军第五十五军政治部副主任,最后落脚在广西南宁,在南宁军区副司令员的任上离休。

二十世纪七十年代,老人带着两个儿子回到了阔别已久的家乡,那年都七十多岁了。由于他是独子,家里上一辈人都没有了,老人回来先去父母和祖上的坟茔祭拜了一下,就要去山上的碧霞祠。那时候上泰山的盘山公路还没开始修建,没有汽车能开到中天门,上山的山轿也已不好找了,两个儿子要找台滑竿把他抬上去,老人说什么都不愿意,说那样上山心就不诚了,泰山老奶奶会降罪的。最终孩子们也没拗过他,只好陪着他慢慢沿着中路往上爬,爬了两天一夜才到达山顶。老人进了碧霞祠,见了老奶奶的金身倒头便拜,直起身子来的时候已是老泪纵横,并颤颤巍巍地从上衣口袋里把一个圆溜溜的东西掏出来,高高地用双手举起来,越过头顶再次扑倒在跪垫上。

那个圆溜溜的东西是一把老式长命锁,样子像金元宝,质地是银的,原白色的底子已被氧化成了青灰色,闪着幽幽的亮光,布满了岁月的包浆。韩申方的母亲跟肖立栓母亲情况差不多,也是过门多年都没有怀孕,也是每年都到泰山顶上去求子,到了三十多岁才生下了他。

韩申方出生的当天晚上，兴奋到极点的奶奶连夜跑到山顶的碧霞祠，向老奶奶求了这个长命锁。小时候的韩申方非常顽劣，稍微知晓些事情就不愿戴这个劳什子了，长命锁被搁置在了一边。说来也怪了，就在被抓壮丁的前一天晚上，准备第二天跟着父亲去赶脚，他却突然想起了小时候戴的长命锁，让奶奶给找了出来。他清楚地记得，奶奶是用双手捧出来的，长命锁被包裹在红绸子里，一层层地揭开，最后才显现了出来，下面还垫着火纸。在昏暗的油灯下，看到奶奶低下花白的头颅盘弄上面的银链子，链子是找专门的银匠打的，为这还花了十升小米，他难得地乖顺起来，俯下身子，让奶奶把那已经变暗的链子套在自己的脖子上。当时，谁也没想到，他这一去，竟然是跟家人的永别。

后来，韩申方随着部队在战场上一路拼杀，光大的战役就参加过上百次，小打小闹的战斗得有一千多次，身边很多战友都倒下了，他居然毫发无损，连皮肉都没受到过一丁点的损害，这不能不说是一个奇迹。别人都说他是福将，他却在心里一直认定是那把随身带着的长命锁在保佑他，是泰山老奶奶在保佑着他。最明显的就有两次，一次是在四平战役中，陈明仁带着七十一军包围四平，当时他已是团长，在已丢掉大半个城池的危难关头，陈明仁把他们团布防在一线，硬是利用错综复杂的民居挡住了解放军的进攻。在激烈的战斗中，一颗子弹奔向他的前胸，结果却正好击中了长命锁。还有一次是在广西剿匪的时候，一个混进革命队伍中的国民党特务打了他的冷枪，也正巧打在了长命锁上。

那次回家，韩申方把整个东洼村跟自己差不多年纪的、还健在的那些老人请到了悦城的大饭店，摆了两大桌叙旧。席间，老人在讲这两次奇特经历时还不胜唏嘘，说自己就是一只风筝，无论漂泊多久，飞多远多高，那根生命线始终攥在泰山老奶奶手里，命脉永远在这大山上，并说自己已留下了遗言，将来老了一定要回到这片故土，要长眠在这山上……

韩尚信老先生由这些真实的、鲜活的例子入手，来告诉人们，泰山的名字本身就是一个象征，几乎对每一个中国人都有着一种特殊的意义。它是和平的承诺，是安宁的保证。在它敦厚沉稳巨大身影的默默庇护之下，无论你走到哪里，都会感觉到来自它的力量，都会听到它一声平安的祝福。这种阐释方法自然就避免了那种纯说教式的枯燥，感性了很多，也有趣了很多。

老炮台读着父亲留下来的书稿，要续写下去的念头逐渐萌发了出来，在这个过程中还莫名其妙地生出了一种使命感。他意识到，这种写法，这种内容，也只有像他这样跟这大山摸爬滚打了几辈子的人，才能进行得下去。像他幼时遇到的野狼，跟那只老鹰的奇遇，禹士民被困山中的经历，还有那位叫闫顺子的泰山客家人的故事，都可以记录下来，因为这一切都不是偶然的，都有着一定的来处，这个来处就是泰山。

有了这个想法之后，老炮台又为此酝酿了多年，直到禹奕泽回来的前一年才开始动笔。父亲留下的书稿都是用毛笔写在宣纸上的，密密麻麻的小楷，如一群群蚂蚁排着整齐的队伍在等待着检阅，每一张都对折得整整齐齐。老炮台也想用毛笔写小楷，可显然不具备这种功力，光练习写小楷就花了半年多的时间，先是在普通纸上练，练得有个模样了再在半生不熟的宣纸上写，最后才敢用熟宣来写，但字体还是跟父亲的差别很大。但他没有放弃，只要没有特殊事情耽搁，他每天都在坚持。

禹奕泽来的时候，老炮台正在里面疾书，正写到的这一章极有意思，是关于泰山佛教的。由于泰山在佛教传入中国之前就已经被认可为神仙方士修道的仙山，再加上秦皇汉武封禅从政治上支持和肯定了方士对泰山的历史性占领，泰山一向被认为是一座道教之山。虽来自异域，却在神州大地上有着巨大影响力的佛教，显然不会轻易放过泰山这个重镇。很多有关泰山的书籍，除了经石峪这个明显的地标之外，对佛教很少有记载。

老炮台还是从实证开始来讲述泰山上的佛教。1985 年，一位住在泰山附近的当地人在极顶舍身崖下，发现了一尊摩崖造像。高一点九米、宽一点四米的佛龛里雕刻着的是骑着狮子的文殊菩萨。佛龛造像粗犷，形象偏瘦，满布苔迹。根据神龛旁的题刻判断，这个佛龛是北宋时期雕刻的。

这是在泰山之巅发现的唯一一处纯佛教遗迹。从佛龛选址就能看出，当年那个力主做此佛事之人是费了很多心思的，选择的地点真可谓煞费苦心。老炮台曾经实地勘察过多次，从泰山极顶发现不了神龛，它的位置应该相对比较隐秘，从红门的登山盘路往上，过了中天门，只要没有其他山峰遮挡处，抬头仰望就能仰瞻到佛容。此良苦用心，也反映出了佛教是如何费尽心机想在泰山最显眼的地方挤得一席之地，又不敢明目张胆的曲折心态，这也从一个侧面说明了佛教在泰山的处境。

由于道教山的定位，佛教要想进入泰山，采取从正面攻占山头的攻坚战法，显然很不明智也是徒劳的。因此，避实就虚，迂回包抄，就成了佛家攻占泰山的长期战略，并且建立了一套行之有效的以阴补阳的战法。你占山之阳，我占山之阴，你占山之巅，我占山之谷，你在山头临天风习习，我在谷底听流水潺潺，你振衣千仞岗，我濯足万里流，你让信徒登山攀登，借此象征得道成仙是多么艰难，我让施主丛林信步，以之晓示苦海慈航绝无多少风浪。

老炮台正写到兴奋之处，以至连禹奕泽的敲门声都没听到。禹奕泽敲了几下，没听到回应，又见门是虚掩着的，就悄悄推门而入，掀开中间的帘子，见老炮台正专心把自己埋在故纸堆里，有些不忍打扰，想再悄悄退出来。不想，老炮台这时已听到了动静，猛一抬头，发现了禹奕泽，有些意外，但还是赶紧把毛笔捺了捺，搭在砚台上，招呼禹奕泽出来喝茶。

老炮台本以为刚到新岗位的禹奕泽会忙得不可开交，不会有时间来看自己，现在既然在这个节骨眼上过来，一定又是遇到了什么难事。

这还真让老炮台猜对了，禹奕泽确实是心里揣着事来的。通过上午与单涛的第一次交锋，禹奕泽虽然当时没表现出来，但心里却感到了沮丧，有很多工作上的想法，很难跟单涛所强调的那些统一起来，两个人搭伙计，一开始就陷入了这种情况，以后该怎么跟单涛相处呢？

老炮台听了，沉吟了半晌才说："你知道我正在续写我父亲留下来的书稿，现在正写到泰山佛教这一章，为了写好这部分内容，去年冬天我趁着山上不忙的时候，又去看了山顶舍身崖下的佛像，还去了红门宫和斗母宫，这本来是为碧霞元君和斗母所建的两所道观，但据考证，从十四世纪开始，佛教的尼姑就成了道观斗母宫的主人，这些新主人不但在斗母宫新建了白衣观音大士的殿堂，而且还改变了山门的方向，使原为配殿的白衣殿成了面对山门的正殿，使本为正殿的斗母殿变成了配殿。客位变成了主位，反客为主了。前面立有一块刻着《斗母宫新建白衣殿记》的碑，专门记载了这个过程，碑文还流露出了佛教为了赢得香火，不得不向民间宗教靠拢，向中国老百姓的世俗需求迁就的微妙心理。这就很有意思了，在红门宫和斗母宫里，佛教的菩萨和道教的女神相安无事，形成了一庙两教的格局。"

禹奕泽听得有些茫然，不知道老炮台为什么要对他讲这些，有些疑惑地看着老炮台。就听老炮台继续说道："我之所以给你讲这个例子，是想对你说，泰山虽然是道教之山，但却仍然包容着佛教，敞开怀抱让佛教渗透进来，一庙两教不但没有出现此消彼长的局面，而且还做到了相互影响共同完善发展，这不能不说是泰山的又一个伟大之处，它的兼容并蓄和它的独立不移都一样强大。曾给泰山留下最早刻石的李斯不是说过嘛，泰山不让土壤，故能成其大。单涛虽然私心重一些，但现在上面让他独当一面了，也许他慢慢就把这个责任感建立起来。你在跟他相处的过程中，很多观点不要先入为主，要像这大山一样，万事以和与包容为出发点。"

禹奕泽虽然在心里认可老炮台这番话，但要真正做起来又是何其难也。就拿当下来说，禹奕泽认为如果能像吴荣明提醒的那样，改堵为疏，开辟出一条驴友专线来，对防止驴友无序进山会有很大作用。而单涛却好像对此并不感冒，单凭禹奕泽的力量，这事就很难进行下去。

老炮台也觉得这个思路不错，并说过去那些住在这周围的人，不都是沿着这边的山路上吗？从山下的东御道到葡萄架岭，过刀刃山、老嬷嬷石、西马峰、猪腰子泉，经南天门，最后抵达极顶。为什么叫东御道？就是因为汉武帝来泰山封禅时就选择的这条路线，到了光武帝刘秀才开始走泰山之阳南北向的中路，经中观、天观、环道、天门到达山顶。说起来，这条线由于发现得比较早，后来又没有开发出来，既险峭又相对隐蔽一些，既能登高又能望远，泰山东部风光的幽微与迷人之处也基本上都能尽览。目前，除了一些纯粹是为了探险的驴友，一般驴友也都是循着这条线路而来。

见禹奕泽还是满腹愁肠，老炮台便又提醒说："这个思路不是吴荣明区长提出来的吗？他现在去了管委会，应该更有利于操作了，你再找他探探口径，只要他还继续支持，单涛那边也就好说了。"

实际上，这条路子禹奕泽早就想过了，他担心吴荣明到了管委不分管这一块了，管委现在加吴荣明后是四个副主任，每个副主任都要分管几项工作，这个分工是相对固定的，就像足球场上的规则一样，谁也不好意思越位。对此，禹奕泽在悦西区政府办时就深有体会，几个副区长都铆足了劲儿，要干出点名堂来得到上面的认可，所以对自己分管的领域都当成险要阵地来把守，恨不得在上面修满碉堡，怎么会轻易让自己的竞争对手来染指呢？以吴荣明的性格，如果不是他的分管领域，他是不会犯这种官场大忌的。不过，万事都有例外，也可以按老炮台说的过去探探吴荣明的口风，说不定他会有些别的办法。

过了两天，禹奕泽找了个理由去了一趟管委，吴荣明主任正好在，禹奕泽也没隐瞒，就把自己来的真实目的说了。吴主任一听就笑了，说："你小子的鼻子可真够灵的！管委这边昨天下午刚把分管的工作重新调整过来，由于我过去就在旅游规划处，这一块原来分管的老朱主动提了出来，要让我来分管。今天上午我跟田书记汇报工作的时候，把要在碧峰那边开辟驴友专线的设想也说了，田书记一听就说这个路子好，在强调注意安全的同时，又补充了一个新的思路，说既然这条路线过去挑山工就走，为什么就不能开辟出一段来，作为挑山工的体悟路线对外开放呢？挑山工那种埋头苦干、勇挑重担、一往无前的精神本来就应该弘扬，在现在这个新时代下就更应该大力提倡了，它不但展示着忠诚守信、勤劳勇敢、务实苦干的山东精神，更折射出国人'自强不息、厚德载物'的民族精神。有了这样的体悟路线，往近处说，我们可以把它当作本系统干部职工的教育基地，往远处说，也可以让来泰山的游客都尽可能地感受一下，把新时代挑山工精神宣传出去，其意义就不仅是防火安全了，而是关乎新时代泰山精神的传承与发展的大问题。我一听就特别兴奋，这几天正想把你和单涛叫过来商量一下，没想到你倒主动送上门来了。"

禹奕泽一听，从心里佩服田书记的这个思路，真切地感受到了田书记的高度和气度，但想到眼下八字还没一撇呢，内心也不免有些惆怅，就顺便把那天单涛的态度说了。吴主任说："这个，你不用担心，我让旅游规划处的人先找他，他会支持的。"禹奕泽见吴主任说得这么有把握，也就放下心来了。

又过了两天，禹奕泽正在外面带着人清理没成活的枸橘，突然接到办公室电话，说单区长要他回办公室有事要商量。禹奕泽赶紧回去。单涛一见他就说自己刚从田书记那里回来，在汇报碧峰工作的时候，顺便把上次他说的开辟驴友专线的事也提了提，田书记表示倒可以考虑，让他们写个可行性报告先报到吴主任那里，由吴主任牵头来具体研究。

单涛应该知道禹奕泽跟吴荣明交流过了，但还是装作什么也不知道的样子，拿田书记来当幌子，这就是所谓的心机吧。单涛很善于利用这种小技巧，也经常把田书记挂在嘴上，显然是让别人以为他跟田书记有着非同一般的关系，但到底是什么关系，没有人能知道，也许这正是他想达到的效果，摆下一个让别人不知道深浅的迷魂阵。

对禹奕泽来说，写这样的报告并不困难。从东御道开始的这条山路他也走过多次，重点地段前两天也跟老炮台探讨过了，哪个山崖该加固，哪个沟谷该做防护设施，都在心里有了规划，也特别注意到了那些可能出现危险的地方。结合田书记的那个新思路，他请韩冬瓜找到一位有经验的挑山工，跟着又去转悠了一天，在东御道上面，选定了一段大约有两千多米的路段作为挑山工的体悟路线，之所以选这个路段，是因为在这段登山路线上，既有一段比较陡的台阶，又有一段狭窄的小路，还有一小段平路，起伏较大，又不至太过辛苦，考虑到了各个年龄段体悟人的承受能力，还能充分呈现挑山的艰苦和耐力。为此，禹奕泽还专门用提前准备好的货物，挑起扁担来来回回走了两趟，充分体验了一番，觉得适合才列进了报告之中。

报告递上去不久，管委旅游规划处的人过来考察了两天，又拿到党工委会议上讨论了几次，都认可了田书记提出的那个体悟路线，但由于有个别领导担心安全得不到保障，意见也不是太统一，最终只能形成了一个初步方案，先跟韩国一家叫哈拿多乐的旅游文化公司联系，看他们能不能先组织一批韩国的驴友来蹚开这条路子。

这条曲线救国的方案是由旅游规划处处长在最后这次讨论中提出来的。这位处长毕业于悦城大学地理旅游学院，算是科班出身，一毕业就跟着吴荣明干，吴荣明去碧峰做区长的时候把他推荐到了副处长岗位上，后来的处长去了南天门管理区，他就顺理成章地成了处长。据处长介绍，哈拿多乐是韩国最大的旅游文化公司，它旗下有家旅行社专为爱好探险的野外运动者服务，也就是我们所说的驴友，他们的驴友比我们正规很多，也有导游带着，但他们的导游不是普通导游，都是野外运动训练方面的专门人员。最早曾经跟我们联系过，但由于我们提供的都是常规路线，他们看了之后表示兴趣不大，以后这事也就不了了之了。如果我们现在把经东御道至极顶的线路提供给他们，估计他们的反应会很积极。

处长说完，吴荣明接上说："这事我有印象，那时候我应该还没离开旅游规划处。我觉得这个想法很好，这样的专业旅行社如果能跟我们合作，不仅能把我们这条线开辟出来，把无序的驴友逐渐变得有序起来，更重要的，还能把我们的旅游也更好地带动起来。专业的旅行社，在野外运动方面显然走在了我们的前面，有我们值得学习的经验，也帮我们拓宽了视野。他们把人带过来的同时，也能把好的经验和做法留下，以供我们来借鉴。"

吴主任这么一说，原本担心安全没保障的领导也不再言语了，这事也就这样定了下来。接下来进一步探讨怎么跟韩国那边合作，田书记提出，为了稳妥起见，可以派人去韩国首尔找这家旅行社具体考察一下，看看他们那个旅行社的情况，其运作方式到底适不适合我们的要求。并说体悟路线这件事就先不要跟韩国那边说了，我们自己掌握就行，无论是作为驴友专线和挑山工体悟路线，对外就是一段山路，外国人也看不透里面的名堂。

田书记这么一说几乎得到全体与会人员的赞成，他山之石可以攻玉，既然已经有了成功的经验，去参观学习也应该是不可或缺的步骤。在确定赴韩国考察人选的时候，田书记强调说，在目前这个形势下，一定要把考察学习落到实处，要尽量派具体从事这项工作的同志去，切记不要把这次出国考察变成境外旅游。人数不要太多，可以让碧峰那边熟悉情况的去一个，旅游规划处也要派个人过去，我看两个人也就足够了。

回到碧峰管理区，单涛就跟禹奕泽商量，派谁去韩国考察更合适一些。自从2012年年底中央出台了八项规定六条禁令之后，对出国考察之类的活动有了严格规定，大家都明白目前这次机会难得，也都想出去开开眼界。

实际上，单涛一开口禹奕泽就明显感到了他的倾向。单涛这一阵子应该很忙，之前说的小环线的建设已正式启动，并请悦城大学地理旅游学院的一位教授专门来做规划，下一步就要开始招标进入施工阶段。但单涛在介绍完这些情况后，却说自己在等待设计图样出来，估计还得有一个多月的时间，这段时间恰好是个空当，其意图也就不言自明了。

见禹奕泽没有反应，单涛继续说道，田书记让去一个情况熟悉的，相比而言，你应该比我情况更熟，可我也在舒云谷待了十多年不是？这还不是最主要的，我所担心的还是防火这一块，目前正是春季防火的关键时期，你一旦离开了，万一出点事该怎么办？再加上，规划这一块目前由我管着，若是旅游规划处长去，我随着去学习一下，也正好顺茬。"

　　该怎么办禹奕泽在心里早就有数了，但他还是想听单涛要找些什么理由。若认真起来，单涛讲的理由根本靠不住，要开辟的路线在舒云谷辖区内，禹奕泽还兼着舒云谷检查站站长，论分管应该是在禹奕泽工作范围里。况且，没有田书记的新思路时，之所以开辟这条路线还是为了规范驴友的行为，说到底还是为了防火。但禹奕泽知道自己此时不能跟单涛较真，于工作而言，他也知道自己去应该比单涛更有利，可若想把这事顺顺利利地往前推进，目前就得跟单涛配合好。

　　见单涛已说得这么直白，禹奕泽只好说："是啊！还是你去更合适一些。你去了，能代表整个碧峰管理区，人家也会重视。再说了，过去以后如果谈得顺利直接就把协议签了，我去了，怎么敢拍这个板。"

　　这边把单涛的名字上报之后，管委那边反应倒挺快，旅游处长有事走不开，田书记确定让吴荣明主任带着单涛去，这样搭配显然看起来档次更高了一些。接下来就是上报有关部门批准。

　　临出发去韩国的前一天下午，单涛把禹奕泽喊到自己办公室交代工作。

　　单涛先是客气了一番，说自己离开的这段时间就辛苦老弟啦，要禹奕泽勇于把担子挑起来，大胆工作，该怎么处理就怎么处理。禹奕泽听着那些套话，心说这还用你说吗，不一直是这样吗？按照之前的分工，对防火和林木保护这一块从来也没丢过手。你主抓的小环线工程我又插不上手，也不想插手，只能等你回来自己往下进行啦。但面上还不能把这种情绪流露出来，也只能把套话和假话当成真话来听，神情看起来跟单涛保持着高度一致，一样虚情假意地客气，还不住地点头，内心却想让这次乏味的谈话早一点结束。

　　两人正聊着，单涛的手机响了。禹奕泽及时抓住这次机会，向正准备接电话的单涛示意了一下，起身想要离开。单涛一边把手机往耳朵上放，一边对着禹奕泽往下按了按手，意思是让他少安毋躁。电话应该是熟人打来的，单涛在里面哼哈着，然后说我正跟禹区长谈工作，忙着呢，咱们回来不行吗？对方又说了些什么，单涛听着，说他就在我对面坐着呢，你问问他吧。说着随即把电话递到了禹奕泽面前。禹奕泽有些懵懂，迟疑地看着单涛。单涛说："是韩义，他要跟你说话。"

禹奕泽只好伸手接过了电话，韩义的声音立刻如潮水般涌进了耳郭："禹区长好，我想今天晚上给单区长送送行，你能赏光吗？"禹奕泽颇感意外，刚想找借口推掉，韩义在电话那边似乎猜透了他的心思，不待他开口又说："你先不要忙着拒绝，自打知道你提拔之后，早就想找机会给你贺贺了，打过两个电话你都没接。今天请你肯定没有其他意思，只是借着单区长出发的由头想跟你聚聚，咱们是光着腚长大的弟兄们。现在你又跟单区长成了伙计班子，一起出来吃个饭不过分吧？"

单涛手机的扩音效果很好，禹奕泽又没把话筒贴近耳朵，韩义那连珠炮般的声音不用开免提就隐隐地传了出来。单涛欠了欠身子，推波助澜地插话说："你能请动禹区长，我就参加。"说完又坐回去，目光盯着禹奕泽说："你放心，韩义请客也就是去东御道那边吃个鸡什么的，都是家常馆子，还都是他自己掏腰包。不会牵扯到八项规定，更不会让你去犯什么错误。"

禹奕泽见单涛这么说，再推辞就显得太不给面子了，只好答应了下来。

晚饭果然安排在了东御道上的一个农家乐里，是外地人来这边开的，租了两个原有住户的院子，连同旁边的山坡一起租了下来，不但保留了原林地里的果树，还利用原来的地势巧妙地进行了发挥，在林地和包间之间建了连廊。连廊上面是一个石潭，被林木所环绕，"青树翠蔓，蒙络摇缀，参差披拂"。潭水由石壁罅隙中渗出，慢慢往下形成了一股若隐若现的细流，晕染着连廊周边的植物。攀附着连廊而生的紫藤树和爬墙虎都已枝叶茂长，使连廊变成了绿廊花廊。紫藤花正在盛开，馨香的味道隔着老远就能闻得到。

饭吃得非常祥和，人数也不多，除了单涛禹奕泽韩义之外，还有碧峰管理区的办公室主任和韩义的一个小跟班。主题是给单涛送行，自然离不开去韩国的话题，韩义显然看过很多韩剧，对里面恭顺靓丽的韩国女人赞赏有加，嘱咐单涛到了韩国一定不要错过机会。单涛嘻嘻哈哈地回应着，说自己就是不善于抓住机会，不然，怎么现在还是个主持？说着还不由自主地看了禹奕泽一眼。

还有一个话题就是怀旧，韩义本来比禹奕泽早上学一年，但韩义一年级就留了级，刚入学的禹奕泽跟留级生韩义就成了同学，上四年级的时候两人还成了同桌。韩义好动，不爱学习，课堂上小动作不断，时常是老师手中白色"子弹"的靶子。有一次，他居然从家里偷出来几把地瓜干，利用课间悄悄跑到代销点换来一墨水瓶地瓜烧，墨水瓶里还残留有没干透的墨渍，被酒液一泡，先是飘出几缕蓝紫色彩带，后来就如烟尘般在整个瓶子里发散，那酒就变得浑浊起来。可韩义照样如获至宝，手一直在桌洞子里攥着，班长喊起立坐下也不舍得松开，趁老师不注意就拿出来抿一下，待老师转回身，就又赶紧藏起来。墨水瓶里的地瓜烧见了底，韩义也醉了，摇晃着身子从座位上站起来，几步就蹿到了讲台，要替老师讲两句。同学们都呆住了，老师也颇感意外，很快就嗅到了浓烈的酒气。老师很生气，把手里的教鞭狠狠地砸在面前的教桌上，接着猛地戳向韩义肩头，一下竟把韩义给戳倒了。教室里瞬间静了下来，没想到，躺在地上的韩义很快就发出了鼾声。

韩义在席间提到了这事，神态飞扬而无所顾忌，不像在讲自己一件小时候的糗事，而更像一位凯旋的将军在讲述自己的战绩。讲完，扭身对坐在旁边的禹奕泽说："当年你那么瘦小！怎么能背得动我？"

经韩义这么一说，禹奕泽还真把这事想起来了，对那次背着韩义回家也有了印象，记得过程非常艰难，醉得人事不省的韩义就像一座大山压在后背上，致使自己举步维艰，几乎是挪着步子前行，路上跌了好几跤，好像还把韩义脸上的某个部位给跌破了，鲜血当时把自己唯一的一件白衬衣都洇染了，以致后面那一大片褐色印迹留存了老长时间。

可韩义还提到了一件事禹奕泽却怎么也想不起来了。韩义说那年禹奕泽刚参加工作，冬天的一个星期天，天上下着大雪，他去舒云谷检查站找禹奕泽，禹奕泽和单涛正好值班，三个人就着一锅炖白菜喝下去了五斤高粱烧。喝到后来三个人抱在一起痛哭。韩义说自己那天喝得都瘫倒在了地上，直到第二天下午才醒过来。尽管韩义还讲了很多细节，但禹奕泽却对这事没有了任何印象。他当然不认为自己年轻时没有荒唐过，荒唐有时候就是成长的代价，可有的人即使付出了比这还要高的代价，却并没有真正成长起来。

酒场结束得恰到好处，九点多一点。单涛挂着回家收拾行装，韩义也没继续往下让。禹奕泽骑着摩托车回家，到了小区楼下还不到十点，锁好摩托车，从车把上取下挎包抓在手里才感到有些不对劲。挎包的拉链是拉着的，朝上的人造革外皮鼓出来了一个明显的凸起。打开一看，禹奕泽顿时呆住了，里面居然多了一沓子粉红色的钞票。

沿着楼道口往右是一个老式通道，通道高出来半米多。禹奕泽把钱又重新塞进了挎包，把它捧在怀里，小心翼翼地在通道台阶上坐下来，开始认真梳理今晚的事情。先是他在单涛办公室接到了韩义的电话，到了下班时间韩义带着那个随从，开着车来接他和单涛，他想到自己明天还要骑着摩托车来上班，说自己骑车去那个农家乐。韩义开始不让，说把摩托车放在这里就行，明天可以过去接他来上班，并说自己也想去他家坐坐了。他执意不肯，说还是自己骑车方便。在吃饭间隙自己几乎没离开，挎包一直在自己坐着的椅背上挂着，那钱是怎么飞进去的？

钞票崭新，还带着银行的捆条，不用数也知道是一个整数。实际上，刚开始看到这一沓子钞票禹奕泽就想到了韩义，这样一梳理更加发现了问题，这钱是韩义捣的鬼已属无疑，也许自打自己一进单涛办公室就进入了一个圈套，以单涛跟韩义的关系根本不会用这种方式来钱行，那个守着他突然出现的电话一定是演给他看的。如此一推算，禹奕泽吓了一跳，单涛和韩义煞费苦心地导演了这出双簧原来就是为了套住他。可是，他们为什么要这么做？小环线工程掌握在单涛手里，他又插不上手。

禹奕泽想破了脑袋也没把事想明白，唯一勉强算得上的理由就是，单涛想拉他下水或者是想为他掘下陷阱。甭管怎样，这钱是不能收的，钱是好东西，可有时候又太扎手，不应该拿的钱硬揣起来就会成为压在心里的石头。但要直接把钱交回去也难，韩义悄悄地把钱塞进来，如果直接退回去他显然不会承认，交到单位财务上又会惹恼单涛。后来，他终于想到了一个办法，单涛已为小环线工程建立了单独的账号，说是要专款专用，搞到这个账号应该不难，把这一万块钱汇到这个账号上也算是顺茬了。想到这里，禹奕泽一下子轻松了下来，在黑暗中轻轻地舒了一口气。

第十九章

　　吴荣明和单涛这次去韩国考察还真是大有收获，韩国本来就跟中国文化有着千丝万缕的联系，久负盛名的泰山在韩国也有莫大的号召力，再加上前不久身为韩国人的联合国秘书长潘基文刚刚来过泰山，还写下了"如果登上泰山就可以克服任何困难了"这样的励志留言，韩国人对泰山的热情就更浓烈了。谈判几乎没有遇到任何障碍，就把与哈拿多乐的合作协议带了回来，拿到协议，碧峰管理区这边就开始对这条线路进行必要的加固和防护，7月中旬，韩国的第一批驴友就过来了。

　　这条线路虽然生僻但相对来讲还算安全，再加上韩国那边有专门的导游，碧峰管理区这边还有人在前面引导，这次韩国驴友泰山行搞得非常成功。

　　单涛想借此大力宣传一下，甚至想大张旗鼓地搞一个驴友专线开辟仪式，却被吴荣明拦了下来。

　　吴荣明的意思是，这条路线的开辟是为了规范驴友的进山行为，是为了消除危害泰山的隐患，定位就是驴友线路，不是为普通游客设立的旅游路线，重在引导和规范。现在几乎所有驴友都是在网上或者微信上找路线，韩国驴友一过来，肯定就有人会把这消息发到网上，发到朋友圈，那些有来泰山想法的驴友自然会看到，无须我们再去做什么宣传。更深层次的考虑是为了那段挑山工的体悟路线。吴荣明已经有了某种预感，雄伟壮丽的泰山承载着东方的文明和智慧，一直以来，不断激励着人们为国家繁荣、人民幸福和民族复兴的中国梦而心系天下、登高望远、爬坡过坎、奋力争先，而挑山工精神正是这种思想的具体呈现，跟新时代精神和"两山理论"无比契合，一定会引起全社会更大的关注。现在如果只是宣传韩国驴友登泰山，无疑就遮蔽了这层重大意义，不利于以后工作的开展。

单涛一听，觉得吴主任分析得也对，也就只好作罢。

后来的事实果如吴主任所料，驴友们很快就在网上看到了这条消息，很快扒出来了韩国驴友所走的那条路线，同时也发现了沿途的幽深与险峻，就都奔这个方向而来。由于有了这样的指引，原本隐藏于"驴行千里""行走客"之类网友群微信群中的骗子也就没有了市场。

2016年7月1日，在中国共产党成立九十五周年之际，泰山管委组织过一次"坚定初心使命，勇做新时代泰山'挑山工'"的主题党日活动，组织干部职工来到东御道上面这段路线，挑起扁担，亲自体悟了一下当年挑山工那种不放弃、勇向前的劲头，收到了意想不到的效果，很多媒体都进行了广泛报道。在社会上产生了巨大反响。此时，正处于大中专学生的暑假阶段，很多教育机构都纷纷联系，要组织学生前来研学，让学生们感受最真实的泰山挑山工。

客流量一增加就给舒云谷这边增加了压力，好在这些游客都是有序前来，不是单位组织就是老师带领，不像那些贸然上山的背包客，再加上，只有东御道上面那一小段路线，基本不存在隐患问题，禹奕泽和老炮台老迟再有那几个季节工还能应付过来，没有影响到整个管理区的正常工作运转。夏天快结束的时候，由龟腚坡到洗鹤湾再至碧峰的小环线也已招标完成，由一家名字叫景天的工程公司中标，马上就要进入施工阶段。

这一阵子，单涛把碧峰管理区的工作主持得风生水起，看他那风风火火的劲头，周围同志都觉得，单涛下一步正式继任一把手应该是顺理成章的事情。

可过了大半年，管委还没有任命下来，"主持"两个字迟迟不给去掉。这段时间，整个管委系统虽没进行过大的人事调整，但内部的个别的微调还是有的，都没有涉及碧峰。这种不明不白的状态时间一长，不免就有些传言出来，有的传言说，管委领导对单涛要独当一面有些举棋不定，觉得他在能力上还有一些欠缺，还要再对他做进一步考察。有的说本来人事处都准备下文了，却收到了关于单涛的举报信。还有的传言说市林业局还是要调他过去，管委这边却不想放，单涛正在这方面做着努力……

这年秋天还没有过完，靴子最终还是落了地，单涛被悦城市纪委双规了。这个消息传来，在整个管委系统都掀起了不小的震荡，尤其是其落马的过程，让人意想不到，颇有黑色幽默的成分。

管委纪检处最初接到的举报只涉及六条禁令。有人举报说，头天晚上，看到单涛和一帮子人在东御道旁边的一个农家乐大块吃肉大碗喝酒，结账的时候是单涛签的单，六个人消费了七百多，这明显是在用公款大吃大喝。举报人还把带有单涛签字的单子拍了照，连同举报信一起发到了纪检处公布的邮箱里。既然有了这么确凿的证据，就不能不问一下了。第二天下午，纪检处就给单涛电话，说让他过去一下。

实际上，头天晚上的事情很好解释，单涛出面宴请的是悦城大学教授和他的几个学生，小环线不是要开始施工了嘛，有个别地方的定位在规划的时候标注得有些不明确，单涛就请教授到实地再进行一下勘验。教授驾临，又帮了这么大的忙，留个饭答谢一下也算正常，即使超出了标准也是可以理解的，最多汇报到分管领导那里，做一下诫勉谈话，然后给举报者个答复也就没事了。但单涛接到纪检处的电话后心里却骤然紧张了起来，他首先想到的不是头天晚上的这事。

十八大之后，各级都加强了纪律检查系统的硬软件建设，管委纪检处也设立了专门的谈话点，谈话点本来是过去某个中直企业在泰山上设立的内部接待处。2013年中央在群众路线教育实践工作会议上提出解决"四风"问题之后，这个接待处就荒废了，后经管委多次协调就变成了纪检处的谈话点。刚刚重新改装完毕，还一直没有使用过，纪检处长就想用单涛来先开开张。

殊不知这样就给单涛造成了强大的心理压力。这一路上，坐着管委的车往大山深处奔，单涛心里像开了锅一样咕嘟起来，越往上走越不安宁，本来不晕车的他，胃里却翻江倒海的直想吐，脸色也变得越来越黄。坐在身边的纪检处长觉察到了他的异样，宽慰道，一点小事，说清楚就没事了。这反而更加重了单涛内心的恐慌，他觉得这是处长向他抛出的糖衣炮弹。

谈话的房间四面墙壁都进行了软包，桌椅板凳连马桶垫子也都做了处理，天花板上还设有两个摄像头，进门之前，有穿白大褂的医护人员给他专门量了血压，数字报出来连单涛自己也吓了一跳，高压居然达到了一百七十多。处长和同车来的那位办事员坐在对面询问，处长先开口，还是强调让他不要紧张，做了什么自己心里有数，讲清楚就没事了。"自己心里有数"本来是纪委找人谈话的套路，先模棱两可地把这话问出来，然后再观察当事人的反应。不想，这彻底让单涛崩溃了，不待处长继续往下问，单涛就瘫了，汗珠子像顶着骤雨的伞面，噼里啪啦地往下掉，身子抖动着说："我坦白，我坦白，争取宽大处理……"

单涛一下子就把竹筒里的新旧豆子一起倒了出来，包括自己在舒云谷检查站站长任上，多次虚报招募临时护林员的名额，以此冒领补助金，还有跟韩义合伙倒卖龟腚坡上的老松树，克扣修生产路基金据为己有，最近又收受景天工程公司十多万贿金的事实……甚至连前段时间去韩国首尔考察，只身一人去逛红灯区的事情都做了交代。

这些情况纪检处那边根本没有任何线索，纪检处长当时就惊呆了，没想到普通的一次诫勉谈话竟然引出了这么大的一个腐败案，连夜就向田书记做了汇报，田书记了解到这一情况后非常吃惊，也很气愤，表示绝不姑息。第二天一早，纪检处长就向悦城纪委有关领导做了专项汇报，把案子移交了过去，很快就进入了司法程序。

单涛落马，碧峰管理区的领导班子又要重新进行调整，这次调整颇为难产，禹奕泽刚提了副科还不到半年，直接让其主持工作显然资历不够，管委领导层一时又找不到合适人选，讨论了好几次，直到一个多月后才把盘子定下来，让吴荣明主任暂时回来兼任碧峰的书记区长。这样高配有两个好处，一个就是碧峰刚出了这么一档子事，人心有些浮动，让吴主任回来能更好地压住阵脚；另外一个就是，吴主任本来对那边就熟，也便于工作上的衔接。

吴荣明主任到任这天搞得比较隆重，田书记带着人事处长亲自过来了，召集了碧峰管理区全体人员大会，会议由禹奕泽主持。人事处长首先在会上宣读了管委的决定，接着田书记做了重要讲话，对单涛出现的问题表示痛心，强调了管委这次人事调整的慎重。要求大家要加强学习，提高自身修养，进一步促进党风廉政建设，尽快消除单涛带来的不利影响，把思想认识统一到新的领导班子上来。同时要认真履行职责，努力做好本职工作，向泰山党工委和管委会交一份合格的答卷。

吴荣明主任做表态发言的时候，讲得比较实在，语气也非常轻松，说自己感觉好像从来没离开过碧峰，之前因为工作关系过来都说他是回娘家，这讲得不对，他从来都没把这当成娘家，而一直就是实实在在的家。现在又回来跟大家在一个锅里摸勺子，最希望的就是不要拿他当外人，就当他出了几天差，或者是去山里巡查，在里面没辨明方向迷了路。说到这里他看了田书记一眼，又说："说迷路不对，咱们共产党人到什么时候都不能迷路，更不能拿错钱上错床。那你们就当我被田书记借过去用了几天。"

两位主要领导都讲完了，禹奕泽最后也申明了自己的态度，他的态度很明确，坚决支持，强烈拥护。这看似官话，却是一种真实表达，目前这种安排是他最想要的结果，在现在这个特殊时期，他之所以这么想，还不仅是因为更有利于工作，同时也为了缓解他个人的某种压力。

单涛出事之后，禹奕泽感到自己好像也被推上了风口浪尖。那天晚上宴请教授一行，禹奕泽是知道的，单涛还顺便让了让他，若不是记挂着鹿小希也许就去了。鉴于这种情况，某些无中生有的小道消息也就在暗中开始传播，焦点大都指向了他，说是他处心积虑地举报了单涛。

空穴不会来风，那些散播小道消息之人，以己之心来度禹奕泽之腹，为他挖空心思地找出了各种各样的举报理由。首先是他有扳倒单涛的动力，单涛下去了，他就有可能会成为碧峰管理区的主政者，还有就是他了解内情，基本掌握着单涛的动向，跟单涛处得又不是那么和谐……总之，无中生有的理由很多，却没有一个能真正站得住脚。

真实情况是，禹奕泽跟那些胡乱猜度的人一样，也想知道到底是谁举报了单涛。单涛这人做事有时太过高调，有很多人看不惯这种作风，应该早就有人盯上了他。禹奕泽在心里也曾考虑过几个人选，这其中就有老迟，后又觉得不可能。在禹奕泽眼里，老迟是个直筒子脾气，暗中下黑石头的事情不会做。况且，老迟家里还有一个没完全恢复的病人，家里单位都很牵扯精力，整天忙得跟地保一样，脚不沾地，根本就不会有这种闲心。实际上，禹奕泽虽然对单涛有些成见，但从没想过要采用这种方式来对付单涛，他也知道单涛身上不会太干净，可打死他也想不到单涛会贪腐到了这种程度。

说起来，单涛抓的这几项工作表面上看也没多大毛病，小环线的生产路是吴荣明在任区长时就想修的，只是一时没找到合适的时机，现在重新回来梳理，才发现单涛之所以急于选这个线路，除了想赶快出政绩，让自己扶正之外，还暗藏有一定的黑幕。

随着单涛的落马，中标的景天工程公司也随之被调查，结果让人大吃一惊，景天公司的法人原来是韩义，是在韩义准备回村里任职的那一年，才换成了韩义的一个把兄弟。很显然，公司真正站在背后的当家人还是韩义，回村干村主任不过是金蝉的外壳，其真正目的还是想趁机捞上一把。实际上，韩义从来就没想过要变好，老炮台和禹奕泽对他的期望值都太高了。

景天公司说起来就是个皮包公司，只要赚钱，什么都能干，什么也干不了，接了工程就倒手，再从中抽取一定的分成。由于没有强大的背景和靠山，几年下来，做得并不成功，韩义也没赚多少钱，只是套住了单涛,在碧峰几个有限的项目上获得了一定的利益。

在这种背景下,所谓招标也就是在单涛和韩义的运作之下,简单走了走过场,资质和标书都是假的,就连之前的规划都存在严重问题。规划书看起来倒是完整,可也仅仅是线路的规划,有些危险路段的危石防护和从山壁中穿行的栈道都没涉及。去悦城大学找那位教授请教,教授说这是当时单涛的要求,说经费紧张,要降低成本还要赶工程进度,他们实地考察后也意识到了问题的存在,可也只得遵从客户的要求。

从悦城大学回来,吴荣明和禹奕泽又召集有关科室人员,重新对小环线进行了定位,既然下定决心建这条环线,就一定要建好,要树立百年大计的目标,高起点规划高标准要求,还要有一定的前瞻性,把景观性和实用性结合起来。定下这个大方向之后,吴荣明提议让禹奕泽来具体分管这项工作。

之前,吴荣明与禹奕泽已经做过了交流,碧峰班子现在这种情况只是权宜之计,在讨论接替单涛人选的时候,他本来推荐的是禹奕泽,田书记也点了头,但有些领导对禹奕泽还不是太了解,觉得还是资历浅了一些,田书记也觉得这样安排禹奕泽有些太快了,无奈之下,才让他这个副主任下挂,暂时过渡一下。吴荣明已把领导的意思透露得非常清楚,禹奕泽心里却没有太多想法,但有一点是明确的,吴荣明在管委那边还分管着一大摊子事情,时不时还要回去处理,这种状态不可能待长久,碧峰这边一旦有了合适人选,他会立马再回管委。所以,禹奕泽只能挑更多的担子,减轻吴荣明的负担。

要修好环线,还是要先从规划入手,有了好的规划就等于成功了一半。禹奕泽咨询了管委旅游规划处的处长,处长显然在这个领域非常专业,介绍说,像我们这种非商业性规划去大学里找专家最合适,农大和悦城大学都有我们熟悉的教授,相比而言,悦城大学地理旅游学院的教授做一般的旅游规划还行,但要做这种涉及农林水的,还是农大的比较专业。并说自己当初也是给单涛介绍了农大的教授,不知为什么他反而找了悦城大学的教授。

再去农大找教授,肖立栓已经毕业离开了悦城,禹奕泽已没有了这个向导。肖立栓到底也没读宫教授的研究生,从网上打听到上海有家医院能治母亲的绝症,就带着母亲去了上海,自己随即在那边一家叫牧歌的空间设计公司找到了工作,具体业务就是从事园林景观以及民宿的设计。禹奕泽一直关注着他,却很少见他在自己朋友圈里发动态消息,偶尔发一下也是深夜,一般都是单张图片,配上几句感悟,图片大多是一些简单的食物,不是几片面包就是一碗方便面,那应该是他给自己弄的夜宵。那些感悟倒很有意思,比如有次在一盒泡好的方便面的图片上面,他写道:世间万物皆苦,你明目张胆地去爱就是救赎。还有一次,图片是一根还顶着小黄花的嫩黄瓜,在半明半暗的光线里,那朵小黄花闪烁得有些模糊,上面标注道:黑暗想要吞噬你,可你却一直走向光明。还有一次是两个在灯光下发着幽暗亮光的西红柿,他的文字是:且视他人之疑目为盏盏鬼火,大胆地去走自己的路……

禹奕泽一直没问肖立栓的真实生活境况,从这些蛛丝马迹中可以看得出,肖立栓在上海活得并不轻松,他应该还在坚持给自己的母亲治疗,不然,就不会这么拼了。想想也是,只身一人,还带着重病的母亲,在那样的大都市,不但要租房养活自己,还要给母亲支付高昂的医疗费用,能轻松得了吗?

倒是美国男孩诺亚的生活状态更为清晰,跟禹奕泽的联系也密切一些,可他也已离开了农大。

诺亚结束学业后并没有回国,而是选择留在了悦城。肖立栓去了上海之后,那家培训机构也转了出去,诺亚就到一家托福培训中心教口语,所教课程不多,但收入足够养活自己,教课之余还是在泰山上行走,一直没有找到第二棵泰山花楸,可他并没有灰心,在行走中的那些新发现让他的日子过得充实而饱满。有一次他不知怎么听说了宰牛沟上面的那棵护山棘,就联系禹奕泽要来探究一番。

那次,禹奕泽带着诺亚过去,由于提前让诺亚带了攀岩设备,诺亚自己爬了上去,在上面待了老半天才下来,回到崖下就止不住地感叹，说这是大自然的奇迹，更是泰山的灵气。在来的路上，禹奕泽已向诺亚介绍了老炮台跟这棵树以及那只鹰的缘分，诺亚觉得神奇极了，感到老炮台就是自己心目中的神仙，说什么也要见见，禹奕泽就只好又把他带到长岭上来见老炮台。

老炮台一见诺亚就喜欢上了，说自己还从来没见过这么干净单纯的年轻人。尽管有着年龄的差距，尽管有着不同的文化背景，两个人却聊得很投机，尤其是聊起泰山来，那更是热火朝天。老炮台惊叹于一个生长在陌生国度的年轻人，竟然对泰山有着这么浓厚的兴趣，还对泰山有了这么深入的了解，而诺亚对老炮台更是佩服得五体投地，两人都有一种相见恨晚的感觉。打这之后，诺亚时不时就来长岭找老炮台喝茶聊天，两人成了名副其实的忘年交。

去年秋天，诺亚辞掉了口语外教工作，去泰山极顶当了一名清洁工，禹奕泽乍听到这个消息一下就惊掉了下巴，因为他知道在景区像清洁工这样的职位流动性很强，都是临时性的，应聘者大都是些一无所长的老人或准老人，尤其是像泰山极顶这样的地方，上下一次不容易，条件还更艰苦一些，很少有人愿意去那里应聘清洁工。像诺亚这种情况就更不可思议了，年轻又有着高学历，还出身于美国中产阶级家庭。他早就听肖立栓介绍过，诺亚从小生活优渥，父亲是位成功的医药销售代表，母亲是中学教师，这在美国应该是中产偏上的一个阶层。

禹奕泽向南天门管理区熟悉的同事核实，同事告诉他最近环卫科确实招了一个叫诺亚的美国人，长得很英俊也很年轻，是看了招聘启事自动找过来的，一看对方是美国籍当时他们还有些犹豫，对方却执意要加入，还说你们招聘启事上也没说外国人不能参与，你们不接受就等于是种族歧视，我要把这情况发到网上，由公众来评判。管理区负责人一听有些害怕了，网络舆论现在这么厉害，谁也不敢轻视。向管委有关领导请示，这位领导也有些拿不准，就报告给了田书记，田书记一听，就说这是好事啊！为什么不接受？甭管他来自哪个国家，只要符合招聘条件我们就得接受，泰山的包容性就体现在这里。况且，泰山是世界自然和文化双遗产，是属于全人类的，我们既然已欢迎全世界人民来共享，也不应该拒绝某些国际人士来服务。"

过后不久，禹奕泽抽一个下午来到极顶找诺亚，刚从南天门走上来就看到了显眼的诺亚。诺亚正躬着高大的身量在天街牌坊下拿着夹子捡垃圾，身上的黄马甲明显短小了一些，皱皱巴巴地堆在腋下，跟他高大英俊的相貌形成了鲜明的对比，想不惹人注目都难！

这个时间节点下山的游客很多，都脚步匆匆地沿着台阶往下冲，也有注意到诺亚的，忍不住驻足多看上一眼，诺亚却浑然不觉，目光盯着脚下的台阶，一看到纸屑、废弃塑料袋、饮料瓶之类的垃圾，赶紧俯身用手里的夹子夹起来，然后再直起身，小心地将其放进左手提着的粉红色垃圾袋内。

禹奕泽来到近前，喊了一声诺亚，诺亚猛一抬身看到禹奕泽，很灿烂地笑了，过来给禹奕泽来了一个大大的拥抱。禹奕泽有些不习惯这种来自西方的礼仪，尤其是在高大的诺亚怀中，自己的手臂也没法张开，只得被动地迎合了一下。

松开禹奕泽，诺亚抬起手腕，看了看手表上的时间说："你等我一下，我还有差不多十五分钟的时间才可以休息。"说着就又反身回到了工作岗位。

禹奕泽想不到诺亚对这份工作这么认真，只好眼看着诺亚顺着天街的牌坊往下，沿着台阶继续有板有眼地捡拾垃圾。天街商铺林立，亦市亦街，在西汉时期就有大量香客来朝山，天街也就应运而生了，是泰山极顶最为繁华的一个地段，往上不远就是碧霞祠、大观峰和玉皇庙。由于客流量大，商铺密集也就成了清洁的重点所在。

诺亚很快就淹没在了人流中，南天门阁楼外是一个宽阔的平台，平台上常有大量游人在这里驻足，同样是清洁重点。禹奕泽等了好一会儿才看到诺亚气喘吁吁地跑上来，然后说："终于清理干净了，我的休息时间也到了。走，我带你到宿舍去看看。"

泰山极顶日观峰旁边是被誉为"风云前哨第一站"的泰山气象站，是中国第一个永久性气象站，始建于1933年8月，由著名科学家竺可桢选址并主持修建，1936年元旦正式启用，已有近百年历史。目前，泰山气象站为国家基准气候站、国家天气雷达站、国家二类艰苦台站，已建成为集地面、航空、酸雨、大气成分、大气电场等观测，多普勒雷达，旅游气象等多种功能于一体的现代化综合性高山气象站。诺亚的宿舍就是借用的气象站老房子，在一个巨大的山崖下面，一间面积很小的石头房子。房间里除了一张床和一张简易木桌之外，几乎没有什么多余的东西。禹奕泽问诺亚吃饭怎么解决，诺亚往上指了一下说："上面就是气象站的值班室，我跟他们搭伙，有时自己也煮方便面。"

诺亚让禹奕泽坐在床沿上，然后伸出长长的手臂从床底下薅出来了两瓶矿泉水，打开盖子递给禹奕泽说："来，先喝点水。"然后又把自己手中的瓶盖打开，捆到自己嘴巴上，咕咚咕咚地喝了起来。禹奕泽尽管也有些口渴，但想到这山上的矿泉水都是挑山工一步一步挑上来的，还真有些下不去口。一眨眼的工夫，诺亚手里的矿泉水已剩下了半瓶，看禹奕泽那瓶还没动，似乎猜透了他的心思，就说："这水是我自己扛上来的，我每星期下山都要带上来一大包。"

禹奕泽是带着疑问而来的，话题很快就回到了诺亚怎么会来干清洁工上。诺亚倒对禹奕泽的疑问感到意外，说干清洁工不是很好吗？与这大山朝夕相处，不仅能保障他生存的基本条件，还让他有更多机会认清她的真面目，这就是自己的向往之地。他觉得自己非常幸运，及时抓住了机会，拿到了这份理想中的工作，这简直就是泰山老奶奶对他的恩赐。诺亚说着打开了自己的手机，让禹奕泽看他最近拍的几条视频。禹奕泽随着诺亚手指的划动，看到视频里零零碎碎地记录了泰山的日出、日落以及各个不同位置的云海，都是很壮美的景象。这些美景没有长久的守候，还真很难捕捉得到。

展示完了自己的成果，诺亚又说："去年夏天，我回美国看望父母，顺便到国会山图书馆查阅了有关泰山的外文文献资料，找到了彭安多的德语作品《泰山及国家祭祀》、沙畹的法语作品《泰山》、贝克尔的英语作品《中国东岳》等一大批书籍，通读下来感到都介绍得不错，但也存在一些对泰山的误读，比如五大夫松，都介绍说是五棵松树，实际上,'五大夫'在秦朝是个低微的官职,秦始皇来朝拜泰山,遇到了大雨,旁边有一棵枝叶婆娑的松树恰巧帮他遮挡了风雨,随即就封这棵松树为五大夫,后来就以讹传讹地变成了五棵松树。更离谱的是,1920年4月,在世界有着广泛影响力的美国哲学家约翰·杜威游泰山至五大夫松石岩休息,看到'五大夫松'四个字,问是何意。同行的某中学校长英语不高明,就冲口翻译成Five husband tree(五棵丈夫树)。这就成了天大的笑话。当然,最为主要的还是对泰山景点以及有关风物的翻译问题,一般都采用音译,泰山老奶奶译为T'aishan nai-nai,斗母宫译为Tow-mu-kung,这种音译法就不能把里面所包含的文化内涵和寓意正确表达出来,那些不懂汉语的读者很难明白泰山文化的博大精深。我觉得这是一大遗憾,回来后我就琢磨如何把泰山准确地介绍出去,还到长岭跟老炮台交流过几次,听说老炮台在用民间视角写一本《泰山志》,里面有相当一部分是自己的发现,这给了我很大的启发。相对于泰山来说,我是一个有着西方文化背景的外来者,可通过这几年在泰山上的行走,我又觉得自己已融入了这座大山,变成了泰山人,这就是我对外交流的优势,我为什么就不能利用这种优势来打通这两者之间的壁垒呢?为什么就不能用自己的视角和方式来介绍泰山呢?来泰山极顶干清洁工虽然时间不是太自由,可开阔的视野给了我更为自由和奔放的心灵,时时处处都能接触到这极顶的一草一木,这跟我之前的行走几乎没有任何违和之处。泰山极顶不仅仅是一座山的高峰,更集中了泰山最为奇妙的景观,更是一处文化高地。中国有句古话说,不到长城非好汉,套用一下就是不到泰山极顶就不能算来过泰山。顺便说一下,大诗人杜甫的《望岳》经美国汉学家艾思柯翻译成英文之后,'会当凌绝顶,一览众山小'的诗句已在世界范围内广泛流传。所以,要解读泰山,介绍泰山,没有再比这极顶更合适的地方了。"

听了这番话,禹奕泽深受感动,对年前这个年轻人也愈加敬佩。他想到老炮台第一次见到诺亚时给予的评价:干净、单纯。现在看来,这个评价准确而恰如其分,只有干净才更容易投入,只有单纯才笃定不移，咬定泰山不放松。

禹奕泽由衷地说："要真能打通这种文化壁垒，那你不但是泰山的功臣，也就真正成了中西方文化的使者了。全世界人民都要感谢你！"

诺亚说："要说感谢，我应该首先感谢泰山。这几年行走泰山时我就想，西方人的宗教信仰和中国人的宗教观念是有相通之处的，希腊人认为神居住在奥林匹斯山上，而中国人认为神居住在泰山上，中国人之所以将神庙建在山上，是因为相信高山才能与天上的神沟通，就像《圣经》上的亚伯拉罕也在莫来亚山上祭祀上帝一样。所以，我在这里同样得到了神灵的庇护，收获了安宁和祥和，这都是泰山赐予我的。我现在每天都在心里感念着这座大山。"

禹奕泽没想到诺亚会有这样的情怀，他本带着疑问而来，不想，这个疑问在诺亚这里根本就不是问题，最为关键的是，他反而被诺亚给教育了一番，这让他从心里产生了羞愧，觉得自己一个土生土长的泰山人竟然没有一个外来者的境界高，但也充溢着某种欣悦，为泰山的力量，更为眼前这个睿智而通达的年轻人。

诺亚的微信名原为肖立柱，成了极顶的清洁工之后不久就更名为"泰山柱子"，朋友圈也比以前更新得更为频繁了，几乎每天都要发几幅美景美图，一般都还要附上一段文字，有时是英文，有时是中文。禹奕泽默默关注着，时不时地就会给诺亚点赞。

大概在一个月之前，诺亚突然给禹奕泽转来一个视频链接，禹奕泽打开一看，映入眼帘的首先是被云雾缭绕着的诺亚，在诺亚高大魁梧的身后是无边无际的泰山云海。诺亚笑意盈盈地对着镜头介绍：云本不是海，海也不是云。但不知是哪个天才神奇地创造了"云海"一词。倘若不是妙手偶得，便也确是经过锤炼的语言精华。云在天上，海在地上，那"云海"在哪里呢？在泰山极顶上，走，跟着泰山柱子一起去欣赏。

镜头随之跟着诺亚转到了日观峰附近，这里飘浮着大片白云，天边白云被霞光辉映，更是浮光跃金，锦绣铺陈，云天一色，壮丽辉煌！一望无垠的白云在眼前翻腾着、激荡着、缭绕着、弥漫着，透迤着、起伏着……山峰消失了，山谷消失了，山林消失了。云成了海！云海似动似静，时升时降。动时如惊涛拍岸，汹涌澎湃；静时如莽原堆雪，层层叠叠。升时如游龙飞天，腾跃幻化；降时如飞瀑流泻，跌宕连绵。间或有数点山尖隐现，如浮舟数叶，在缥缈中游弋。

隐在镜头后面的诺亚一边介绍着云海，一边还指点着极顶上的建筑和景观，碧霞祠在云海中遁去了，只剩下大殿的尖顶还在缥缈着，泰山气象站的观测塔若隐若现……

饶是禹奕泽这种地道的泰山人，看到这样壮美的景象也被深深感染了，再加上诺亚那来自异域的帅气的面孔、潇洒的气质、浑厚而流利的中文表达，整个视频尽管只有四五分钟，却有着莫大的感召力。这时的禹奕泽还没接触到抖音，不知道诺亚已成为最早入住的主播之一，凭借这个平台，借泰山之势，诺亚很快就成了网红，每一款短视频出来都有四五万的吸粉量。

第二十章

禹奕泽最后还是委托旅游处长帮着把农大教授请了过来，并陪着一起沿着环线转了三天，就完成了新的规划方案。这个方案基本满足了之前的要求，各个路点衔接得非常自然，经过峭壁和山峰的路段都有了加固设计，在涉及的几个水潭周围留下了塘坝位置，还规划出两条沿峭壁而行的栈道，把实用性、景观性和安全性有效地结合在了一起。

规划论证之后，接下来的事情却并不顺利，一开始清理路基就遇到了钉子户。而且还不是一般意义上的钉子户。

这个钉子户位于小梭庄上边，再往上是一个漫斜下来的山坡，山坡上是一片生长了多年的竹林，几乎已与石头房子连了起来，处于整个村子最偏僻的位置。这处房子的主人早已搬到了悦城，把房子租给了一个单身女人，现在充当钉子户的就是这个单身女人。这就更加让人感到了不可思议。

小梭庄本来就在一个形似梭头的山坳里，是个很小的山村。这几年，随着村下面公路的开通，原本封闭的小山村敞开了，由于在大山深处，周围那些生长在山上的长松大柏、茂竹奇花似乎把这里变成了一处世外桃源，逐渐受到了热捧。有一些先富起来的人如过江之鲫般拥过来，以为在这里买上一处院子，再种上几株菊花，就变成陶渊明了。这些原本不值钱的石头房子的价格很快就被炒了上去，一个普通农家小院都到了二十万左右。别忘了，那时候房价还没有坐上火箭飞升，悦城一个百十平方米的单元房也就是这个价码，这让当地那些原住民感到天上的馅饼一下子就砸了下来，纷纷把自己的房子转了出去。

那些兜里有闲钱的人把房子接过来，重新进行了改装，有的还在院子里挖了鱼池，弄了修竹，重新布置上花草，还有的真种上了菊花。房子里面更是整得舒适与时髦，床换成高档红木的，马桶是智能的，空调是保湿的。收拾好了，利用率却不高，平时还是在山下为人民币忙活，只有在空闲的时候带着自己家人，或者是另外其他什么人，来住上一两晚。村子里也只有在这些时候才热闹起来，村头村尾会停满豪车，不时有会大腹便便的男人，或是打扮入时的女人搔首弄姿地出没于各个院落之间。

房屋的主人做生意赚了大钱，却没有对自己这所老房子进行改造，想等自己老了退居山林的时候，再回来好好拾掇拾掇。租房的女人辗转找到房主，一开始说要买那石头房子，包括那一大片竹林。房主不缺钱，当然不肯卖，但这个女人却很执着，几乎是寸步不离地盯着他，死活要买这房子，并把自己的两个银行卡都掏出来，说里面大概有三十多万，这是她的全部财产，她可以把这些钱都用来买这房子，这让房主感到了意外，虽然知道这些旧房子的价格已被炒了上去，但总不至于到这种程度吧。何况这几间石屋子位置也不好，院子还小，改造的余地并不大。房主问她为什么非要买这房子，女人不回应，只有大颗大颗的眼泪往下落，最后才凄惨地说："为了活下去。"

看到女人这个样子，房主也是仁义之人，动了恻隐之心，觉得这一定是一个内心存有大悲伤的女人，见女人不想往下说，自己也不便深问。房主坐下来跟女人商量，说可以让女人先住上一段时间，若以后还是想买再说。房主当时想到的是，这个受伤的女人一定是看到这个地方僻静，想到这里来疗伤，待时光慢慢把伤口治愈了，也就想回去过正常日子。人这一辈子总会遇到些难过的坎，自己慢慢拆解开也就过去了。

女人见房主说到了这种程度，也只能含着泪答应了下来，但表示不能白住，要按照正常行情来支付租金，不然她会住得不安生。房主见女人说得真诚，也就依了她。

按说作为租客的女人是没有权利当钉子户的，焦点也不是那几间石头房子，而是靠近房子的那一大片竹子。规划中的环线就在竹林和房子中间穿过，因这种生产路不需要留很宽的隔离带，那几间石头房子和那个小院子不需要动，只需把竹林最边上的那七八棵竹子砍掉即可。

本来这不是什么事，去清理路基的人员也没把这当成事，甚至都用不着跟房屋主人打招呼。竹子虽已生长了多年，但这种淡竹在黄河流域非常多见，只要有一棵带有地下茎的母竹，第二年，它就长出新的淡竹，到了第三年，这棵母竹就能变成一片竹林。

那几个清理路基的工友一路清理到这边，按照之前划定的石灰线，对着边上要砍的那些竹子打量，不想，这一打量被吓了一跳。在竹林的进深不远处，有个女人正闭着眼睛端坐在里面，女人白衣白裤、长发飘飘，虽然看起来已不年轻，但却自有一种飘逸脱俗的气质。

工友们愣住了，若不是亲眼所见，还以为这是只能在电影或电视剧里才出现的镜头。有个年轻一点的工友大着胆子上去招呼，女人闭着眼睛继续盘着腿端坐，下面的地面基本上还算平坦，上面是一个用玉米皮编成的大蒲团，这样的蒲团现在已不多见了，年轻工友都未曾见过。工友站在旁边喂了好几声，女人都没睁开眼睛，连眼皮都没眨一下，像入了定的老僧。无奈之下，工友提高了声音说道："您能不能让让？我们要把这边上的竹子清理一下。"听说要砍竹子，女人才睁开眼睛，轻轻地问道："你们要砍这竹子？"见工友点了点头，女人说："那就先把我砍了吧，这竹子现在就是我的命。"

女人声音很轻，也很柔，不像说狠话的样子，语气中却自有一种凛然不可侵犯的气势。说完就继续闭着眼睛打坐。这些工友还从来没遇到过这样的钉子，也不敢莽撞行事，只好回去向禹奕泽请示。

禹奕泽听了工友的介绍，也感到了奇怪，在这大山深处怎么还有这等人物？赶紧联系小梭庄村的村干部，村干部虽然早就搬了出来，但对村里的情况还是了解的，说这女人是个租客，房主生意做得不错，老早就搬走了，一般不会回来。也说这是个怪女人，来了两三年了，几乎从未见过她下山，每天就去那片竹林子里打坐，一坐就是大半天，无论冬夏都穿着一身白衣白裤。问起那片竹林，村干部说，那片林子倒真是房主自家的，应该打从他们爷爷那辈就有了，没被划成三七林，你要铲掉还真得找房主商量好。

所谓三七林就是过去有争议的林地，泰山管委曾历经好几次区域划分，有些林子树木是村民种的，但地却被划给了管委，这就造成了很多笔糊涂账，产生过不少纠纷，最后为了便于处理，跟那些山民代表反复商量，最后才定出了一个调子，把泰山大造林之前的那些有争议的林地都划为三七林，管委跟山民的主权比例为三七开，其收益自然也要按照这个比例来实行。

禹奕泽把房主的电话要过来，想直接找房主联系，又一想，看那样子，这个女人应该有些来头，不然，一个租客怎么竟敢这样。于是，就决定自己先来探探情况再说。

碧峰离小梭庄的直线距离并不远，但要走正准备修的这条环线要绕老大一会儿，禹奕泽选择的是一条小路，从龟腚坡绕上去，再蹚过一个浅浅的山谷就到了。不是周末，小梭庄在这个秋日的下午显得非常安静，那些被赋予了新内容的石头房子参差不齐地耸立着，仍然呈现着歪七扭八的图案，原本随势而为的街巷看起来规整了很多，个别路段还进行了硬化。过去来的时候没注意到，现在攀上村头，见那片竹林确实有一种非凡的气势。

整个竹林得有一两百棵一掐多粗的竹子，粗壮的竹干随着山势错落而有致地排列着，这些枝干高高地上升，在明净的碧空中映出整齐的轮廓，像白云一般恣肆展开着它们铺张、多节的枝丫。

禹奕泽很快就看到了那个奇怪的女人，一身白衣白裤地端坐在蒲团上，在茂密的竹林中，犹如天外飞来的仙子一般。

女人极瘦，脸极狭窄，长相白净，那身白色衣裤穿在身上更像是挂在了衣架上。禹奕泽突然感到女人这面目有些熟悉,像是在哪儿见过。待女人微微睁开双眼,把清澈明亮的眸子转过来,长长的睫毛也随着在一闪一闪地眨动,那个储藏于心底已久的底片突然显影了,还有那个印第安酋长的感慨一下子从脑海深处涌了出来,她应该就是多年前那个亭亭玉立的叶老师!

禹奕泽使劲揉了一下眼睛,这太不可思议了,叶老师怎么会突然出现在这里?又怎么会以这种方式出现?他走过去,试探般地问:"您是叶老师吧?"女人的神态依然还是那么淡然,轻声地反问道:"您怎么会认识我?"这一定就是了,禹奕泽踏实下来,回答道:"我是省林业学校毕业的,我们上三年级的时候您去我们学校实习,给我们班上过课,您不记得我了?"

这样说出来禹奕泽才感到自己最后的问话有些荒唐,当年叶老师只是去实习,待了大概有三个月的时间,满打满算也就上了十来节课,全班有四十多位学生,又时隔了这么多年,即使禹奕泽表现出色也不可能至今还记得。

果然,叶老师眉头轻皱了一下,似乎竭力在脑海中搜寻面前这个男人的影子,随即叹了一口气,慨然道:"上大学时我确实来林校实习过,都过去了那么久,世界都变了样子了……"说到这里,叶老师突然止住了,那如湖水般的眼睛里莫名其妙地溢出了泪滴。禹奕泽有些着慌,不知道这个当年神一般存在的人物怎么会成了这个样子,心里的疑问也越来越重了。

当年,叶老师确实给那所沉闷的林业学校刮进了一股清新之风,尽管她待了不到三个月的时间,但用现在的话说,在极短的时间内,就成为男生们心目中的女神。

叶老师来了不久,植物生理学这门原本不受学生待见的课程立刻就成了热门,没有同学再在叶老师上这门课的时候翘课,尤其是男同学。个别男生甚至私底下议论,若是让叶老师来讲动物生理学就更好了。实际上,当时林校的课程设置中根本没有这门课,这些男生之所以有这样的暗中妄想,纯粹是为了舒展正如春潮般涌动着的男性荷尔蒙。

当然，只有这些还不足以让叶老师名声大噪，真正让她成名的是这年国庆节前的一次偶发事件。

林校位于悦城繁华地段，经常会有社会青年闯进校园吓唬女生，尤其是在夏秋季节，门卫更是防不胜防。鉴于此，学校就组织高年级的男生晚上轮流值班，以防范那些不良青年的侵入。有一天晚上十二点左右，值班人员居然真逮住了一个偷窥者，一开始还以为是外边来的人，待弄到灯影里一看居然是个毕业班的学生。学校领导知道后，觉得这事性质恶劣不能姑息，准备给这个毕业生处分。学生当时就吓瘫了，这个出身农村的孩子担负着全家人的希望，马上就要走向社会成为国家干部了，突然背个处分回家，该怎样面对含辛茹苦把他养大的父母？但这事后来却没了下文，那个肇事学生安全着陆。原因很快就传了出来，是那位被偷窥者出面替偷窥者说了情，学校领导这才松了口，只对这个学生进行了批评教育。那位说情的被偷窥者就是叶老师。

这事一出，叶老师在林校中的威信已达到至高。实习结束的时候，同学们都纷纷买纪念本送给敬爱的叶老师，不但写上很肉麻的景仰之词，还要与她共勉，有的还单独邀请她去照相馆合影留念。禹奕泽当年倒没表现得那么狂热，可也把叶老师那既靓丽又光辉的倩影，深深刻印在了心灵深处。

第二十一章

　　叶老师依然如当年那般聪慧，很快就意识到禹奕泽为何而来了。但她的表情却仍如刚才一样淡然，就像立在眼前的禹奕泽是一个常见的熟人，或是一位经常聚在一起喝茶聊天的闺蜜。

　　叶老师显然已把今天的功课完成了，起身带着禹奕泽回到石屋子里。不知是房主之前有意为之还是叶老师后来的杰作，屋子里的格局几乎没有什么变化，连过去的老土炕都保留了下来，被褥虽然看起来整洁而干净，但却是过去的那种老样式，叠得整整齐齐的被子居然还是儿时那种印花棉布。屋子中央只有一张带有原木茬子的方桌，和几个最原始的那种方凳，已简朴到了不能再简朴的地步了。

　　叶老师在木凳子上坐下来，还没等禹奕泽开口就说："我知道你为什么而来。你心中还一定塞满了诸多的疑问，我为什么会出现在这里？又为什么要过这种生活？"

　　这当然是禹奕泽心中最大的疑问，他有些愣怔地看着叶老师那张干瘦的脸，感到时光真是太无情了，把饱满的葡萄变成葡萄干还能把糖分留下来，而眼前的叶老师变得已很难找到原来的影子了。细密的皱纹密布，尤其是眼角和额头，犹如石子猝然扎入水面时激荡起来的波纹。眼睛大大地睁着，尽管依然清澈如水，可怎么也掩盖不住暗藏着的忧伤。这些年叶老师到底遭遇了什么？禹奕泽这样想着，眼角不禁有了微微的湿润。

"我本来是回来寻死的。两年前的那个春天，我十三岁的儿子，从我们居住的十一楼，一跃而下，离开了这个世界。"叶老师就这样开始了她沉重的叙述。

"儿子的自杀带走了我的所有，也给我留下了这世上最大的谜语，我想不明白，我的儿子为什么要以这种方式离开？之前没有任何征兆，他成绩在班里名列前茅，就是性格稍微内向一些，我们早就注意到了他这个性格特点，平时也没少跟他交流，有时候有些事情他也会向我们敞开心扉。记得刚上初中不久，有个女孩子给他递了个纸条，他还问我们应该怎么处理。就是这样一个乖顺听话的孩子，怎么会突然走了这条路？我实在是想不明白。我大学毕业后进了省林科所，孩子爸在大学里教书，我们都是读书人，又都是善良之人，都爱自己这个孩子胜过爱自己，每天都在为他努力营造更好的生长环境。我想不明白，有这样的家庭环境、这样的父母，他为什么还要这样？老天为什么偏偏会选中了我们这两个无辜的人？

"孩子出事后，我们没有了生活的希望，沉浸在巨大的悲伤中，活不下去的感觉就是绝望。孩子他爸还恢复得快一些，想再生一个，让孩子回来，但我却一时接受不了，孩子以这种方式离开，怎么会愿意再次回来？这就是男人和女人的不同了。儿来一程，母念一生。悲伤的女人仍然沉浸在悲伤中，她想到的是怎样心疼自己的骨肉，想到的是对这悲伤的追问，以达到与自己儿子的和解。悲伤男人想到的却是自己的将来，怎么从具体生活中弥补这悲伤。我理解丈夫，不想继续耽搁他，就主动提出了离婚。办完手续后，他把房子留下，把家里存款都给了我。我只身一人离开，先是在外面行走了一段时间，最后来到这山上，想一门心思地追随儿子而去，我想追上儿子，问问他这样做到底是为了什么。泰山极顶上不是有舍身崖嘛，但那天晚上，我越过防护栏杆真正站在舍身崖边，望着下面黑黝黝的深谷，忽然就犹豫了起来。我相信我的孩子是天使，他应该已然飞翔在了天空，我就这样朝下栽进这深谷，怎么能追上儿子？我在边上站了老长时间，最终也没跳下去。

"之后，我就在山上不停地游荡，想继续给自己寻找合适的追随儿子之路。慢慢走下来，我求死的欲望反而淡了下去。恰在这时，我遇到了聿宝道长。就是在小梭庄上面这片山坡上，我第一眼看到道长的时候，还不知道他是一位世外高人，他没有穿道袍，外面只是罩着一件破旧的棉布大褂，脚上是一双露着脚指头的破布鞋，外表看起来跟农村常见的老汉没什么不同，但脸上的气色却清爽干净，神定气和的。聿宝道长当时盘腿端坐在一块巨大的岩石上，在做吐纳之功，那时候我还不知道他这是在做什么，只是感到有些好奇，就大着胆子上去询问，道长说他这是在服食天地之精气，并说自己已不吃五谷杂粮，只饮这山上的泉水多年，只是偶尔服用些山上的松子白术之类的生药。我听了，更加感到奇怪，早就听说这山中藏有修炼之人，以为只是传说，没想到还真遇到了一位，唯其意外才有些半信半疑。聿宝道长看我一脸的愁苦，就说修道之要义，内外安静，即神妍，神妍即气和，气和即元气自至，元气自至即五脏滋润，五脏滋润即百脉流通，百脉流通即津液上应，津液上应即不须五味。五味止绝，饥渴不生，饥渴不生，不食五谷。吸风饮露，乘云气，御飞龙，而游乎四海之外……后面这话打动了我，能乘云气，御飞龙，不就能升上去跟老天对话了吗？不就能对老天进行追问了吗？可惜的是，我当时虽有了这种意识，但内心仍然存疑，轻易就跟聿宝道长错过了。

"再往下走，我就看到了这片竹林。来到这片遮天蔽日的竹林旁边，忽然就有了某种感觉。夏天是竹子生长最为旺盛的季节，从下面看那些竹节好像没有穷尽，直达天庭。我想到了聿宝道长在山石上打坐，做吐纳之功的情景，又想到上古时期的帝王不是通过'柴望'向上天来汇报工作吗？我这样一个平凡的、不幸的女人，就不能借助这些拔地通天的竹子来追问自己儿子的下落吗？再回头去找聿宝道长，早已不见了踪影。无奈之下，我决定在这片林子里留下来，还有旁边的这几间石头房子。我打听着找到房屋主人，主人不想卖房子，我就把房子租了下来，自己从网上找来了一大堆资料，一边等着聿宝道长的再次出现，一边自己在这里练习打坐辟谷。我来这里已有两年多了，后来的这一年基本没有做过饭，只是有时候会食用一些松子核桃之类的干果，身上果然轻松了很多。我想，我的目标就快实现了。"

听完叶老师的讲述，禹奕泽心里非常难过，当年那个美丽聪慧善良的叶老师竟然遭遇到了如此悲惨的经历。禹奕泽一直认为，她是真正的天之骄子，应该会有一份令人羡慕的幸福生活。命运真是一个不可捉摸的魔鬼，有时会跟上天一样随意，在往下抛洒厄运的时候，莽撞而无情，从来就不会考虑人间是非与人性的优劣。

过了好久，禹奕泽才有些潸然地说："儿子已走了这么久了，还是看开吧！"禹奕泽也知道这话说得非常无力，但他此时真的不知道说什么才好。

叶老师凄惨地笑了一下说："这样的事情发生在任何一个母亲身上，她都不会看得开的。若要求一个母亲放下失去儿子的悲伤，该是多么残酷的事情！无论多久，这都是我心中最大的伤痛。这也是我到如今没跟儿子和解的缘由，我现在能做的就是试着去理解他，这毕竟是他自己选的道路，肯定会有自己的理由。佛家认为人有六道轮回，可以转世。我倒希望他还没有转世，正在天上某个地方等着我去找他。"

看禹奕泽低下头不再言语，叶老师又说："我的故事讲完了，你也应该清楚我为什么不会放弃这片竹林了。现在这片竹子就是我的命，没有了它们，我还怎么去找我的儿子？"

面前的女人太像鹿小希了，几乎有着相同的命运，有着相同的执拗，不同的是他没有舍弃鹿小希，他现在庆幸当年自己的忍辱负重，不然鹿小希也可能会像眼前这女人一样极端。禹奕泽这样想着，内心自然又多了一份感佩，女人比男人更加难以捉摸，面前的这个女人既是脆弱的，又是如此坚强。同时，他也明白，此时的叶老师虽然看起来还算正常，但在情绪上已进入了另外一个死胡同，外人是劝不回来的，若在这种时候劝其铲除那些碍事的竹子，肯定会遭到强烈抵制，而面对这样一个柔弱而不幸的女人，别说她跟自己还有一师之缘，即使从未谋过面，谁又能忍心强力推行？

禹奕泽看着这简陋的居室，问叶老师需要什么。叶老师很干脆地回答，什么都不需要，这大山已满足了她所有的生命要求，春天的时候有竹笋可食，到了秋天松子就可以采了，还有各种各样的野果。并说自己回到山中这两年多，变得极其敏感，有时觉得采食这些东西，心里也会感到疼痛，觉得它们都是有生命的，不忍下口，但又想到它们虽有生命，但却没有神经，感觉不到伤痛，采下来还会继续生长，也就稍微宽慰了一些。尽管这样，她还是尽量不去侵扰它们，她现在打坐辟谷，已达到了一定程度，最长的一次，曾经有十五天的时间，什么都没吃，只服食这天地之精气。她要像聿宝道长一样，慢慢隔绝这人间的五谷，升入一个很高的境界。

这也正是禹奕泽所担心的，本是来自俗世，已历人间烟火多年，骤然之间断食辟谷，身体怎能受得了。想劝上几句，可又不知道怎么开口。从刚才他已感到这个女人内心的坚定，这种坚定来自伟大的母爱，来自对自己儿子的追念，是外力很难撼动的。禹奕泽早已从鹿小希身上领教了作为母亲的执着或者说是偏执。所以，面对此时的叶老师，他干脆放弃了这种徒劳的努力。

这个下午，似乎注定不会安宁，回到碧峰不久，禹奕泽又接到了母亲从长沙打过来的电话。母亲这次打电话有些奇怪，关注的焦点似乎不是在健健身上，简单问过健健的情况之后，就让禹奕泽方便的时候给姐姐奕慧去个电话，禹奕泽问怎么啦，母亲在那边好像不知道怎么开口，支支吾吾了好久才说："你姐和你姐夫之间好像出问题了。"禹奕泽吃了一惊，忙问："出什么问题了？"母亲说："你姐夫已有两个多星期没回家了。你姐说出差了，哪有出差这么久的。你姐尽管在我面前看上去跟过去一样，但自己的闺女自己知道，她那些笑脸都是强装出来的。我估摸着是两个人吵嘴了，看起来还不是一般的吵嘴。哪天你侧面劝劝你姐，女人嘛，要嫁鸡随鸡嫁狗随狗，不能太刚强了，让她把你姐夫哀告回家，这好端端的日子不能就这样稀汤没了……"

母亲在那边絮絮叨叨地讲着，禹奕泽越听心里越不安，以母亲的性格，若不是感到事情已严重到了一定程度，是不会轻易打这个电话的，为了这个电话，她自己在心里已不知道盘算了多久。

母亲显然已慌了神，禹奕泽只好先稳住母亲，一面答应着母亲，一面劝慰道："您就放心吧，姐夫是个老实人，他们之间能出什么问题？也许姐夫真出差了，医生这个职业可说不准，有时去国外交流学习，一走一两年这种情况也是有的。等会儿我给我姐打个电话。"

挂了母亲的电话，禹奕泽心里变得更加沉重起来，他已明显感到了问题的严重性。看来，姐姐和姐夫之间肯定是有事了，两人之间又没有孩子拴着，中间连个缓冲都没有，若冷战起来，和谈的可能性也就很小了。可夫妻两人之间的事情，外人又能做什么呢？尤其是像姐姐姐夫这种情况，两人都是高知，心里什么都明白，尽管他是亲弟弟，恐怕也很难帮得上忙。

看着快到下班时间了，走廊里已响起了同事们离开的脚步声，办公室主任过来问他还有事吗，禹奕泽让他先回去了。周围很快都安静了下来，禹奕泽拿着手机坐在办公室沙发上，有些犹豫地拨通了姐姐的电话。听到姐姐声音的那一刻，他突然狠下心来了。姐姐应该属于那种拿得起放得下的人，根本用不着拐弯抹角，他直接就把母亲打电话的情况说了，还没等禹奕泽说完，姐姐就在那边打断了他，说："我这边正有个病人，那事等会儿再说。"说着就把电话匆匆地挂了。

禹奕泽拿着手机，久久没能回过神儿来，他明显感到了姐姐奕慧的逃避，感觉越来越不好，内心沮丧到了极点。本来应该到了回家时间，他却不愿意回去，颓然躺倒在办公室的沙发上，一种从未有过的疲倦感袭来，他累了，真感到累了，要是能这样永远躺下去该有多好！

手机就振动了一下，打开一看是奕慧的信息，只见里面写着：请放心，我自己的事情会处理好的，妈妈那边我也会解释清楚，不会再让她老人家担心。我们都是成年人了，肯定不会草率行事。你要相信姐姐，照顾好自己，照顾好小希，女人比男人更不容易！

禹奕泽盯着这些话看了好久，并没有看出究竟来，姐姐几乎没透露任何他想要的信息，既看不出她跟姐夫之间的真实境况，又体察不到任何倾向。或许姐姐自己也处于迷茫之中，又或许事情并没有太过严重，母亲只是太过于敏感了。世上几乎没有不吵嘴的夫妻，姐姐和姐夫之间也可能只是闹了一点小矛盾，说不定过几天就会雨过天晴重新和好。意识到这一点，禹奕泽心里稍稍安稳了一些，赶紧给姐姐回道：相遇不易，相知更难，珍惜眼前人，不要辜负上天恩赐的姻缘。发过去好久，姐姐才回了一个笑脸。显然是不愿意跟禹奕泽就这个问题继续探讨下去了。禹奕泽意犹未尽，还想要对姐姐再叮嘱几句。人到中年，他越来越相信命运，这辈子无论遇到谁都应该是命中注定的，不然，在茫茫人海中怎么单会与他（她）相遇？又一想，姐姐这么聪明的一个人，不会不明白这些的，也就不再多加赘言了。当初，真该劝姐姐生个孩子。如果中间有个孩子掺和着就会好一些，即使婚姻的瓶钵碎掉了，也更容易黏合在一起。想想夫妻这种结构真是这世上最奇怪的一个存在，两个没有血缘关系的人，会在同一屋檐下生活一辈子，最后还能相互交融，硬把两个人消灭成了一个人。这中间有一个相互妥协相互斗争的过程，当然，这个过程是建立在相爱基础之上的，还应该有一个重要因素，那就是因为所谓爱情的结晶。结晶是血脉交相融汇的直观体现，更是妥协和斗争的基本根源。他跟鹿小希也应该如此，他之前的妥协和迁就主要都是因为健健，现在的忍让和小心还应该是这个因素，尽管健健已经走了，但鹿小希总是孩子的妈妈，他们总是这个世界上最疼爱健健的两个人。他不知道这种感情还能维持多久，说不定有一天他们也会出现无法弥合的裂痕，彻底变成不相关的陌生人，这个联想让他一阵心颤，感到浑身发冷。

　　禹奕泽躺在沙发上这样胡思乱想着，不知不觉中，办公室里暗了下来，想到应该给鹿小希说一声，又一想那个冷冰冰的声音，干脆就把刚刚输进去的号码挨个删除了。

　　重新躺回沙发，禹奕泽闭上了眼睛，身心似乎一下子就放松了下来。他没有开灯，任黑暗把自己吞噬。过了好一会儿，房门轻轻响了一下，叶老师不知什么时候溜了进来，叶老师还是当年的模样，黑亮的头发瀑布般地披散下来，随着身子的摆动飘然摇曳，身着藕色纱衫，身如花树，烟霞轻笼，看起来已非尘世中人。叶老师娉娉婷婷地走向他，气味芳香，窈窕迷人。禹奕泽惊坐起来，叶老师却过来一下把他重新推倒在沙发上，柔软的身子也俯了下来。禹奕泽迷乱得不知所措，想要把叶老师推开，双臂似乎没有一丝一毫的力气，怎么也抬不起来了。叶老师撩起自己的衣衫，禹奕泽猛然就感到了那两个凸起的山包。那两个山包，当年那个化险为夷的偷窥者后来曾经偷偷对外传播，丰润结实，莹莹闪亮。现在禹奕泽把它们托在手里，有种莫名的晕眩。

叶老师随之把自己的身子也骑了上来，嘴巴贴近了他的耳朵，那种芳香的气息弥漫着缠绕上来，禹奕泽躲闪着想尽量往沙发里边靠，却已没有退路。叶老师喘息着把手伸向了他的下面，一边还轻轻地呢喃着：我要你给我一个孩子，我要你把我的孩子追回来……禹奕泽不再挣扎，把那两个结结实实的乳房攥在了手心，坚挺而光滑，双手犹如游走在柔滑的细瓷表面，他渐渐不能自持，一股不可遏制的气血在往上冲撞，身体也在瞬间昂扬了起来。他像一头灵巧的豹子骤然奋起，迅疾地把叶老师扳倒在了身下，伸出长长的臂膀探入叶老师的后背，急不可耐地把自己的嘴巴伸向了那红润饱满的唇。叶老师配合着一下噙住了他，他浑身鼓胀着就要行动，可还没等出发就一发不可收拾地溃败了下来。

禹奕泽在溃败中惊醒了，把自己的衣服都弄脏了，这个无比清晰的梦境让他更加懊恼。他已经好长时间都没有梦遗了，鹿小希的冷漠，加上之前那次的败绩让他对自己产生了怀疑，他不敢再有这种来自身体最原始的念想，压抑的结果导致了欲望的消弭，怎么反倒让已经失魂落魄的叶老师激发了出来？他搞不清楚这到底是怎么回事，或许是这个让他的青春开窍的女人在帮他，也或许是在以这种方式来向他告别。实事求是地讲，尽管他那时候心里装着鹿小希，但对春风一般的叶老师也是暗怀心思的，人性有时就是这么复杂，从某种程度上说，叶老师过去也一直存在于他关于青春的梦里，梦中的人物同样在梦中离开也应属自然。

这天晚上，禹奕泽又难得地放纵了自己一次，骑着摩托车，独自一人去了一家陌生的小酒馆，找了个僻静角落，就着几个凉菜接连吞下去四瓶啤酒，他想让自己彻底放松下来，甚至想大醉一场，可他又有什么资格这样呢？有这么多事情丢不下，前面的路还这么漫长，最终他还是及时刹住了。

到自家楼下的时候，禹奕泽看了看手机上的时间，已经接近十二点了，这个时间鹿小希应该睡下了，抱着那只白猫，或许旁边还有那个六角的梳妆匣子。禹奕泽到底还是清醒的，他已明白自己今天晚上想干什么了，可还是没下定决心。把摩托车推进楼道里锁好，又在下面转了一会儿，看到周围楼房上亮灯的窗口已经不多了，才慢慢上楼，悄悄打开自家房门。

房间里一片黑暗，禹奕泽不敢开灯，用手机屏幕的余光在门后找到自己的拖鞋换上，蹑手蹑脚地过去贴在鹿小希房间门口，里面没有任何动静。禹奕泽没忙着进屋，而是把自己横倒在那狭窄的沙发上，此时，他还在积攒着信心，好在这黑暗给了他充分的空间。

"喵——"一声猫的叫声轻轻传出来，鹿小希应该还没睡，白猫已变得非常乖巧，尤其是在鹿小希面前，如果鹿小希睡了，它是不敢发出这种叫声来的。禹奕泽在沙发上辗转着，在这个世界上，他最爱怜的女人，他的合法妻子就睡在旁边的房间里，离他是如此之近，又是如此之远，似乎隔着千山万水，似乎也像一层窗户纸那样简单，远和近应该更多地来自内心的纠结。适量的酒精在禹奕泽体内发酵，居然让他在骤然之间变得勇敢而睿智起来。他不再迟疑，豪迈地从沙发上站了起来，借着模模糊糊的光线，轻轻地推开了鹿小希虚掩着的门。

鹿小希动了一下，明亮的眼睛在黑暗中闪烁着，那只白猫果然在她怀里。禹奕泽的眼睛早已适应了黑暗，朦胧中看到鹿小希抬手轻抚了一下猫的后背，那猫似乎懂了，悄无声息地从床上跳下来，拖着尾巴向阳台走去。障碍解除了，鹿小希瘦弱的身体在宽大的床上本能地蜷缩起来，头部侧面没有枕头，床头至床尾余有差不多三分之二的空间，这本应是一个男人的位置，却已荒废日久，作为合法男人的禹奕泽一直缺席着。此时，禹奕泽默默站在床边，内心滋生出了一种莫名其妙的内疚，他觉得自己过去太浑蛋了，明明想要靠近，却止步于所谓自尊，实际上，对自己诚实，应该是维护自尊的前提。

鹿小希不由自主地又把身子往里挪动了一下，由于身体已在大床一侧的边缘，这个动作更多的应该只是具有象征意味，传递出了某种暗示，也似乎是在表达某种期待。

禹奕泽立时就有了一种胜券在握的感觉，这本来就是他的，眼前的女人连同女人身边的空白。他不再犹豫，慢慢除去身上所有挂碍，把自己彻底袒露了出来，然后俯身掀开被子，像泥鳅一样迅疾地钻了进去。鹿小希微微缩了一下身子，本来僵硬着的身体微微颤动起来，禹奕泽把一只手臂从她颈部穿过，另外一只轻轻扳住肩头。鹿小希起初并不配合，相应地，还有了某种怨愤般的抗拒。这让禹奕泽更加意识到自己已经来晚了，不能再错过机会，动作变得无比坚定，手上逐渐加大了力道。鹿小希很快就败下阵来了，或者说放弃了佯装出来的守势，主动投诚了过来，顺势倒下，随即就把身体柔顺地偎了过来。

真正把鹿小希拥入怀中的时候，禹奕泽才明白，表面冷漠的鹿小希跟他内心的期盼是如此一致。所谓距离，也仅仅是来自他自己的个人臆断。

第二十二章

　　第二天一上班，那几个负责清理小环线路基的工友来问禹奕泽，还去不去收拾那片竹林。禹奕泽这时已有了自己的想法，就安排他们去环线的另外一个方向清理，竹林这边先放一放。之后他把韩冬瓜叫了过来。

　　韩冬瓜最近的日子颇不素净，起因还是因为韩义。景天公司被查之后，韩义很快就下落不明了，留下了很多窟窿，韩冬瓜没法子，还是继续延续那种子债父还的状况，可有些债务他根本无力偿还。那个叫驴黑子的无赖，本来有一段时间像孙子一样跟在韩义屁股后面韩哥韩哥地叫，现在突然翻了脸，说韩义那些所谓的工程都是他找人干的，欠他接近三十万的工钱，还把一张按有韩义大红手印的欠条拿出来，逼着韩冬瓜承认，韩冬瓜不认，驴黑子就派了两个人整天盯着韩冬瓜不放，韩冬瓜来管理区上班也跟着。韩冬瓜不想给管理区惹麻烦，就找禹奕泽来辞职。这个时间吴荣明主任虽然还挂着管理区一把手的职务，但日常工作基本不过问了，都放心地扔给了禹奕泽。

　　禹奕泽当然知道驴黑子是什么样的人，心里很同情韩冬瓜，觉得这个老人这一辈子真是太不容易了，年龄都这么大了，还要再为这个不成器的儿子担惊受怕，再丢了这份临时工作，连个吃饭的地方都没有了，就让韩冬瓜不要害怕，说自己自有办法。

第二天，那两个人又跟着韩冬瓜来到了碧峰，看大门口多了几个身着迷彩服的消防队员。那两人并没有把消防队员放在眼里，继续大摇大摆地往里进。消防队员放过韩冬瓜却把那两个人拦住了，问他们是干什么的。两人说不干什么，就是来逛逛。那几个消防队员说这里是单位，是国家工作人员办公的地方，不是自由市场，要逛去其他地方逛，不然就按扰乱治安的罪名报警。那两个人一看消防队员的架势，才有些胆怯，悻悻地离开。但他们并没有放过韩冬瓜，又花钱雇用了几个泼辣娘们住到了韩冬瓜家，不但吃喝在屋子里，还把屎尿拉在院子里，很快就把韩冬瓜家变成了粪场。后来还是禹奕泽找驴黑子谈，了解到韩义确实让驴黑子帮着找过民工，债务数目虽然值得怀疑，但欠账却是事实，就开始进行了调停。让驴黑子也别采取这种极端手段来逼这位可怜的老人了，根据韩冬瓜目前的收入情况，让他把每个月的工资支出一大部分来还债，余下的给他留下了一定的时限，让他慢慢筹集。驴黑子也清楚，从韩冬瓜这个干巴老头身上已榨不出任何油水来了，只好答应下来。

所以，韩冬瓜现在过得比过去更累了，每天忙完食堂那一摊子事，还记挂着下去捡拾游客扔下的矿泉水瓶子，顺便再找找附近的垃圾箱，看看有没有可以变成钱的废品。在上下班的往返路上也不闲着，春天野菜冒出来的时候，就挖些野菜来卖，秋天就采野果。采来的东西没时间守着摊子，干脆把野菜平均分拣开，装在塑料袋子里，野果也分成不同的袋子，在旁边竖立一个纸壳子做成的牌子，请老炮台用毛笔在上面写了四句话：泰山天赐，采摘不易，替子还债，每份两元。让过往的游客自己来挑选，自动把钱扔进下面准备好的纸盒子里。你还别说，也许是现在人收入高了，素质也随之得到了提升，加之能出来游玩的多少还是些有闲有钱的阶层，不再在乎三块两块的小钱了。到下午，韩冬瓜过去盘点的时候，收入基本能跟采下来的那些天然食品相吻合。

有大空闲的时候，韩冬瓜也去山上找些药材来卖，有一次竟然在刀刃山下面的山谷里，挖到了一棵老灵芝。这次，他没敢把它拿到路边去自助售卖，而是找了块干净的红绸布，严严实实地包起来，然后带着去了悦城。他辗转去了好几家规模比较大的药店，都没遇到识货的。有的说是假的，有的想先让他放在那里代卖。最后来到天外村下面的一家老药铺，那位在里面坐诊的老中医一打眼，已缩进去的眼珠子骤然就发出了亮光，把灵芝拿过来，戴上老花镜仔细地研究了起来，还对着阳光把底部的根须捻了老半天。看完，问韩冬瓜这东西是在哪里发现的，韩冬瓜如实说了，老中医点了点头，又问韩冬瓜要卖多少钱，韩冬瓜心里没底，但他已感到这次遇到托底的买家了，认真想了想，才说，这么大的东西我也是第一次挖到，也不知道行情。咱们都这个岁数了，相信老哥也不会亏待我，您就看着给吧。老中医沉吟了一下，伸出来了四根手指头。一开始韩冬瓜还以为是四百，觉得也能说得过去，就答应了下来。没想到，老中医点出来的是四十张粉红色的大钞票。韩冬瓜一下子就呆住了。老中医笑着说，别意外，这灵芝已在这山上有几十年了，就值这个价。以后若再找到这样的好东西，可以再送过来。这让韩冬瓜很感动，也给了他很大的动力，去山里找药的积极性也更高了。

韩冬瓜听说禹奕泽找自己，心里有些着慌，还以为是驴黑子又找来了，待听禹奕泽向他问起有关年轻时招魂的事情，心里才略微安稳了一些。但由于过去因为这事挨过批斗，韩冬瓜同样不愿意提及，只说那都是过去的事情了，至于当时具体什么情况，自己都不记得了。禹奕泽却认真地问是真不记得还是假不记得，韩冬瓜见禹奕泽这么执着，只好又说："当年韩尚信先生老了之后，村里孩子吓着没人再忙活这事了，有人找过来让我试试，也没想到能帮上人家，就这样不自觉地走进了这个行当。整个过程自己确实处于懵懵懂懂的状态，所有行为都好像是受到了某种力量的指引。"

禹奕泽听了，半晌没说话，过了一会儿才说："这么说，这事还真不是在装神弄鬼。"说完又感到守着韩冬瓜这样说不太合适，就忙改口道，"我是说这事还真有效果。"

韩冬瓜说："我也不敢说神鬼是存在的，这样的事情说多了就会又有人说是封建迷信。可有些东西确实能感觉得到，比如说我那次在刀刃山下找到的那棵大灵芝，本来之前已有人在那里发现过一棵长了多年的何首乌，之后不断有人去那里找药，再也没有新的发现。那天我走到那里的时候，也是不想下去的，都被人快踏烂了，还能发现新东西吗？可当时冥冥之中似乎就是感到有人在提醒我，推着我往下走，不想还没到沟底，就在旁边看到了一个斜着的扇面，拨开那些灌木棵子一看，攒着三个伞面的大灵芝就显现了出来。过去有这么多人从这里进出，它都没被发现，唯独让我给撞上了，你说这事怪不怪，这种事情又怎么解释得了。我总感觉，这世界，甚至于这山上都是有一种神秘东西存在的。你说泰山老奶奶灵不灵，妇女结婚后多年不怀孕，去山上拜几次就怀上了。这可不是胡说的，咱们周围就有很多这样的例子。这些谁又能说得清楚。所以，还是不要把看不见摸不着的东西就说成是没有，是你自己已没了那个灵性，也可以说是自己让世上那些乱七八糟的东西糊住了眼睛。"

  禹奕泽心里对韩冬瓜的这番话有些认可，就说："世间总有些事情是解释不了的，那可能就是来自一种神秘的力量，这种神秘力量之所以不被人认知，应该是源于科学还没发展到那种程度，还无法把它证明出来。人的感觉本来就很有限，再加上被这世界不好的东西所污染，眼睛都被蒙蔽了，也就失去了敏感的灵性。"

  韩冬瓜说："是啊！正因为我们无法说清楚这些东西才要有信仰，什么都明明白白，都看得一清二楚了，还需要信仰做什么。"

  这话让禹奕泽对韩冬瓜更加刮目相看了，本来他之前对自己的那个想法并没多少把握，经过这一番交流，他不再绕弯子了，就把自己遇到叶老师的事情讲了，也把自己的真实想法说了出来。禹奕泽认为，说到底叶老师的病根儿还是心魔在作祟，他找韩冬瓜的目的就是想试着来对症下药，韩冬瓜不是能招魂吗？看能不能通过招魂这种方式，来稳住叶老师的情绪。

  韩冬瓜听了，半天没言语，顿了一下，才说道："这个世界上很多事情应该是有因果的，我认为，你那位叶老师走到今天这一步也不应该是偶然的，这中间肯定是有些道道在里面的。所以我说因果这事不是没道理的。到了这一节，我可以给你讲讲关于我那个不肖子的事，这事我从来没对外人讲过，可现在事已至此，他也作到头了，说出来也就无所谓了。"

禹奕泽知道韩冬瓜说的不肖子是指韩义，因为老大虽然过世早，但跟他弟弟的性格截然不同，从小就懂事而孝顺，如果现在还活着，韩冬瓜也不至于像现在这么恓惶。

韩冬瓜说："知道我为什么给他取了个'留住'的小名吗？因为我这个孩子就是个讨债鬼，本来是不该留的，既然来了那就只好留住了。当年他娘怀他的时候就没得过好，整天晚上做噩梦，梦境几乎相同，都是梦到一个戴着锁链的男子往肚子上撞，自打这孩子上身，他娘就没睡过一个安稳觉。后来，一个道士云游到了咱们村，正好到了我家门口，我就留他吃了一顿饭，你知道我本是个厨子，饭做得不错，道士吃饱喝足并没急着离开，而是盘腿坐到了炕上，我和孩子他娘都有些意外，心想这也太不礼貌了。想赶道士出去，又有些拉不下脸来，且看他下面还有什么真章。当时是刚过了年，我娘去串亲戚了还没回来，家里没个老人就更不好意思了。道士在炕上打坐了足有半个时辰，然后才说，你们也别怪我赖在这里，我是来帮你们的，我一进村就发现这宅子有一股非同一般的怨气，现在我明白了，这怨气就在这孕妇的肚子里。他这么一说我们吓了一跳，道士又问孩他娘是不是每天晚上都梦到一个戴着锁链的男子撞肚子，我们一听就又一个激灵，看来这道士大有来头，不由你不相信了。道士说这就是恶灵上身了，这个戴着锁链的男子本是死刑犯，本还未到投胎转世之时辰，但却躲着地府鬼差偷跑而出，上来投入了你家。当时的我被吓蒙了，忙问他为什么偏偏选中我们家，道士沉吟了一下，对着孩他娘说，他是被你祖上所杀的冤魂。道士这么一说，孩子他娘把头低了下来。我心里也明白了八九分。你道这是为什么？老一辈人大概也有知道的，我这个媳妇娘家离得远，是悦城东关街上的。孩子他娘的爷爷是出红差的，出红差你不明白是不是？这是过去的老说法，用现在的话讲就是替官府行刑的刽子手。过去的人把刽子手和仵作，还有替人缝合尸首的二皮匠，都称为捞阴门钱的，其中的刽子手最让人惧怕，大多是屠户出身。这样的人大多都不在乎报应什么的，一般都没有子嗣，我媳妇的爷爷也是在洗手不干之后才娶妻生子，生下我岳父的时候都五十多岁了。

"道士继续说，哪个庙里没有屈死鬼？这个犯人是蒙冤而死，找不到当年判他死刑的官员了，只有把怨气转移到了你们这边来讨债。你们最好是把这个恶灵堕掉。道士这么一说，我媳妇的眼泪就扑簌簌地落了下来，孩子已经在肚子里八个多月了，母子连心呀，哪个母亲也不会舍得。我心里也不好受，就问道士有没有破解之法。道士想了想说，你们若真想生下这孩子，那这一辈子可就遭罪了，这本是注定了的冤孽，我也没有很好的破解之法，但有个方法你们倒可以试试。看这个样子，这孩子应该降生在这个春天，我注意到你们村头有口深井，孩子生下来可立即把孩子包好放在箩筐里，然后用绳子吊着沉到深井里，待上一个时辰再把孩子提上来。这样一是可以躲避地府鬼差再来找他的麻烦，二来也可以让深井里的阴森之气剔除他身上的怨气。道士说完就离开了。这年春上，韩义出生，我一从接生婆手里接过来就感到有些不对劲，也不哭也不闹，嘴巴紧闭着，皱巴巴的小脸上满是怨愤，更让我感到奇怪的是，手腕子和脚脖子上竟然都留有青黑色的胎记，那胎记呈圆圈状，就像被锁链箍出来的。我立刻想到了那道士的话，不顾我娘反对，赶紧找来箩筐，带着绳子就往村头深井那边跑。

"那几天正赶上春冷，尽管包着被子，但一个时辰后把孩子提上来，孩子浑身都紫了，又赶快把他抱回家，点着木柴来烤。孩子后来是活过来了，但好像并没有把他身上的怨气剔除掉。他出生的那一年，家里先是唯一的那头驴不明不白地死了，到了雨季东山墙又塌了，秋里我去山上捡果子跌进山沟把腿摔断，紧接着是他娘又闹了一个多月的痢疾，吃药打针都不管用，瘦得都成了麻秆，还有他哥，跑出去玩，被蒺藜扎破了脚，搁过去是没事的事，但后来伤口却发了，淌了半个月的脓血……反正自打这孩子降生，这日子就没素净过，村里人都认为他娘是被那个粮食贩子拐跑的，但我总感觉如果不是因为这些事，孩子他娘不会这么绝情，她是怕了，再也不想过这种不安生的日子了，所以才'气走范阳'再也不回头了。现在，就更不用说了，这孩子给我惹的麻烦还少吗？这不是个讨债鬼又是什么？"

禹奕泽听得浑身发冷，心里直发颤，老半天说不出话来。韩冬瓜似乎感到了他情绪上的变化，就又说："这些事情说怪也不怪，还是要回到刚才的道理上，你想想，如果不是背后有一股强大的力量在指挥统治着，这个世界怎么会是这样呢？说这些我是想告诉你，在叶老师这个事情上，我们还是少干预的好，尘归尘，土归土，人该走哪一步，少一步都不行，该到哪里就应该让她到哪里。"

禹奕泽至此才听出了一些眉目，就问："那，您说叶老师应该到哪里去？"

韩冬瓜说："叶老师不是在打坐辟谷吗？不是遇到了聿宝道长了吗？这个聿宝道长就是当年长岭上余大姐的爱人律安。律安当年遭遇人生重大打击之后，潜心向道。前几年我就在山上遇到过他一次，他已经认不出我来了，向我宣扬他的道法，说什么'食者命有期，不食者与神谋，食气者神明达，不饮不食与天地相卒也'，说着说着就从一块巨石上面跳了下来，那巨石得有三米多高，他落了地之后竟然定定地站在了我面前，看那样子确实是有些功力了。我觉得叶老师跟律安的经历近似，追求也相同，都是在向天叩问，他们又机缘巧合地相遇，叶老师现在又很认可律安的道法，理应顺其自然，让叶老师跟着律安去学道。如果再搞什么招魂，灵验不灵验先放在一边，即使灵验也解决不了叶老师的根本问题。"

经韩冬瓜这么一说，禹奕泽眼前一亮，可现在的问题是像律安这样修炼的道人，已经达到了来无踪去无影的境界，该去哪里寻他呢？禹奕泽说了自己的疑问。韩冬瓜说自己可以去山上找律安，并可以劝说他带走叶老师，这样不但给叶老师找到了真正的寄托，也会把小环线的障碍清除掉了。禹奕泽见韩冬瓜说得这么有把握也就答应了下来。

三天后，韩冬瓜从山上下来，人好像又瘦了一圈，显得更干巴了，皱纹密布的脸上灰灰的，见了禹奕泽只说了三个字："办妥了。"禹奕泽看他这个样子也不敢深问，忙劝韩冬瓜先回家休息，韩冬瓜却摇着头不答应，径直回到食堂继续闷着头做事。

到了下午，禹奕泽腾出时间独自去了小梭庄，见那几间石头房子已空了，陈旧的木门上落了锁。旁边的竹林静悄悄的，微风吹来，只有竹叶相互触擦的声响传来。那个白衣女子好像从来没来过，也或者是已飞升成了天上的白云，正飘然注视着这个悲伤的人间。

第二十三章

小环线于第二年秋天开通，吴荣明主任想搞个开通仪式，弄出点动静来，把禹奕泽尽快正式推到碧峰一把手的位置上。

自单涛出事后，吴荣明已兼任碧峰区长书记快两年了，其间他向管委主要领导推荐了几次，说禹奕泽经过这段时间的历练，已经趋向成熟，完全具备了独当一面的能力。田书记本来答应了，说在年底调整干部的时候重点考虑，但没想到，在这年年底的人代会上，田书记一下子变成了悦城市人大副主任，新来的丁书记原来在市委办公室任职，做事比较稳当，把本来定好的干部调整方案先冻结了，说要重新进行考察论证，这一论证半年多就又过去了。

吴荣明心中着急，原本以为自己只是过渡一下，谁知战线会拉了这么长，再这样继续下去不但于工作不利，也会影响到自己个人的进步，他还不到五十岁，不想在副县级的位置上止步。说起来，在实际工作中，他基本上已经开始撤了，除了一些利害攸关的大事需要他亲自拍板之外，其他一般事务性工作他已让禹奕泽放开手脚去折腾，但禹奕泽毕竟是副职，名不正则言不顺，在很多事情上还是会受到一定限制的。自己老是在这里挂着，也会给上面的领导造成一些误解。所以，无论从哪个角度来讲，他都希望尽快把禹奕泽扶正，以便自己尽早地抽身而退。

小环线的开通当然是个好机会，要把这机会利用好还就得有个响声，可现在，上面对庆典仪式之类的活动又有明令限制。吴荣明找禹奕泽商量，想弄一个既有影响又不太热闹的活动，就像上面提倡的那样简朴而热烈，其目的除了广而告之之外，主要就是让主要领导能知道在山上修路架桥的艰难，让其认可这是一份看得见摸得着又能福泽后人的政绩。这就有些难了，禹奕泽提了几个方案都被吴荣明否了。后来，吴荣明突然想到了与老炮台有很深渊源的那只老鹰，他曾听禹奕泽给他介绍过不止一次，觉得可以在它身上做做文章。比如可以做一个长长的条幅，上面写上"热烈祝贺碧峰环线开通"之类的字样，让老鹰叼着飞到刀刃山最上端，把条幅从上面搭下来，即醒目又省钱。禹奕泽说那老鹰不一定这么听话，还不如弄几个气球呢。吴荣明说，气球不是更不受控制吗？万一飞飘到南天门上，不就变成了南天门管理区的政绩了吗？正这样说着，办公室主任急忙慌速地跑进来说："不好了，驴黑子带人堵了市政府的大门，丁书记让你们赶快过去。"吴荣明一听，脑袋就大了，说："这堆在身边的炸药包最终还是被他点了。"说着就疯了一般地往外跑，禹奕泽和办公室主任也紧紧地跟了出来。

　　吴荣明和禹奕泽赶过去的时候，驴黑子他们已经被劝进了信访接待室，接待的领导恰好是分管城建的李副市长，丁书记也黑着脸坐在旁边。驴黑子正拿着一沓材料在那里申诉，指着打印纸上的一个古树的图片说，这是多少代人的心血呢？政府白白就给拿走了，到现在一分钱都没给，找了多少次都说没钱，却能拿出大把的钱来修环线路。现在不是有个老百姓满意度吗？他们这种光往自己脸上贴金，置老百姓利益于不顾的做法我们就不满意。你们这些大领导可得为我们做主呀！跟在驴黑子身后的那十多个人也都跟应声虫一般，吵嚷着让领导做主。

　　这么多人七嘴八舌地插话，把信访接待室一下子都搞成了嘈杂的集市。丁书记这时已看到吴荣明和禹奕泽进来了，站起来大声地说："各位老乡先请安静一下，你们的诉求我们已经明白了，泰山祥瑞苑的问题是个历史遗留问题，我作为泰山管委主要负责人，绝不会推卸责任,待调查清楚后,一定会认真负责地处理好,给你们一个圆满的答复。现在具体分管这项工作的同志已经过来了,让他们先向你们解释一下。"

经丁书记这么一说,驴黑子他们稍稍安稳了一下,回身也看到了吴荣明和禹奕泽,驴黑子脸上显现出不屑的神情,说:"嗤!他们算个屁!什么事都管不了,光会日弄人。"一直沉默着的李市长说话了:"你们是来解决问题的,不要把个人情绪带进来,有事说事,有理讲理,这位同志不要出口伤人。"李市长一脸的威严,虽然说话的声调不高,却自带了一股震慑力量。驴黑子不敢再回嘴了,其余的人就更不敢吱声了,信访室立刻变得安静了许多。

吴荣明没想到丁书记一下子就把他和禹奕泽当众推了出来,只好把目光投向了禹奕泽。禹奕泽知道吴荣明这是在向他求助,他显然已没有了退路,只能硬着头皮上了。

禹奕泽往前走了几步,来到驴黑子的面前,一股刺鼻的酒精味道扑面而来,这显然又是驴黑子酒后的一次孟浪行为,不然以他平时对老炮台的忌惮,他一般是不会这么鲁莽的。想到这里,他对自己刚才在心里酝酿的那个方案更有把握了,可还是尽量温和地对驴黑子说:"黑子哥!这事都怪我没处理好,劳烦你带着人跑到这里来找市里领导,那棵唐槐的事情我已经给你解释过多次了,虽然是长在你家的责任林里,但这责任林也是近几十年的事情,你却非要说是一千多年的香火,这就有些说不通了,这事不如咱们回去再商量,我保证这次会给你个明确答复。我炮台舅刚才听说你到这里来找市长了,先让我劝你回去,他说自己随后也会赶过来。"说完又拱了拱手,对站在驴黑子身后的那些老乡说:"诸位乡亲的诉求我们都已明了,也记在了心里,可很多事情咱们都得按政策来。回去咱再商量好不好?市长和丁书记都很忙,咱们还是不要再在这里给领导们添麻烦了。"

驴黑子一听老炮台要过来,尽管大脑还在受着酒精的冲撞,但气焰随即就消了一半,嘴上却仍然不松口,强硬地说:"长在我家的责任林里就是我的,不管之前属于谁,现在它是我的,你就得按它的树龄

315

来赔偿。"

禹奕泽说:"树还在那里长得好好的,只是被圈在了祥瑞苑里面,说起来,提赔偿还为时尚早,我还是那个意见,一些具体的细节咱们回去再商谈,市长和书记都很忙,很多事情管不了那么细致。你要真想解决问题,最终还是要回碧峰才行。"正这样说着,禹奕泽攥在手里的电话铃声响了,他赶紧扭过头去点开,先叫了一声大舅,然后说:"……您老就不用过来了吧,我黑子哥又不是不明理的人,我正跟他谈着呢……对、对。市长和丁书记也都在。没事,您老放心吧,什么……您要跟黑子哥说话……"说着就转回身对驴黑子说:"我炮台舅,要给你通话。"说着就把手里的闪着亮屏的电话递了过来。

驴黑子没敢接禹奕泽手里的电话,迟疑地摆了摆手说:"我还是不说了,你告诉他老人家,我们这就要回去。"然后回身对那些跟班说:"市长和丁书记都答应要尽快解决我们的问题,有了这个尚方宝剑,碧峰的人就不敢再日弄咱了,咱们回去再找他们讨说法。"

身后那一帮子人显然是被驴黑子蛊惑而来的,见他都打了退堂鼓,也就都不想当这个刺头了,呼呼啦啦地跟着驴黑子往外走。

信访室里一下子空了下来,吴荣明和禹奕泽都不敢言语,心里有些紧张地看着坐在前面的李市长和丁书记。李市长还是那副面无表情的样子,丁书记脸上的气色倒比之前缓和了一些。顿了一下,李市长才抬起头,语气平和地对他们说:"回去要处理好,在不违反政策的前提下,尽量保证群众的利益,不要再出什么乱子了。"丁书记也嘱咐道:"目前稳定还是第一位的,对待泰山祥瑞苑的问题,管委还要开会专门研究,你们回去一定有理有据有节地处理好,安抚好。一些具体问题,待咱们研究后再决定。"他们显然都知道泰山祥瑞苑是个历史遗留问题,也明白驴黑子此次带人前来纯属借题发挥无理取闹。

被吴荣明称为堆在身边炸药包的泰山祥瑞苑,曾经是那位老领导的重要政绩,项目正式落地于2006年。那是一个全民招商的年代,上面提倡要大跨度超常规地发展经济,给每个单位都下达了招商引资任务,据说连殡仪馆都没能逃脱。很多单位领导为了招商不惜屈下身子,利用各种关系去拜访客商。有的干部为了能让客商前来投资,拿出了最大的诚意。在这样的大背景下,投资上亿元的泰山祥瑞苑无疑是一只难得的大凤凰。

凤凰是从一家叫中天纬路的集团公司飞来的。集团的掌舵人姓涂,其老家位于悦城东边的豆家庄子,从爷爷那辈就出去在天津卫混,本人白手起家,先是涉足股市,赚了第一桶金之后开始投入石化地产行业。之后,企业得到了飞速发展,其业务的主要板块已在香港上市,其身家已达几十个亿之巨。但涂老板从没回过悦城。老领导有个朋友是豆家庄子的,从朋友那里得到了这位涂老板的信息,由此,又盘根错节地找到涂老板在老家的一位老叔。老叔虽然是涂老板的近枝儿,但也从没见过涂老板,要被老领导"押解"着去天津卫找涂老板感到有些为难,但在老领导厚利的诱惑下,也只好硬着头皮上了。

老领导和老叔在中天纬路集团总部大门口,蹲守了三天都没能见上涂老板。后来转变了思路,寻摸到了涂老板在天津的住所,也幸亏是涂老板九十多岁的爷爷还健在,也幸亏老人还耳聪目明,一听说是老家豆家庄子来的,老人有了兴趣,问起了老家许多事情,老叔一一回答着,老领导在那边力邀老人回去看看。听说了老家的变化,老人非常高兴,当天晚上就把孙子召回了家中。

2006年春天,涂老板带着爷爷第一次回乡,不但在豆家庄子当地得到了热烈而隆重的欢迎,还在老领导的安排下上了泰山,又来到碧峰一带转了转,涂老板的爷爷非常高兴,一路上不断地嘱咐孙子要为家乡的发展做些贡献。回去不久,涂老板就带着专门的团队来到了碧峰。因为当时上面领导也有开发泰山东部的思路,涂老板提出要在碧峰开发高档住宅的想法,也正好顺应了这种思路。不但许诺三通一平,还在土地价格上给予了最大的优惠。可当时涂老板相中的那片土地还属林地性质,要转变为建筑用地得需要省土地管理部门的批准,这虽然有些难度,但老领导得到了上面某位领导的支持,再加上那时管控得也不是太严格,觉得这也不是什么问题,就大包大揽地把这事给承诺了下来。

泰山祥瑞苑于当年秋天开始动工。动工的时候，土地属性还没有转变过来，属于先上车后买票，当时搞的动静还很大，市里分管副市长都到场剪了彩。到了第二年秋天，一百多栋别墅的主体就完工了，但由于土地性质问题，一直不能预售，银行贷款也下不来，后续工程就被搁置了起来。有一阵子，老领导几乎天天跟悦城市土地局的人往省城跑，想尽快把土地性质调整过来，但上面政策一收紧，谁也不敢松这个口了，最后还是不了了之，泰山祥瑞苑也就变成了烂尾楼。老领导调走之后，事情变得更为复杂了，后来的领导都不愿蹚这个浑水，这事也就成了碧峰这边的一大隐患。

中天纬路倒很快被安抚好了，启动资金的大部分都来自悦城银行，公司只注入了几百万，老领导调到悦西区之后，中天纬路跟过去开发了几个楼盘，正赶上楼价坐着火箭飞升，在老领导的关照下，地又拿得比较便宜，不但很快把这几百万找了回来，还应该赚了个盆满钵满。

最大的麻烦是林地之上附属物的补偿，这片山林只有一小部分属于原来的泰山林场，还有一部分属于三七林，剩下的就是律家庄的了。三七林当年就扯清楚了，林地权属明确，上面的树木按照当时市场价格评估了价格，由于数目不大，很快就进行了补偿。属于律家庄的这片林地问题就复杂了一些，尤其是还有几棵上百年的老树，更成了一团乱麻。

涂老板是个明白人，当初他之所以看好这片山林不仅是因为这里风景秀丽，位于五岳独尊之最上风，风水自然没的说，还因为这些老树。在规划的时候，他要求设计人员把这些老树都保护了下来，其中有一棵上千年的唐槐正好就置于整个别墅区最东首，那里就成了所谓的楼王，规划了整个小区最大的一处独栋别墅。这栋别墅上下三层，顶上还有个阁楼，地下开辟成了停车场，建筑面积有六百多平方米。院子非常阔大，还预留出了泳池的位置，那唐槐就在泳池旁边，成了天然的华罗伞盖。唐槐确实也长出了那个气势，树高十米有余，围长五米之巨，树干底部已经枯裂，自上而下有一个长长的洞穿，透着怪异和神秘。树的根部，外露的根系错综复杂，就像一条条盘龙交织在了一起，更像老人手上暴出的筋脉，呈现着刚毅与顽强的生命力。树冠如盖，婆娑而繁茂，尤其是在春夏之交，槐花奔放的季节，花香四溢，芬芳迷人，沁人心脾的味道传之久远，真正是未见古槐已闻其香。涂老板之所以把这棵唐槐圈在这栋别墅的院子里，是深切感受到了古槐的魅力，也可以说这栋位于楼王位置的房子是由这古槐而起，他想把这房子留给自己，等自己老了，也来个落叶归根。

古树虽然被圈了起来，但其归属问题却一直纠缠不清。尤其是那棵唐槐，当年也确实分到了驴黑子家的责任林里。驴黑子的爹是个瘸子，当时还嫌古槐碍事，心里老大不情愿，拉着棍子去村里找了几次，说古槐长在他家林地里，又不当吃不当喝，还不让伐，瞎占地方，说是给了五亩，光这棵老不死的树就占去了一亩多，树阴凉还大，弄得其他苗子都活不好，要求村干部给他调调。村干部答复说，责任林都是抓阄抓出来的，你能抓到有唐槐的那片林子，说明你们家祖上有德，唐槐都在上面长了一千多年了，风水得有多好呀！别看现在占点地方，来年插根草棒就能长出一片林子来。驴黑子爹觉得村干部尽管有些糊弄他，说得也不是完全没道理，也就认了命。

没想到，后来这古树果然给他们家带来了好运。种上的苗子不但好活，还长得特别好，在其他地方需要三年出的苗子，这里只需两年。更为重要的是，虽然"责任"了，但周围十里八乡的善男信女仍然对古槐充满了神往，尤其是到三月十五老奶奶生日的时候，去极顶的碧霞祠相对远一些，古槐就在身边，他们就来古槐下烧香持符，叩拜祈福。起初驴黑子爹面对这络绎不绝的人群，心里还有些抵触，担心他们会损害自家的树苗子，可一看树身上挂满了红布，树下面那些亮闪闪的硬币，眼睛就亮了。干脆弄上了功德箱和香炉，自己也在旁边支上桌子卖开了香火。

中天纬路过来投资开发的时候，驴黑子爹已经没了，驴黑子也长了起来，愣愣怔怔的，看起来挺不好惹的主儿，一听说他们家的山林被占，就带着人前来闹事。老领导一开始也是想尽量平和地把事情解决掉，亲自跟驴黑子谈，可是驴黑子狮子大张嘴，说这树既然是唐槐，怎么也得有一千二百来年了吧，每年就是一千块钱的香火钱也得有个一百多万了，再加上林子里的其他苗木，光他家的这片林子就得值两百万。老领导一听这事没法谈了，如果满足了他的要求，剩下的那几家也会跟着漫天要价。他们再来闹事的时候，干脆动用了当地派出所，直接把驴黑子弄进局子里待了一个星期，出来后老实了，按照当时补偿政策也签了字画了押。可正因为让他进了局子，这成了他以后反咬的口实，说自己当时是被屈打成招，那些补偿根本就不合理，仍然坚持按一年至少一千元来算，有驴黑子挑头，那几个相关的人家也跟着起哄，谁跟钱也没仇，驴黑子能争取下来自然就得劲儿了许多，争取不下来，最后枪打出头鸟，他们也不会受什么损害，倒霉的还是驴黑子。所以，这帮子人在驴黑子的带领下，没少到碧峰来闹腾。

别看驴黑子一副天不怕地不怕的样子，但他也有一处致命的七寸，他最害怕老炮台，这么多年来，也正是有老炮台的缘由，驴黑子没敢太过分。也就是今天喝大了，酒精壮了胆子，才敢造次一下。说起来，这里面还有一段很深的渊源。

驴黑子爹是个瘸子，娘是个疯子，爷爷奶奶过世得也早，打小他爹就不敢把他留在家里，担心他娘疯病上来会把他给掐死。出门进门地带着，一般是把他放在箩筐里，箩筐前面再拴根绳子拉着出坡，有时去串门也这样带着。在驴黑子出生不久的那个夏天，他爹要去林子里给苗子除草，就这样把他放在了林子头上，他爹在里面干起活来把他给忘下了，原本是把箩筐置于阴凉地里，后来随着太阳的上升，阴凉地越来越小，毒花花的日头直射了下来，驴黑子鲜嫩的皮肤不但被晒爆了皮，还把眼睛晒成了转眼儿。出身于这样的家庭，眼睛又有了这种毛病，驴黑子小时候很自卑，不愿意回家，也不大跟小伙伴一起玩，从六七岁就一个人在外面疯，摸鱼捞虾，爬树掏鸟蛋，整天弄得不是浑身水淋淋的，就是肚皮被树干剐得血糊拉的。

那年夏天，雨水下得格外勤，碧峰下面水潭的积水比往年深了许多。刚立秋不久的一个傍晚，天气还很热，老炮台从山上下来，想到水潭里扑腾扑腾，可刚到潭边，还没等他下去扑腾，却看到水潭中间已有一双小手在胡乱扑腾，他立时就慌了神，连衣服都来不及扒，赶紧一个猛子扎了进去。

驴黑子那年只有八岁，他爹已把他送进了学堂，可他坐不住，每天背上书包说是出门上学，跑到外面把书包藏在山旮旯里，就去山上疯跑着玩，到了天黑再把书包找出来回家。这天他在水潭边上逮到了几条泥鳅，想再进到里面弄条大点的鱼，回去给爹下酒，不想一脚就滑了进去。他本来也会点狗刨什么的，但脚丫子却挤进了石缝里，自己怎么也折腾不出来了，头也被埋进了水里，只好伸着手往上拼命挣扎。

老炮台费了很大的力气才把驴黑子拖了出来，驴黑子这时肚子已鼓成了青蛙，人事不省。老炮台见过村里被淹的小孩搭在牛背上控水，但此时去哪里找牛呢？老炮台四下里一望，看到旁边有一块鼓溜溜的石头，就赶紧把驴黑子扛在肩膀上跑到石头旁边，把驴黑子的肚子贴在凸起的地方，把他的整个身子搭在了石头上。足足控了有半个来小时的时间，驴黑子才打了一个响嗝，喝进去的潭水才从鼻子和嘴巴里大口大口地漾出来。

当年老炮台把驴黑子救下来，驴黑子的爹瘸着腿领着儿子，带着点心和香油馃子，来给老炮台磕头，让驴黑子直接喊老炮台爹，老炮台当时还没结婚，不敢认这个儿子。驴黑子爹就不让驴黑子起来，当时禹奕泽的父亲禹士民也在，看驴黑子的爹一脸的诚意，就劝老炮台说，认个干儿子也耽误不了你的婚姻大事，你总不能老让人家孩子这样跪着吧。老炮台这才把驴黑子认下。可是后来驴黑子一直不给老炮台长脸，有一阵子，老炮台也想拉拔拉拔自己这个干儿子，尤其是下海经商的那些年，给驴黑子提供了很多机会，可驴黑子没有一次能抓住，后来老炮台就对这个干儿子彻底失望了，一般也不再过问他的事情，驴黑子也不敢再在老炮台跟前照面了，但心里还是对老炮台充满了敬畏，也因此禹奕泽才在信访室里假借老炮台之名，吓退驴黑子。

吴荣明和禹奕泽从市政府回来，就直接去了泰山祥瑞苑。祥瑞苑位于碧峰南面，是一个逐渐往下缓冲的大山坡，坐北朝南，向左偏后一点就是泰山东麓的碧峰，右边是绵延无尽的泰山。按风水上讲真是个好地方：前有照，后有靠，左青龙，右白虎。达到了天人合一，中正环抱，顺乘生气的地步。可虽然风水与风景皆佳，但让一排排的钢筋水泥房子排满这样的山坡，总还是让人感到分外不协调。尤其是禹奕泽，他是这些建筑崛起的亲历者，当初没少跟着老领导往这边跑，那时候到处热火朝天的，还没什么感觉，现在再看，就觉得有些刺眼了，当初老领导的这种决策也太蛮横太霸道了，把美好的山川都挤得狭小起来，从某种程度上讲，好的风水也失去了原先的味道。

祥瑞苑的大门在东边，位于这个南北长坡的中间，大门上的门楼已搭建了起来，是两个中式的门楼，外面却包着青色的大理石，跟里面的建筑一个色调。大门是临时安装的那种栅栏铁门，用一条粗黑的大铁链子圈起来，上面挂着一把锈迹斑斑的大锁头。禹奕泽上前推了推大门，两扇铁栅栏门前后晃悠了几下，上面立时就有一层尘土撒落下来，吴荣明向后使劲拉了禹奕泽一把，禹奕泽的身子本能地一退，及时避过了那些纷纷扬扬往下飘摇着的烟尘。

进不了门，吴荣明和禹奕泽只能来到大门对面的高坡往里面瞭望，一排排的青色建筑倒也非常整齐，那棵老槐树茂密森然，上面原本搭着的那些红布条都已失去了原有的颜色，变成了一缕缕灰暗的色带，里面杂草丛生，靠近下面的地方都长到了一人多高，淹没了原本裸露着的岩石，还有很多建筑垃圾横亘在里面，如疮疤一样显眼。禹奕泽看着有些心疼，原本这该是一个多么生机盎然的山坡，现在却变成了这样。此时，他心里更加认为好的风水一定是人与自然环境的和谐统一，人与自然环境应该构成一个整体系统，在这个大系统中，每一个小系统都应相互联系，相互制约，相互依存。人与建筑之间要适应自然，回归自然，返璞归真。说到底还是一种和谐，是人与自然的和谐。

吴荣明看起来也有些忧伤，叹了一口气说："要真这样拆掉，还真是有些可惜！"禹奕泽有些意外，看着吴荣明说："谁说要拆了？"吴荣明说："在目前这种形势下，像这样的违章建筑，你觉得还能留得住吗？"

禹奕泽把头低了下来，心里感到更加难受，看来吴荣明从丁书记那里已得到了某种倾向，关键是即使拆掉这些建筑，这个山坡也回不到原来的样子了。况且，拆的时候一动用大型的机械还会造成二次伤害。吴荣明似乎感到了禹奕泽的情绪，就说："拆掉也好，省得以后再麻烦。"这话显然是话里有话，暗示会为禹奕泽将来铺平道路，不会再给他的工作带来麻烦了。禹奕泽自然明了吴荣明的意思，但心里却并没有轻松起来，在这片安静的山麓上面，他实在不愿意再看到十多年前那种热火朝天人仰马翻的场面了。

天上忽然亮了一下，禹奕泽抬起头，看到已经偏西的太阳从灰白色的云块中钻出来，阳光的大火突然从泰山极顶的上方熊熊地燃烧了起来。一道上弧形的霞光随即吊在了闪着光晕的火球上面，下面的圆弧也跟着出现了，两道霞光环绕在太阳上下，形成了一个美丽的大眼睛。这是泰山上最美的幻日奇观，被称为泰山宝光。禹奕泽惊呆了，他被这天空的微笑所征服，被这神奇的光芒所笼罩。愣怔在那里，一动也不动，直到旁边的吴荣明推了他一把，他才醒悟过来，连忙问道："刚才你看到了吗？"吴荣明说："什么？"禹奕泽说："泰山宝光呀！"吴荣明说："看到了，不就是绕着太阳的两道彩虹吗？"

泰山宝光很快就又被飘飞的云层所遮盖，两个人往下，走到即将到达碧峰的高坡时，禹奕泽看到左前方靠近长岭的山丘上站着一个身影，很像老炮台，就跟吴荣明打了个招呼，转身朝那身影跑去。

老炮台是在出来挖树根的时候，看到那个灿烂日晕的，这样的奇观已多年不见，不由得攀到高处瞭望，可惜的是，它太短暂了，不到一分钟的时间。待到云彩遮蔽了太阳，他也不由自主地叹了口气，随即想到了陶渊明写荣木的两句诗：繁华朝起，慨暮不存。为什么美好的事物总是这么容易流失呢？也许这就是一种对人类的提醒，让人们珍惜当下，做自己认为对的事情。

由于前段时间忙环线的事情，禹奕泽已老长时间没来看老炮台了。老炮台看到禹奕泽也非常高兴，一见面就问看到宝光了吗？禹奕泽点了点头。老炮台说："还记得你第一次看到宝光是在什么时候吗？"禹奕泽想了一下，说："记不清楚了，只是有个模糊的印象，感到那应该是很久远的事情了。"

老炮台微笑着说："那一年你大概只有六岁，我是第一次夜里在舒云谷检查站值班，你爸不放心，陪着我没回家。没想到，天还没亮你就被你母亲送上山来了。说你半夜醒来，见爸爸没在家，哭闹着要来找爸爸，你母亲糊弄不下来，只好摸着黑把你送上来。就是那天午后，在舒云谷上面的山坡上，你第一次看到了泰山宝光，当时问你那像什么，你说就像一只睁得大大的眼睛。对此，我印象特别深，尤其记住了你的这个比喻，还有你当时那张胖乎乎的小脸。那时候，你可比现在胖多了。"老炮台说着，眼睛里泛动着温暖的光芒，似是对立在眼前的这个晚辈充满了无限的爱怜。

禹奕泽有些意外，自己第一次见到泰山宝光就已把它比作了眼睛，这跟刚才的感觉高度一致了起来，他没想到这么多年过去了，自己经历了那么多的事情，居然还没丢掉这种感觉，他不知道这是幸还是不幸。老炮台今天似乎有些奇怪，明明应该知道了驴黑子带人下山去市政府闹事的事情，却只字不提，一直讲过去的一些陈年旧事。在回长岭的路上，又跟禹奕泽说起了自己后来一个人在山上值班的一些事情，无非就是怎么打发那些漫漫长夜，说到了自己曾经养过的一只松鼠，也又说起了那只曾经救过他性命的老鹰。

回到长岭，老炮台用那把旧茶壶沏上茶，又开始给禹奕泽讲《泰山志》。老炮台正写到孔圣人与泰山的关系，登山的主路上有一处景点叫孔子登临处，根据父亲韩尚信留下来的资料和老炮台自己的实地考证，他感觉孔子应该不仅仅是到了这里，甚至有可能还登临了极顶。

那一定是一个秋高气爽的晴天，孔子带着他最得意的学生颜渊来到了泰山。春秋乱世中的两只思想的鸟儿，不知为何飞到了泰山极顶，他们站在天街东侧一个叫望吴峰的地方极目远望。孔子看到了千里之外的吴国国都，也就是现在的苏州。他看到苏州城门外拴着一匹白马，于是招颜渊过来，手指东南方向问："你看到吴国的城门了吗？"颜渊回答说："有一根系牲口的白绳子。"孔子立即用手捂住颜渊的眼睛，不让他再看下去。下山以后，颜渊牙齿脱落，头发全白了。就在这一天，孔子登上了瞻鲁台俯瞰自己的祖国，又登上秦观峰向西遥望中原和远在关中的秦国。于是，人类精神史上最为壮丽的景象出现在了泰山极顶：一位身材高大，须髯飘飘的老人孤独地伫立在泰山之巅，默默凝视着春秋天下。他是那么高大，又是那么孤独。在那个世界没有人理会他的思想和抱负。以这位春秋老人的学识、人格和理想而言，他是完全有理由"登泰山而小天下"的。

"孔子登泰山而小天下"与历代帝王封禅泰山相比，应该具有更为深远的哲学意义。一次寂寞的登临和默默的瞭望，一位圣人和一座圣山的相逢，便在中国思想文化的天幕上永恒定格，成为一个不可企及的境界，占据了一个俯视天下的道义制高点。在泰山极顶的碧霞祠西侧有块岩石，叫作"孔子崖"。崖上苔藓密布，水锈斑斑，却难掩清代嘉庆年间的一块刻石："孔子圣中之泰山，泰山岳中之孔子。见其大者心泰然，人心中自有泰山……"

还有苛政猛于虎的典故也出于泰山，是孔子经过泰山时，看到一位妇女在坟茔旁痛苦哀号，于是就派子路去问缘故，妇女回答说，自己的公爹、丈夫和儿子先后被这里的猛虎吃掉了，因此她才如此痛苦。子路就又问，为什么不离开这里呢？妇女回答说，因为这里没有苛捐杂税。子路回来告诉孔子，孔子随即对随从的弟子说："你们要记住，压榨人民血汗的暴政比猛虎还要凶猛啊！"典故经后来者柳宗元在《捕蛇者说》里进一步渲染，应该广为人知了。老炮台重点要讲的是孔子在泰山上的另外一段奇遇。

孔子当年在泰山脚下，还遇到过一个怪老头，这个怪老头的名字叫荣启期，估计应该是在泰山上隐居的高人，他银须飘飘，身披鹿皮，拿着一把没有任何装饰和雕刻的素琴，背倚一棵高大繁茂的松树，坐在石头上边弹边唱。孔子上前施礼问道："先生为何这般快乐呢？"荣启期回答说："天生万物，人最宝贵，我竟有幸生而为人，想到这里我就高兴。人又分男女，男人尊贵，女人卑贱，我却正好是个男人，这多么令人高兴。人生下来寿有长有短，有的人很年轻就死了，而我如今却活到了九十五岁,还这么健康,我怎么能不高兴呢?人生有此乐,还有什么可愁呢?"荣启期又对孔子说:"人人都不喜欢贫穷,其实贫穷是读书人的本分;人人都害怕死亡,其实死亡是人生的归宿。人还有什么可忧愁的呢?"孔子听了不由得脱口称赞,连声说好,认为荣启期是一位很能自我宽慰的人。但荣启期的话并没有能够阻止孔子周游列国的车轮。那些聪明的隐士讥笑他为"丧家之犬",劝他放弃不切实际的社会理想。他还是坐着他的牛车,领着他的学生们继续奔走于中原各国,知其不可为而为之。车轱辘轧在春秋大地上的吱吱声和师生们一路的弦歌诗诵,永远回荡在历史的天空。

老炮台讲完这些,又对禹奕泽说:"即使睿智如孔子也不能完全认识自己。我总认为,我们人类从来就没完全觉悟过。人类的悲剧就在于不能认识自己,而时不时地受各种欲念所误导,从而进入盲区。以致导致了与外部世界的种种冲突,诸如人与人的关系、人与自然的关系、人与社会的关系,以及人与科学的关系等等。要克服这种危机,首先需要从人的自身入手,要解决认识自己的问题,不要热衷于改变周围的环境,并且认为自己无所不能。人类所知一定远远少于不知。实际上,现在已知的奇怪病毒可能就会让我们全军覆没,艾滋病的解药还远远没有找到,人类的一个小小不慎可能就会制造出'前不见古人,后不见来者'的超级病毒,何况有些国家还在热衷于搞基因武器和生物武器。"

禹奕泽承认老炮台说得有道理,说:"人类认识自己重要,但成就自己应该同样重要,毕竟目前这个世界还是以人类为主导的。"

老炮台说:"说得非常对。承认自己的渺小,承认生命的短暂并不是彻底认命。人既然立于天地之间总还是要有一番作为的,做自己认为对的、应该做的事情。我一直认为陶渊明是从古至今最为明白的一个人,'采菊东篱下,悠然见南山'当然写得好,还有一首写荣木的诗说得更为明白:'采采荣木,于兹托根。繁华朝起,慨暮不存。贞脆由人,祸福无门。匪道曷依,匪善奚敦'!他在这里应该是以荣木来喻人生。荣木你知道吧,也就是木槿花,花期很短,开过之后立刻进入了休眠期。人生既然朝起暮不存，如此短暂，其意义就在于坚持道和善。就如我现在，物质的世俗生活已于我没有任何意义，我所有生活的目的都是在追求心安和灵魂的宁静，这也是我执意要续写《泰山志》的根源所在。冥冥之中，我总会感到父亲那双期待的眼神，总有种使命在肩的感觉。"说到这里，老炮台顿了一下，突然叹了一口气，"可惜的是，我不一定能完成这部著作了，最近我老是心神不宁，这种预感越来越强烈。昨天晚上，我梦到了父亲，他老人家拄着拐杖，手里拿着一沓子写满了小楷的宣纸，颤颤巍巍地来到我面前，很严肃地对我说：'小，你不用写了，把这些钉起来，这本书就完成了。'我听了，心里像是卸掉了一块石头，一下子轻松起来，刚想伸手去接。不想，一只老鹰突然从天上飞下来，猛然就把那些纸片叼到了空中，我急忙拥起身子，昂着头去追，却一下从床上摔了下来。你看，这是昨晚留下的印迹。"说着就把裤腿撩了起来。

禹奕泽低下头，随着老炮台手指的方向，见在老炮台腿肚子的上方，膝盖下面，松弛的皮肉上有一个铜钱大小的青痕。

老炮台把裤腿放下来说："我从小没掉过床，小时候也没听大人说过掉床。没想到，到了六十多岁，土都要埋到脖颈子了，反而会在梦中从床上掉下来，这恐怕不是个好兆头。"

禹奕泽也感到有些意外，但嘴上还是劝慰道："还是不要胡思乱想了，你可能是累了，这几天就不要写了，去山上转转，放松放松，过去这一阵，把心绪调整过来也许就好了。"

老炮台说："但愿如此吧。说起来，我对生死早就看开了，对这部书也不应有太多的纠结。历史上还没有任何一个人是准备好了才离开的，大都是在生命结束的时候，事业不了了之。秦始皇牛不牛？成吉思汗厉不厉害？生命不都是完结于求索的路上吗？大人物是这样，我们这些小人物就更没有什么可遗憾的了。还是像庄子说得那样顺其自然，惜生安死，随遇而安吧。梦想要有，至于走到哪一步还是要看天定的缘分。"

禹奕泽感到老炮台今天非常奇怪，似乎是在说禅，又似乎是在与自己告别，人也变得神神道道，有时看起来很是伤感，有时又很安然，情绪好像极不稳定。本来禹奕泽之所以跟着过来，是想对他讲讲泰山祥瑞苑的事情，但现在见他这个样子，也就不想往下探讨了。

　　老炮台照例把禹奕泽送出来，禹奕泽站在从长岭往下的路口上跟老炮台告别，老炮台却执意让禹奕泽先走。禹奕泽只好顺从地转身。走出了一段距离，禹奕泽回身，看到老炮台还站在那里注视着他，西去的阳光从侧面映照着老炮台略显佝偻的影子，禹奕泽心里突然涌出了一股莫名的感动，他觉得这午后的阳光是如此圣洁，那苍老的影子是如此温暖！他竭力控制着自己，用力向老炮台挥了挥手。老炮台仍然雕塑般站立着，后来才慢慢把手抬起来，也对着禹奕泽挥舞。禹奕泽刚要转身，老炮台的声音骤然而至："但行好事，莫问前程。"禹奕泽愣怔了一下，呆呆地向上回望，强烈的阳光直直地垂落进眼睛里，那温暖的影子已幻化成了多彩的眩光，禹奕泽的眼前变得模糊起来，他努力挣扎着，迎着那耀眼的光芒使劲喊道："记住了。大舅，您回去吧。"

第二十四章

最先发现老炮台失踪的是老迟。

那天晚上,老迟值夜班,晚上出去巡查的时候,没看到老炮台屋子里亮着的灯光。这一年多来,老炮台忙着写《泰山志》,常常要熬到很晚,窗口那亮着的微光就成了巡夜者的航标。

一开始老迟并没有在意,以为老炮台难得地休息一晚,他从心里心疼这个老头,有好几次也劝他说,都这把年纪了,还这么拼干吗?面对这样的劝告,老炮台总是微笑着回答,正因为是这把年纪,才需要抓紧呀!

老迟尽量把手电筒的光柱拉低,悄悄来到那三间石头屋子前面,见门上落着锁,当时也没太往心里去,以为老炮台下山跟儿子去团聚了,可又一想就觉得有些不对了。老炮台轻易不下山,平时都是儿子上来看他。况且,刚过了中秋节,老迟那天亲眼看到,韩今生破例带着老婆孩子,还有一大堆东西来跟老炮台团圆,现在怎么又会突然下山?他看了看手机上显示的时间,都凌晨两点多了,犹豫了一下,最终还是拨通了禹奕泽的电话。

禹奕泽这天晚上失眠了,原因跟以往不同,今天晚上他是由于兴奋而无法入睡,因为一个新的小生命已经在来的路上了。

下午的时候似乎已有了某种征兆,禹奕泽本来下班就晚了,摩托车却又添乱，怎么也发动不起来了，只好让人把他捎到了公交车站。已过了下班时间，再加上不是热门线路，公交车上还不是太拥挤，居然还找到了一处靠窗的座位。到了下一站，有几个乘客下车了，车厢里更空了，随后有位老太太领着一个三四岁的孩子走了上来，小家伙长得虎头虎脑的，还特别任性，非要抢过奶奶手里的公交卡来自己刷，但由于个子太矮，又够不到刷卡器，努力了两次都没成功，幸亏司机还有些耐心，对着站在进门踏板上的奶奶说："你抱他一下。他不就够着了。"奶奶这才笑嘻嘻地把孙子抱起来。嘀地响了一声，小男孩嘎嘎地笑了，从奶奶怀抱里挣脱下来，歪歪扭扭地往车厢里跑。

小男孩步子跨得很大，下脚又重，小身子一脚深一脚浅地摇晃着前行，砸得车厢底板发出咚咚的声响。禹奕泽看着恣意跑动着的孩子，眼泪就下来了，他想到了自己的儿子，健健跑起来也是这个样子，几乎跟眼前的小男孩一模一样。可是眼前的孩子不是健健。

回到家，本以为鹿小希已经吃过了，自己用方便面糊弄一下，没想到，茶几上居然摆着四菜一汤，旁边还放着一瓶葡萄酒，再看那菜，有清蒸鲈鱼，还有鱼香肉丝。禹奕泽感到非常意外，再看鹿小希，正坐在茶几前用餐巾纸不停地擦拭眼前的玻璃杯，目光却并没有在杯子上，也不在刚刚进门的禹奕泽身上，只是对着那几盘菜看发呆。

禹奕泽心里骤然紧张起来，赶忙问："这是怎么了？"鹿小希这才收回目光，对着禹奕泽笑了笑说："没怎么，赶紧坐下来吃饭吧。"禹奕泽心里仍然有些忐忑，感到鹿小希的笑容也跟以往不同，赶紧去卫生间洗手。在茶几前惴惴不安地坐了下来。禹奕泽面前的杯子里已被鹿小希倒满了红酒，鹿小希自己杯子里却是一杯还冒着热气的白开水。

禹奕泽心里并没有放松下来，又问了句："到底发生了什么？"鹿小希抬起头，认真看了禹奕泽一眼，然后说："我想选个日子安葬健健。"禹奕泽更加感到了诧异，变化来得太突然了，随口问道："为什么？"鹿小希回答说："因为我怀孕了。他也应该放心地走了。"禹奕泽不敢相信自己的耳朵，随即问道："你说什么？"鹿小希再次认真地说道："我怀孕了。我的健健应该可以放心地走了。"说着眼泪已滑过消瘦的面颊，滴落在面前的纸巾上。

禹奕泽惊呆了，他内心虽然已有多年的期盼，可当这一切猝然而至的时候，他突然有些承受不住了。他竭力抑制着自己，起身来到阳台。禹奕泽眼睛里含着泪光，眼前的所有都变得无比亲切，楼前那棵法国梧桐在日暮的幽暗中焕发着从未有过的生机。狭窄的楼道口在朦胧中氤氲着热烈的生活气息。那只白猫正趴在自己的窝里眯着眼睛假寐，自那夜之后，白猫才把这里真正当成了自己的家。此时，白猫那眯着眼睛的样子在禹奕泽眼中变得如此憨态可掬。他忽然冲到边上，俯下身来，伸手把白猫抱了起来，对着那毛茸茸的面部不管不顾地亲了起来。白猫似乎受到了惊吓，一边往外挣脱着，一边发出喵喵的叫声，很快就从禹奕泽身上滑下来，从阳台上逃离了出去。

晚上，他们相拥而卧，说了很多话也流了很多泪，但这泪水已不同于往日，更多的是幸福与感动。鹿小希上午去医院得到的确证，几乎一整天都沉浸在兴奋中，现在她的确有些累了，到了后半夜，她的眼皮渐渐沉重起来，很快就发出了轻微的鼾声。禹奕泽却还无法从这巨大的惊喜中剥离出来，睁着眼睛安享在自己的思绪中，他想，又有了一次做父亲的机会，这是上天对他的厚爱，他一定不要辜负了命运的这番苦心。正这样盘算着，手机却骤然响起，禹奕泽条件反射般弹了起来，懵懂中发现了目标，抓在手里就摁了拒绝接听键。

禹奕泽晚上不敢关机，但又怕吵到睡在旁边的鹿小希，一般会把手机打到静音上。可唯独这天晚上，被那个激动人心的消息所击倒，临躺倒前忘了设置。禹奕泽扭头看了看旁边的鹿小希，还好，她似乎没受到惊扰。禹奕泽放下心来，拿着手机，穿着短裤，趿拉上拖鞋，蹑手蹑脚地走出卧室，来到自己原来那个房间，关上房门才把电话回拨了过去。

老迟也意识到了什么，在电话里也不敢大声说话，悄声说老炮台不见了。禹奕泽当时就一个激灵，正在值班的老迟半夜打这个电话，肯定是已意识到了问题的严重性，但此时他内心还残存着一线希望，让老迟不要太过担心，让他先在附近找找，也许是晚上出去转悠迷了路。挂了老迟的电话，禹奕泽开始给老炮台打，连续拨通了几次，都是处于无人接听状态，他想到了那天在长岭跟老炮台辞行的情景，心里的感觉越来越不好，手颤抖着又给韩今生打。韩今生还正在睡梦中，迷迷糊糊地问谁，待听清了是禹奕泽的声音，也骤然紧张了起来。

禹奕泽到达长岭的时候，老迟已经去了下面的山沟，禹奕泽让老迟回来，说老炮台是不会在自己近处迷路的。老迟上来不久，韩今生也赶了过来，哭丧着脸，一副欲哭无泪的样子。禹奕泽安慰道："先别这样好不好，大舅这人你还不知道吗？在这山里这么多年了，什么样的事情没遇到过？不会有什么事的。"尽管嘴上这样说，心里也是在打鼓。韩今生说："就是因为他对这山熟，才不会轻易失踪，我这一路上都在给他打电话，一开始是处于无人接听状态，现在就打不通了，说明电话一直都在他身上，他却没有反应，应该是被我们打没电了。"禹奕泽心里那个预感越来越明显，但表面上还得强撑着稳住阵脚，他知道，此时他不能乱。

韩今生说："我看还是赶紧报警吧。"

刚刚在上山的路上，禹奕泽也想过报警，但来到这山上他很快就否定了这种想法，他想老炮台是个安静的人，是不喜欢这么兴师动众的。再说，警方对失踪人员的界定是有时间限制的，仅仅是一个晚上没回来，也不能认定为失踪。

禹奕泽看着韩今生那苦哈哈的样子，也感到他心中肯定有了某种不好的感觉。一直闷头不语的老迟说："看这个样子，他应该是下午就出去了。不如先把门打开，看看他离开的时候都带了些什么，他一般要走远就会去宰牛沟，会带着那些登山用的东西，如果是在近处转悠，就只会带着镢头。"这话猛然提醒了禹奕泽和韩今生。

韩今生赶紧去旁边棚子里去看镢头在不在。禹奕泽和老迟摸黑捡了块石头对着锁头就砸了下去。锁头本是最为简易的那种，在很多时候老炮台出门根本就不会挂锁，只是后来开始续写《泰山志》，才有了锁门的习惯。

石屋子的门很快被打开了，这时韩今生也在棚子里找到了镢头，赶紧跑过来跟禹奕泽和老迟一起进了屋子。屋子里的茶台，角落里一应生活用具，都静静地陈列着，拉开中间的帘子，床上的被褥叠得整整齐齐，靠着床的书桌也显然收拾过了，厚厚的一摞书稿已堆积得有半人多高，搭在书桌下面的柜子上。床头正对着还有两个书橱，书橱是老式的，里面大多是韩尚信留下来的那些古籍和有关资料，中间是四个抽屉，下面都带着扇门。老炮台一般会把那些登山用的物件放在下面的空间里。禹奕泽打开扇门，看到里面空了，就说："这一定是去了宰牛沟。"

当禹奕泽他们一行三人到达宰牛沟的时候，天已经蒙蒙亮了，灰白色的雾气遮住了天空，雾气笼罩着的天空上连一片云彩都没有，只有东方山脉顶上，在太阳升起之前，出现了些闪着微弱光芒的小云片。空气中弥漫着破晓时的寒气，秋日的草木上已掩盖了亮闪闪的露水。早起的山雀，在那半明半暗的云空中高啭着歌喉。在那遥远的天际，终于有一颗巨大的、最后的星辰显露了出来，向下凝视着，犹如一只孤寂的眼睛。

雨季刚过，宰牛沟底部还淌着淙淙的流水。在中间狭沟边沿，有一块岩石高高地隆起，上面长着矮树，变得毛茸茸的，岩石脚下被过往不久的山洪冲坏，整个看起来就像一只巨大的乌龟横卧于水面，又像一座拱桥，从底下可以望见亮闪闪的流水。老炮台仰面躺在这石头上，身上还打着安全带，似乎是睡着了，安静得一动也不动，身体上面还遮盖着鲜嫩的树枝与灿烂的花朵。

尽管没人知道老炮台为什么以这种方式停留在了这里，但还是有些蛛丝马迹是可以追寻的。隆起岩石的位置错对着那棵长在崖壁上的树中树，在旁边很快就又发现了老炮台随身带着的旅行包，包里是那些专业的攀岩设备，再联想到老炮台身上的安全带，他似乎应该是从岩壁上摔下来的。

可让人感到奇怪的是馒头也躺在了老炮台旁边，黑褐色的眼珠儿睁得滴溜圆，脑袋血淋淋的，显然是遭受了暴力打击，身上的骨头像被抽空了，但仍然保持了一种斜立着的姿态，整个身体横卧着堆砌在老炮台脚下，似乎在为它的主人站最后一班岗。

这时，天已放了亮，还飘着淡淡的白雾，细小的云片在清丽的阳光下泛着蓝白色的浪花。宰牛沟上面的岩壁清晰可见，那棵奇特的树中树依然怒放在正上方。但下面的溪水旁边杂沓着纷乱的脚印，还撒落了一些已经微微发黄的叶子，另外有一些翠绿的松枝胡乱堆积着。

韩今生已经哀伤得瘫软在了父亲身体上，整个肺部似乎是被巨大的痛苦阻塞住了，已发不出任何悲声，只任眼泪大颗大颗地滴落着。禹奕泽也下意识地跪在了老炮台旁边，流着泪喃喃地自语，没人知道他此时在对老炮台要说什么，包括他自己。

老迟强忍着心中悲伤，攀着老炮台打好的膨胀钉往上。看到护山棘的根部已受到损害，还有一个没从岩石缝隙里拔出来的钻头，周围的石壁也被人砸过了。那棵从中间劈开的松树，右边J字形的树干已被锯断了半边。看到这幅景象，老迟心里突然明白了，一定是有人想来挖走这护山棘，被老炮台恰巧赶上，老炮台应该是为了保护这护山棘而坠崖的。

从岩壁上下来，老迟往左边一走，在一个凹地里又发现了一具尸体。老迟吓了一跳，忙喊禹奕泽过来。

尽管尸体面目已变得有些狰狞，禹奕泽还是很快就认出了韩义。他的身体磕在下面不规则的石块上，乱七八糟地横陈在溪水边上，一只脚伸进了溪水中，脚上的鞋也被冲掉了，裸露的脚丫子被清冽的溪水泡成了惨白的颜色。最让人感到意外的是，韩义的上半身血淋淋的，胸膛被豁开了，边缘的血肉跟上衣襟混杂在了一起，已分不清是什么颜色了。

韩冬瓜也很快上来了，看到自己儿子的惨状，立刻就晕倒了。醒过来后就跪在了那块巨石下面，对着躺在上面的老炮台直磕头，额头一次次触碰着下面的石头，鲜血如涌动着的红漆不住地往下滴落。

禹奕泽赶紧流着泪上前按住了这个可怜的老人，韩冬瓜挣扎着扬起了脸，上面已经布满了血污，痛苦地哀号着："我对不起我这个兄弟！是我把这个讨债鬼藏在这边山洞里的，谁知道他又出来作乱。老四兄弟！我对不住你呀！……"说着就又要挣歪着把头往下磕。

随后赶来的警察对现场进行了认真的勘察，在老炮台的后脑发现了被摔的伤痕。在韩义的后肩膀以及前胸的位置都发现被利爪抓过的痕迹，尤其那被豁开的前胸、脖颈下面的位置还有几个被利爪戳进去的血洞。在现场还发现了几根鹰隼留下的羽毛。警察由此推断：老炮台是从岩壁上掉下来，后脑撞击到了石头上，因而导致的死亡，而韩义则很可能是被老鹰从上面抓下来的。

可馒头遭遇到了什么就无从推测了，馒头显然是跟着来保护老炮台的，应该是被人用重物击打致死，难道韩义还有一个同伙？警察捋着韩义往上的小道仔细搜寻，很快就又找到了另外一具尸体，这是个年轻人，尸体跟韩义陈列着的状态差不多，胸膛也是被利爪撕开的，胸膛上大块的刺青图案被撕裂开，跟外溢的内脏形成鲜明的伤疤。警察推断，这应该是韩义的同伙，他也许蹲守在下面的某处，应该是他杀死了馒头，然后他又丧命在老鹰的利爪之下。

面对着警察的询问，韩冬瓜也说了实话，原来自从单涛出事之后，韩义就一直被韩冬瓜藏在了附近的山洞中，韩冬瓜借上山找药的机会定时来送给养，原本指望韩义经过一段时间的反思能有悔过的表现，谁知他竟然又打起了那棵护山棘的主意。老迟刚才的推断应该是正确的，韩义联系了同伙上来挖护山棘，被老炮台撞见，两人在石壁上拉扯，最后导致老炮台落崖而亡，至于那只老鹰是怎么赶过来，又为什么给韩义开膛，就不得而知了。

在如何料理老炮台的身后事上，韩今生跟禹奕泽商量，说自己从心里不想让父亲的尸骨无存。禹奕泽还不知道老炮台已留下了这样的遗愿，就问大舅当时是怎么说的。韩今生说，就是前几天的中秋之夜，老炮台提前给他通知，让他一定带着老婆孩子上来，说自己想孙子了。

那天晚上，老炮台看起来还很高兴，破例喝了两大杯葡萄酒。一家人一开始还高高兴兴地聊家常，说着说着，老炮台就聊到了生死上来了，说自己头天晚上又做了一个梦，梦到坐在了那只老鹰身上，被它高高地带到了空中，忽然又掉落了下来。说自己也许到了该走的时候了。韩今生当时不愿意父亲说这个，说你现在身体壮实得很，到那一步不是还早吗？老炮台却说，人的生命是由不得你自己的，来的时候说了不算，走的时候也说了不算，我先说下也没什么不好，省得到时候你们再不知道该怎么办。并说自己早就对生死看得很开了，过去的人说，人年五十不称夭寿。我今年都六十好几了，老天要真让我回去谁也没办法，只是你爷爷留下的任务还没有完成，但这也不是什么大的遗憾，当初你爷爷也没有留下遗言说一定要我完成，我只是机缘巧合地把它拾了起来，我现在且把我自己写完的书稿留下，下一步会怎么样还是看机缘吧。现在，在我心里，生和死仅仅限于字形的区别，其意义对于我来说几乎是一个意思，死不是生的对立面，而是作为生的一部分永存，若不是这样，怎么会有向死而生的说法呢？假如有一天我不在目下这个尘世了，并不是彻底消失了，而是换了一个地方去生活，在那个地方也能看得到这山林，也能听得到这水声，旁边也应该有一根倒塌多年的枯树根。我把身子靠上，休息或者饮茶。我庆幸自己当年的选择，重新回到这山上，把自己找了回来，让我的灵魂再次与这大山融在了一起。我将会永远感受到这大山的气息，它给了我三次生命，这已足够多了，所以在这大山里我始终心怀感激，感到自己是个特别幸运的人。老炮台说着起身去把一张银行卡取出来，交给韩今生说，里面的钱不仅有当初回山的时候带过来的，还有他这些年的积蓄，本来是想给儿子留个后路，现在看韩今生种茶事业发展得很好，建议把里面的钱用在对这座大山的回馈上，这也是他一直以来的最大心愿。

说到后来，老炮台越来越郑重，嘱咐儿子，万一自己哪天不在了，一定不要保留他的尸骨，找个合适的地方把自己的骨灰撒下即可，最好是在这大山上，因为这是他的来处也应该成为他的归处。

韩今生把老炮台在中秋之夜的嘱咐转述完了，流着泪说："我不想按他说的那样做，他不是想留在这大山里吗？我想在附近墓园里买块墓地安葬，这样也能逢年过节地过去看看他。"

禹奕泽没料到老炮台早就有了这么明确的预感，把自己身后事都对儿子做了安排，心里感到一阵绞疼，顿了一下，才说："我的意见还是按大舅之前的意思办。他既然这样说出来就是已经考虑好了。大舅那么通透的一个人，早已不在乎这种世俗的形式了，对于他来说，离开我们不是死亡，只是换了一种活法而已，任何仪式都是不需要的。"

韩今生显然被这话打动了，继续流着泪，久久说不出话来，最后长长出了一口气，发着颤音问："只能这样吗？"

禹奕泽肯定地点了点头。

韩今生又掩面痛哭起来。

禹奕泽和韩今生几乎找了一整天，才在中天门上面西溪上游，找到一个可以抛撒老炮台骨灰的去处。这里植被繁茂，山石挺立，一脉细流从两块巨石形成的小谷中流出来，落在一块天然岩石的峭壁上，发出清脆悦耳的声音，当它溅落在石块上的时候，远远望去，仿佛是一大摊水银，受了一种奇妙的压力，变成了细细的水花。溪水往下，敏捷地穿过一条铺满了白沙的小沟，汇入西溪，然后再顺着西南方向往下流，到达黑龙潭瀑布的断层，漫过悬崖边上的那道白色的石筋，这石筋便是著名的"阴阳界"了。

禹奕泽相信，老炮台的灵魂早就飞升了，其骨灰不过是一种附着物罢了，随着这清冽的流水沉到下界，也只不过是一个简单的过场。

送走老炮台的当天晚上，禹奕泽心情非常低落，好在鹿小希自从怀孕之后一直在家，虽然有些反应但感觉并不严重，所以，在家也能做做饭拾掇着干些家务，家里比过去整洁多了，也温馨多了。鹿小希理解禹奕泽此时的心情，知道这么多年来，禹奕泽在内心一直把老炮台当成自己的父亲，乍一离开怎么能受得了。她悄无声息地做好了晚饭。禹奕泽本没有食欲，但不忍拂了鹿小希的好意，还是打起精神来坐在了茶几前。默默把饭吃完，禹奕泽走了出来，他不想再待在家里破坏鹿小希的情绪。

来到公园一隅，他一个人找了个角落坐了一会儿，又发了一阵子呆，突然很想找个人来聊聊。在微信好友中翻了好几个来回也没找到合适的人选。后来，禹奕泽打给奕慧，在确定母亲不在她身边之后，把老炮台的事情讲了。奕慧感到非常意外，也很震惊，老半天没动静，过了好大一会儿才传出轻微的抽泣声。禹奕泽心里烦躁，后悔不该把这个悲伤的消息告诉奕慧，安慰了几句就把电话挂了。

奕慧已于今年年初与丈夫正式离婚，那个曾经坚持丁克的外科医生，在一次酒后与一个一直仰慕他的年轻护士出轨，不想小护士有了身孕，在即将到来的鲜活小生命面前，外科医生彻底溃败了，几乎没有纠结，也把当初的誓言抛在了脑后，净身出户地离开了奕慧。

禹奕泽在公园长椅上独自枯坐了一会儿，刚想起身离开，奕慧把电话又打过来了，情绪比刚才稳定了许多，说自己也正想找禹奕泽商量，她不想在这家医院待了。她曾经的一个病人是一家生物制药公司的老总，现在重点做保健品生意，想邀请她加入。可她却想调回老家，妈妈也年龄大了，自己的亲人都在那边，这边已了无牵挂。她联系了几家医院，其中省城的一家三甲医院非常希望她能加入，问禹奕泽她该怎么办。

这样的选择题对禹奕泽来说，几乎没有悬念，于公于私禹奕泽都希望姐姐能回来，省城的三甲医院显然比那家生物制药公司更靠谱，一个离了婚的单身女人显然更适合返回家乡。禹奕泽说了自己的建议，奕慧却在那边还有些犹豫，说生物制药公司的那位老总要给她七位数字的年薪。禹奕泽一听就有些不耐烦了，抢白姐姐道："你要这么多钱干什么？你觉得钱能买来幸福和快乐吗？"奕慧在那边又不吱声了。禹奕泽这时也觉得自己有些过分了，口气随即也柔和了下来，说："你自己再认真考虑下吧，我还是觉得你回来更好一些，妈妈年龄大了，我们也都已上了四十岁，在不惑的年龄里继续有惑也许是常态，但孰轻孰重应该拎得清了，很多东西错过了就再也回不来了。"

第二次挂断了奕慧的电话，禹奕泽心情更糟了。此时，他反而不想回家了。重新打开手机，开始浏览有关信息。泰山柱子的头像仍然是黑白色，这是在得知老炮台出事当天变更的。前两天在老炮台的遗体告别仪式上，诺亚捧着一大束鲜花第一个到场，一见到禹奕泽就扑过来紧紧抱住了他，一句话都没有，只任眼泪顺着脸颊往下流淌，把禹奕泽的肩膀都濡湿了。这个优秀的文化传播者，面对悲伤时反而不会用语言来表达了。

他的抖音账号也有一段时间没更新了，最近一次内容更新是跟禹奕泽同时看到的泰山宝光，只不过视角不一样，诺亚是在泰山极顶上展示，更开阔辽远了一些，景观也更为壮丽。解说也很到位，不仅呈现了一场完美的视觉盛宴，还掺杂了自己的理解和思考，介入性很强。

有些话语给禹奕泽留下了至为深刻的印象，在描绘了泰山宝光的奇异之处后，诺亚随即说道，天空有斑斓，光中有宝像。极易让人惊异于神灵显现！大山之上，缥缈之间，能沐七彩、睹神影，定然是际遇之福、生命之幸！

随后，诺亚对泰山宝光的形成原因做了科学的说明。在视频结尾的时候，诺亚总结道：科学与人文，事物之两面。有时，人"看得清"有助于"想得透"，但也有许多时候，"想得透"无须一定要"看得清"。面对纷繁喧嚣的世界，有时过于清晰明确的认知或许并不能直抵心灵。留一份对未知世界的敬畏与畅想，或许会给心灵留下一份余地、一种自由、一个空间。所谓宝光，其实是在映照每个人的心灵！

短短四分多钟的视频，融观赏性、知识性、哲思性于一体，再加上表达得自然流畅，又有现场感，泰山柱子的魅力也就不言而喻了，难怪会有这么强大的吸粉能力！诺亚现在已成了名副其实的网红，每一款小视频出来都会有十几万的浏览量。

再往下一划，就看到了肖立栓刚刚发出来的一条动态信息。

肖立栓的母亲已于去年年底去世，他从上海送母亲回来的时候被一位大师兄硬留在了悦城，这位师兄原本是悦城市公路局的一位科长，二十世纪九十年代下海经商，很快就积累起了大量财富，近年来由纯粹的工程公司开始涉足医疗康养事业，在悦城建起了首家私人养老机构，一下子就把公司的知名度扬了起来。师兄是宫教授的学生，是宫教授向师兄推荐了肖立栓。

信息的题目是：紫气东来，依山康养——东悦山居文旅综合体项目正式启动。一开始禹奕泽并没有太在意，还以为肖立栓的那位富豪师兄是为了房地产开发而搞噱头，仔细一看，立刻就有了兴趣。根据上面的介绍，东悦山居应该不是个地产项目，是为了响应国家乡村振兴规划，依托大泰山旅游圈的文化优势和东部周围山村的资源优势，项目涉及上土门村、小梭庄村、谷石峪村、东沟村、黄石崖村等七八个自然村，打造"景点＋娱乐＋康养＋文化休闲＋农业观光"的景区互补性全国顶级乡村旅游智慧综合体模式。项目坚持原生态开发，充分利用当地自然资源和人文优势，开发特色旅游产品和旅游项目，与周边项目"共享、错位、互补"，打造一个乡村文化休闲体验目的地；依托泰山景区的旅游优势，完善乡村游配套设施，打造以乡村体验、娱乐康养、亲子乐园为重点，泰山民俗展示和泰山文化为亮点的山谷型旅游度假区。

　　文字中提到的几个村就在泰山东部，围绕在碧峰管理区周围，像上土门村和小梭庄村几乎跟泰山祥瑞苑连在了一起。禹奕泽盯着这条信息看了好久，一个大胆的想法渐渐从脑海中冒了出来。将要开发的东悦山居跟泰山祥瑞苑靠得这么近，这应该是天定的缘分，泰山祥瑞苑那几十栋未完成的别墅完全可以融合进去，可以变成民俗小镇或者是康养之城，让那些国内外的知名文化人和对泰山发展做出贡献的老林业人，定期前来康养休闲，也可以跟社会上的有关机构合作，进行市场化运作。这样就把整个泰山东部都盘活了，不仅能进一步提高泰山五岳独尊的地位，还为这座东方的神山圣山继续树立起一座座不朽的丰碑。

　　信息还配发了几张图片，禹奕泽在图片里找到了肖立栓的影像，位于主席台的末席，核心位置是市里有关方面领导。很显然，肖立栓能坐上这个位置，应该与这个项目有着直接关系，说不定就是这个项目的推动者。以肖立栓的能力，加上那位师兄的器重，他完全应该能把控这个项目。意识到这一点，禹奕泽立时激动起来，整个身体也微微地抖动，他在通信录里小心地搜寻到了肖立栓的电话号码，对着那个名字认真地盯视着，然后果断地摁了下去。

　　这个晚上没有月亮，清澈的夜晚像黑丝绒衣服一样裹挟着公园里的树木，树枝上的叶子已经开始变稀，望上去就像老鹰翅翼上完全展开的羽毛，在这静止而温暖的夜里一点也不动。禹奕泽把手机放在胸前，屏幕上跃动的那十一个数字，就成了这暗夜中最耀眼的亮光。

第二十五章

　　跟肖立栓通话的第二天下午，禹奕泽在泰山祥瑞苑大门口见到了肖立栓。这是禹奕泽特意选定的地方，他想让肖立栓先感受一下现场，再把自己之前的想法拿出来跟肖立栓沟通。为此，他已提前让人把那个朝东的大门打开了，泰山祥瑞苑目前权属问题比较模糊，占着碧峰管理区的林地，地上的建筑物却是中天纬路兴建的，而资金的大部分却来自悦城银行。既然没有个正头香主，贸然打开也就不存在侵犯私人领地的嫌疑了。

　　五六年的时间过去了，肖立栓的变化很大，看上去高大了许多，也壮硕了不少，原本的尖下巴正在往外扩散，已有了向方形转换的迹象。在禹奕泽过去印象中，肖立栓像一株正在灌浆的麦穗，依附着的麦芒刚刚冒出来，内敛而挺拔地向上生长，还带有些许的青涩，而现在，一见之下，眼前的肖立栓已然成熟了起来，变得饱满而自信，那飘摇着的麦芒在向四下里乍开，传递着将要收获的喜悦。

　　禹奕泽带着肖立栓从东门进入，越过那棵大槐树的时候，肖立栓看到那依然繁茂着的巨大伞盖惊叹不已，说这不但是泰山的造化也是大自然的造化，又对当年那个涂老板的决定肃然起敬。沿着北向绕着前行，一路上，禹奕泽向肖立栓介绍完了老槐树，又简要说明当初祥瑞苑是如何落地的。肖立栓边走边听，不时还扭头认真地看向禹奕泽，基本不插话。

禹奕泽也是在项目搁置之后第一次进来，真正进到里面，才感到祥瑞苑没有在外面感受到的那么大，往北也就二三百米就到了尽头，然后沿着坡度往上西行，越往上那些别墅越是缺乏完善，有些才刚刚把主墙垒起来，前面几栋也就刚挖了一米多深的地基，而最上面的那一大块地方更是潦草，只有挖掘机留下的几个浅坑，浅坑下面的岩石裸露着，跟泥土混杂在一起，又被一些早已枯死的灌木所遮盖，显得极为凌乱，真正完成主体建筑的也就二十多栋。这个季节的杂草已有了衰败迹象，恹恹的，一副半死不活的样子，倒是让那粗俗而细长的荨麻拔了头筹，它们毫无节制地往上生长着，蛮横地在院子中那些残垣断壁上寻找着生存空间。只有那些保留下来的老树，枝蔓仍然婆娑着，给这个混乱的场景增添了一丝生机。

一圈转下来，回到办公室，禹奕泽想先听听肖立栓的意见，便问道："肖总，这一圈走下来，观感如何？"

肖立栓现在的正式身份是悦山颐博康养文化有限公司副总经理，是正儿八经的肖总，但两人毕竟算得上是很熟悉的故人，在办公室里关起门来，禹奕泽称呼他肖总，本有些戏谑的意思，以为肖立栓会客套一番，可肖立栓却没有反应，目光从一进屋就盯着墙上的地图看。禹奕泽并没有产生不快，内心反而有了某种庆幸。肖立栓在上海摔打了这几年，行起事来简洁而通达，跟当地人的作风有了很大不同。昨天晚上一通电话，禹奕泽就有了明显感觉。肖立栓一听禹奕泽邀请他来看个项目，约定好时间地点之后，没有过多寒暄，第二天就准时出现了。

墙上是两张防火专用地图，靠近肖立栓坐着的位置，一张是碧峰管理区防火道路交通网络图，一张是碧峰管理区护林员定位图。看了一阵子，肖立栓站起来指着靠近地图中心的一个位置说："这里就是咱们刚刚过来的那个地方吧，正好在泰山东麓的一条生态带上。"

禹奕泽有些不明就里，心想还是不再绕圈子了，就直接说道："今天请肖总来就是想探讨如何把这些烂尾楼利用起来的问题，从昨天晚上看到你发的朋友圈消息后我就一直在琢磨。你们公司那边不是正开发东悦山居项目吗？这个项目离这边也就是一公里左右。我看你们这种模式很好，也不是个地产项目，咱们能不能联合一下，你们把这个项目扩展到碧峰这边？刚才在路上我也给你讲了，现在这些烂尾楼不但是碧峰这边的麻烦，也成了管委领导的一块心病，如果经你们改造后利用起来，变成一个文旅康养项目，不但解除了后患，变废为宝，还可以在泰山东麓这一带树立一个弘扬泰山文化，振兴乡村经济的标杆，对你们公司发展也是一个很好的促进。我觉得这是一个对各方都有利的好事，因此才特意把你邀请过来商量。"

肖立栓重新坐下，看了看禹奕泽说："正如您所说，东悦山居项目确实不是个地产项目，现在房地产已经进入低迷期了，做这个项目也是我们公司的一次战略转移。别忘了，我们是一家民营企业，企业的核心目的是要赚取利润。说起来，我们做这个项目还是为了赚钱，目前我们国家六十岁以上的老人达到了两亿多，已接近总人口的20%。您看到的那个'景点+娱乐+康养+文化休闲+农业观光'没错，各项工作也正在按照这种方式有序展开，但前两项'景点+娱乐'和后两项'文化休闲+农业观光'都是为了康养这个中心服务的，说得直白一点，我们就是要做一家在悦城最高端的养老院。之所以选定这个位置也是我们公司高层反复论证的结果，首先是要借泰山风景文化之势，其次是顺应国家发展大势，国家现在对这样的项目都有政策扶持，最后还考虑到交通优势。您还不知道吧？这边马上要修一条直通省城的高速，通车之后，据说会成为最美高速，到省城也就是一个小时的车程，康养中心建成后，省城那些老人过来也非常方便。我们老总原来在公路局任职，这方面信息自然掌握得领先一些。"

听了肖立栓这番话，禹奕泽内心隐隐有了些失望。肖立栓似乎没顾及禹奕泽情绪上的变化，接着往下说："站在我们的利益上，我们要重新改造这些烂尾楼还不如新建一处划算。而且我刚才从地图上看到，这些烂尾楼正好在泰山最东边这条生态带上，本身就是违建，再利用起来对生态发展也不利。"

"可是要拆除就会造成二次伤害,很多伤害可能还是不可逆的。"禹奕泽抢过话头来说。

肖立栓说:"我觉得,因为这些烂尾当初定位是别墅,地基没有高层建筑挖得那样深,也不是用水泥和钢筋浇筑的大框架结构,像这样的伤害还是可逆的,维护好了,三五年就能恢复。变成康养中心才是不可逆的,毕竟有人在这里生活,会不断产生生活垃圾,不断造成污染。"顿了一下,肖立栓又说,"现在对违章建筑的处理都是通过卫星传输回来的照片,卫星在天上把地球上的角角落落都看得清清楚楚,而且每隔十八天就会巡查一遍,像在泰山下面这么大一片地方根本就藏不住,我们公司绝不会把资金投在这样一个不确定的烂尾上。"

肖立栓最后这段话就等于给这次谈话画上了句号。禹奕泽又何尝不知道现在查出违章建筑都是通过卫片,这些烂尾楼早已被卫片拍到了,才成了一块显现出来的伤疤,引起了上面的重视,原本禹奕泽想先找到接盘侠,然后再向吴荣明和丁书记汇报,让领导想办法变更林地性质,给黑户上上户口,让它以正式公民的身份堂堂正正地行于人间,没想到,经过肖立栓这么一分析,它连存在的可能性都没有了。

禹奕泽内心渐渐产生了一种挫败感,对眼前的肖立栓也更加刮目相看了。

把肖立栓送出来,就看到从外面的大路上直直开上来一辆黑色奥迪,禹奕泽认得那是韩今生的车,知道韩今生这个时候过来一定是找他有事,就站在院子里默默地等候。

韩今生的状态看起来很不好,面色萎黄而没有光泽,头发乱蓬蓬的,还有一丛从耳朵上乍了出来,像刚从麦秸垛里钻出来一般,颔下的胡子应该是好几天没刮了,粗粗的胡楂肆意遍布着,把脸上的皮肤遮掩去了一大半,整个面孔看起来半明半暗的。

禹奕泽把韩今生让到自己办公室,韩今生坐在禹奕泽面前的椅子上老半天没说话,眼泪从干涩的眼角里渐渐泛了出来,禹奕泽心里一阵酸楚,想劝慰一下,但又找不到合适的话语。禹奕泽经历过人间至痛,他知道此时对韩今生来说,任何语言都是苍白的,更何况,那也是他的亲人啊！

眼泪已滴到了韩今生的嘴角，禹奕泽从桌子上抽出纸巾递过去，韩今生没有接，抬手擦了一把，从口袋里掏出来了一张银行卡，放在桌面上，看着禹奕泽哽咽地说："这是爸爸留给我的卡，我今天下午换衣服的时候才从口袋里找出来，拿到财务上刷了一下，里面居然有四百多万。"

禹奕泽也感到了意外，光听韩今生说老炮台在中秋之夜交给他一张卡，他本来以为，这些年来，老炮台仗义疏财，不但帮助老迟媳妇换了个肾，平时哪个工友家里遇到难处也少不了他的支援，应该不会存有多少钱了。又一想，这也并不奇怪，老炮台回到山上的时候，既然想到给自己的儿子留个后手，带出来的就不会少，再加上他这么多年的工资，还有他那些木雕制品，尽管没有对外吆喝，但酒香不怕巷子深，不断有喜欢收藏的人士找上来买走，他本身在山上又过着自给自足的生活，吃穿都花不了几个钱，这么多年积攒下来，四百多万也并非不可想象。

韩今生哀伤地说："大哥，你不知道现在我心里有多难受！我心疼他啊！我每次带上来的海参和虫草他都让我原封不动地带回去，几乎一分钱都舍不得花在自己身上，却留下了这么一大笔钱，你说他这一辈子图什么呢？"说着再也忍受不住了，趴在桌面上痛哭起来。

禹奕泽的眼泪也流了下来，自老炮台离去之后，为了有孕在身的鹿小希，为了碧峰的正常运转，他也是压着内心的悲伤在硬撑。这么多年来，老炮台不但是他生活和工作上的导师，更成为他精神上的依托，老炮台的骤然离去仿佛也把他给掏空了。今天早上，他一上班，站在碧峰管理区办公楼前面，就不由自主地朝长岭方向张望了一眼，瞬间之后，他才突然意识到老炮台已永远地离开了，内心不禁一阵凄然，眼泪唰的一下就下来了。他知道今后的道路无论多么艰难都只能自己往下走了，他必须要坚强，要学会独自面对。意识到这一点，他伸手拍着韩今生的肩膀说："大舅肯定不希望你这样。我一直觉得他这一辈子是幸福的，他做成了他想做的事情，过上了自己想过的生活，走得又非常坦然，还有你这么优秀的儿子，他应该没有多少遗憾了，这就应该是他的所图吧。"

韩今生抬起头来，泪眼婆娑地说："可是，我想他呀！没办法不想，一闭上眼睛就感到他正在向我走来。"

禹奕泽用手里的纸巾擦了一把眼泪说："没办法也得想办法，我们都要尽快从悲伤中走出来，我们要学会面对现实，大舅已经离开了，在这个世界上没有不离开的人，唯其如此才彰显出生命的可贵，接下来，我们要好好活下去，不能让大舅失望。"

这样劝了一阵子，韩今生的情绪才有些平复了，盯着刚刚放在桌面上的银行卡说："爸爸把这张卡交给我的时候，说是最好用在回馈这座大山上，这话当时说得非常笼统，因为没想到后来他会走得这么急，也没详细问。我今天过来就是想跟你商量商量这钱该用在什么地方。这段时间，我脑子特别乱，自己想了好久都没理出头绪来。"

此时的禹奕泽同样也感到比较茫然，原本想让那些烫手的山芋搭东悦山居项目的便车，结果被肖立栓三言两语就打发了，后又被韩今生这么悲戚戚地一闹，也随着陷入了一种悲伤的情绪中，整个人都不在状态，但这些又不能对韩今生明说，只好说道："大舅既然想要把这钱用在这大山上，你又没什么异议，咱们首先得慎重，认真做好考察，尽量把这钱花在刀刃上，让它既能产生最大效能，又能实现大舅的遗愿。"

韩今生说："我也是这个意思，你应该对这座大山有着比我更为深厚的感情，也比我更加了解，这事还要仰仗大哥来筹划。该怎么做，到时候你通知我就行。"

禹奕泽说："你我之间就不要客气了，咱们的目标是一致的，都想着怎样更好地实现大舅的这个遗愿。你也要好好琢磨一下，咱们共同把这个事情做好。"

送走了韩今生，禹奕泽看着时间还早，没有再回办公室，而是沿着碧峰通往舒云谷的这条山路走来。正是一年中最为绚烂的季节，路两边的灌木和那些果树散发着浓烈的色彩，金色、紫色以及红色掺杂在依然鲜明的最后绿色里，如斑斓的织锦披满了山坡。

禹奕泽原本只是想出来透透气，疏散一下内心的郁闷，没想到，一走上这条路就由不得他了，脚下的步子好像是被人助推着一般，走得越来越有力，不大一会儿就走到了深处，当他意识到什么的时候，抬头就看到了大水帘工队的板房。禹奕泽迎着西去的阳光看向上面的山坡，山坡上晃动着两位老人的身影，举着长竹竿正往下够柿子的是老何，在下面兜着大襟往下接的是老何的老伴。那棵柿子树因为长在山坡上，最先经历了风雨，在下面柿子树上的柿子还泛着青的时候，它上面的果实已经率先成熟了，也由于这，树上的叶子也几乎落光了，只剩下光秃秃的枝丫上挂满了红彤彤的果实。

老何手里举着的长竹竿过去禹奕泽家里就有，而且还不止一根，大人们管它们叫蚊帐杆子，是因为夏天的时候它可以把蚊帐撑起来，来规避蚊子的叮咬，而对于小孩子来说，这种长竹竿的用途非常广泛，春天的时候可以在上面挂上网子，伸到水潭里去捞鱼，夏天的时候可以在顶端裹上面筋粘知了，到了秋天，用处就更多了，可以用来在枣树下面打枣，在栗子树下往下抡栗子，还可以在最上面拴上钩子往下夹柿子。柿子树耐旱，喜欢长在高处，因此这周围的山坡上几乎到处都能寻到它的身影。小时候，禹奕泽就像眼前的老何那样，带着绑有钩子的长竹竿在这一带往下摘柿子，刚刚摘下来的柿子，当时不能吃，要埋在麦瓮里捂上一段时间，待到捂软了拿出来，里面的果肉早就变成了糖稀，插上吸管往嘴里猛嘬，一口吸进去那是透心的甜。还可以把柿子用线绳挂起来晾在院子里，秋天的太阳透亮，不几天就能把柿子晾干，再用晾干的柿子做成柿饼，到了冬天那就是什么也比不了的美味。

金色的阳光照耀下来，老何和老伴的身影以及柿子树的轮廓越发深沉了，那挂在枝丫上圆溜溜的红果却变得愈加透亮，老何的长竹竿刚刚触摸到一枚红果，熟透了的红果就飘摇着往下坠落，老何老伴兜着的大襟往前一扬，红果瞬间就吞没在了暗影里。在灿灿的光芒里，两位老人那晃动着的身影、挺立着的柿子树，以及红灯笼般的果实组成了一幅完美的图画，它是那么美又是那么和谐！禹奕泽被眼前这幅温馨的画面所征服，他的内心被深深触动了，人间原来到处都不缺乏美妙的图画，缺乏的是发现美的眼睛。

刚才，禹奕泽想沿着这条路一直往前，到长岭那边去看看，而现在，他止住了脚步，并让自己尽量隐身在旁边的树影里，他实在不忍心打破眼前这美好的画卷，看到边上有条若有若无的小路，应该是通往东洼村的，就无限留恋地又看了一眼上面的风景，转身沿着这条小路往下走。

小路的尽头就是这个狭长村落的南北分野，但由于房子随着山势而建，街道弯弯绕绕，每经过几排房子就要绕一个弯道，两边的这些石头房子都已老旧，墙身都是由不规则的花岗岩一垒到顶，经过时光的涤荡，花岗岩的颜色已变成了暖暖的浅黄。石缝由灰白的水泥抹成，随着走向随意而自然，看起来粗枝大叶的，像是墙体上胡乱伸张着的筋脉，却有着水粉画般的美感，街道路面非常干净，通往村头的主路都经过了水泥硬化，中心的空地上还伫立着三个绿色的大垃圾桶。村庄还是那个村庄，却找不到往日的热闹了，禹奕泽从村北走到村南的大路，只看到一个不认识的小孩子手里拿着一盒士力架，从眼前匆匆地跑过。在村头的路口，禹奕泽看到两位老人坐在路边拉呱，尽管已隔膜了这么多年，禹奕泽还是很快就认出了她们，一位是自己姥娘门上的近枝儿，他应该喊妗子姥娘，还有一位是韩五的老母亲，具体怎么称呼搞不清楚，应该也是姥娘辈的。还没等禹奕泽上前打招呼，那位妗子姥娘就率先叫了起来："这是哪里来的 kei（客人）啊？"禹奕泽笑着介绍自己："姥娘，我不是 kei，我也是这个村子里的，我叫禹奕泽，我父亲是禹士民。"但那位妗子姥娘却指了指自己的耳朵说："白搭了，听不见了，老了，八十七了。"又指了指旁边韩五的老母亲，"我妹妹也八十四了，她也听不见了。"她们显然都认不出禹奕泽来了。

尽管两位老人都听不见了，她们却还是在关心着禹奕泽的身份，见禹奕泽看着他们微笑，韩五母亲忽然明白了，说："你是林场的工人吧？"禹奕泽以为她快把自己认出来了，心里一阵高兴，谁知，她接下来说："这边经常有林场的工人过来走动。"禹奕泽点了点头，韩五母亲乐了，得意地说："我说是吧。"妗子姥娘也说："我看着也不是咱庄里的，才问他是哪里来的kei。年轻的都进城了，咱庄里哪还有这样的年轻人啊！"

禹奕泽失落地告别两位老人往回走，身后传来两位老人继续交谈的声音，妗子姥娘在述说今天中午他们家吃的什么菜，好像是大豆腐熬白菜，还放上了肉，还熬的大米饭。韩五母亲却说现在的豆腐不如以前了，吃着不像是豆子做的，一点豆子的香味都没有了……两人老人的耳朵都失灵了，却交流得热火朝天，她们跟自己母亲差不多的年纪，嫁过来的岁月都已超过了半个多世纪，她们的熟悉程度早已胜过了自己的亲姐妹，相互之间也会形成一种独特的交流方式。

那位妗子姥娘是村里的接生婆，还喜欢给人说媒拉纤。禹奕泽记得自己小时候对她非常敬畏，每当在街上遇到她都躲得远远的。她串百家门，迎新生儿，成美好缘，性格豪爽而洒脱，跟男人一样喝酒抽烟，谁家来了kei都想请她去作陪，在东洼村算是出里挡外的人物。韩五的父亲早年是豆腐匠，做出来的豆腐在十里八庄都很有名声，每天只做一簸箕豆腐，韩五母亲就像鲁迅先生笔下的豆腐西施一样，每天蹲在村头卖豆腐，不到半天的时间就会卖完。

由这两位老人，禹奕泽想到了那时候的乡村图景。那时候，这个季节正是东洼村最为热闹的时候，街道看起来没现在规整，却也非常干净，大部分路面由沙石垫成，有些路段干脆裸露着跟泰山连在一起的岩石，沙石是不存水的，雨季来临的时候道路并不显得泥泞。房顶上，院子里，家门前空地都是晒秋的好场所，花生，地瓜干，玉米，豆子，柿子……这些秋天的作物从田野中归来，经过简单加工之后带着浓烈的色彩在村庄的各个角落里流淌，那才叫一个绚丽多姿！这也是他们这些孩子最喜欢的季节，不但可以满足馋嘴的欲望，还凭空多出很多好玩的去处，他们疯跑在这些曲曲弯弯的道路上，随便钻进一个秫秸垛就是一处很好的藏身地，就能害得小伙伴们找上半天。一到饭点，干枯的树枝在灶膛中发出噼里啪啦的声响，黛蓝色的炊烟随即在房顶上如经幡般漫天飞舞，烟笼村庄月笼山，在优美的意境中透着十足的烟火气！

失却了记忆中的村庄，才是禹奕泽此时内心中最大的失落。禹奕泽知道，东洼村不是个例，现在的很多乡村都成了像东洼村这样的空心村，国家因此才提出了乡村振兴的战略。但以东洼村的地理位置是不应成为空心村的，它生长在这座大山的支脉上，又靠近悦城，具有得天独厚的先天优势，但它却偏偏没落了。

老炮台之前显然也在为东洼村的兴盛做着努力，不然就不会动员韩今生回来种茶了。据禹奕泽了解，种茶项目最后之所以没有落地，有两个原因，一个是这边地块不太集中，很难形成连片的规模种植，第二个原因是韩义，韩今生刚开始跟村里接触，韩义就提这条件那条件，都是在围绕着自己的小利益打转转，弄得韩今生心里很不舒服，觉得没法跟这样的村干部合作，就干脆打消了这样的念头。前两年韩义被撸下来后，村里荒了一段时间，镇上的领导为找到一个合适的村主任伤透了脑筋，衡量来衡量去一直没找到合适人选，甚至还想到了让韩今生回来任职，但看他那一大摊子实在是离不开才放弃了，最后经镇组织部门考察后提名，又经过村民代表选举，把韩五选了出来，韩五人倒是忠厚老实，处事也公道，但开拓意识不足，对上面的指示精神只能囫囵吞枣地领会，自打他干上之后，村里高音大喇叭的利用率明显增高。"喂，喂……我说，我说，下面下个通知……"那个哑着嗓子的声音，时不时地通过线路被敞着的喇叭扩出来，受众却是寥寥，村里老人孩子多，老人耳背听不见，而孩子根本不关心这些，偶有一些年轻人回村，也大都戴着耳机玩手机，人为建起来了一道闭塞之路。当然，也不是完全没有听众，有人就笑话说，高音喇叭一响起来，连东洼村的狗都知道汪汪地叫五下。这话虽有些戏谑，却也在某种程度上反映了农村工作喇叭化的现状。

想到北面那些村庄，在东悦山居这项目的带动下很快就会面貌一新，禹奕泽的内心更加悲凉了，说起来，东洼村这边比北面有更大的优势，不但更靠近城区，还处于泰山东麓最上风，不然中天纬路的涂老板也不会在这里开发别墅。有这么好的地利却不能利用起来，这不能不让人感到悲哀！

由东洼村村南绕出来，往前经过东御道就是通往碧峰管理区的大路，禹奕泽走到这里只能走大路了。他迈上往东御道拐的那个山坡时，心里忽然就亮堂了，他想到了老炮台留下的那笔资金和那个最后的愿望，老炮台希望用那笔资金来回馈这座大山，东洼村是老炮台的根，把东洼村建设好了，留住了人气，让这里变得更为宜居，不就是对这座底蕴丰厚大山的最好回馈吗？想到这里，他一边走一边掏出手机来准备给韩今生打电话，可一抬头，在东御道最上端的石崖下面就看到了那辆奥迪，是韩今生的车，原来韩今生跟自己分手后没有回悦风谷，而是沿着东御道开了上来，再往上，车就开不上去了，沿着石崖边上的那些台阶攀上来，就能直接来到长岭的那个巉岩，老炮台原来住的那三间石头房子就矗立在巉岩之上。

禹奕泽气喘吁吁地跑上来，果然看到韩今生正坐在房子中间那个茶台前发呆，茶台上堆着一摞书稿。禹奕泽刚刚闹出的动静也没把他惊醒。禹奕泽喊了一声："今生！"韩今生似乎才回过神来，看到是禹奕泽也没感到意外，很自然地叫了一声："大哥！"又叹了一口气，"这里可真是安静啊，难怪爸爸喜欢待在这山上呢！"顿了一下，又指着眼前的那摞书稿说，"爸爸生前一直在写这部书，今天在回来的路上我突然想起来了，就想上来把这个和那些资料都带回去，这本书没写完也是他的一个未了心愿，不能就这样半途而废了。"

禹奕泽本来也一直想着老炮台这部未完成的著作，想哪天抽时间整理一下，看看自己能不能续写下去，因为过去每次来长岭，老炮台都要跟他谈这部书，他渐渐也融入了这部书稿的部分章节里，觉得真能完成这样一部关于泰山的民间史，也是一件利国利民的大好事。可单凭自己一个人的力量，要完成这样一个大工程并非易事，为此，他早就想到了一个帮手，那就是诺亚。诺亚有着这么深的泰山情结，又在泰山上行走了这么多年，现在又在泰山极顶做直播，几乎就是续写

《泰山志》的不二人选。

眼下，禹奕泽被自己刚才冒出来的想法鼓舞着，暂时还无暇顾及《泰山志》，就对韩今生说："书稿等会我先带回去看看，那些资料在这里放着也丢不了，我已经跟老迟交代过了，他会时常来这里照看一下的。我现在要给你说件大事。"

禹奕泽这么一郑重，韩今生把目光收回来，也挺直了身子。

禹奕泽说："我刚从东洼村下来，在村子里走了一圈，只遇到了一个去门市部买东西的小孩和两个老人，过去都说东洼村已经变成了空心村，没想到会空到这种程度。我想之所以留不住人主要还是因为缺乏吸引力，这个吸引力就是项目和宜居程度，如果能让村里人在这里赚到钱，过上更好的生活，谁还会离乡背井呢？留住本来就生活在这座大山脚下的人，让人类跟这座大山和谐相处，难道不是对这座大山最好的回馈吗？"

说到这里禹奕泽故意停顿了一下，韩今生是个聪明人，自然领会了禹奕泽的意思，不待禹奕泽往下说，就接道："我今天也想到了东洼村，这里是我们的根，它是泰山不可分割的一部分，自然也是爸爸最为挂怀的地方。可是没想好怎么办，你是不是已经有成熟的想法了？"

见韩今生跟自己的想法有了最大的重合点，禹奕泽内心有些兴奋，继续说道："成熟谈不上，就是今天受了点启发，东边那几个村庄不是开始规划建设宜居养老之城吗？他们的重点是建设高标准养老院，我们可以独立注册公司，跟他们连片开发，重点打造民宿这一块，在村子里那些老院落的基础上修旧如新，建设一批高标准的民宿，这里地理位置优越，离高铁站也近，前面可以接收悦城以及外地的游客，后面等那条直通省城的高速修起来，省城的游客也会大量拥入。有了客流量，就有了票子赚，还怕东洼村没人气吗？"

韩今生一听也来了精神，说："这个点选得好，现代人在城市里待烦了，都向往田园牧歌式生活，都想让自己的灵魂休整一下。没有比东洼村做民宿更合适的地方了，交通便利，有山有水，山还不是一般的山，而是五岳独尊的泰山。村民回来了也能带动其他项目的发展，我现在在悦风谷已经让赤鳞鱼下山了，咱们也可以在大直沟水库放养上赤鳞鱼，让过去的皇家贡品也走入寻常百姓家。"

禹奕泽一听更兴奋了，泰山赤鳞鱼是泰山独有的鱼类珍品，对生长环境比较挑剔，既不耐热也不耐寒，只生长在泰山海拔二百七十米到八百米的溪流中，自古就有"赤磷不下麻塔"的说法，麻塔原本是东洼村靠上的一个小村落，在大山深处，二十世纪九十年代就搬迁了下来。大概在两年前，禹奕泽就听老炮台说韩今生通过一系列的科学实验在引导赤鳞鱼下山，当时还觉得有些不可能，因为之前也有人做过这样的尝试，但都没成功，没想到韩今生居然把这事做成了。

韩今生说："今年春天育好的四万尾赤鳞鱼苗通过测试已适应了悦风谷的环境，到目前为止长势良好，悦风谷比大直沟水库的海拔还要低，放养过来应该没问题。关键是要怎么跟下面的民宿结合起来。"

禹奕泽说："这方面你不用担心，咱们有专业人士，而且还来自上海的大公司。"就把肖立栓向韩今生介绍了一番。韩今生是个急性子，一听肖立栓就在悦城，赶紧让禹奕泽联系，当天晚上就要见面。禹奕泽一开始觉得这也有些太急了，他下午刚跟肖立栓见过了，晚上再约也害怕肖立栓有些烦，又一想，让韩今生忙起来也好，免得他老是沉浸在丧父的悲伤中走不出来。

禹奕泽在电话里简单跟肖立栓说了自己的想法，又把韩今生的情况介绍了一下，肖立栓一听就非常感兴趣，说这个路子应该是搔到正台了，并说东悦山居这边的工作刚刚铺开，千头万绪，自己太忙了，一从碧峰那边回来就开会，这会恐怕得开到晚上，差不多一直到九点才能结束。问是不是太晚了。禹奕泽也觉得有些晚，又记挂着鹿小希，眼睛盯着韩今生，想明天再约。韩今生就在旁边，把他们的通话听得真真的，见禹奕泽以征询的目光看向他，就忙不迭地点着头，还悄悄地说："你告诉他可以，不晚，我们可以等。"禹奕泽见韩今生这样，也只好对那边的肖立栓重复道："不晚，我们可以等。"

挂了电话，禹奕泽埋怨韩今生说："你这个性子就是太急，晚上九点还谈事，难道就没有明天了？"韩今生说："当然有明天了，尤其是现在，我更能感受到明天的美好。你想想，人家这位肖老师是我们请来帮忙的都不嫌晚，我们不是更得不能计较个人得失，竭力配合好吗？"禹奕泽觉得韩今生讲的理由虽然有些歪，但也不是没有一点道理，就不再说了。

让禹奕泽和韩今生都想不到的是，肖立栓之所以这么感兴趣，除了觉得在东洼村开发民宿跟东悦山居的发展思路趋于一致之外，还有个更深层次的缘由，这个缘由就是对村民的安置问题。他那边已正式开始运作，首先涉及了一部分搬迁，倒是没有遇到大的障碍，但在怎么安置山民的问题上有些麻烦，本来当地政府也在下面协调好了建设用地，准备盖上几栋安置楼，可有些山民住了一辈子的院子，不愿意住楼，说住在那些钢筋水泥建成的房子里，不接地气，吃不好也睡不好。民生问题一直是政府关注的重点，老百姓不愿意上楼，肯定不能硬来，那位师兄老总正考虑能不能统一找上一块地方，建设一部分带有小庭院的居民房，而这样的操作显然成本会更高，如果东洼村要搞高端民宿，肯定也会遇到安置村民这样的问题，也会遇到不愿意上楼的原住居民，两家若是能联合开发带庭院的居民房，显然会节省不少成本，也便于形成规模，余下的部分还可以正常出售，说不定还能产生一定的效益。基于这种小算盘，再加上一直对禹奕泽充满着感激，肖立栓就想尽力为禹奕泽他们提供帮助，内心也盼望着碧峰这边的项目能尽快落地。

晚上九点多，在悦风谷的茶室里，三人聚在了一起。韩今生利用下午的时间把自己拾掇了一下，不仅洗了澡，专门捯饬了一番头发，还特意换上了一身干净衣服，跟下午比起来简直是判若两人。相比而言，禹奕泽和肖立栓就邋遢了很多，禹奕泽跟韩今生分手后就回了办公室，到下班时间回家又给鹿小希做了饭，自己也扒拉了几口，才走出家门打上车往这边赶。肖立栓开完会就过来了，连晚饭都没来得及吃。

由于有了之前的沟通，大方向已经确立，剩下的就是具体操作的问题了，他们经过商量做出了明确分工，项目由以韩今生为法人的悦风谷文化发展有限公司牵头，跟管委合作，联合开发碧峰旅游度假区，详细的报告和方案以禹奕泽为主，包括向管委领导汇报、居民搬迁安置、上下协调等事宜。韩今生和肖立栓负责前期考察、进一步定位以及规划和设计。两边齐头并进，共同推动，遇到问题再随时协商，争取在元旦前进入正式实施阶段。

禹奕泽和肖立栓离开悦风谷的时候已经十一点多了，那位师兄老总为了留住肖立栓，给他在城东新开发的小区买了一套房子，离禹奕泽住的地方不是太远，禹奕泽搭肖立栓的车往回走基本算是顺路。

乡间的道路再怎么也没有城里的马路宽阔，还没有路灯，肖立栓开得比较慢。禹奕泽坐在后面的座位上，悄悄打开车窗，在这弯曲的伸展在黑夜中的土道上，感受着发散馨香气味的野花和将要败落的枝叶，感受着那浓郁而又清新醉人的空气，他心里突然涌动出一种久违的情愫，觉得这个不同寻常的夜晚是如此美妙，又是如此迷人！

第二十六章

　　肖立栓的效率跟韩今生的急性子很是吻合，只过了两天，就把自己原来在上海牧歌空间设计公司的同事请了过来，据说这是一位很牛的设计师，已被列入全国十大民宿之首的裸心谷就出自他手。设计师在韩今生的陪同下，绕着泰山东麓转了三天，不到一个星期就拿出了设计方案。

　　设计方案让人眼前一亮，整个理念突出的是思乡和归来两个主题概念，具体勾画为：往北承接东悦山居康养片区，拆除后的泰山祥瑞苑将变成一片生态休闲区，但却把最东边楼王的位置保留了下来，结合那棵千年唐槐，把那栋最大的别墅当作一个休闲驿站，包装设计为圆月当空的形状，取名曰：那时明月。往南的一大片山坡，经过绿化重构之后，开辟为露营基地，这里开阔而辽远，晴天的时候，晚上抬头就能仰望到布满星星的夜空，里面还布置有几个老式邮筒，游客把写有自己名字的明信片投进去，自然会通过正式邮路传递出去，此处取名曰：星空邮局。再往南就是东洼村民宿主体，包括再往上律家庄的那些旧房子，都将成为改造的一部分，改造原则正如之前禹奕泽修旧如新的设想，庭院和石头房子的外观和主体基本保持原貌，庭院内外适时增加了一些绿化和景观设计，房子内部只是进行加固和设施的更新。往上把大直沟水库变成赤鳞鱼养殖基地，既有观赏性又有实用性，跟舒云谷检查站新建的那个框架结构的瞭望塔结合在一起，让水天一色，云雨缠绕，取名曰：云卷云舒。

韩今生看到这个方案后欣喜不已，说这就是自己心目中真正民宿的样子。禹奕泽也觉得不错，但他又有着某些担忧，首先泰山祥瑞苑如果正式开始拆除，不可能把楼王那个位置留下。再者那个瞭望塔是丁书记来管委任职之后，为了进一步强化防火设施防护水平，构筑"天罗、地网、人哨、水盾"互补式立体防控体系，要求各个管理区兴建的，这个体系的运用经验还得到了国家林草局的推广，瞭望塔就担负着其中人哨的职责，要改造成"云卷云舒"，丁书记那边是不是能通过，这还是一个大大的问号。

为此，禹奕泽又专门请管委旅游规划处的专业人员过来了两趟，重点来探讨保留楼王和利用瞭望塔的可行性。结果还是令人满意的，由于楼王在泰山祥瑞苑的最东端，也就是在泰山脚下的最边上，基本已位于那条外围的生态带之外了，保留下来也不算违建。而那个瞭望塔本来就是让人站在高处用来瞭望的，观察火情隐患和观云看雨并不矛盾，只不过是多一个说法而已，只要改造得不是太离谱，丁书记那边也应该问题不大。

有了这颗定心丸，禹奕泽放心了不少，在往上呈报的报告中特意把这两处位置做了说明，还把将来的运营和原住居民的安置重点描述了一番。

禹奕泽自认为一切工作都做到了滴水不漏，理应出现他所预期的结果，可没想到，在报告递上去的第二天就被诺亚捅了一个大窟窿。

诺亚像禹奕泽一样也关注到了东悦山居这个项目，所不同的是，一开始他就持反对态度，位置虽然不在红线内的生态带上，但谁也不能保证它对泰山生态没有影响。当然，还有一个更为直接的原因，那个地方靠近那群红顶山雀的栖息地，这是诺亚最为担心的所在。

去年春天，诺亚来宰牛沟查看那棵护山棘，在宰牛沟下面的灌木丛中捕捉到了一只红顶山雀的踪迹。红顶山雀学名为红头长尾山雀，是一种山林留鸟，主要栖息于山地森林和灌木林间，也见于果园、茶园人类居住地附近的小林内。属于国家二级保护动物，早就有人在泰山周围发现过这种稀有鸟类的影子，诺亚一直想见识一下其真面目，现在终于有了机会，自然不会轻易放弃，沿着这只红顶山雀飞行的方向进一步探询，在碧峰管理区办公楼后面的杂树林子里发现了它的鸟巢。红顶山雀喜群居，只要条件适合，就会扎堆聚集在一起，这里应该就是它们的一个群居点。不大的林子里大概有十来个鸟巢，这些鸟巢比常见的老鸹窝要小一些，也大都呈椭圆形，悬吊在树杈上，随着树干的长势高高低低地分布着。

即使诺亚小心翼翼，尽量把自己的脚步放轻，还是惊扰了这群山雀，它们却似乎并不害怕这个闯入者，最靠近的那只刚才还仅显露着圆溜溜的小脑袋，听到动静后从巢穴里飞跳出来，用细长的脚爪抓住树枝，睁着黑籽般的小眼睛，好奇地朝诺亚张望，刚刚飞回来的那只一边快乐地吱吱地叫着，一边在树枝间跳跃，弄得枝叶飒飒作响，还有一只更为大胆，干脆直接跳到地上，把尖溜溜的尾巴翘起来，示威般地蹦跶了几下，又吱吱叫了两声，然后往下一蹬，猛一振翅，又箭镞般地飞回了枝头。

看到这种景象，诺亚自信满满，觉得自己对于这群山雀来说，应该基本属于无害的一个类种，就大大方方地走上前来，没想到，他那高大的身躯一挺立起来，山雀们立刻就感到了危险，哄的一下就都朝向空中飞了起来。

那天晚上，诺亚在朋友圈里看到肖立栓发出来的图片，心中就是一凛，因为这一年多来他已探究过多次，对那一带的地貌非常熟悉。东悦山居项目离那群红顶山雀栖息地的直线距离应该不超过一千米，如果真正进入施工阶段，势必会引发红顶山雀的逃离，可在近处似乎也已无处可逃，往上海拔太高，已不适宜它们生存，再说也没合适的林子栖息，往下是上土门村和小梭庄村，左边就到了碧峰管理区办公楼和东洼村，右下边就是东悦山居划定的这片开发区域。

诺亚知道一个项目的落地也是经过了数不清的考察与博弈，先没有着急下最后结论，而是又来到这边实地勘察了一番，越勘察越觉得这个项目不应该建在这里，伤害最大的还不仅仅是那群红顶山雀，这几年他绕着泰山行走，尽管没有找到第二棵泰山花楸，却发现了很多传说中的古苗木，玉泉寺内上千年的银杏树和栗子树就不说了，今年夏天，他在律家庄上面的山坡上发现了几棵古茶树，经向当地山民请教，这种茶树就是《紫桃轩杂缀》所记载的青桐树："山中人摘青桐芽点饮，号女儿茶。"也就是女儿茶的最早母体。假如那条最美高速再修起来，东悦山居自然也会跟这条高速相贯通，正道辅道都要建，大兴土木大拆大建就会对这些古木和植被产生致命伤害。

诺亚先找肖立栓沟通，把自己的担心说了，肖立栓此时正处于第一次独当一面的兴奋中，再加上那位师兄兼老板的督促，一门心思在项目上，哪听得进诺亚的意见。诺亚跟肖立栓沟通未果，又听说泰山祥瑞苑那些烂尾别墅也要拆，就更觉得不可思议了。

拆除那些烂尾造成的二次伤害，最快也要三到五年才能恢复，而红顶山雀的寿命只有四年左右，如果不能妥善处理，这种栖息于泰山上的稀有鸟类就会遭到灭顶之灾。一个物种一旦在某个地区灭绝，别说恢复的可能性很小，即使能挽救回来也要花上不知多少倍的代价。诺亚不明白，这些决策者们为什么就不能好好算算这笔账？

诺亚觉得自己不能对此视而不见，他爱这古老的大山，大山上的一草一木、一山一水、一石一鸟都成了他生命的一部分，他与它们早已结成了命运共同体。于是，他搜集了一些资料，在抖音上搞了一次直播。开宗明义地指出，泰山作为世界第一个自然和文化双遗产，不仅有雄伟壮丽的自然景观，珍贵而丰富的文物古迹，而且具有多种多样的动植物种类，目前已发现的特有珍稀物种就达29种。直播间里的受众跟随诺亚的镜头领略了刚刚在泰山极顶上发现的高原岩鹨，还有山下红顶山雀的栖息地。随着泰山生态环境的改善，泰山野生鸟类已达373种。然后镜头一转，诺亚又带着他们走到那几棵古青桐茶树前，介绍说，泰山的每种植物都是构成泰山植被的元素，天然分布的植物总和，称为泰山植物区系，目前已知泰山共有野生的高等植物157科、521属、954种。最后再来到东悦山居项目处和泰山祥瑞苑烂尾楼内，面对这些即将开工的项目，诺亚说，泰山有着完整的自然生态系统、珍稀濒危及特有的野生动植物，众多的古树名木是泰山自然遗产的重要组成部分。强化生态意识，建立和保护泰山生态的自然性和完整性，不仅对泰山，而且对我们整个人类社会的可持续发展都具有特殊意义。而这两个项目的实施显然是跟这个意义相悖而行的。

诺亚在网络上本来已经有了很高的流量，这次直播播出后更是吸引了众多网友，直播间一下子就拥进来二十多万人，大多数网友纷纷留言表示支持诺亚，而诺亚也非常配合，对网友的意见及时回馈，这样你来我往的互动更是引起了极大关注。最为重要的是，其中有一位关键人物也在关注着诺亚的这次直播，他就是同为美国人的威廉姆斯。一年前威廉姆斯从抖音上无意间刷到了诺亚，美国同胞讲中国文化本身就是卖点，更让他想不到是，这位同胞居然会把泰山景观和泰山文化讲得这么地道，从此开始关注泰山柱子。这次关于泰山动植物的直播更是引起了威廉姆斯的关注，因为他不但是位激进的环保主义者，他还有一个正式身份——亚洲动物基金会副总干事，这是一家正式注册的公益机构，创立于1998年，总部设在中国香港，是一家以改善动物生存环境为使命的非营利性慈善机构，并在多个国家和地区设有分支机构。

威廉姆斯对诺亚所展示的内容感到了震惊，他想不到那两个极具破坏性的项目居然会离泰山这么近，在请示了总干事后，就与生态环境部有关负责人取得了联系，并把诺亚这次在抖音里发布的内容推了过去。这位负责人见这家极有影响力的国际机构这么重视，不敢怠慢，赶紧责成生态环境保护督察协调局和自然生态保护司组成联合调查组奔赴泰山。

调查组还在路上，吴荣明就把这个信息传达给了禹奕泽，禹奕泽有些沮丧，不知道下一步该怎么办。放下吴荣明的电话不久，肖立栓的电话就打了过来。东悦山居的项目已被叫停，最受伤害的应该就是肖立栓了，这就等于一下子把他卡在了半山腰，向上，已看不到顶峰，往下，那下山的路径似乎也已变得模糊。

肖立栓在电话里气急败坏，张嘴就说没想到这个洋鬼子给捅了这么大个娄子！肖立栓打这个电话的目的不仅是为了撒气，还想让禹奕泽去劝劝诺亚，按他的话说就是："解铃还须系铃人，只要诺亚重新在抖音上发布个支持东悦山居和拆迁祥瑞苑的视频，舆论就有可能反转过来，剩下的事情再请领导协调和专家解读，只要这两方面都给予认可，认为这两个项目已摆正了经济发展和生态保护建设之间的关系，调查组也会无可奈何，项目就还能继续下去。"

禹奕泽听了，沉吟了半晌，觉得肖立栓这个思路也对，随即疑问也就产生了，诺亚的中文名字是肖立柱，曾经自称是肖立栓的兄弟，他们又是农大同学，这层关系显然比跟禹奕泽要亲近很多，肖立栓自己为什么不去找诺亚沟通？

肖立栓说："找过了，我这个兄弟一直很叛逆，认定了的事情八头牛都拉不回来。这几年他对你和老炮台都很敬重，现在在他心中你们的地位比我要高很多，说不定能把他说动。"

禹奕泽见肖立栓这样说，没有再犹豫，就答应前去试试。

实际上，即使没有肖立栓这个电话，禹奕泽也会去找诺亚的。诺亚发布的那个抖音他看了许多遍，觉得诺亚的观点更符合自己当初的想法，对之前的规划也产生了动摇，后来又听说亚洲动物基金会也在关注整个事件，又觉得说不定这是一条新出路，可以把东洼村的改造和泰山祥瑞苑那些烂尾楼的处置分开实施，一方面让韩今生继续来做东洼村的文章，另外，看能否借助亚洲动物基金会的力量，把祥瑞苑变成泰山珍稀物种博物馆，培育泰山花楸、护山棘这些在泰山独一无二的植物，也可以变成赤鳞鱼养殖培育基地，反正离红顶山雀的栖息地也不远，进一步营造良好的生态环境，让泰山东麓变成那些珍稀鸟类的天堂。

当天下午，禹奕泽就沿着那条驴友路线来到了泰山极顶。

诺亚站在极顶玉皇庙下面的平台上，正沐浴着落日余晖，对着镜头做直播。高山之巅的落日格外沉静，苍穹之下，一轮干净而浑厚的红日飘摇在西方天际，玫瑰色的光辉缓缓铺洒着，原本黛蓝色的云峰被镶嵌上了一层金灿灿的亮边。幽深的山谷，散布着的奇石，被简化了的草木，默默矗立的无字碑，无不被这璀璨的霞光所浸染。禹奕泽呆立在台阶上，被这壮丽美景所震慑。同时，他也意识到，眼前这满天彩霞会随时间的流逝很快散去，但太阳却不会离开，它将一直都在，将会在另外一面山巅升腾为浓烈的朝晖。也因此，此刻笼罩在夕阳光影中的那个年轻身影，也正被喷薄而出的旭日所辉映。

2021 年 4 月 14 日一稿于泰山天烛峰管理区
2021 年 5 月 16 日二稿于泰安高铁新区寓所
2021 年 7 月 17 日三稿于泰山巴山管理区
2023 年 11 月 5 日四稿于泰山巴山管理区
2024 年 5 月 3 日五稿于东御道溪谷龙御客栈

后　记

　　2024年5月3日下午，我在溪谷龙御客栈完成了《极顶》第五稿，然后合上电脑，拔掉电源，从房间走出来。客栈正对东御道登山路线，此时是下午四点多，已有不少游客开始下山，一位头发花白的老人正背对着灿烂的阳光沿阶而下，步履蹒跚却连缀不断，手中的拐杖敲击着花岗岩地面，发出嘚嘚的声响，也不断有矫健的身影从他身旁掠过，很快就隐现于阶梯之下。东御道是一条古老而又年轻的路线，汉武帝当年来泰山封禅时曾走过这里，而作为一条正式登山路线却是去年才刚刚开辟。这条路线跟经典的红门中路不同，更多的是奇崛自然之美，攀登的难度也相对大一些。身边这些下山游客，应该有一大部分并没到达泰山极顶，可这似乎也没影响他们对泰山的热情，因为眼前这座大山本身就是一个奇妙的存在，无论行至何处，撷取到哪一点，都能让人领略到其中的魅力。

　　混杂于下山游客中溯流而行，向上的台阶次第升高，前面的大直沟水库已改名为未央湖，越过水库堤坝旁边的亭子，一直往上就是中天门，攀上十八盘就能抵达南天门，直至泰山极顶。堤坝侧面有一条直直往上的小路，向上攀行不远是大直沟检查站。自半个月前进驻客栈以来，我每天中午都过来跟工友们一起解决午饭，此时的检查站却空无一人。现在正处于春季防火的关键时候，又恰逢"五一"假期，站长赵明跟工友们不敢松懈，除了在下面进山登记口留一值班人员，其他人都要时时刻刻地盯在外面。

从检查站旁边的原始盘道上来，是一条几乎建在半山腰的环山路，山路弯弯曲曲，随山势走向时宽时窄，往上有一大段若有似无的山道深入到大山纵深，往前大概还有四公里左右抵达天烛峰管理区。这条山路就是《极顶》故事的发源地，当年，我曾在这道路上往返过多次，沿第一代泰山林业人的足迹，往上到达过海拔将近一千多米的地方，造访了当年老林业人植树造林时住过的地窝子，里面还有一处最早的检查站，所幸还没有荒废，上山巡查的工友们有时累了就会在这里落脚打尖。站在这里往下俯瞰，泰山东麓景致尽收眼底，那一片灰白色的楼房就是艾洼村，即小说中的东洼村。五年前，这批回迁楼才刚刚建好，艾洼村旧址还矗立着成片的石头房子，而现在，也许是被繁密的绿色植被所遮蔽，已很难觅到那些房子的踪迹了。脚下的这条山路比过去要好走了一些，靠近大直沟检查站的这一小段还进行了硬化，原本的路基没这么平整，裸露着很多山石，走在上面，脚下会发出粗粝的摩擦声。

朝天烛峰管理区方向前行几乎是一个下意识行为，我对这段道路尤其熟悉，当年来天烛峰驻扎，如果想来找赵明，也不需要约定，就信马由缰地顺这条路步行过来，能遇见赵明最好，我们会在检查站外面的石台子上喝着茶聊大天，假如遇不见也不会失望，绕着周围的山林自己一个人转悠，转悠够了就再沿来时的路径往回返。乘兴而来，尽兴而归，颇有王子猷雪夜访戴的感觉。因此，这条山道既提供了交通的便利，也承载了某种源自内心的情感，几乎所有的遇见都成了小说的枝蔓，让《极顶》变得更加丰饶，也因此，现在重新踏上这条路，内心总还怀有着某种期待。

在快要到达天烛峰管理区路口的时候，我看到了那位老人。当年他是里面停车场的管理人员。在初次相识的那个春日下午，我们在前面东街百姓坛下聊了很久。老人祖祖辈辈都生活在这里，是地道的老泰山人，老伴走得早，一个人独自把两个儿子拉扯长大，现在孩子们都还过得不错。我对这一带地貌变迁的了解，就来自当时的聊天，这一带就是老人原来村庄的所在地，属于艾洼村辖下的一个自然村，名字叫小湾子，后来为了修泰山东街才不得不搬迁到了下面。老人长得干瘦，但看起来劲道十足，两个掩藏在眼皮下的眼珠儿间或一轮，接着就有灿灿的光亮显现出来。

老人此时坐在一棵老槐树下，旁边放着一个大尼龙袋子，里面鼓鼓囊囊的。上前搭话，老人居然一下子就把我认了出来，问我是不是调走了。我这才忆起，当年聊天的时候我欺骗了老人，彼时老人看着我眼生，我就说自己刚调到天烛峰来工作。有了前面的谎言，目下，我也只能顺着老人说自己调走了，现在属于旧地重游。还没说上几句，老人手里的老式手机就爆出动感十足的音乐，老人眯起眼睛盯着手机看了一下，然后转头得意地对我说："你看看，又来送钱的了。"随即就把手机放在耳边。老人的声音很大，对方在电话里也是大声，通过这一来一往的交流，我很快弄明白了，尼龙袋子里是老人刚刚从山里采摘来的鲜青桐叶，电话是收购青桐叶的茶商打来的，之前两人就有了约定，老人说了自己的位置，茶商要马上过来把青桐叶买走。泰山青桐叶是泰山女儿茶的最早记载，当地人也把它称为周茶，是泰山所特有的一种植物。能采鲜叶子的青桐树目前应该已没剩下几棵了，只有像老人这样的老泰山人才能觅到它们的踪影。

百姓坛右边的马路是新扩建的，黑黝黝的沥青颗粒还没被压实，显现着微小的空隙。再往上，一条山谷把道路岔开，右边的道路正在施工，被刷着绿漆的铁皮遮挡着，左边还是原始的土路，直通上土门村。沿着左边的道路继续前行，很快就越过了村庄，往上的路要更加陡一些，路面却愈加平整。我记得上面的那一片竹林，更记得那个安静的村舍。

那个夏日的午后，天似乎是阴着的，首先吸引我的是那一大片竹林，再往里就看到了几间石头房子，房子前面是一处挺别致的院落，里面有一个小小的水塘，水塘里的荷花正开得艳丽，细长的梗衔着大朵的荷花，弯着腰似有些不堪重负，折出来的弧线却看上去很美，跟那些漂在水面上的荷叶在阳光下织成湿重的倒影。塘边建有一处原木亭子，亭子是六角形的，里面的空间恰好能放下一个用树墩做成的茶台。后面传出了开门的声响，我扭头一看，一个女人正从石头房子里走出来，女人看起来有四十来岁，圆圆的脸蛋，泛着健康的红润，留着短发，额前的刘海被一样式古朴的粉色发卡束到了后面，身上还扎着一条素色围裙。女人看到我，没有丝毫意外，看那神情，似乎我不是突兀而至的不速之客，而是随时可以过来串门的老街坊。女人很自然地把身上的围裙解下来，顺手抖搂着，说："来了，过来喝茶。"反倒是我，对女人的坦然感到不安。在这僻静的山怀里，一个女人怎么能对一个贸然闯入的陌生男人如此镇定？

可那天下午我还是坐了下来，在那个六角亭的茶台前，跟女人喝茶聊天。女人出生在下面的土门村，如今在泰城做生意，已开有四家某知名家纺品牌专卖店，这里是他们家的老宅，父母早就被她接到了城里，她平时跟父母住在一起，只有节假日或是感到疲惫了才来此小住一下，有时带着家人，有时独自过来。"还是这里清静呀！隔段时间不过来住住，总感到生活中缺少了点什么。"在我临离开的时候，女人认真地说。

我再次看到那片竹林的时候，石头房子和六角亭沉默地矗立着，那位成功的女商人却不在。此时，太阳已经西沉，灰色的暮霭与鲜亮的竹叶交融在一起，似乎形成了一层薄薄的玻璃纸，眼前的一切都变得若隐若现、飘飘荡荡，有几分很奇妙的气氛。我看了一下手机上的时间，已经七点多了，在三个小时的行程中，我不自觉地历经了《极顶》中的大部分场景，邂逅了小说中韩冬瓜的原型（蹲守在大槐树下的老人）。还有眼前这一大片竹林，鹿小希和叶老师这两位母亲形象就是由此生发出来的。至此，我才有所醒悟，行走看似漫不经心，却在无意之间完成了一次深情回望，这种回望显然带有告别的意味，向小说中的人物告别，向托起这部作品的所有景致告别。

2019年春天，我准备写一部关于泰山的长篇小说，当时这仅仅是一个大方向，既不知道具体要写什么，也不知道怎么去写。后来，在朋友的推荐下，我来到泰山东麓的天烛峰管理区进行所谓的体验生活，之所以冠以"所谓"，是因为在以往的写作经验中，我一直对"体验生活"的说法不太感冒，原因很简单，我们每天都在生活，对于作家来说，几乎每一种生活都应成为写作的源头，刻意去体验反而显得矫情。但这次却颠覆了我的观念，认识到了体验的重要性，体验生活不是去看他者风景，不是走马观花地到此参观，也不是亦步亦趋地去过别人的生活，而是一种彻底的融入，在融入中挖掘出新发现，在融入中升华出新精神。

至今我都坚持认为，与黄国强和赵明两位先生结识是我人生中目前少有的几次幸运之一。黄国强当时是天烛峰管理区的副书记，赵明是大直沟检查站站长。我们的第一次见面是在黄书记办公室，黄书记科班出身，农大林学系毕业后直接来到泰山管委，已在这大山林中摔打了二十多年，对泰山林业的各个发展阶段都了如指掌。赵明是林二代，十六岁就接替父亲进了泰山林场，对泰山东麓这片山隅熟悉得像自家院子一样。

第一次在泰山东麓行走是坐在赵明的车里，就是在那条环山路上，先是沿着天烛峰景区南向的路口进入，起初路面极其狭窄，几乎仅容一辆小型车辆通过，路面坑坑洼洼，前几天刚刚下过的雨水还残留在低洼处，车轮碾过，喷射出来的泥浆如飓风袭来，路边的草丛瞬间就成片倒伏。道路愈往上愈窄，路面几乎寻不到泥土，都是由一块一块的石脊连缀而成，弯道一个比一个急，而赵明的车速并没有降下来，我坐在摇摆不定的副驾驶位置上心惊胆战，伸头看向窗外，外面是连绵的山脊，满眼郁郁葱葱，脚下就是百丈悬崖。车行到一个稍微宽阔的转角，我借口要出来看看，让他把车停了下来。这里地势相对平坦，视野开阔，凉风习习。站在这里，李太白"天门一长啸，万里清风来"的意境自然就在脑海浮现了出来。向北一望，泰山极顶好像伸手可及，南面由钢筋水泥浇筑的城市也成了微缩景观，这里应该是泰山的半山腰。回望来时的道路，根本看不到明显的轨迹。平时若要到达这里，即使徒步攀爬也是相当困难的，而赵明却硬是把四个轮子的汽车开了上来，这不能不让人匪夷所思。

此后，黄国强和赵明就成了我与这座大山最为重要的纽带，我连续多次深入天烛峰管理区辖下的林地，跟随着他们和工友们同吃同住同劳动，循着他们的脚步转遍了周围的所有山头，踏遍了泰山东麓这三万多亩山林。渐渐地，我不自觉地陷入进去，他们也就成了《极顶》的主角。

小说的落脚点和着眼点有了，但却迟迟没有动笔，总感到与这深厚的大山相比，自己掌握的这点材料少得可怜。其间，不但脚步没停下来，还搜集了大量资料，关涉泰山的地理、历史、文化、宗教、生态建设等方方面面，这样一路走一路读，待身处的场域越来越熟悉，小说中的人物也随即纷至沓来。2020年10月3日上午，在泰山脚下一所老房子的顶楼，我写下了第一行字：禹奕泽没想到自己会在舒云谷迷失。

此后，我开始了持续不断的写作，每天早上四五点钟就坐在书桌前，集中写一上午，大概能写一两千字的样子，有时也没有，有时会随写随删，几天没有一点进度，内心还是焦躁的，往往在每天开始写作的时候给自己定下一个量，可也总不能完成，临近春节只写了六万多字，也开始失眠，几乎天天晚上都要吃安定才能入睡。挨过春节之后，失眠稍微缓解了，写作状况也有所改善，小说的进度也加快了，当然有些地方还是写得很艰难，但总体还算顺畅，至2021年4月中旬完成了初稿。翻看那时的笔记，有一句话被我赫然写在那页纸的最顶端："长篇写作应该就是在时光里坚持不懈地爬行。"这多少反映了当时的状态。

小说首发于《钟山·长篇小说》2021年B卷，朋友发我目录，我在当晚转发的时候写下了这样一段话：关于《极顶》想说几句。一是行走，这是一次行走与书写并重的写作，绕泰山走了无数路，才写下这些有限的文字。二是局限，开始写作的时候是有些野心的，想尽可能地展现些东西，写完后却感到非常无力，自己的表述应该不及泰山的千万分之一。三是感谢……

彼时与此时的感谢都源自内心，无比真挚。首先感谢泰山管委的黄国强、赵明两位先生，不但贡献了自己的形象，还为写作提供了极大便利。感谢著名泰山研究专家周郢先生，他以渊博的泰山知识、丰厚的史料为这本地域性极强的作品提供了有力而坚实的支撑。感谢泰安市委宣传部常务副部长雷建民先生、泰安市文联主席鹿锋先生、岱岳区委宣传部常务副部长尚清峰先生、岱岳区文旅局陈英海局长一直以来的关心支持！感谢我身边的朋友陈兵、宗文、常跃、继岳、祥俊、田谊诸兄给出切实而真诚的意见！

感谢《钟山》杂志社！不但在第一时间接纳了《极顶》，还积极推荐，让《极顶》有了更多的传播机会。

这一路走来，《极顶》先后入选中国作协定点深入生活项目，山东省"文艺精品创作质量提升工程"重点作品、首批"齐鲁文艺高峰"重点作品、山东省作家协会重点作品扶持等项目。感谢所有与此相关的各路师友！

感谢中国作协、作家出版社给予的这次机会，"新时代山乡巨变创作计划"对一个寂寂无名的写作者来说，无疑有着更为重大的意义。尤其是在改稿会这个环节上，負淑红、李云雷、崔庆蕾、丛治辰四位专家的意见诚恳而又有前瞻性，不但让《极顶》有了很大改观，还为以后的写作开辟了新的路径。虽然只有一整天的时间，收获的却是四季的芳香。

要特别感谢著名作家周晓枫先生！小说初稿完成后斗胆发给她，她提出了一大堆具有建设性的修改意见，这些意见在我内心跟初稿的缺憾完美地契合在一起，让《极顶》后续几稿的修改有了明确的方向，同时也让我变得自信而从容。

感谢责任编辑杨新月老师、苏红雨老师的悉心编辑。

最后还要感谢雄伟壮丽的泰山！感谢它引领我登上了一个位于"极顶"之上的精神高地，那里人迹罕至、空气稀薄，却让我领略到了不同于一般的人生风景。

2024 年 5 月